DU
MUSST
SIE
FINDEN

WEITERE TITEL VON LISA REGAN

DETECTIVE-JOSIE-QUINN-SERIE

Die verlorenen Mädchen

Das Mädchen ohne Namen

Das Grab ihrer Mutter

Ihre letzte Beichte

Ihre begrabenen Geheimnisse

Ihre stumme Bitte

Die Namenlose

Du musst sie finden

Rette ihre Seele

Nur noch ein Atemzug

Schlaf still, mein Mädchen

Der Unfall

IN ENGLISCHER SPRACHE
DETECTIVE-JOSIE-QUINN-SERIE

Vanishing Girls

The Girl With No Name

Her Mother's Grave

Her Final Confession

The Bones She Buried

Her Silent Cry

Cold Heart Creek

Find Her Alive

Save Her Soul

Breathe Your Last

Hush Little Girl

Her Deadly Touch

LISA REGAN

DU MUSST SIE FINDEN

Übersetzt von Katharina Eddins

bookouture

*In liebevoller Erinnerung an Jennifer Jaynes
Deine Worte werden mir fehlen.*

EINS

Bevor das mit den Zwischenfällen losging, nahm Alex' Vater ihn manchmal mit in die Wälder, auf gemeinsame Abenteuer. So nannte er das, aber Alex fand schnell heraus, dass sein Vater sich unter »Abenteuer« stundenlanges Stillsitzen auf einem Hochsitz oder im Unterholz vorstellte, das Fernglas auf Vögel in der Umgebung gerichtet. Trotzdem gab Alex sich Mühe, immer recht aufmerksam zu bleiben, wenn sein Vater ihn mit in den Wald nahm. Francis war nur selten nett zu seinem Sohn, also stellte Alex sicher, dass er genug Interesse zeigte und alles tat, was sein Vater ihm befahl, sobald er es ausgesprochen hatte, und genau so, wie ihm geheißen wurde. Nach einem dieser Abenteuer, bei dem Alex sich besonders viel Mühe gegeben hatte, ein richtig guter Sohn zu sein, erhielt er zur Belohnung ein eigenes Fernglas. Es war zwar nicht so schön und auch nicht so groß wie das, das sein Vater bei sich trug, aber Alex fand Gefallen daran, die Bewegungen des Vaters nachzuahmen und durch das Fernglas auf Habichte, Falken und Eulen zu starren. Das waren die Vögel, die seinen Vater am meisten interessierten. Raubvögel.

»Sie sind Fleischfresser«, erklärte er Alex. »Jäger. Sie haben unglaublich scharfe Augen. Sie können ihr Opfer aus unfassbar großer Höhe erkennen. Sie warten auf den richtigen Moment und dann schlagen sie zu! Es sind überaus intelligente Vögel.«

Alex war sich nicht sicher, inwiefern die Vögel intelligent waren, aber er wusste, dass Intelligenz seinem Vater sehr wichtig war. Dieses Wort benutzte er oft. Menschen, die nicht intelligent waren, mochte er nicht, und Alex lebte in ständiger Angst davor, dass sein Vater ihn als nicht intelligent einstufen könnte. Das war der Grund, warum er stets einen Notizblock und einen Stift bei sich trug, genau wie sein Vater. Mit seinen sechs Jahren hatte er gerade erst Lesen und Schreiben gelernt, er konnte das Notizbuch also nicht wie sein Vater mit vielen Wörtern füllen, aber er zeichnete Bilder der Vögel, die sie beobachteten.

Eines Tages standen sie mitten im Wald neben einer Lichtung, als sein Vater einen großen Raubvogel am Himmel erspähte. Er flog so hoch, dass Alex nicht erkennen konnte, um welche Vogelart es sich handelte, aber sein Vater versicherte ihm, dass es ein Habicht war. »Jetzt guck zu, Kind«, sagte er.

Er schob seine Hand in die Tasche, die er von zu Hause mitgebracht hatte, und zog eine Schlange heraus. Alex zuckte zurück und fiel rückwärts über einen Ast, der auf dem Boden lag. Sein Kopf knallte gegen den Baum hinter ihm. »Aua«, schrie er.

Sein Vater stand ein paar Meter entfernt, wie angewurzelt, die sich windende Schlange in der Hand, und funkelte seinen Sohn böse an. »Steh. Auf!«, knurrte er.

Alex stand stolpernd auf. Er griff nach seinem Hinterkopf und spürte etwas Feuchtes. Als er wieder auf seine Finger schaute, sah er Blut darauf glänzen. Er wagte es nicht, seinen Vater darauf hinzuweisen, welcher darauf wartete, dass er wieder zu ihm kam, wobei die Wut sein Gesicht mit jeder Sekunde, die verstrich, immer dunkler rot färbte.

»Tut mir leid, Dad«, murmelte Alex und trat wieder neben

seinen Vater. Er blickte auf die Lichtung hinaus und hob dann den Kopf zum Himmel, obwohl ihm bei der Bewegung gleißend heller Schmerz den Hals hinunterschoss. Der Habicht drehte nun etwas weiter unten seine Kreise.

»Jetzt guck zu«, sagte sein Vater. Er warf die Schlange in die Mitte der Lichtung. Sie begann sofort, in die entgegengesetzte Richtung zu kriechen. Und dann war plötzlich der Habicht da, nur ein paar Meter entfernt, seine dicken Krallen wie ein Speer nach unten gerichtet, die atemberaubend riesigen Flügel weit ausgebreitet. Er pflückte die sich aufbäumende Schlange aus dem Gras und flog mühelos wieder ins Blaue hinein.

Voll Staunen beobachtete Alex' Vater, wie der Vogel aus ihrem Sichtfeld verschwand.

Alex konnte spüren, wie etwas warm und klebrig seinen Nacken hinunterströmte. »Dad«, sagte er leise. »Ich glaub, ich brauch ein Pflaster.«

Er berührte seinen Hinterkopf erneut und als er dem Vater seine Hand hinhielt, war die Handfläche komplett mit Blut bedeckt. Sein Vater blickte auf ihn hinab und sein staunender Gesichtsausdruck verwandelte sich in Abscheu. Einen langen Moment starrte er zu Alex hinunter, den Mund höhnisch verzogen. Dann schüttelte er den Kopf, schnaubte und ging davon. Überrascht und sprachlos sah Alex ihm hinterher. Francis hatte bereits eine beachtliche Strecke zurückgelegt, bevor er sich umdrehte und seinem Sohn zwei Worte entgegenspuckte, aber Alex hörte sie so deutlich, als hätte er sie ihm ins Ohr geschrien.

»Dummer Junge.«

ZWEI

Eine kalte, feuchte Nase stupste gegen Josies Arm. Danach folgte ein klägliches Winseln. Als sie nicht auf die Bemühungen ihres Boston Terriers einging, mit der er sie aus dem Bett locken wollte, sprang er auf ihre Bettdecke und fing an, ihre Ohren und ihren Hals abzuschnüffeln. »Trout«, stöhnte sie und rollte sich auf den Rücken, um ihn anzusehen. Er antwortete mit einem schmachtenden Blick aus seinen braunen Hundeaugen.

Er schnaubte und setzte sich, das knuffige schwarzweiße Gesicht in großem Ernst verzogen, die Ohren zu perfekten Dreiecken aufgestellt. Ohne sein Maul zu verziehen, winselte er erneut ganz leise. Sie kraulte ihn am Kinn.

»Na, Kumpel, wie spät ist es denn?«, fragte sie verschlafen, obwohl sie nicht erst auf die Uhr auf ihrem Nachtkästchen gucken musste, um zu wissen, dass ihr Wecker in zehn Minuten klingeln würde. Zumindest würde er das an einem Arbeitstag, aber heute hatte sie frei. Seit sie mit Noah Fraley zusammengezogen war und die beiden Trout vor sechs Monaten adoptiert hatten, hatten sie eine feste Routine entwickelt. Der Hund weckte die beiden noch vor dem Wecker, Josie ließ ihn nach draußen und gab ihm zu fressen und dann gingen die drei zusammen eine Runde joggen, bevor die beiden Menschen sich fertigmachen und zur Arbeit gehen mussten. Sogar an freien Tagen bestand Trout darauf, dass sie ihre Routine einhielten.

Josie und Noah arbeiteten beide im Polizeirevier der Stadt Denton, sie als Detective, er als Lieutenant. Denton war eine kleine Stadt von etwa fünfundsechzig Quadratkilometern im Herzen Pennsylvanias und wurde von Bergen eingerahmt. In der Innenstadt, wo sich Läden, Polizeirevier, Postgebäude und die Universität fanden, waren die Straßen und Gebäude in einem berechenbaren Gittermuster angeordnet, unterbrochen nur vom weitläufigen Stadtpark. Der Rest der Stadt breitete sich über die umliegenden Waldgebiete aus und war nur über gewundene, einspurige Straßen zu erreichen. Obwohl Denton keine große Stadt war, wurden hier doch mehr als genug Verbrechen begangen und die Polizei war stets gut beschäftigt.

Josie rollte sich zur Seite und tippte Noah auf die Schulter. »Zeit zum Aufstehen«, sagte sie und erhielt nur ein Grunzen zur Antwort.

»Na komm schon«, fügte sie hinzu.

»Sei so nett und setz schon mal Kaffee auf, ja?«, murmelte Noah.

Josie schwang ihre Beine über die Bettkante. Aufgeregt sprang Trout auf den Boden und rannte mit wedelndem Schwanz zur Tür. Josie schaltete ihren Wecker aus und tapste durch den Gang und die Treppe hinunter. Zwanzig Minuten später hatte Trout sein Fressen bekommen und Josie und Noah je eine schnelle Tasse Kaffee. Sie hatten ihre Trainingsklamotten angezogen und nun kniete Josie im Eingangsbereich und versuchte, Trouts bebenden Körper in sein Geschirr zu zwängen, während Noah nach oben lief, um sein Handy zu holen.

»Jeden Morgen dasselbe Spiel mit dir«, grummelte Josie und versuchte, das Geschirr an Trouts Rücken zu schließen.

»Du weißt doch, dass du stillhalten musst, während ich dir das anlege.«

Trout konnte sich vor Aufregung einfach nicht beherrschen. Er sprang hoch, um ihr übers Gesicht zu schlecken, und das Geschirr fiel halb zu Boden. Josie lachte und das veranlasste ihn dazu, herumzuhüpfen und ungestüm mit dem Schwanz zu wedeln, bis er den Tisch neben der Tür anrempelte. Der Tisch war nicht groß und es brauchte nicht viel, um ihn aus dem Gleichgewicht zu bringen. Trout stieß erneut dagegen und brachte den Tisch dazu, ein paar Zentimeter über den Boden zu rutschen. Zwei Schlüsselbünde und eine Sonnenbrille fielen scheppernd zu Boden.

»Scheiße«, sagte Josie und schnappte sich die Sonnenbrille, bevor Trout am Ende noch darauf treten konnte. Erleichtert hielt sie sie fest.

Noah sprang die Treppe hinunter. Als er die Sonnenbrille in Josies Hand sah, sagte er: »Hat deine Schwester die immer noch nicht abgeholt? Wahrscheinlich hat sie inzwischen schon eine andere gekauft.«

Josie legte sie zurück auf das Tischchen, die Schlüssel dazu, und versuchte erneut, Trout in sein Geschirr hineinzustopfen. »Noah, vergiss nicht, dass du hier von Trinity redest. Hast du eine Ahnung, wie viel diese Sonnenbrille gekostet hat? Weißt du überhaupt, was das für eine Marke ist?«

Er kniete sich auf den Boden und deutete auf die Stelle vor seinen Füßen. Folgsam flitzte Trout zu ihm und setzte sich, wodurch Noah ihm mühelos Halsband, Geschirr und Leine anlegen konnte.

»Du Verräter«, grummelte Josie.

Noah sagte: »Warum sollte mich interessieren, welche Marke Sonnenbrillen Trinity sich kauft?«

Josie verdrehte die Augen, während sie das Haus verließen und im langsamen Trab die Straße hinunterliefen, angeführt von Trout. »Die ist von Gucci und ich wette mit dir, dass sie mindestens dreihundert Dollar gekostet hat, wenn nicht mehr.«

Noah blieb abrupt stehen und zog Trout damit kurz nach hinten. Der Hund blickte fragend zu ihnen, die Ohren aufmerksam aufgestellt. Noah sagte: »Wer zahlt denn bitte dreihundert Dollar für eine Sonnenbrille?«

Josie nahm ihm die Leine aus der Hand und setzte sich wieder in Bewegung. Noah holte sie rasch ein. Sie antwortete: »Na, zum Beispiel eine Nachrichtensprecherin einer großen landesweiten Morgenshow. Sie ist berühmt. Sie kann sich eine Sonnenbrille für dreihundert Dollar leisten.«

Noah schüttelte den Kopf. »Ist sie denn immer noch Nachrichtensprecherin bei dem Sender? Wann hast du zuletzt von ihr gehört?«

Ein kleiner Klumpen Unbehagen rumpelte in Josies Magen herum. »Vor einem Monat«, sagte sie leise.

»Also weißt du gar nicht, ob sie sich immer noch im Wald verkriecht oder ob sie schon wieder in New York ist?«

»Ich glaube, sie steckt immer noch im freiwilligen Exil«, sagte Josie. »Sie hat schon seit Wochen nicht mehr mit unseren Eltern oder unserem Bruder geredet.«

»Also liegt sie mit allen im Clinch?«

Josie seufzte. »Nein, nur mit mir.«

»Bist du langsam bereit, mir zu erzählen, was eigentlich passiert ist?«

Josie zog ein paar Schritte an ihm vorbei. »Nicht wirklich.«

Trout blieb stehen, um einen Telefonmast zu beschnüffeln, und Josie legte ebenfalls eine Pause ein. Sie konnte spüren, wie Noahs Blick sich in ihre Haut bohrte, bevor sie zu ihm aufsah. In seinen haselnussbraunen Augen lag ein ernster Ausdruck. »Josie, ich weiß, dass dir der Streit mit Trinity schwer im Magen liegt. Erzähl mir doch einfach, was passiert ist. Vielleicht hilft es, wenn wir darüber reden.«

»Ich glaub eher nicht«, sagte sie. »Außerdem hast du das Meiste doch sowieso selber miterlebt.«

Noah zog eine Augenbraue hoch. »Ja, klar, ich bin von meinen Überstunden nach Hause gekommen, habe ein paar Worte zu ihr gesagt und sie ist ausgeflippt. Dann bin ich mit Trout spazieren gegangen. Ich habe keine Ahnung, was da zwischen euch vorgefallen ist, aber als ich zurückgekommen bin, war Trinity schon weg und seitdem bist du kreuzunglücklich.«

»Ich bin überhaupt nicht kreu...«

Noah hielt eine Hand in die Höhe, um ihr das Wort abzuschneiden. »Ich weiß, das hörst du nicht gern, aber du stehst seitdem neben dir. Bist nicht ganz du selbst. Ich habe schon bemerkt, dass du abwarten willst, bis sie sich beruhigt, und das ist völlig okay so, aber red doch mit mir, während du das tust. Vielleicht kann ich dir ja helfen.«

Trout hatte seine Besorgungen am Telefonmast endlich erledigt und zog nun an seiner Leine. Sie folgten ihm und joggten wieder los. »Du kannst da nicht helfen«, sagte Josie. Als sie an das letzte Mal zurückdachte, da sie mit Trinity gesprochen hatte, schoss ihr das Blut in die Wangen. »Ich warte nicht ab, sie antwortet mir nur nicht, weder auf Anrufe noch SMS. Sie kapselt sich von mir ab.«

»Dann bring ihr doch ihre Sonnenbrille vorbei. Tauch einfach vor ihrer Hütte im Wald auf und zwing sie dazu, wieder mit dir zu reden.«

»Das kann ich nicht machen.«

»Okay, und was ist die Alternative? Du leidest stumm weiter und lässt ihre überteuerte Sonnenbrille bei uns auf dem Tisch rumliegen, damit du ständig an dein Leiden erinnert werden kannst, und unternimmst derweil nichts, um eure Beziehung zu kitten?«

Das war zumindest mein Plan, wollte sie erwidern. Stattdessen schwieg sie und nahm langsam an Geschwindigkeit auf, als sie um die Ecke bogen.

»Josie.«

Sie verlangsamte ihren Schritt und stellte sich seinem Blick. »Willst du wirklich wissen, was passiert ist?«

DREI

EIN MONAT VORHER

Ausnahmsweise war Josie vor Trout aufgewacht und als sie sich umblickte, sah sie den Hund tief und fest auf Noahs Seite im Bett schlafen. Wann immer Noah ohne Josie eine Nachtschicht einlegte, schlief Trout neben ihr. Sie wusste, dass Noah dem Hund nicht angewöhnen wollte, bei ihnen im Bett zu schlafen, aber Josie machte es solche Freude, die Hand ausstrecken und sein warmes, weiches Fell streicheln zu können. Sonnenlicht fiel durch das Schlafzimmerfenster. Sie kraulte Trout am Ohr. »Zeit aufzustehen, mein Freund.«

Unten in der Küche saß Josies Zwillingsschwester, Trinity Payne, schon am Tisch, den Laptop aufgeklappt vor sich. Ohne Trinity einen weiteren Blick zuzuwerfen rannte Trout zur Hintertür, um nach draußen gelassen zu werden, während Josie die Kaffeemaschine anschaltete und kurz innehielt, um ihre Schwester zu mustern.

Nur selten hatte sie die Schwester ohne volle Kameraaufmachung gesehen. Sogar kurz nach dem Aufstehen strahlte sie normalerweise fernsehreifen Glamour aus. Nun aber trug sie eine Jogginghose und nicht zusammenpassende Socken. Ihr zierlicher Körper versank in einem Sweatshirt der New

York University. Josie hatte oft gewitzelt, dass Trinitys schwarzes Haar so strahlend glänzte, dass man sich darin spiegeln konnte. Jetzt aber war es fettig und zu einem schlampigen Pferdeschwanz hochgebunden, der so aussah, als hätte Trinity mittendrin den Faden verloren. Sie hatte kein Make-up aufgetragen und rote Stöpsel in den Ohren. Während sie ihre Maus hin- und herschob, kaute sie auf ihrer Unterlippe herum.

Josie schenkte zwei Tassen Kaffee ein und gab Kaffeesahne und Zucker hinzu – Trinity trank ihren Kaffee genau so wie sie. Dann ging sie um den Tisch herum und stellte sich neben sie. Sie setzte Trinitys Kaffee neben ihrem Laptop ab und zog ihrer Schwester einen der Stöpsel aus dem Ohr.

»Aua«, sagte Trinity und warf Josie einen verärgerten Blick zu. Sie griff nach dem Ohrstöpsel, aber Josie nahm ihr auch noch den anderen ab und zog dann das Kabel aus dem Anschluss am Laptop.

Mit schriller, quietschender Stimme keifte Trinity: »Hey, was soll das?«

Josie deutete auf den Bildschirm. »Guckst du dir das schon wieder an? Trinity, das muss doch mal ein Ende nehmen.«

Auf dem Bildschirm lief ein Video. Nun, da Josie die Kopfhörer ausgesteckt hatte, füllte sich die Küche mit Stimmen. Das Video zeigte das Ende eines Abschnitts der Show, in dem es um eine junge Frau in Arkansas ging, die Schlagzeilen damit gemacht hatte, dass sie zweiundzwanzig Stipendien für die besten Universitäten des Landes erhalten hatte. Nach dem Bericht schnitt das Bild wieder zu Trinity und ihrem Co-Moderator Hayden Keating. Sie saßen nebeneinander an einem runden Tisch und strahlten um die Wette. »Was für eine bemerkenswerte junge Frau«, kommentierte Hayden. »Sie hat ganz ohne Zweifel eine glänzende Zukunft vor sich.«

»Ihr stehen wirklich alle Wege offen«, stimmte Trinity ihm zu. »Sie kann sich für jede beliebige Uni des Landes entscheiden. Fast schon lächerlich, dass sie sich bei zweiundzwanzig Unis beworben hat, meinst du nicht auch?«

Als Josie diesen Clip zum ersten Mal gesehen hatte, hatte sie die plötzliche Anspannung auf Haydens Gesicht gar nicht bemerkt, aber inzwischen hatte sie diesen Austausch so oft gesehen, dass ihr direkt ins Auge stach, wie Hayden seinen Kiefer anspannte, die Zähne zusammenpresste und sich zu einem Lächeln zwang. »Lächerlich?«, wiederholte er abfällig. »Ich finde es wunderbar.«

Trinity lächelte und winkte ab. »Ach, es ist ja auch wunderbar! Ich meine doch nur, eine so kluge und talentierte junge Frau hätte sich doch ihre Lieblingsuni aussuchen und sich nur dort bewerben können, statt ihr Geld für einundzwanzig andere Bewerbungen auszugeben, für Unis, die sie gar nicht besuchen wird. Wie viel kostet so eine Studienbewerbung heutzutage? Als ich Studentin war, waren die Bewerbungen ganz schön teuer. Ich kann mir denken, dass die Gebühren seitdem deutlich gestiegen sind.«

Ein paar schmerzliche Sekunden lang herrschte betretenes Schweigen. Dann räusperte Hayden sich und las die nächste Mitteilung vom Teleprompter ab. »Als Nächstes hören wir unsere Wettermoderatorin mit den neuesten Informationen.«

Josie griff an Trinity vorbei nach der Maus und hielt das Video an. »Du musst das endlich hinter dir lassen«, sagte sie.

»Es hinter mir lassen?«, sagte Trinity. »Diese eine Bemerkung wird mich meine Karriere kosten.« Sie stand auf, ihr Stuhl scharrte über den Fliesenboden. Sie begann herumzutigern und fuhr fort. »Ich fass es nicht. Ein dummer Kommentar und schon ist mein Leben vorbei.«

»Ich bin mir sicher, dass du übertreibst«, sagte Josie. »Was du da gesagt hast, das war doch gar nicht so schlimm. Ich hab Nachrichtensprecher schon ganz schön miese Sachen sagen hören. Rassistische, gemeine Kommentare. Was du da gesagt hast, war doch nicht einmal anstößig.«

Trinity blieb stehen und starrte Josie an. »Nicht anstößig? Hast du eine Vorstellung davon, was für Wellen das geschlagen hat? Ich habe mich sogar live entschuldigt und Stellung bezogen, aber der Sender kriegt immer noch wütende Nachrichten.«

»Da wächst bald wieder Gras drüber«, sagte Josie. »Es ist doch erst zwei Wochen her.«

»Zwei Wochen! So lange war ich noch nie weg, seit ich die Stelle bekommen habe, Josie. Ich bin raus. Hayden hat's mir schon gesagt. Wenn kein Wunder geschieht, wird der Sender mich ersetzen. Sie schwänzeln schon um Mila Kates herum. Der laufen sie schon seit Monaten hinterher. Jetzt haben sie eine Ausrede, um mich loszuwerden und ihr meinen Job anzubieten, für eine lächerliche Summe Geld.« Sie stöhnte auf und blickte zur Decke. »Ich kann's nicht fassen, dass ich das gerade gesagt habe. Ich werde nie mehr das Wort ›lächerlich‹ verwenden.«

Josie setzte sich an den Tisch und nahm einen Schluck Kaffee. »Mila Kates?« sagte sie. »Ich dachte, die arbeitet fürs Kabelfernsehen.«

»Tut sie auch«, antwortete Trinity. »Aber dann hatte sie diesen Stalker, weißt du noch? Sie hat über eine Spendenaktion für kranke Kinder berichtet und dann kam er mit einer Waffe an und hat damit gedroht, alle umzubringen, wenn sie nicht mit ihm mitkommt. Sie hat die Situation entschärft und konnte ihn lange genug beruhigen, dass die Polizei kommen und ihn festnehmen konnte.«

»Ah, ja, richtig«, meinte Josie. »Jetzt weiß ich es wieder, das habe ich in den Nachrichten gesehen. Das ist ja Monate her.«

»Aber das hat alles verändert«, sagte Trinity. »Die Story ist explodiert, und es war *ihre* Story. Diese Geschichte mit dem Stalker war das, was für mich vor fünf Jahren der Fall mit den vermissten Mädchen aus Denton war. Das hat mich berühmt gemacht. Wegen der Story damals habe ich meinen Job bekommen.«

»Und dein Sender hat dich hergeschickt, damit du zum fünfjährigen Jubiläum über den Fall berichten konntest«, merkte Josie an. »Sie haben dich nicht gefeuert.«

Trinity zog eine Augenbraue hoch und deutete mit dem Arm in der Küche herum. »Siehst du hier irgendwelche Produzenten oder Kameraleute rumstehen? Ja, klar, sie haben mich hergeschickt, um über den Fall zu berichten. Ich habe meine Aufnahmen gemacht und sie vor einer Woche eingesendet. Meine Crew ist wieder nach New York zurück, aber ich bin immer noch hier. Sie haben mich nicht zurückgerufen und das werden sie auch nicht.«

Josie hielt sich davon ab, einen weiteren Überzeugungsversuch zu starten, dass der Sender Trinity bestimmt zurückrufen würde. Höchstwahrscheinlich hatte ihre Schwester recht und Josie spürte, dass haltlose Beschwichtigungen ihr nicht helfen würden. Also sagte sie stattdessen: »Trinity, du kannst dir bei jedem beliebigen Sender einen neuen Job suchen. Allein in den letzten fünf Jahren hast du über einige der wichtigsten Fälle des Landes berichtet. Manche davon hast du sogar selber gelöst.«

Trinity deutete mit dem Finger auf Josie. »Nein, *du* hast sie gelöst. Und dann habe ich darüber berichtet. Ich habe keine eigene Story zu erzählen.«

Nun war Josie an der Reihe, eine Augenbraue hochzuziehen. »Mir ist so, als wären wir beide vor gar nicht allzu langer Zeit direkt im Mittelpunkt einer Story gewesen. Ich hab sogar bei dieser verfluchten *Dateline*-Folge mitgemacht, deinetwegen. Ich wollte nicht, aber du musstest ja darauf bestehen.«

Als Josie und Trinity sich zum ersten Mal getroffen hatten, vor etwa sechs Jahren, war Trinity als Korrespondentin landesweit für den Sender unterwegs gewesen. Eine Quelle hatte ihr falsche Informationen zugespielt, weshalb sie zu WYEP, dem regionalen Nachrichtensender in Denton, verbannt wurde, wo sie als Lokalkorrespondentin tätig war. Nach einem Jahr bei WYEP hatte Trinity Josie massiv dabei unterstützt, die grauenhaften Machenschaften der Kriminellen aufzudecken, die hinter Dentons berühmtem Fall der vermissten Mädchen steckten. Diese Story hatte Trinity einen kräftigen Bekanntheitsschub verpasst und zu ihrer jetzigen Position verholfen.

Damals hatten die beiden noch nicht einmal gewusst, dass sie verwandt waren. Sie begegneten sich nur in ihrer Rolle als Polizeibeamtin und Reporterin – und gerieten sich dabei öfter mal in die Haare. Tatsächlich konnte Josie Trinity damals nicht ausstehen, mit ihrem krankhaften Ehrgeiz und ihrer ständigen Einmischung, ihrem Herumschnüffeln auf der Suche nach der nächsten großen Story. Genau jene Charaktereigenschaften also, die Josie mit der Zeit zu schätzen lernte. Zwei Jahre, nachdem der Fall der vermissten Mädchen gelöst worden war, hatten Kinder eine Leiche hinter der Wohnwagensiedlung gefunden, in der Josie aufgewachsen war. Im Laufe des verzwickten Falls, der mit dieser Leiche zusammenhing, hatten die beiden Frauen letztendlich herausgefunden, dass Josie Trinitys verloren geglaubte Schwester war. Im Alter von nur drei Wochen war Josie ihrer Familie weggenommen und nur ein paar Autostunden von ihrer Zwillingsschwester entfernt von einer wahrhaft bösen Frau aufgezogen worden, die sie schrecklich missbraucht hatte. Josies Entführerin hatte das Haus der Payne-Familie in Brand gesetzt, was sowohl die Paynes als auch die Behörden davon ausgehen ließ, dass Josie im Feuer umgekommen war. Die Wiedervereinigung mit den Paynes nach dreißig Jahren und die Tatsache, dass Josie und Trinity einander nicht nur bereits gekannt hatten, bevor sie von ihrer Verwandtschaft erfuhren, sondern sogar gemeinsam an äußerst brisanten Kriminalfällen gearbeitet hatten, war für die Medien ein gefundenes Fressen. Die aufregende Vergangenheit der Schwestern und die Tatsache, dass Trinity äußerst willig war, live darüber zu reden, sorgten dafür, dass sie den Job als Co-Moderatorin so lange absolut sicher in der Tasche hatte, wie sie ihn wollte.

Bis jetzt zumindest.

»Ach, ich bitte dich«, sagte Trinity. »Die Medien haben eine Aufmerksamkeitsspanne von gut zwanzig Sekunden. Das mit den auseinandergerissenen Zwillingen interessiert doch schon keinen mehr.«

Josie verkniff sich einen Kommentar dazu, wie Trinity ihre traumatische Vorgeschichte eingesetzt hatte, um ihre Karriere voranzutreiben. »Trinity, du bist so gut in deinem Job. Klar, vielleicht war's das bei dem Sender, aber du wirst einen anderen finden, bei dem du dich wohlfühlst. Es wird sich alles zum Guten wenden, da bin ich mir sicher.«

»Jaja, für Mila Kates wird sich alles zum Guten wenden. Und ich werde von Glück reden können, wenn ich meinen alten Job bei WYEP zurückkriege.«

»Also ehrlich, Trinity«, sagte Josie. »Du reagierst total über.«

»Ach, tu ich das?« Als Josie ihr keine Antwort gab, legte Trinity sich eine Hand aufs Herz. »Ich brauch eine richtig große Story. Noch größer als das mit den vermissten Mädchen. Größer als Mila Kates. Und diesmal kein Fall, wo ich mich nur an deinen Erfolg als Ermittlerin ranhänge. Ich muss mir diese Story selbst besorgen und es muss was ganz Besonderes sein.«

»Gab es da nicht so eine Regel, dass Journalisten nie selber Teil der Story sein sollten?«, merkte Josie an.

Trinity verdrehte die Augen. »Aber sicher doch. So bringen sie uns das an der Uni bei, aber in Wahrheit stimmt das nicht mehr unbedingt. Sieh dir doch nur Mila Kates an. Oder diesen Typen, der für unseren größten Konkurrenten arbeitet. Der hat ein Buch darüber geschrieben, wie seine eigenen Chefs eine seiner Storys ein Jahr lang unterdrücken wollten. Und jetzt ist er berühmt.«

Josie konnte sich tatsächlich an diesen Reporter erinnern. »Aber hatte der nicht über etwas wirklich Explosives berichtet?

Sexuelle Belästigung in der Entertainment-Branche, nicht wahr?«

»Genau.«

»Wenn er also stattdessen über den Backwettbewerb in seiner Region berichtet hätte, wäre er nicht berühmt geworden. Er brauchte eine gute Story.«

»Eben! Und ich auch!«, rief Trinity. »Ich brauche etwas, für das alle Sender töten würden. Natürlich nur metaphorisch gesprochen. Etwas, das vor mir noch keiner gemacht hat. Ich muss was tun, etwas wirklich ...«

»Verzweifeltes?«

Trinity warf ihr einen bösen Blick zu. »Ehrgeiziges. Etwas, was richtig knallt.«

Trinitys Plan gefiel Josie überhaupt nicht, und der Blick in ihren Augen noch weniger. Sie las darin keinen Ehrgeiz. Nur Verzweiflung.

»Das wird wieder mit deiner Karriere«, versicherte sie ihr. »Deine bisherigen Erfolge sprechen weiterhin für dich.«

Trinity deutete mit dem Finger auf sie. »Du täuschst dich. Wahrscheinlich denkst du, ich hab sie nicht mehr alle, aber das stimmt nicht, Josie. Alles, wofür ich gearbeitet habe, steht auf der Kippe.«

»Trin, du hast eine unüberlegte Bemerkung gemacht. Viele Stars haben sich schon von weitaus Schlimmerem erholt.«

Ein Kratzen an der Hintertür unterbrach sie. Trinity streckte ihre Hand zur Tür, um Trout reinzulassen. Er trottete an ihr vorbei auf Josie zu und stupste gegen ihre Hand, um Streicheleinheiten einzufordern. Josie kraulte das weiche Fell hinter seinen Ohren.

Trinity lief um den Tisch herum und setzte sich vor ihren Laptop. Sie war dabei, das Video erneut zu öffnen. Nachdem sie auf Play gedrückt hatte, streckte Josie einen Arm an ihr vorbei, um den Laptop zuzuklappen. »Das reicht jetzt«, sagte sie. »Hör auf, dich so reinzusteigern. Geh joggen. Stell dich unter die Dusche. Mach irgendwas, um deinen Kopf freizukriegen.«

Trouts lautes Kläffen ließ sie beide zusammenzucken. Einen kurzen Moment später hörten sie über den Lärm hinweg, wie sich die Haustür öffnete und wieder zufiel. »Ich bin's nur«, rief Noah.

Trout raste ins Treppenhaus und Josie konnte hören, wie seine Krallen auf dem Hartholzboden klickten und wie Noah ihn begrüßte. Dann erschien Noah in der Küche. Sein wuscheliges braunes Haar stand ihm wild vom Kopf ab und unter seinen haselnussbraunen Augen zeichneten sich dunkle Ringe ab. In einer Hand hielt er ein kleines Päckchen, das in braunes Packpapier gewickelt war.

Mit einem Blick auf die Uhr sagte Josie: »Du bist ja früh zu Hause. War viel los?«

Trout tanzte um sie beide herum und stieß immer wieder ein kurzes Kläffen aus, bis Noah endlich eine Hand ausstreckte, um ihn erneut zu streicheln.

»Gretchen ist schon etwas früher aufgetaucht. Wir hatten von einer großen Studentenparty erfahren. Als wir ankamen, sind die Kids unter einundzwanzig in alle Himmelsrichtungen verschwunden. Die ganze Nacht haben wir damit verbracht, betrunkene Studenten einzusammeln.«

Zufrieden schlenderte Trout zu der Ecke, in der seine Wasser- und Futterschüssel auf ihn warteten, und zog seine leere Futterschüssel in Josies Richtung. Mit einem Blick auf Noah sagte sie: »Ah, was für ein Spaß. Wie viele davon wollen Lehrer werden?« Sie füllte Trouts Schüssel und stellte sie ihm hin.

Noah grinste. »Du meinst, wie viele davon haben uns angefleht, sie nicht zu verhaften, weil das ihre zukünftige Lehrerkarriere zerstören würde? Vierzehn.«

Josie schüttelte den Kopf. »Und was hast du da?«, fragte sie und deutete auf das Päckchen in Noahs Hand. Es war etwa so groß wie seine Handfläche.

Er warf einen Blick darauf und sah dann wieder zu Josie und Trinity. »Das lag draußen. Es ist an Trinity adressiert.«

Trinity streckte die Hand nach dem Päckchen aus und Noah lächelte. »Ist das deine Art, uns zu sagen, dass du hier einziehst? Gibst du uns als deine neue Adresse an?«

Trinity schob ihre Kaffeetasse zur Seite, legte das Päckchen auf den Tisch und begann, es auszupacken, während sie antwortete. »Nein, ich gebe euer Haus nicht als meine Adresse an.«

Noah sagte: »Das ist jetzt aber schon das zweite Päckchen diese Woche.«

»Ach so, na ja, ich habe meiner Assistentin gesagt, dass sie mir ein paar Sachen aus dem Büro schicken soll. Welche Adresse hätte ich ihr denn sonst geben sollen?«

Eine gewisse Schärfe lag in ihrer Stimme. Noah hob beide Hände. »Ganz ruhig«, sagte er. »Ich wollte dich nur ein bisschen necken. Alles gut.« Dann grinste er und Josie wusste, dass das, was er als Nächstes sagen würde, als Scherz gemeint war. »Ich bin übrigens begeistert davon, wie du das Gästezimmer dekoriert hast ...«

Aber Trinity schaute ihn gar nicht an. Sie blickte auf den Inhalt des Päckchens und wurde ganz blass. Dann legte sie es zur Seite und griff nach ihrer Tasse, um den Rest ihres Kaffees zu trinken.

»Wo hast du das hier gefunden?«

»Wie gesagt, es war draußen.«

»Es hat keinen Poststempel, keine Briefmarke«, sagte Trinity. »Wo genau lag es?«

Josie warf einen Blick über Trinitys Schulter und sah, dass tatsächlich keine Briefmarke darauf zu sehen war, ebenso wenig wie eine Absenderadresse. »Was ist das denn?«, fragte Josie. »Was ist in dem Päckchen?«

Trinity nahm das Päckchen an sich und drückte es sich an die Brust. »Nichts Wichtiges. Ich bin nur neugierig, weil es halt nicht mit der Post kam. Wo hast du es gefunden, Noah?«

Noah sagte: »In unserem Briefkasten, am Ende der Einfahrt. Du weißt schon, der Kasten, in dem wir unsere Post normalerweise finden?«

Mit ihrer freien Hand schnappte Trinity sich ihren Laptop. Sie starrte Noah an und ihre Augen funkelten plötzlich vor Wut. »Hast du ein Problem damit, dass ich hier bin?«

Josie sagte: »Trin, er wollte dich nur necken.«

»Ach, wirklich?«, fuhr Trinity nun Josie an. »Warum hat er in meinem Zimmer herumgeschnüffelt?«

»Ich habe nicht herumgeschnüffelt«, sagte Noah. »Ich bin nur mal dran vorbeigelaufen, als die Tür offenstand.«

Trinity hielt sowohl den Laptop als auch das Päckchen gegen ihre Brust gedrückt. Sie trat einen Schritt auf Noah zu und warf ihm vor: »Du willst mich nicht hier haben.«

»Das stimmt nicht«, stritt Noah ab.

Kurz herrschte Schweigen im Zimmer. Trinity starrte ihn an, fast als müsse sie eine Entscheidung treffen. Sie sagte: »Ich merke schon, wenn ich nicht willkommen bin.«

»Wovon redest du überhaupt?«, sagte Noah. »Mach dich doch nicht lächerlich.«

Bei seiner ungewollt ungeschickten Wortwahl kniff Josie die Augen zusammen. Sie wusste, dass das ihrer Schwester den Rest geben würde. Trinitys Gesicht lief rot an. Sie presste ihre Lippen zu einer dünnen Linie zusammen. Josie versuchte, die Situation zu entschärfen und sagte: »Trinity, du weißt doch, dass du uns immer willkommen bist. Bitte ...«

Aber bevor sie den Satz zu Ende sprechen konnte, war ihre Schwester schon aus dem Zimmer gestürmt. Josie und Noah konnten hören, wie ihre Schritte die Treppe hinaufdonnerten. Als die Tür zum Gästezimmer zuknallte, sah Trout überrascht von seinem Frühstück auf. Er blickte zwischen den beiden hin und her, mit besorgtem Blick und wachsam aufgestellten Ohren, bis Josie sagte: »Alles okay, guter Hund.«

Noah hob beide Hände in die Höhe. »Tut mir leid, es war wirklich nur als Scherz gemeint ...«

»Weiß ich doch«, sagte Josie. »Sie steckt nur gerade in einer schwierigen Phase.«

Noah verzog sein Gesicht. »Denkst du, sie rappelt sich wieder auf? Sie ist ja komplett durch den Wind.«

»Was du nicht sagst ...«, antwortete Josie mit einem Seufzer. Sie warf einen Blick zur Uhr der Mikrowelle. Bald würde sie sich für die Arbeit fertigmachen müssen. »Ich geh und rede mit ihr. Kannst du mit Trout Gassi gehen?«

Noah folgte ihr in den Eingangsbereich und griff nach Trouts Leine. Der Hund raste ihm hinterher. Josie stieg schweren Schrittes die Treppe hinauf. So hatte sie Trinity noch nie erlebt. Kurz überlegte sie, ob sie ihre Mutter, Shannon, anrufen sollte. Die hatte schließlich mehr als drei Jahrzehnte Erfahrung damit, mit Trinity umzugehen und durch die Höhen und Tiefen des Lebens zu begleiten. Deutlich mehr also als Josie. Aber schließlich war Trinity nicht zum Haus ihrer Eltern gefahren, um sich ihre Wunden zu lecken, sondern zu Josie. Sie konnte hören, wie Trinity im Gästezimmer rumorte, und griff nach dem Türknauf.

»Trinity?«

Sie drückte gegen die Tür, aber sie ließ sich nicht öffnen.

»Lass mich in Ruhe«, rief Trinity.

Josie drückte erneut gegen die Tür und erkannte, dass etwas Schweres an der anderen Seite der Tür sie davon abhielt, sie zu öffnen. »Hast du die Tür verrammelt?«

Noch mehr Geräusche aus dem Zimmer. Das Knistern von Papier und gedämpftes Poltern. Warf Trinity etwa ihre Klamotten durchs Zimmer? Endlich öffnete sich die Tür und Trinity stand mit aschfahlem Gesicht vor ihr. Ihre blauen Augen waren im Aufruhr der Gefühle weit aufgerissen. Wut, aber auch noch etwas anderes. Bevor Josie feststellen konnte, was es war, sagte Trinity: »Nur noch ein paar Minuten, dann seid ihr mich los.«

»Trinity, also wirklich«, sagte Josie. »Du übertreibst maßlos. Du kannst so lange hierbleiben, wie du willst. Das weißt du doch. Noah hat doch nur einen Scherz gemacht.«

»Und was sagt man über Scherze?«, erwiderte Trinity. »Dass sie immer ein Körnchen Wahrheit enthalten?«

Josie öffnete den Mund, um etwas zu entgegnen, aber als ihr Blick in das Zimmer hinter Trinitys Rücken fiel, gingen ihr die Worte aus. Ihr Koffer lag offen auf dem Doppelbett, vollgestopft mit Kleidung und Schuhen. Eine Dokumentenschachtel stand auf der Kommode an der anderen Wand. Papiere quollen daraus hervor. Eine weitere Schachtel lag umgekippt auf dem Boden, der Inhalt wild im Zimmer verstreut. Josie konnte Dokumente, Kleidungsstücke, Schmuck und Bürozubehör erkennen. Der Fernseher, den Noah an der Wand hinter der Kommode befestigt hatte, war mit farbigen Post-it-Zetteln bedeckt. An den cremefarbenen Wänden hingen Zettel und Fotos. Josie bemühte sich, all die Informationen in sich aufzunehmen, aber es war so viel, dass sie nicht alles auf einmal verarbeiten konnte. Sie deutete auf eine Reihe von Fotos, die an der Wand hinter Trinity hingen. »Ist das da ein Skelett?«

Trinity drehte ihr den Rücken zu und raste ans andere Ende des Zimmers, um die Fotos von der Wand zu reißen und in die Schachtel auf der Kommode zu stopfen. »Braucht dich nicht zu interessieren«, sagte sie zu Josie.

Josie betrat das Zimmer und stolperte dabei beinahe über einen Stöckelschuh von Louis Vuitton. »Hier sieht es ja aus wie in einer Einsatzzentrale. Was ist denn das alles hier?«

Trinity riss immer mehr Papiere von der Wand, bevor Josie sich einen Reim darauf machen konnte. Ihr war, als hätte sie einen Autopsiebericht erkannt und Seiten, die aussahen wie aus einer Polizeiakte. Sie versuchte, einige der Wörter darauf zu lesen, bevor Trinity sie ihr wegschnappte und in die Schachtel packte. Sie konnte gerade noch die Worte »psychologisches Profil« erkennen, als Trinity auch schon die letzten Seiten erwischt hatte und in ihrer Hektik nur kleine Stückchen abgerissenen Papiers zurückließ. Dann lief sie zum Fernseher und stürzte sich auf die Post-it-Notizen. Erneut hatte Josie nur wenige Sekunden Zeit, um ein paar der Wörter aufzuschnappen, bevor auch die Notizen in der übervollen Dokumentenschachtel verschwanden.

Symmetrie?
Gespiegelte Morde?
Zwangsstörung?

»Trinity«, sagte Josie. »Was zur Hölle ist das hier?«

Trinity schlug den Deckel der Schachtel zu und lief zu der anderen Schachtel, um den Inhalt hineinzustopfen und sie aufzurichten. »Hab ich doch schon gesagt. Geht dich nichts an.«

»Ist das deine große Story? Die Story, mit der du dich wieder mit deinem Sender gutstellen willst?«

Trinity antwortete nicht und suchte stattdessen den Boden nach herumliegenden Schuhen und Kleidungsstücken ab, welche sie in ihren Koffer warf.

Josie verschränkte die Arme vor der Brust und warf ihrer Schwester einen ernsten Blick zu. »Trinity. Das hier sieht aus wie eine Mordermittlung. Hab ich recht? Versuchst du, einen ungeklärten Fall zu lösen? Gönn dir doch ein bisschen Ruhe. Du kannst bestimmt etwas Schlaf vertragen, du warst die ganze Nacht wach. Wenn ich von der Arbeit zurückkomme, kannst du diese Sachen runterbringen und wir gehen sie gemeinsam durch.«

Ohne darauf zu reagieren schob Trinity ihre Füße in die Louis Vuittons und zog ihren Koffer vom Bett. Er landete mit einem lauten Knall auf dem Boden. Mit entschiedener Haltung blieb Josie im Türrahmen stehen und musterte Trinity. »So willst du rausgehen? In Jogginghose und High Heels? Du bist immer noch berühmt, vergiss das nicht. Willst du so nach New York zurückfahren?«

»Nicht nach New York. Da wartet nichts mehr auf mich. Es ist völlig egal, wie ich mich jetzt zurechtmache oder was ich anhabe. Jetzt ist alles komplett egal.«

»Wo willst du dann hin? Nach Hause zu Mom und Dad?«

»Spinnst du? Nein. Ich werd mir was mieten. Irgendwo, wo ich meine Ruhe hab. Vielleicht eine Hütte im Wald oder sowas. Ich will jetzt allein sein.«

»Ich glaube nicht, dass du gerade allein sein solltest«, sagte Josie. »Bitte, bleib doch hier, leg dich ein bisschen hin, dann finden wir gemeinsam eine Lösung.«

»Ist ja klar, dass du sowas sagen würdest. Für dich löst sich immer am Ende alles zum Guten. Für die großartige Josie Quinn. Klar, ich sollte einfach zulassen, dass du das Steuer übernimmst und all meine Probleme löst.«

Josie fühlte sich, als hätte ihr jemand ins Gesicht geschlagen. »Wovon redest du denn bitte?«

Trinity deutete mit einem langen, manikürten Fingernagel auf sie. »Du landest immer auf den Füßen, nicht wahr? Dein Polizeirevier fällt auseinander und irgendwie gehst du daraus als Polizeichefin hervor. Dann hast du den Job verloren und darfst trotzdem weiter deine Arbeit machen. Du löst jeden einzelnen Fall. Du findest immer die Bösen. Muss toll sein, so ein perfekter Mensch zu sein.«

Josie sagte: »Du denkst, ich bin perfekt?«

»Du bist berühmt, alle lieben dich. Du hast eine Hammerkarriere, egal, was du tust, egal, was passiert. Du hast ein schönes Haus und einen wunderbaren Freund. Du hast alles. Immer ist dein Haus voller Leute. Freunde, Kollegen, Familie. Sogar Leute, die dich eigentlich hassen sollten, wie Misty, die

Freundin deines toten Ehemanns, aber natürlich, sogar die ist für dich da. Für mich ist niemand da. Absolut niemand.«

Mit jedem einzelnen Wort fühlte Josie sich, als hätte ihre Schwester ihr einen kleinen, aber lebensnotwendigen Knochen gebrochen. Trotzdem schaffte sie es, eine Antwort auszustoßen: »Ich bin für dich da.«

»Oh, klar, jetzt bist du für mich da. Und was war vorher, mein ganzes Leben lang? Wo warst du da? Ich habe dich gebraucht. Wenn du da gewesen wärst, hätte alles anders kommen können, aber du warst ja nicht da.«

Nun flackerte Wut in Josie auf. »Du weißt genau, dass das nicht meine Schuld war.«

»Aber das ändert doch nichts!«, rief Trinity. »Du warst nie für mich da. Ich war allein. Jetzt hast du dein perfektes Leben und ich habe nichts. Das Einzige, was mir wichtig war, das Einzige, was mir je wichtig war, ist mir jetzt weggenommen worden. Du verstehst das nicht einmal. Meine eigene Schwester, meine Zwillingsschwester. Aber wie könntest du es auch verstehen?«

Josie deutete nun ihrerseits auf ihre Schwester. »Du warst nicht allein, Trinity. Du hattest deine komplette Familie. Willst du wissen, was ich hatte? Ich hatte einen Wandschrank. Ich bin durch die Hölle gegangen. Wirklich, durch die Hölle. Du bist in einem wunderschönen Haus aufgewachsen, mit liebevollen Eltern und einem tollen kleinen Bruder. Dir hat nie etwas gefehlt. Du hattest immer genug Geld, genug zu essen, ein Dach über dem Kopf.« Sie schob ihr Haar auf der rechten Seite zurück und deutete auf die lange, verblasste Narbe, die unter ihrem rechten Ohr ansetzte und bis zur Mitte ihres Kinns verlief. »Dich hat nie jemand zu Boden gedrückt und versucht, dir die Haut vom Gesicht zu schneiden! Glaub mir, du willst dich nicht mit mir messen, wer die schlimmere Kindheit hatte, denn das Spiel gewinne ich.«

Trinity ließ ihren Blick zu Boden sinken und drückte sich

an Josie vorbei aus dem Zimmer hinaus. Sie stolperte durch den Gang und zog ihren schweren Koffer hinter sich her.

Am oberen Treppenabsatz drehte sie sich wieder zu Josie. »Hast du schon mal überlegt, ob es nicht vielleicht besser gewesen wäre, wenn wir das Ganze auf sich beruhen lassen hätten? Klar, wir haben dieselben Gene, aber das macht uns noch nicht zu einer Familie. Wir waren nicht dazu bestimmt, Schwestern zu sein. Nicht wirklich.«

»Trinity ...«

»Stimmt doch. Du hast mich doch nicht einmal gemocht, bevor wir das mit unserer Verwandtschaft herausgefunden haben. Du hast mich gehasst.«

»Es gab mal eine Zeit, da mochte ich dich nicht, das stimmt«, gab Josie zu. »Aber das war, bevor ich dich richtig kennengelernt hatte ...«

»Aber du kennst mich immer noch nicht, nicht wirklich«, sagte Trinity. »Wie lange sind wir jetzt schon ›Schwestern‹? Seit drei Jahren? Und was weißt du schon über mich?«

»Ich ... ich ...«, stammelte Josie.

»Was ist das Schlimmste, was mir je passiert ist? Davon abgesehen natürlich, dass ich gerade meinen Job verloren habe.«

Josie zermarterte ihr Gehirn. Trinity hatte recht. Sie wusste nur Oberflächliches über sie. Sie hatten nie eine Gelegenheit dazu gehabt, die Art Gespräche zu führen, bei denen sie ihre Seelen bloßlegen und über jedes Detail in ihrem Leben reden konnten. Aber schließlich führte Josie mit niemandem solche Gespräche.

»Das Schlimmste, was dir je passiert ist, war damals, als dein Sender dich degradiert hat und du wieder zu WYEP musstest, nachdem dir deine Quelle falsche Informationen zugespielt hatte.«

Trinity stemmte eine Hand in ihre Taille. »Falsch. Was ist das *Beste*, was mir je passiert ist?«

Kleinlaut sagte Josie: »Dass du die Stelle als Moderatorin bekommen hast?«

Tränen glänzten in Trinitys Augen. Als sie antwortete, lag ein Zittern in ihrer Stimme. »Falsch.«

Schweren Herzens folgte Josie ihrer Schwester, als diese den Koffer zu ihrem roten Fiat-Cabrio zerrte und auf den Beifahrersitz wuchtete. Noch zweimal lief Trinity zurück ins Haus, um ihre Dokumentenschachteln und ihre Handtasche zu holen. Sie legte die Schachteln etwas instabil zwischen Koffer und Armaturenbrett. Ihre braune Gucci-Handtasche hatte sie in die oberste Schachtel geworfen. Josie bettelte sie an, hierzubleiben, mit ihr über alles zu reden, aber Trinity ignorierte ihr Flehen.

Nachdem sie den Motor angelassen hatte und ihr Fiat dröhnend zum Leben erwachte, fuhr sie das Fenster herunter und blickte ein letztes Mal zu Josie auf. »Wir sind keine Schwestern, Josie. Nicht wirklich. Ich glaube, es ist an der Zeit, dass wir aufhören, das hier zu erzwingen, wo es doch nie hat sein sollen.«

VIER

»Wow«, sagte Noah, als sie das Haus betraten. »Mir war nicht klar, dass es so schlimm war. Das tut mir wirklich leid.«

Im Treppenhaus schälte Josie Trout aus seinem Geschirr heraus. Er trottete in die Küche, auf der Suche nach Wasser. Noah zog sie in seine Arme. »Und seitdem hast du nicht mehr mit ihr geredet?«, fragte er, das Kinn auf ihren Kopf gelegt.

Josie ließ ihre Wange an seine Brust sinken und murmelte: »Nein. Ich habe sie mehrmals angerufen und ihr geschrieben, aber sie hat nie geantwortet.«

Er ließ sie los und gemeinsam gingen sie die Treppe hinauf, um zu duschen und sich anzuziehen. Im Schlafzimmer angekommen zog Noah sein T-Shirt über den Kopf und fragte: »Hast du schon mit Shannon geredet?«

»Na klar. Mehrmals sogar. Sie hat versucht, zwischen uns zu vermitteln, aber Trinity wollte nichts davon hören. Sie hat gesagt, dass sie nicht mit mir reden und mich auch nicht sehen will. Eigentlich will sie niemanden sehen. Shannon hat mir erzählt, dass sie sich eine Hütte im Wald gemietet hat.«

»Aber sie ist hier in der Nähe geblieben«, merkte Noah an. »Das muss doch etwas heißen.«

»Ich glaube eher nicht, Noah. Ich habe sie noch nie so erlebt und das Schlimmste daran ist ...«

Sie konnte es nicht aussprechen, nicht einmal ihm gegenüber.

»Was?«

Sie setzte sich auf die Bettkante und schloss ihre Augen, damit sie nicht sehen musste, wie er sie beobachtete. »Sie hat recht. Ich weiß nichts über sie. Nicht wirklich. Ich habe nie danach gefragt.«

»Was gibt es denn schon groß zu wissen?«, fragte Noah.

Sie riss die Augen auf. »Also ehrlich, Noah.«

Er breitete die Arme aus. »Ich mein's ernst. Ihr habt herausgefunden, dass ihr Schwestern seid, okay. Und dann was, hättet ihr euch hinsetzen und jedes kleine Detail dokumentieren sollen, das ihr in der Zwischenzeit verpasst habt? Dafür, dass ihr beide so beschäftigt seid, verbringt ihr sehr viel Zeit miteinander. Du hast dich komplett in eure Familie integriert. Was erwartet sie denn noch von dir? Hat sie dich zu jedem kleinen Detail deines Lebens ausgefragt?«

»Musste sie doch gar nicht. Vieles davon ist ja leider sowieso öffentlich bekannt geworden.«

Er setzte sich neben sie, legte einen Arm um ihre Schultern und zog sie in eine feste Umarmung. »Ich glaube, sie sieht das alles viel zu dramatisch. Offensichtlich war sie total aufgebracht, weil sie ihren Job verloren hat. Du weißt doch, wie wichtig ihr ihre Karriere ist.«

Aber ich weiß nicht, wieso, dachte Josie. Was hatte Trinity zu der Person gemacht, die sie war?

Noah fuhr fort: »Für jemanden wie Trinity ist der Verlust ihrer Moderatorenrolle wie der Tod eines Familienmitglieds. Sie treibt jetzt ankerlos umher und weiß nicht mehr, was sie mit sich anfangen soll. Sie ist nur so auf dich losgegangen, weil du ihr so nahestehst. Jetzt hatte sie einen Monat Zeit, sich klarzuwerden, wer sie ohne ihren Job sein möchte. Vielleicht ist die Zeit reif, dass du mal hinfährst und mit ihr redest.«

»Wenn sie gern mit mir reden würde, hätte sie doch auf meine Anrufe oder SMS geantwortet.«

»Vielleicht ist es ihr inzwischen peinlich, wie sie sich aufgeführt hat. Vielleicht braucht sie das, dass du den ersten Schritt machst.«

»Ich glaube nicht, dass das stimmt«, sagte Josie.

»Es gibt nur einen Weg, das herauszufinden«, sagte Noah. »Sie redet ja sowieso schon nicht mehr mit dir, was hast du also zu verlieren? Nimm die Sonnenbrille und fahr zu der Hütte. Sag ihr, dass du ihre Schwester sein willst.«

»Ich weiß doch nicht einmal, wo diese Hütte ist.«

»Na, versteck dich mal nicht hinter Ausreden. Shannon hat die Adresse, oder nicht?«

Josie antwortete nicht.

»Stell dich unter die Dusche. Ich mach uns Frühstück und dann fährst du zu ihr.«

»Was, wenn sie mir die Tür vor der Nase zuschlägt? Oder noch schlimmer, wenn sie gar nicht erst aufmacht?«

Noah stand auf und lächelte sie an. »Dann versuchst du es morgen noch mal.«

Die Hütten von Whispering Oaks gab es schon, seit Josie sich erinnern konnte. Zu dieser Jahreszeit – Ende März – wurden sie normalerweise von Jägern oder Anglern bewohnt, im Sommer dann gelegentlich von Familien gemietet. Die Gegend lag hoch oben in den Bergen und wirkte sehr abgelegen, war aber doch nur eine halbe Stunde Autofahrt von der Stadt entfernt. Ein Bach schlängelte sich zwischen den einzelnen Grundstücken hindurch und mehrere Wanderwege ebenfalls. Ein ausgefahrener Kiesweg wand sich den Berg hinauf und zweigte jeweils vor den einzelnen Hütten ab. Insgesamt gab es zehn Hütten, laut Shannon hatte Trinity die Nummer sechs gemietet.

Josie holperte in ihrem Ford Escape den Kiesweg entlang, bis sie zu einer Einfahrt gelangte, die laut einem ausgebleichten, hüfthohen Holzschild zur Nummer sechs führte. Sie bog ab und folgte einem anderen schmalen Kiesweg, bis sie Trinitys roten Fiat Spider entdeckte, dessen Vorderseite in die Richtung zeigte, aus der Josie gerade gekommen war. Er stand vor einer kleinen Hütte mit einem knallroten Aluminiumdach, deren Wände mit künstlichen, rauchfarbenen Baumstämmen bedeckt waren. Die kleine Veranda davor bot gerade genug Platz für zwei hölzerne Schaukelstühle. An der roten Haustür hing ein gewundener Weidenkranz, dekoriert mit quietschbunten Kunstblumen. Das Ganze wirkte idyllisch und einladend und passte so überhaupt nicht zu Trinitys Stil. Wie hat sie es nur einen ganzen Monat hier ausgehalten, fragte Josie sich. Eine kleine Stimme in ihrem Kopf erinnerte Josie an Trinitys Vorwurf, dass sie sie nie richtig gekannt hätte.

Mit einem Seufzen parkte Josie neben dem Fiat, nahm Trinitys Sonnenbrille und stieg aus. Als sie an dem Fiat vorbeilief, stach ihr etwas auf dem Beifahrersitz ins Auge. Sie konnte Trinitys Koffer durch das Fenster erkennen. Oben drauf lag Trinitys Handtasche. Eine Gucci-Handtasche, passend zur Gucci-Sonnenbrille. Wenn Noah wüsste, wie viel Trinity für die Handtasche bezahlt hatte, würde er wahrscheinlich einen Herzinfarkt kriegen. Josie hatte sie in New York besucht, als sie sich das Teil gekauft hatte, und als Trinity dem Kassierer ihre Kreditkarte gegeben hatte, war ihr direkt ein bisschen übel geworden.

Trinity war wohl dabei, sich auf den Heimweg zu machen. Josie fragte sich, ob sie ihre Moderatorenstelle zurückbekommen hatte. Den ganzen Monat über hatte sie die Morgenshow verfolgt und gehofft, dass der Sender Trinitys geplante Rückkehr erwähnen würde, aber stattdessen hatte sie nur eine

Reihe von Ersatzmoderatoren erlebt, die Trinity nicht das Wasser reichen konnten. Trinitys Name wurde kaum erwähnt und wenn, dann hieß es nur, sie sei »im Außeneinsatz unterwegs«. Allerdings war auch nichts darüber zu hören, dass die plötzlich berühmte Mila Kates ihren Platz einnehmen würde. Was für ein seltsamer Zufall, dass Trinity genau an dem Tag wegfahren wollte, an dem Josie ihren Mut zusammengenommen und einen Besuch geplant hatte.

Schweren Schrittes stieg Josie auf die Veranda und klopfte an der Tür. »Trin?«, rief sie.

Keine Antwort. Sie warf einen Blick durch das Fenster neben der Haustür, konnte aber wegen der weißen Vorhänge nichts erkennen. Sie klopfte erneut, diesmal energischer. Nichts.

Sie legte ihr Ohr unterhalb des Weidenkranzes an die Tür und lauschte auf Geräusche aus dem Inneren der Hütte, konnte aber nichts hören. Dann drehte sie versuchsweise am Türknauf und stellte überrascht fest, dass die Tür nicht verschlossen war. Sie steckte Trinitys Sonnenbrille in ihre Tasche und schob die Tür auf, wobei sie erneut den Namen ihrer Schwester rief. Sobald sie über die Türschwelle gestiegen war, schlug ihr ein muffiger Geruch entgegen. Es war fast zehn Uhr vormittags und die Sonne stand hoch am Himmel. In der Hütte brannten keine Lichter. Josie rief noch einmal nach Trinity, erhielt aber keine Antwort. Ihr Herzschlag beschleunigte sich und sie griff nach der Dienstwaffe an ihrem Gürtel, aber natürlich war sie unbewaffnet, es war ja ihr freier Tag. Außerdem hatte es keinen Grund gegeben, zu vermuten, dass sie für einen Besuch bei Trinity ihre Waffe brauchen würde. Das Innere der Hütte war in gemütlichen Rot- und Brauntönen dekoriert, ordentlich und sauber, von der Staubschicht abgesehen, die jede Oberfläche bedeckte. Josie kontrollierte das einzelne Schlafzimmer und das winzige Bad. Beide waren leer, aufgeräumt und mit Staub bedeckt. Als sie sich wieder dem Wohnbereich zuwandte, konnte Josie die eisigen Finger der Angst nicht länger abschütteln. Auf dem Küchentisch entdeckte sie einen Zettel, der aussah, als hätte Trinity ihn aus ihrem Kalender herausgerissen. Darauf stand:

Lieber Mr P.,

danke, dass Sie mir Ihre Hütte vermietet haben. Es ist wirklich schön hier. Ich weiß, ich war nur eine Woche lang hier, aber Sie können die Kaution gerne behalten, ich erwarte keine Rückzahlung. Ich hoffe, ich habe alles zu Ihrer Zufriedenheit hinterlassen. Bei Fragen oder Problemen können Sie sich gerne bei mir melden.

Trinity

Darunter hatte Trinity ihre Handynummer aufgeschrieben. Neben dem Brief lag ein einzelner Schlüssel mit einem bärenförmigen Schlüsselanhänger, auf dem in weißer Schrift *Whispering Oaks 6* stand. Josie überflog den Brief erneut und ihr Blick blieb an den Worten *Ich weiß, ich war nur eine Woche lang hier* hängen.

»Eine Woche?«, murmelte sie.

Das würde doch heißen, dass Trinity vor drei Wochen weggefahren war. War sie aber nicht, schließlich stand ihr Auto mit ihrem Koffer und ihrer Handtasche noch draußen vor der Hütte.

Josie lief in die Einfahrt hinaus und zur Fahrertür des Fiats. Ohne das Auto zu berühren, lehnte sie sich vor und warf einen Blick ins Wageninnere. Der Schlüssel steckte im Zündschloss. In der Mittelkonsole unter dem Armaturenbrett, in der Nähe der Schaltung, war ein kleines Fach, in das Trinity immer ihr Handy legte. Josies Herz setzte einen Schlag aus, als sie sah, dass das Handy genau dort lag.

Sie streckte ihre Hand aus, um die Tür zu öffnen, hielt aber inne, bevor ihre Finger das Auto berühren konnten. Die Polizistin in ihr verbot ihr, mögliche Fingerabdrücke am Äußeren des Autos zu zerstören. Ihre Hand zitterte, als sie sie wieder zurückzog.

Sie drehte sich um, ihr Blick schweifte über die Wiese und die Bäume im Hintergrund, dann über die Einfahrt. An ihrem eigenen Auto vorbei lief sie zur Grundstücksgrenze, auf der Suche nach Fußabdrücken oder anderen Spuren von Trinity. War sie in den Wald hineingewandert? War jemand auf das Gelände gekommen und hatte sie entführt? Und falls ja, hatte die Person sie in den Wald hineingezerrt oder einfach mit dem Auto mitgenommen? Auf dem Kiesweg wäre es fast unmöglich, Reifenabdrücke zu finden. Und dann wurde ihr klar, selbst wenn es Reifenabdrücke gegeben hatte, hatte sie sie inzwischen mit ihrem eigenen Auto zerstört.

Sie ging um die Hütte herum. Das erste, was sie dort sah, war eine Lichtung mit zwei Adirondack-Stühlen neben einer Feuerstelle, die aus einer alten Autofelge gefertigt war. Feuerholz stapelte sich an der Rückwand der Hütte. Die Vorstellung von Trinity, die sich ein Lagerfeuer baute, war völlig absurd. Sie war wirklich kein großer Naturmensch. Josie musterte die Feuerstelle. Alte Asche und verbrannte Holzstückchen lagen darin verstreut, aber es sah aus, als hätte hier schon länger kein Feuer mehr gebrannt. Josie wandte ihren Blick von der Feuerstelle ab und schaute in Richtung der Bäume am Ende des Grundstücks. Etwas stach ihr ins Auge. Dort auf dem Boden, kurz vor der Baumgrenze, lag etwas Weißes. Sie ging ein paar Schritte darauf zu und blieb dann wie angewurzelt stehen. Ihr Gehirn konnte das, was sie dort sah, nicht verarbeiten. Das Gras war mehrere Zentimeter hoch und wohl seit einer Weile nicht mehr gemäht worden. Allerdings hatte der Frühling nach einem kalten Winter ja gerade erst begonnen, das Gras dürfte also noch nicht allzu schnell wachsen. Wahrscheinlich hatte der Grundbesitzer es mähen lassen, bevor Trinity herkam, also vor etwa einem Monat.

Josie zwang ihre Füße dazu, sich wieder in Bewegung zu setzen. Ihre Kehle schnürte sich zu und sie musste sich anstrengen, um kontrolliert weiterzuatmen. Dort im Gras vor ihr lagen Knochen. Menschliche Knochen. Und sie waren nicht hingeworfen oder liegengelassen worden. Diese Knochen waren sorgfältig arrangiert.

Zur Schau gestellt.

Rippenkorb und Wirbelsäule bildeten den Mittelpunkt dessen, was Josie anstarrte. War es eine Art Symbol? Hinterlassenschaften eines satanistischen Rituals? Um die Rippen und die Wirbelsäule herum lagen kleinere Knochen. Der sachliche Teil ihres Verstandes erkannte, dass es sich hierbei um die winzigen Knochen von Händen, Fingern, Füßen und Zehen handelte. Daruntergemischt sah sie Schlüsselbeinknochen. Am unteren Ende des Kreises deuteten längere Knochen nach draußen, auf Josies Füße. *Armknochen*, flüsterte die emotionslose Ermittlerstimme in ihrem Gehirn. *Zu klein für Beinknochen.* Darunter lagen Schädel und Beckenknochen. Die leeren Augenhöhlen des Schädels blickten in Josies Richtung und schnürten ihr die Luft ab. Sie riss sich von dem starren Blick los und ließ ihre Augen zum oberen rechten Teil des Kreises wandern, wo die Beinknochen lagen und in einem schrägen Winkel in die Josie entgegengesetzte Richtung zeigten.

Ein heftiges Zittern ließ Josies Körper erbeben. Ihre Füße bewegten sich, um wegzurennen, aber sie stieß mit ihren Schienbeinen gegen einen der Adirondack-Stühle, blieb daran hängen und rollte auf die Rückwand der Hütte zu. Ihr Kopf knallte gegen den Holzstapel und einige der Scheite fielen ihr in den Schoß. Sie schloss die Augen und versuchte, ihren Atem wieder in den Griff zu kriegen. In ihrem Kopf erklang eine Stimme mit ruhigem, festem Tonfall, die sie immer hörte, wenn ihr Körper vor Angst und Panik dichtmachte. Es war die Polizistin in ihr, die ihr nun Befehle gab. *Nimm dein Handy. Hol Hilfe.*

Wie ein Mantra wiederholten sich diese Worte in ihrem Kopf, bis sie die Augen öffnete, die Holzscheite von sich schob und nach dem Handy in ihrer Tasche griff. *Atmen*, sagte die Stimme, während sie ihre PIN eintippte. *Einfach weiteratmen.*

Nach dem dritten Klingeln hob Noah ab. »Hey«, sagte er. »Gut, dass du anrufst, ich kann Trouts Herzwurmmedizin nicht ...«

»Hier ist etwas passiert«, unterbrach Josie ihn. »Ich brauch dich hier. Ich brauch das komplette Team.«

Sofort wurde Noahs Tonfall ernst. »Josie, steckst du in Schwierigkeiten? Was ist los?«

»K...Kn...Knochen«, stammelte sie.

»Was? Josie, was ist passiert? Wo ist Trinity? Ist sie da?«

Ihre Stimme war nur ein Flüstern. »Ich glaube, sie ist tot.«

FÜNF

Noah begann mit ganz einfachen Fragen, die Josie mit nur einem oder zwei Wörtern beantworten konnte. War sie in der Hütte? Nein. Stand sie vor oder hinter der Hütte? Hinten. War jemand bei ihr? Nein. Seine Stimme war für sie wie ein Anker, der sie festhielt und verhinderte, dass die Wellen der Panik sie davonreißen konnten. Ganz behutsam entlockte er ihr die Details. Im Hintergrund nahm sie vage die Geräusche seines Schlüsselbunds wahr, eine Tür knallte, ein Motor sprang an. Er war unterwegs zu ihr.

»Sie hat also vor drei Wochen einen Brief an den Vermieter hinterlassen. Ihre Sachen sind schon im Auto, der Schlüssel steckt und ihr Handy liegt auf der Konsole, aber sie ist nicht da«, fasste er zusammen.

»Und d...da sind Knochen. Menschliche. Ich glaube ... ich glaube, es ist Trinity. O Gott, Noah.«

Seine Stimme blieb fest. »Josie, du musst jetzt zu deinem Auto gehen und zur Hauptstraße runterfahren. Wir treffen uns dort.«

Josie schüttelte den Kopf, obwohl er sie nicht sehen konnte. »Ich kann nicht.« Ihre Beine funktionierten nicht. Sie wollte

nicht aufstehen und sich erneut dem Blick dieser leeren Augenhöhlen stellen. Sie wusste schon jetzt, dass sie es nicht schaffen
würde, ihre Augen davon abzuwenden.

»Geh zu deinem Auto«, wiederholte Noah. »Wir treffen
uns an der Hauptstraße.«

Sie antwortete nicht.

»Josie, bitte, hör mir zu«, fuhr er fort. »Du stehst gerade
mitten in einem Tatort. Du weißt, dass wir nicht zulassen
können, dass Spuren zerstört werden. Und das heißt, dass du
gehen musst, bis die Spurensicherung kommen kann.«

Tatort. Spurensicherung. Wörter, die sie wiedererkannte.
Vertraute Abläufe, die sogar in ihrem derzeitigen Schockzu-
stand Sinn ergaben. »Okay«, sagte sie, stemmte sich hoch und
wandte ihren Blick bewusst von dem grausigen Arrangement
hinter der Feuerstelle ab.

»Bist du auf dem Weg zum Auto?«, fragte Noah.

»Ja«, murmelte sie. Ihre Schritte waren etwas unsicher, aber
langsam bahnte sie sich einen Weg zurück zur Vorderseite der
Hütte, zu ihrem Auto. »Bin jetzt da«, sagte sie, als sie angekommen war.

»Gut«, sagte er. »Steig ein. Fahr zum Ende der Einfahrt.
Wir kommen, so schnell wir können.«

Er legte auf. Josie saß auf dem Fahrersitz ihres Autos, das
Handy immer noch ans Ohr gepresst. Ihr Atem ging schnell, als
sie ihren Blick von der Hütte zu Trinitys Auto schweifen ließ.
Selbst während ihr Körper von Emotionen überwältigt wurde –
Angst, Panik, Schock –, während sich ihr Magen zusammenzog,
ihre Haut unangenehm kribbelte und ihr Herz in ihrer Brust
raste, ging die Polizistin in ihr all die Details durch, die sie hatte
wahrnehmen können, als sie dort hinter der Hütte gestanden
hatte. Sie sah das grässliche Arrangement wieder vor ihren
Augen.

Mit der Routine einer Ermittlerin versuchte sie, sich alles
ins Gedächtnis zu rufen, was sie über den menschlichen Verwe-

sungsprozess wusste. Falls Trinity an dem Tag entführt worden war, an dem sie wegfahren wollte, und noch am selben Tag ermordet wurde, waren seitdem drei Wochen vergangen. Das war nicht genug Zeit für die vollständige Skelettierung ihres Körpers, versicherte Josie sich selbst. Oder doch? Sie bemühte sich, all ihre Erfahrung als Ermittlerin aufzurufen und sich zu erinnern, wie lange die Skelettierung eines Körpers dauerte, aber das Wissen blieb außerhalb ihrer Reichweite. Sie würde mit der Rechtsmedizinerin, Dr. Anya Feist, darüber sprechen müssen. Kurz überlegte sie, ob sie Noah zurückrufen sollte, aber ihr wurde bewusst, wie dumm das wäre. Ihr Team wusste doch, dass sie Dr. Feist rufen mussten.

Josie schüttelte die morbiden Gedanken ab, steckte ihr Handy ein und startete den Motor. Ihre Gedanken wirbelten so wild umher, dass ihr schwindlig wurde. In ihr tobte ein Krieg – Schwester gegen Polizistin. Emotion gegen Fakten. Noch nie hatte sie sich zwischen den zwei Seiten ihrer Persönlichkeit so zerrissen gefühlt.

An die Fahrt bis zur Hauptstraße konnte sie sich kaum erinnern, doch nun saß sie dort, die Hände so fest um das Lenkrad gekrallt, dass ihre Knöchel weiß glänzten, als Noah und Detective Finn Mettner in Mettners Auto heranfuhren, zwei Streifenwagen im Schlepptau. Die rotblauen Lichter blitzten durch das Dickicht der Bäume hindurch, die den Kiesweg vor der Sonne abschirmten. Detective Mettner war bereits seit mehreren Jahren Teil des Denton Police Department und vor zwei Jahren vom Streifenpolizisten zum Detective befördert worden. Seitdem hatte er bereits an mehreren komplizierten Fällen mitgearbeitet und beispielsweise bei der Ermittlung zum Mord an Noahs Mutter die Ermittlungsführung übernommen. Dank seiner hingebungsvollen, gründlichen Arbeitsweise war er zu einer echten Bereicherung ihres Ermittlungsteams geworden.

Josie sah zu, wie er und Noah aus dem Auto stiegen und zu

ihr hinüberjoggten. Noah öffnete ihre Autotür und streckte ihr eine Hand hin. Sie ergriff sie und ließ zu, dass er sie aus dem Auto herauszog. Mettner sagte: »Hummel und die Spurensicherung sollten in fünf Minuten da sein. Bis sie den Tatort gesichert haben, gehen wir noch nicht rauf. Dr. Feist ist ebenfalls unterwegs. Sobald wir soweit sind, müssen wir darauf achten, abseits des Wegs zu bleiben. Wenn hier irgendwelche Reifenspuren sind, will ich sie sehen.«

»Ich bin schon raufgefahren«, krächzte Josie. »Wenn welche dort waren, hab ich sie bestimmt schon zerstört.«

»Es könnten immer noch Spuren übrig sein«, sagte Mettner beschwichtigend. »Und wenn ja, dann findet Hummel sie garantiert.«

SECHS

Alex genoss nichts so sehr wie die Zeit, die seine Mutter, Hanna, in ihrem Künstleratelier verbrachte. Sie erlaubte ihm nicht nur, ihr dort Gesellschaft zu leisten, sondern bat ihn sogar darum und fragte, ob er ihr helfen könne. Er bereitete ihre Leinwände und Farben vor, holte Pinsel und Leim und brachte ihr alles, was sie sonst zum Arbeiten brauchte. Nach den Abenteuern mit seinem Vater im Wald war Alex äußerst gut darin, lange Zeit stillzusitzen. Während Hanna arbeitete, saß er auf einem Hocker hinter ihr, beobachtete sie und lauschte ihrem konzentrierten Summen. Sie summte immer verschiedene Versionen desselben Lieds. Er hatte den Liedtext noch nie gehört, aber so oft ihrem Summen gelauscht, dass er die Melodie im Schlaf singen könnte.

Sie war gerade bei den letzten Pinselstrichen eines neuen Gemäldes, als sie sagte: »Alex, Schatz, wo ist deine Schwester? Ich glaube, das hier könnte ihr gefallen.«

Die Frage schnürte ihm die Kehle zu. Meinte sie das ernst? »Du ... du meinst ...?« Seine Stimme war kaum mehr als ein Piepsen. Er hatte ihren Namen seit fast einem Jahr nicht mehr laut ausgesprochen und konnte nun nicht einmal die Silben formen. Niemand sagte mehr diesen Namen. Manchmal fragte er sich, ob er sich die Schwester nur eingebildet hatte. Er versuchte es erneut, schaffte es bis zur ersten Silbe.

Hanna kniff die Augen zusammen und der Rest des Namens blieb in seiner Kehle stecken. Sie warf ihm einen bedeutungsschwangeren Blick zu und antwortete in einem eisigen Tonfall: »Ich weiß nicht, von wem du redest.«

»Oh«, hauchte er.

Ihr Blick verharrte auf seinem Gesicht. »Wo ist Zandra?«

Er rutschte auf seinem Hocker herum. »Dad sagt, sie muss wegbleiben, weil sie krank ist.«

Hanna runzelte die Stirn. »Immer noch? Sie ist jetzt schon seit Tagen eingesperrt. Warum schaust du nicht mal nach ihr?«

»Darf ich nicht«, sagte er. »Du kennst doch die Regeln.«

Mit dem Pinsel in der Hand drehte sie sich um und blickte ihn an. »Stimmt«, sagte sie. Kurz berührte sie eine lange Schnittwunde an dem Arm, mit dem sie den Pinsel hielt. Ihre Finger fuhren den dunklen Schorf entlang. »Na ja, dein Vater legt nun mal die Regeln fest. Aber es wäre so schön, meine beiden Kinder wieder bei mir im Atelier zu haben, Alex.«

»Tut mir leid«, sagte er, obwohl ihm nicht leidtat, was ihr zugestoßen war, nur, dass er nicht stark genug gewesen war, um Zandra aufzuhalten.

Er senkte den Blick, konnte ihre Augen aber immer noch auf seiner Haut spüren. Er hörte, wie sie den Pinsel in eine Tasse fallen ließ. Dann kniete sie vor ihm und starrte ihm in die Augen. Nun, da er fast elf Jahre alt war, schien sie ihm viel kleiner. »Mein Sohn«, sagte sie. »Schau mich an. Du musst deiner Schwester helfen, verstehst du?«

Er nickte.

Sie blickte an ihm vorbei zur Tür und dann wieder zu ihm. »Alex, ich mache mir Sorgen, dass dein Vater es mit seiner Bestrafung ... übertreiben wird, wenn diese Zwischenfälle mit Zandra nicht aufhören.«

»Verstanden.«

»Wirklich?«

Aber bevor er antworten konnte, ließ das Knallen der Haustür sie beide zusammenzucken. Hanna drückte seine Hand und flüsterte: »Schnell, lauf nach unten und setz dich an deine Hausaufgaben.«

Bevor er seinen Hocker verlassen und in den Gang huschen konnte, erklangen aber schon Francis' schwere Schritte auf der Treppe. Nur einen kurzen Moment später füllte sein Körper den Türrahmen aus. »Hanna, was macht er denn hier drin? Steckst du nicht mitten in der Arbeit?«

Sie lächelte. »Doch, ich habe den ganzen Vormittag gearbeitet. Was hältst du davon?« Mit einer überschwänglichen Geste drehte sie sich um und präsentierte ihm ihr neuestes Gemälde.

Er hob eine Augenbraue. »Es ist sehr gut«, sagte er. »Aber irgendetwas fehlt noch.« Dann richtete er seine Aufmerksamkeit auf Alex und sagte: »Geh nach unten, damit deine Mutter sich konzentrieren kann.«

Alex ging in Richtung Tür, aber Hanna sagte: »Alex hat mir geholfen. Lass ihn doch bleiben. Er stört mich nicht. Vielleicht kann er mir ja dabei helfen, herauszufinden, was fehlt.«

»Mach dich nicht lächerlich, Hanna«, fuhr Francis sie an. »Er ist nur ein dummer Junge und du bist eine erfolgreiche Künstlerin.«

Alex huschte an seinem Vater vorbei in den Gang hinaus, bevor die beiden weiter seinetwegen streiten konnten. Er rannte die Treppe hinunter und hörte seinen Vater sagen: »Mach dich wieder an die Arbeit. Ich sehe inzwischen nach Zandra.«

SIEBEN

Josie, Mettner und Noah warteten neben ihren Autos auf das Spurensicherungsteam des Denton Police Department. Trotz der Stille und der wunderschönen Natur um sie herum konnte Josie ihre Gedanken nicht beruhigen. Sie war froh, als Mettner sein Handy herauszog, die Notizen-App öffnete und sie mit Fragen überhäufte. Josie beschrieb alles, was in den letzten sechs Wochen geschehen war. Allerdings nannte sie keine Details des Gesprächs, das Trinity und sie geführt hatten, bevor ihre Schwester aus dem Haus gestürmt war, und sagte nur, dass sie gestritten hatten.

»Und du hast seit einem Monat nichts mehr von ihr gehört?«, fragte Mettner, das Gesicht über den Bildschirm seines Handys geneigt, während er sich Notizen machte. »Was ist mit Freunden oder Familie?«

»Unsere Mutter«, sagte Josie. »Shannon Payne. Sie hat noch mit Trinity geredet, nachdem sie den Kontakt zu mir abgebrochen hatte. Wir sollten auch mit meinem Dad und meinem Bruder reden. Oh, und mit Trinitys Assistentin. Ich weiß, dass die beiden miteinander gesprochen haben, als Trinity noch bei uns gewohnt hat.«

Josie diktierte ihm die Telefonnummern, die sie auswendig konnte, und las die anderen aus ihrer Kontaktliste ab. Sie fügte hinzu: »Aber könntet ihr warten, bevor ihr mit Shannon redet, damit ich ihr als erste Bescheid sagen kann?«

»Natürlich«, sagte Mettner. »Lass uns erst einmal herausfinden, womit wir es hier zu tun haben.«

»Mett«, sagte Josie und streckte die Hand aus, um nach seinem Arm zu greifen. Sein Blick schoss zu ihr hoch, dann zu Noah und wieder zu ihr. Josie hatte einen Kloß im Hals und versuchte, ihn hinunterzuschlucken. »Was ich da oben gesehen habe …«

»Ein menschliches Skelett«, sagte er. »Noah hat es mir erzählt. Wir kümmern uns darum.«

»Nein«, sagte sie und zog an seinem Arm. »Nicht einfach nur ein Skelett. Sowas wie das da oben haben wir noch nie gehabt.«

Mettner öffnete den Mund, um etwas zu erwidern, aber im Geräusch von Reifen, die über den Kiesweg polterten, ging seine Antwort unter. Zwei Polizei-SUVs reihten sich hinter den bereits geparkten Fahrzeugen ein. Officer Hummel und Officer Chan stiegen aus dem ersten SUV aus, aus dem anderen zwei weitere Mitglieder des Dentoner Spurensicherungsteams. Hummel öffnete die Ladeklappe seines Fahrzeugs und alle vier begannen sofort, sich Tyvek-Schutzanzüge anzuziehen und das Zubehör abzuladen, das sie zum Untersuchen des Tatorts benötigen würden. Mettner lief zu ihnen hinüber, um sie in den bisherigen Sachverhalt einzuweisen. Hummel reichte ihm einen Tyvek-Anzug, welchen er anlegte. Josie blieb vor ihrem Auto stehen und sah zu, wie sie sich daran machten, die Einfahrt hinaufzugehen, Mettner und einen der Streifenpolizisten im Schlepptau. Sie liefen am Rand des Kieswegs entlang und hielten Ausschau nach Reifenspuren, wobei sie sorgfältig darauf achteten, nichts zu berühren, was als Beweisstück dienen könnte.

Josie spürte Noahs Hand auf ihrer Schulter und stellte sich dem besorgten Blick seiner haselnussbraunen Augen. »Vielleicht ist sie es ja gar nicht«, sagte er.

»Ich weiß«, sagte sie und hoffte, dass er recht behalten würde.

Noah warf einen Blick zur Einfahrt. »Willst du, dass ich bei dir bleibe, oder wäre es dir lieber, wenn ich mir den Tatort ansehe?«

»Ich will nicht, dass du das sehen musst«, sagte Josie. Sie kniff ihre Augen zusammen und versuchte verzweifelt, das Bild aus ihren Gedanken zu verdrängen, aber es ließ sie nicht los. Es würde nun für immer dort hausen. In ihren Albträumen würde es sie noch jahrelang verfolgen, dessen war sie sich sicher.

Noah sagte: »Sehen werde ich es so oder so, Josie, das weißt du doch.«

»Dann geh hoch«, entgegnete sie und öffnete ihre Augen. »Ich werde hier auf Dr. Feist warten und Shannon anrufen.«

Er legte seine Hand aufmunternd auf ihre Schulter und ging dann zu Hummels Auto, um sich einen Anzug zu schnappen. Kurze Zeit später war er verschwunden. Ein paar Uniformierte standen entlang der Straße aufgestellt, wie Wachmänner. Sie würden etwaige Schaulustige oder andere Mieter davon abhalten, zum Tatort zu gelangen, falls denn jemand die Straße entlangkäme. Einer von ihnen stand am vorderen Ende der Einfahrt mit einem Klemmbrett in der Hand. Sein Job war es, jeden zu registrieren, der den Tatort betrat oder verließ.

Erneut zog Josie ihr Handy heraus, diesmal, um Shannon anzurufen. Zu dieser Zeit war sie bestimmt bei der Arbeit. Sie war als Chemikerin bei einem großen Pharmaunternehmen namens Quarmark angestellt. Josie konnte sie in ihrem Labor vor sich sehen, in einen weißen Kittel gekleidet, mit Schutzbrille im Gesicht über einen Versuch gebeugt. Oder vielleicht saß sie gerade in ihrem Büro und überprüfte Laborergebnisse.

Josie stand kurz davor, diesen ganz normalen Tag in die Luft zu jagen. Sie wollte Shannon nicht damit konfrontieren müssen. Noch nicht. Sie konnte ja selbst kaum verarbeiten, was passiert war. Hatte jemand Trinity wirklich entführt? War Trinity freiwillig gegangen? War das ihr Skelett hinter der Hütte? Wie konnte das möglich sein? Bevor ihr Widerstreben sie komplett lahmlegen konnte, suchte sie Shannons Namen in ihrer Kontaktliste heraus und drückte auf ›Anrufen‹.

Shannon meldete sich nach dem zweiten Klingeln. Sie klang fröhlich und unbeschwert und Josie fühlte sich, als hätte ihr jemand in den Magen getreten. »Hi, Schätzchen, was gibt's?«

Aus Erfahrung wusste Josie, dass es beim Überbringen schlechter Neuigkeiten war wie beim Abreißen eines Pflasters. Je schneller man es hinter sich brachte, desto besser. »Shannon, Trinity ist etwas zugestoßen.«

Schweigen. Josie konnte hören, wie Shannons Atem immer aufgewühlter wurde. »Bitte, nein, sag nicht, dass … ist sie … ist sie …«

»Wir wissen es nicht«, vollendete Josie schnell ihren Gedanken. Sie konnte Shannon nicht von dem Skelett erzählen. Noch nicht. Sie wussten ja nicht mit Sicherheit, ob es Trinity war, und Josie hatte bestimmt nicht vor, ihrer Familie Dinge zu erzählen, bei denen sie sich nicht absolut sicher war. »Ich bin zur Hütte hochgefahren, um mit ihr zu reden. Ihr Auto steht hier. Alle ihre Sachen liegen im Auto, fertig gepackt. Aber sie ist nicht hier.«

Erst nach mehreren Sekunden hatte Shannons Atem sich so weit beruhigt, dass sie antworten konnte. »Dann ist sie bestimmt spazieren gegangen. Sie wird im Wald sein, oder unten am Bach. Vielleicht wollte sie mit den anderen Mietern dort sprechen. Ich werd sie anrufen und …«

Josie fiel ihr ins Wort. »Ihr Handy liegt im Auto. Sie hat dem Vermieter vor drei Wochen einen Brief geschrieben, dass sie wegfahren wird. Shannon, wann hast du zuletzt mit ihr gesprochen?«

Wieder herrschte kurzes Schweigen. Dann sagte Shannon: »Ich weiß nicht genau. Ich muss mal in meine SMS gucken und meine Anrufliste. Es ist schon ein paar Wochen her. Hier bei der Arbeit ging es drunter und drüber, weil wir doch versuchen, dieses neue Krebsmedikament zu perfektionieren. Als ich das letzte Mal mit ihr geredet habe, war sie gerade in die Hütte gezogen. Sie hat mir gesagt, dass alles okay ist und dass sie einfach ein bisschen Ruhe braucht. Sie hat gesagt, dass sie dort bleiben will.«

Ein paar Wochen.

Josie schloss die Augen und zwang sich dazu, ihre Polizistenrolle aufzunehmen. Wer hatte noch regelmäßigen Kontakt mit Trinity? Ihr Vater, Christian, und ihr jüngerer Bruder, Patrick, ganz klar. Sie öffnete die Augen wieder und als sie antwortete, klang ihre Stimme erstaunlich gefasst und selbstsicher. »Shannon, du musst Christian und Patrick anrufen und herausfinden, wann die beiden zuletzt mit ihr gesprochen haben. Es ist wirklich wichtig. Kannst du das tun?«

»Selbstverständlich. Josie, du verheimlichst mir etwas. Was ist es?«

»Wir haben noch nicht alle Fakten gesammelt. Mein Team ist gerade bei der Hütte, um ...«, sie unterbrach sich selbst, bevor die Worte ›den Tatort zu sichern‹ herauskamen, und fuhr stattdessen fort, »sich hier umzusehen. Wir tun, was wir können, um herauszufinden, was mit ihr passiert ist.«

»Glaubst du ... glaubst du, dass jemand sie entführt hat?«

»Das wissen wir noch nicht.«

Bis auf Shannons unstetes Atmen herrschte Schweigen in der Leitung. Josie presste zwei Finger an ihre Nasenwurzel und zwang die Tränen, die ihr in die Augen steigen wollten, dort zu bleiben. Sie versuchte es mit einem Wort, das sie erst ein- oder zweimal zu Shannon gesagt hatte. »Mom.«

Ein gedämpftes Schluchzen war zu hören, als hätte Shannon eine Hand vor den Mund geschlagen, um es aufzuhalten.

Josie fuhr fort: »Ich werde tun, was auch immer ich kann, um herauszufinden, was ihr zugestoßen ist.«

»Was ihr zugestoßen ist? Was willst du damit sagen, Josie? Wenn sie tot ist ... o mein Gott. Das halt ich nicht aus, das weißt du. Ich kann das nicht noch mal durchstehen. Ich kann nicht noch ein Kind verlieren. Ich weiß, dass wir dich wiedergefunden haben, aber dreißig Jahre lang musste ich mit meiner Trauer leben. Trinity ist erwachsen, das weiß ich, aber ich schaff das nicht noch einmal, ich schaff das einfach nicht, ich ...«

»Ich weiß«, sagte Josie und versuchte, ihre Mutter zu übertönen, um ihre hysterische Angstattacke einzudämmen. »Shannon, ich möchte ehrlich mit dir sein. Ich weiß nicht, wo sie ist und was mit ihr passiert ist. Mein Team arbeitet gerade daran. Was du jetzt tun musst, ist, mit Dad und Patrick zu reden, und dann müsst ihr alle drei nach Denton zum Polizeirevier kommen. Es gibt Fragen zu Trinity, die ich nicht beantworten kann. Ich werde eure Hilfe brauchen.«

»Natürlich.«

ACHT

Als Josie auflegte, hörte sie erneut das Knirschen von Reifen auf dem Kiesweg. Der weiße Pick-up der Rechtsmedizinerin Dr. Anya Feist holperte die Straße entlang. Sie reihte sich hinter den Autos der Spurensicherung ein und stieg aus, wobei sie den Streifenpolizisten zuwinkte. Dann lief sie zu Josie. Als diese die Ärztin sah, mit der sie schon an so vielen Fällen gearbeitet hatte, fühlte sie sich sofort etwas ruhiger. Dr. Feist steckte eine Strähne ihres silbrig glänzenden blonden Haares hinters Ohr und kam auf sie zu.

»Du siehst ja gar nicht gut aus«, sagte sie zu Josie.

»Das Pulsmessen kannst du dir sparen«, erwiderte Josie. »Ich weiß auch so schon, dass mein Herz rast.«

Dr. Feist steckte die Hände in ihre Jeanstaschen. »Mettner hat mich angerufen. Er meinte, dass ...« Sie beendete ihren Satz nicht.

Josie sagte: »Bitte schau dir das Skelett an. Ich muss wissen ob das ... ob sie das ist.«

»Dafür werde ich zahnärztliche Unterlagen brauchen, so geht es am schnellsten. Du weißt ja selbst, dass DNA-Tests Wochen oder gar Monate dauern können.«

»Ich weiß. Die werden wahrscheinlich in New York zu finden sein. Ich kann ihre Assistentin fragen, zu welcher Praxis sie gegangen ist.«

Dr. Feist nickte. Schweigen breitete sich zwischen ihnen aus. Um sie herum hörte Josie Insekten summen, Vögel zwitschern und das Rascheln der Bäume im Wind. Schließlich fragte sie: »Sag mal, wie lange dauert es, bis eine menschliche Leiche so verwest ist, dass nur noch das Skelett übrig bleibt? Das dauert Jahre, nicht wahr?«

Dr. Feist starrte sie an und kniff die Augen zusammen. »Josie, das kann man nicht so einfach sagen, das weißt du doch selbst. Es gibt so viele Faktoren, die eine Rolle spielen – Bodenbeschaffenheit, Vegetation, Lichtverhältnisse, Temperatur. Es kann Monate dauern, aber auch Jahre.«

»Aber es geschieht nicht innerhalb von Tagen oder Wochen?«

»Innerhalb von Tagen normalerweise nicht, nein, aber ich bin mir sicher, dass es auch hier Ausnahmen gibt. Es ist möglich, dass eine Skelettierung innerhalb von Wochen stattfindet. Unter manchen Umständen verwesen Leichen extrem schnell, vor allem, wenn Insekten oder Tiere an die Leiche herankommen. Es müssten viele Faktoren zusammenspielen, damit eine Leiche so schnell verwest, aber, wie gesagt, das weißt du ja selbst.«

Josie versuchte zu lächeln, schaffte es aber nicht. »Stimmt, aber ich musste es von dir hören.«

Dr. Feist nickte. »Ich ziehe mir einen Schutzanzug an und dann gehe ich nachgucken. Willst du dabei sein?«

Josie unterdrückte das Schaudern, das Besitz von ihrem Körper ergreifen wollte, als sie erneut an das Skelett dachte. Sie wollte es nicht noch einmal sehen müssen, aber sie musste herausfinden, was passiert war. Das schuldete sie ihrer Schwester. »Ja«, erwiderte sie.

»Werden sie denn zulassen, dass du den Tatort betrittst?«

Josie sagte: »Ich weiß nicht.«

Dr. Feist schenkte ihr ein Lächeln. »Wie sagst du immer so schön? Manchmal bittet man besser um Entschuldigung als um Erlaubnis. Auf geht's.«

Nachdem sie sich in Schutzanzüge gehüllt hatten, ließen sie sich von dem Streifenpolizisten registrieren, dann folgte Josie Dr. Feist die Einfahrt hinauf. Sie liefen beide am Rande des Kieswegs entlang und kamen an zwei Mitarbeitern der Spurensicherung vorbei, die Abdrücke von Reifenspuren machten, an Stellen, wo der Schlamm unter dem Kies zu erkennen war. Sie konnten Trinitys Auto sehen, dessen roter Lack in der späten Nachmittagssonne glänzte. Ein uniformierter Polizist stand neben der Hütte. Er tat so, als würde er Josie salutieren, als sie mit Dr. Feist zu ihm trat. »Sie sind hinten, Boss.«

Hinter der Hütte starrten Noah und Mettner auf die Knochen im Gras hinab, während Hummel ein paar letzte Fotos davon machte. Als Noah zu Josie aufblickte, konnte sie sehen, wie blass er geworden war. Sie hielt sich im Hintergrund, während Dr. Feist nähertrat. Mettners Handy klingelte. Er hob ab, presste den Hörer ans Ohr und trat zur Seite. Dr. Feist kniete sich neben den Knochen ins Gras. Noah ging zu Josie hinüber. »Das kann sie nicht sein«, sagte er. »So schnell hätte ihr Körper niemals verwesen können.«

»Das wissen wir nicht mit Sicherheit«, krächzte Josie. »Dr. Feist meint, es gäbe Umstände, unter denen das möglich wäre.«

»Es handelt sich definitiv um weibliche Überreste«, rief Dr. Feist. »Das Stirnbein ist glatt und senkrecht, das Kinn runder, als bei einem Mann üblich wäre. Der Mastoid, dieser kleine, konische Knochen hinter dem Kiefer, wo die Nackenmuskeln ansetzen, ist sehr klein. Bei Männern ist dieser Knochen ausgeprägter.«

Noah und Josie gingen ein paar Schritte auf sie zu.

Dr. Feist deutete auf den Beckenknochen. »Seht ihr diese Öffnung hier im Beckenring? Sie ist breit und rund, ganz typisch für das Skelett einer Frau. Und der Schambogen, hier, der Winkel, wo die beiden Seiten aufeinandertreffen, ist größer als neunzig Grad, was das Gebären von Kindern ermöglicht. Aber das wisst ihr ja beide.«

Noah schloss seine Hand um Josies Oberarm, als ihre Knie weich wurden. Sie lehnte sich an ihn, um das Gleichgewicht zu bewahren, starrte aber weiterhin zu Dr. Feist hinunter, die fortfuhr: »Wer auch immer sie ist, sie ist nicht hier gestorben. Das Gras unter dem Skelett ist unberührt. Beim Verwesen einer Leiche sickern Fettsäuren in den Boden und hinterlassen fettige Rückstände. Diese Leiche ist woanders verwest und erst dann hat jemand das Skelett hierhergebracht.«

»Irgendeine Idee, wie lange die Knochen schon hier liegen?«, fragte Noah.

»Normalerweise würde ich vermuten, erst seit ein paar Stunden«, sagte Dr. Feist. »Einfach weil dieses kleine Arrangement hier draußen im Wald nicht länger durchhalten würde.«

»Wie meinst du das?«, fragte Noah.

»Tiere hätten die Knochen sonst gefunden und weggeschleppt oder zumindest durcheinandergebracht«, antwortete Josie.

»Ganz genau«, sagte Dr. Feist. »Überreste, die den Elementen schutzlos ausgeliefert sind, fallen normalerweise Aasfressern zum Opfer. Hier draußen gibt es eine Menge Tiere, die sich für eine verwesende Leiche interessieren würden. An diesem Skelett ist nicht mehr viel dran, was für Aasfresser interessant sein könnte, aber das hätte sie nicht davon abgehalten, daran herumzuschnüffeln.« Sie lehnte sich nach vorn, einen behandschuhten Finger auf den Rippenkorb gerichtet. »Und es sieht so aus, als hätte sich tatsächlich etwas an diesen Knochen zu schaffen gemacht.« Sie bedeutete ihnen, dass sie näherkommen sollten. Noah hielt Josies Arm weiterhin fest im Griff und gemeinsam traten sie noch ein paar Schritte näher. Dr. Feist deutete auf die beiden unteren Rippen auf der linken Seite, an denen ein paar fasrige Reste hingen. »Seht ihr das hier? Das ist etwas weiches Gewebe, das nicht vollständig von den Knochen entfernt wurde. Seht ihr, wie ausgefranst die Knochen aussehen? So sieht das normalerweise aus, wenn Aasfresser weiches Gewebe von Knochen herunterpicken.«

Josie war, als müsse sie sich gleich übergeben.

Dr. Feist erklärte weiter: »Diese Leiche wurde während des Verwesungsprozesses definitiv von Aasfressern bearbeitet, aber das muss woanders passiert sein.«

Noah sagte: »Du hast gesagt, ›normalerweise‹ würdest du vermuten, dass die Überreste erst seit ein paar Stunden hier sind. Aber du denkst, dass sie schon länger hier liegen?«

Dr. Feist nickte. Sie verlagerte ihr Gewicht und deutete auf die Armknochen. »Ja, allerdings nur, weil sie festgebunden wurden.«

»Wie bitte?«, sagte Josie.

Dr. Feist streckte ihre Hand aus und zog etwas aus dem Boden. Metall, etwa fünfundzwanzig Zentimeter lang, am unteren Ende spitz zulaufend. Oben war ein durchsichtiges Stück Plastik angebracht. »Zeltheringe, aus Stahl«, erklärte sie. Sie hielt den Hering mit einer Hand und streckte die andere nach einer durchsichtigen Schnur aus, die mit einem Hering auf der anderen Seite der Knochen verbunden war. »Angelschnur. Jemand hat die Schnur an die Heringe gebunden und das Ganze dann eingesetzt, um die Knochen am Boden festzubinden.«

»Angelschnur?«, sagte Noah.

Josies Mund war trocken. »Damit es der ›Ästhetik‹ nicht in den Weg kommt. Es soll nicht von ... dem Anblick hier ablenken.«

Dr. Feist sagte: »Jemand hat sich hier richtig viel Mühe gegeben.«

»Aber selbst mit dieser Halterung hätten hartnäckige Tiere es doch schaffen können, manche der Knochen zu entfernen, oder nicht?«, fragte Noah.

Dr. Feist legte den Zelthering auf den Boden zurück. »Sicher, aber wie gesagt, an den Knochen ist ja nicht mehr viel dran, das sie interessieren könnte.«

»Wie lange?«, fragte Josie. »Wie lange liegen diese Knochen schon hier?«

Dr. Feist stand auf. »Du weißt, dass ich das nicht mit absoluter Sicherheit sagen kann, aber daran gemessen, was ich über Knochen und Tiere und diese Gegend hier weiß, würde ich sagen, höchstens ein oder zwei Tage.«

»Kannst du feststellen, wie lange das Opfer schon tot ist?«, fragte Noah.

»Das ist etwas schwieriger zu sagen. Da die Leiche nicht hier verwest ist, wissen wir nicht, unter welchen Bedingungen und Temperaturen die Verwesung stattfand. Normalerweise können wir den Todeszeitpunkt dadurch einschätzen, dass wir die Temperaturen und den Niederschlag in der Umgebung analysieren, in der die Leiche verwest ist, wobei wir idealerweise sogar auf Daten der letzten zwei Monate zurückgreifen können. Wir untersuchen, welche Insekten und Bakterien im Boden auftreten. Außerdem beziehen wir mit ein, dass Aasfresser und extreme Hitze den Verwesungsprozess enorm beschleunigen können. Und oft können uns persönliche Gegenstände, die bei der Leiche gefunden wurden, viel verraten. Hier fehlen allerdings all diese Hinweise und deswegen kann ich wirklich nicht einschätzen, wie lange das Opfer schon tot ist. Es kann sein, dass ich mich an Experten der forensischen Taphonomie werde wenden müssen, um euch auch nur einen ungefähren Anhaltspunkt zu geben.«

»Forensische Taphonomie?«, wiederholte Noah.

»Dabei geht es darum, wie Organismen zerfallen und sich versteinern«, sagte Dr. Feist.

Hummel, der bisher nur stumm in ihrer Nähe gestanden und zugehört hatte, sagte: »Wir nehmen die Zeltheringe zur Analyse mit. Vielleicht finden wir darauf ja einen teilweisen Fingerabdruck oder sogar einen vollständigen. Außerdem werden wir nach dem Hersteller suchen und herausfinden, in welchen Läden man die kaufen kann.«

»Danke, Hummel«, sagte Josie.

Er nickte. »Ich werde Chan holen, damit wir diese Überreste hier ins Leichenschauhaus bringen können. Möchtet ihr noch einen Blick nach drinnen werfen?«

NEUN

Josie wollte gerade antworten, dass sie das Innere der Hütte bereits gesehen habe, aber da führte Noah sie schon von den Knochen weg, um die Hütte herum und zur Tür hinein. Und tatsächlich fiel ihr das Atmen etwas leichter, als sie den Tatort hinter sich gelassen hatten. Sie schauten sich gerade um, als Mettner zu ihnen stieß.

»Ich habe mit dem Vermieter gesprochen. Er hat nicht mehr von Trinity gehört, seit sie den Mietvertrag unterschrieben hat. Der wäre diese Woche übrigens ausgelaufen. Er war seitdem nicht hier oben und bei ihm sind keine Beschwerden eingegangen. Von den anderen Hütten sind im Moment vier vermietet. Ich habe ein paar extra Streifenpolizisten angefordert, die rumlaufen und die Mieter dieser Hütten fragen sollen, ob sie irgendetwas Ungewöhnliches gesehen oder gehört haben.«

»Gut mitgedacht«, sagte Noah.

»Unsere Familie ist auf dem Weg ins Revier«, sagte Josie. »Wir treffen uns dort, aber unsere Mutter hat mir schon gesagt, dass sie seit ein paar Wochen nichts mehr von Trinity gehört hat.«

Mettner zog eine Grimasse. »Und ich würde wetten, dass die anderen auch nichts von ihr gehört haben werden. Ihr wisst ja, dass ihr Handy noch im Auto liegt. Sie wollte gerade losfahren und dann ist jemand hier aufgetaucht. Danach sieht es im Moment aus.«

»Oder jemand war mit ihr hier oben«, wandte Noah ein. »Aber in jedem Fall hat jemand sie mitgenommen. Wir brauchen ihre zahnärztlichen Unterlagen. Dr. Feist hat uns außerdem erklärt, dass die Überreste erst nach der Verwesung hierhergebracht wurden.«

»Ich werde Hummel bitten, hier überall Fingerabdrücke zu nehmen«, sagte Mettner. »Vor allem, da die Tür nicht abgeschlossen war. Allerdings sieht es nicht so aus, als hätte sich jemand an der Hütte zu schaffen gemacht.«

Josie schaute sich erneut um. Etwas huschte in ihren Gedanken umher, am Rande ihrer Wahrnehmung. »Das Auto soll er sich auch vornehmen«, sagte sie.

»Du denkst, dass jemand ihr Auto angefasst hat?«

Josie ging zur Tür hinüber und schaute zur Einfahrt hinaus. »Ihr Schlüssel steckt im Zündschloss. Sie war schon im Auto.«

»Oder die Person, die sie mitgenommen hat, will es so aussehen lassen«, sagte Noah.

»Aber warum das denn?«, fragte Mettner.

Josie musterte den roten Fiat Spider. »Sie war schon im Auto«, sagte sie. »Ihr Handy liegt dort, wo sie es immer hinlegt. Als sie letzten Monat weggefahren ist, hat sie ihren Koffer und ihre Handtasche genau so ins Auto gepackt, allerdings ...«

Sie stockte und sah Noah an. Als hätte er ihre Gedanken gelesen, fuhr er fort: »Allerdings fehlen die Schachteln.«

Mettner blickte von seiner Notiz-App auf. »Was für Schachteln?«

»Als sie unser Haus verlassen hat, hatte sie zwei Schachteln bei sich«, sagte Josie. »Dokumentenschachteln. Sie hat sie ins

Auto gepackt, als sie weggefahren ist, oben auf ihren Koffer, und sie hat ihre Handtasche in eine der Schachteln gelegt.«

Mettner sagte: »Wir haben keine Schachteln gefunden, weder in der Hütte noch im Auto.«

»Vielleicht hat die Person, die Trinity mitgenommen hat, auch die Schachteln mitgenommen?«, schlug Noah vor.

Eine düstere Vorahnung ergriff Besitz von Josie. »Neben der Hütte steht eine abgeschlossene Mülltonne. Jemand muss ihren Inhalt überprüfen.«

Mettner verließ die Hütte kurz, um mit einem Mitarbeiter des Spurensicherungsteams zu sprechen. Josie beobachtete ihn dabei, wie er in Richtung der Mülltonne deutete. Als er zurückkam, fragte er: »Was war in den Schachteln drin?«

»Ich bin mir nicht sicher«, sagte Josie. »Dokumente, Fotos und ein paar persönliche Gegenstände, glaube ich. Das Ganze sah aus wie die Akte eines ungelösten Kriminalfalls.« Sie wandte sich zu Noah. »Du hast doch eine Bemerkung darüber gemacht, wie ihr Zimmer aussah. Hast du dabei irgendetwas erkannt, was an ihren Wänden hing oder auf dem Boden lag?«

»Tut mir leid, Josie, aber ich habe wohl etwa so viel gesehen wie du selber. Ich bin nur eines Tages vorbeigegangen, als ihre Tür einen Spaltbreit offen war. Ich habe nur kurz reingeschaut, aber ich wollte ihre Privatsphäre respektieren, also habe ich das Zimmer nicht betreten. Allerdings konnte ich ein paar Fotos von etwas erkennen, das wie Teile eines Skeletts aussah.«

»Das habe ich auch gesehen«, sagte Josie.

Mettner fragte: »So arrangiert wie das Skelett, das da draußen liegt?«

»Da bin ich mir nicht sicher«, antwortete Noah. »Ich konnte nur ein Foto eines Brustkorbs sehen und auch das nur kurz.«

»Also gut möglich, dass es eine Nahaufnahme des Rippenkorbs war«, sagte Mettner. »Und dass all die anderen Knochen drumherum verteilt waren wie da draußen, nur dass sie im Foto nicht zu sehen waren.«

Noah nickte. »Durchaus möglich, ja.«

»Das Foto habe ich auch gesehen«, fügte Josie hinzu. »Außerdem habe ich noch ein paar andere gesehen, ein Bein, das Becken, ein paar kleinere Knochen, aber das waren alles Nahaufnahmen und ich konnte nur einen kurzen Blick darauf werfen. Wenn da ein Foto von einem Arrangement wie da hinten dabei gewesen wäre, würde ich mich daran erinnern.«

Mettner sagte: »Woher hatte sie die Schachteln? Hat sie die aus New York mitgebracht?«

»Ich weiß nicht«, sagte Josie. »Ich glaube, ja.«

Noah sagte: »Ich bin mir ziemlich sicher, dass ihre Assistentin ihr eine der Schachteln geschickt hat. Weißt du noch, wie sie meinte, dass ihre Assistentin ihr etwas an unsere Adresse geschickt hat? Wir sollten mal mit ihr reden, vielleicht weiß sie ja zumindest, was in einer dieser Schachteln war.«

»Ja«, sagte Josie. »Gute Idee.«

Hummel klopfte an die Tür der Hütte und winkte sie zu sich. Mit Noah und Mettner im Schlepptau trat Josie hinaus. »Chan hat den Inhalt der Mülltonne überprüft«, sagte Hummel. »Mehrere Verpackungen von Fertiggerichten und sonstigen Lebensmitteln, zusammengeknülltes Küchenpapier, Kaffeesatz ...«

»Ich will einen Blick darauf werfen«, sagte Josie. »Um zu gucken, ob irgendetwas dabei ist, was nicht zu Trinity passt.«

Hummel deutete in Richtung der Mülltonne. »Nur zu.«

Aber in Trinitys Müll fand sich nichts Ungewöhnliches. Viel war es auch nicht, da sie ja nur eine Woche hier verbracht hatte. Als Josie und Hummel zum Eingangsbereich der Hütte zurückkehrten, fragte Noah: »Keine Dokumente oder Fotos?«

»Nein, nichts«, sagte Josie.

Hummel führte sie nun zu Trinitys Auto und öffnete die Fahrertür mit einer behandschuhten Hand. »Wir werden einen

Durchsuchungsbeschluss brauchen, aber wir können das Auto definitiv nach Fingerabdrücken absuchen. Wie ihr seht, gibt es hier keine Spuren eines Kampfes. Kein Blut, keine Kratzer, überhaupt keine Schäden im Wageninneren. Zumindest nicht auf den ersten Blick.«

Josie musterte das Auto. Von dem Koffer und der Handtasche auf dem Beifahrersitz abgesehen sah der Wagen fast unberührt aus, als hätte Trinity ihn direkt aus dem Autohaus hierhergefahren. Josie wusste, dass Trinity nur selten dazu kam, damit umherzufahren. Normalerweise stand der Wagen in einer Garage außerhalb der Stadtgrenze New Yorks. In der Stadt selbst fuhr sie mit den Öffentlichen oder Taxis. Das Auto nahm sie nur, wenn sie Josie besuchen kam oder zwei Stunden weiter zu ihren Eltern und ihrem Bruder fuhr, und auch das nicht jedes Mal. Bei schlechtem Wetter oder für größere Ausflüge holte sie sich einen Mietwagen. Josie hatte sich schon oft gefragt, warum sie sich das verdammte Ding überhaupt gekauft hatte. Dass Trinity mit ihrem kostbaren Fiat die Kieswege zur Hütte hinaufgeholpert war, wunderte sie.

Hummel sagte: »Wir müssen das Auto abschleppen lassen und zu uns zur Spurensicherung bringen. Der Abschleppwagen ist schon unterwegs.«

Josie wusste, dass das Auto zum Abschlepphof des Polizeireviers gefahren werden würde. Dort gab es zwei Stellplätze, die nur der Polizei zugänglich waren und der Spurensicherung von Fahrzeugen dienten. Da die Stellplätze abgesichert und im Inneren eines Gebäudes waren, konnten Hummel und sein Team effektiver arbeiten und sichergehen, dass keine Teile verloren gingen und nichts übersehen wurde.

»Nehmt bitte auch im Inneren Fingerabdrücke.«

»Kein Problem«, erwiderte Hummel. »Trinitys Fingerabdrücke haben wir schon im System, sie musste die bei einem unserer früheren Fälle abgeben, damit wir sie ausschließen konnten. Die können wir also identifizieren.«

»Okay«, sagte Josie. Sie deutete auf die Handtasche und den Koffer. »Hummel, Trinity hat an etwas gearbeitet, bevor sie weggegangen ist, ich weiß aber nicht, woran. Wenn ihr mit der Spurensicherung fertig seid, würde ich gern einen Blick auf ihr Handy und ihren Laptop werfen. Ich nehme an, dass ihr den Laptop im Koffer finden werdet.«

»Wir können die Daten runterziehen – dafür müssen wir auch einen Durchsuchungsbeschluss besorgen – aber dir ist klar, dass wir latente Fingerabdrücke von der Außenseite des Handys und des Laptops nur sichern können, indem wir sie Cyanacrylatdämpfen aussetzen?«

»Wegen ihrer nicht porösen Oberfläche ...«, sagte Josie, als sie verstand, worauf er hinauswollte.

»Genau, und wenn wir Cyanacrylatdämpfe einsetzen, um latente Fingerabdrücke sichtbar zu machen, wird das die Elektronik der Geräte mehr oder weniger zerstören.«

»Ach, richtig«, sagte Josie. Cyanacrylat war im Grunde einfach Sekundenkleber. Die klebrigen Dämpfe reagierten mit der Restfeuchte latenter Fingerabdrücke, wodurch ein weißer Film die Rillen sichtbar machte, welche dann fotografiert werden konnten. Allerdings war dieses weiße Material eben sehr klebrig und dadurch kaum von den Oberflächen zu entfernen, die auf diese Weise untersucht worden waren. »Ich glaube, ihr Handy steckt in einer Schutzhülle, die könnt ihr also einfach abnehmen und untersuchen. Und wenn ihr Laptop wirklich im Koffer ist, denke ich nicht, dass wir ihn auf Fingerabdrücke untersuchen müssen. Wer auch immer Trinity mitgenommen hat, hatte wohl wenig Interesse an ihren Elektrogeräten, schließlich liegt ihr Handy noch hier.«

Hummel schloss die Fahrertür. Von der Hauptstraße war das Poltern eines großen Fahrzeugs zu hören. Kurze Zeit später schob sich ein Tieflader in ihr Sichtfeld. Hummel winkte den Fahrer heran, der mehrere Minuten damit verbrachte, seinen Abschleppwagen so zu positionieren, dass er Trinitys Auto aufladen konnte. Dann sprang er aus der Kabine und zog sich Handschuhe über, bevor er sich Trinitys Wagen näherte.

»Hummel«, sagte Josie. »Bitte arbeitet so schnell und so gründlich ihr könnt.«

Er nickte. »Wird gemacht, Boss.«

ZEHN

Alex starrte das unvollendete Gemälde seiner Mutter an. Das, von dem sein Vater meinte, es würde noch etwas fehlen. Seit Tagen hatte sie nicht mehr daran gearbeitet. Sie hatte eine ihrer dunklen Phasen. So nannte er das für sich, diese Zeiten, wo sie tagelang in ihrem abgedunkelten Schlafzimmer blieb. Manchmal wünschte er sich, er könnte zu ihr hineinschleichen und versuchen, sie aus dem Zimmer zu locken, aber das verbot sein Vater ihm. Alex hatte sie beobachtet, wie sie jeden Tag stundenlang vor ihrem Gemälde gestanden und sich den Kopf darüber zerbrochen hatte, was Francis daran noch fehlte. Auch er selbst hatte die abstrakten Farbwirbel, Tupfer und Linien lange gemustert. Für ihn sahen sie genau so aus wie ihre letzten verkauften Gemälde, wegen derer Francis so stolz auf sie gewesen war. Aber sie war noch nicht fertig.

Er ging in den Gang zurück und lauschte. Francis war immer noch draußen beschäftigt. Zandra war weggesperrt, wie so oft.

Sie hatte ihm versichert, dass sie ihrer Mutter nicht hatte wehtun wollen, aber das stimmte nicht. Es war eine Art Nervenkitzel für sie gewesen, das wusste Alex. Er hatte den

Gesichtsausdruck bemerkt, mit dem sie ihre blutende Mutter gemustert hatte. Er ähnelte dem Ausdruck, den er im Gesicht seines Vaters gesehen hatte, an diesem Tag, an dem der Raubvogel sich auf die Schlange gestürzt hatte. Staunen. Bewunderung. Fast sowas wie … Freude. Die ersten paar Male, als Zandra das getan hatte, hatte ihre Mutter sie zurechtgewiesen, Francis aber nichts davon erzählt. Doch beim letzten Mal, als Zandra Hanna so tief in den Arm geschnitten hatte, dass die Wunde genäht werden musste, hatte ihre Mutter ihren Vater angerufen. »Wir hatten einen Zwischenfall«, hatte sie gesagt und Zandra einen bedauernden Blick zugeworfen. Als wollte sie sich für das entschuldigen, was nun mit ihr passieren würde.

Alex schüttelte die Erinnerung daran ab und ging die Treppe hinunter nach draußen. Eine Stunde später hatte er genug Federn gesammelt, um das Gemälde zu vollenden. Mit der Heißklebepistole seiner Mutter befestigte er die Federn an der Leinwand, bis es so aussah, als würden Flügel aus den bunten Farbwirbeln herauswachsen. Er musterte sein Werk, als hinter ihm ein Keuchen zu hören war. Als er sich umdrehte, sah er Hanna im Nachthemd dort stehen, die Hand aufs Herz gepresst.

»Oh, Alex«, murmelte sie. »Es ist wunderschön. Und genau richtig, meinst du nicht auch?« Sie trat einen Schritt darauf zu und bewunderte das Werk. »Wart nur, bis dein Vater das sieht!«

Schweigend steckte Alex die Heißklebepistole aus und eilte zur Tür.

»Schatz«, rief sie ihm hinterher.

»Ja, Mom?«

»Danke. Wir verraten es deinem Vater nicht, okay? Noch nicht?«

»Okay.«

ELF

Josie, Noah und Mettner saßen an ihren Schreibtischen im Großraumbüro im ersten Stock des Polizeireviers. Chief Bob Chitwood stand vor ihnen, die dünnen Arme vor der Brust verschränkt. Unter seinen grauen Bartstoppeln liefen seine von Aknenarben gezeichneten Wangen immer röter an, als sie ihm alle bisherigen Fakten über Trinitys Verschwinden präsentierten. Sein schütteres weißes Haar schwebte wie Daunen über seinem Kopf, als er sein Gesicht von Mettner zu Josie und wieder zu Mettner drehte. Nachdem sie ihm das bisschen berichtet hatten, was es zu berichten gab, deutete Chitwood mit dem Finger auf Mettner. »Sie leiten die Ermittlung in diesem Fall. Quinn und Fraley können Sie unterstützen, aber das hier ist Ihr Fall.« Dann deutete Chitwood auf Josie. »Und Sie halten sich im Hintergrund, verstanden?«

»Sir«, protestierte Josie. »Es geht um meine Schwester.«

»Das ist mir schon klar, Quinn, und deswegen stehen Sie der Sache zu nahe. Es ist Mettners Fall und damit basta. Er sagt, wo's langgeht.«

»Ja, Sir«, sagte Josie, erleichtert, dass er sie nicht nach

Hause geschickt oder gesagt hatte, dass sie sich komplett von dem Fall fernhalten sollte.

»Sobald Detective Palmer ankommt, setze ich sie ebenfalls auf den Fall an. Aber, Quinn«, sagte er mit einem drohenden Unterton, »Ihre Schwester ist berühmt. Sobald die Presse das mitbekommt, umschwirren sie uns wie die Schmeißfliegen. Sie werden Interviews und Kommentare haben wollen. Ich will ihr Gesicht nicht im Fernsehen sehen, außer Mettner hat es explizit angeordnet. Verstanden?«

Josie nickte. Chitwood musterte sie mit einem langen, prüfenden Blick, eine seiner buschigen weißen Augenbrauen leicht hochgezogen, bevor er sich Noah zuwandte. »Und Sie, Fraley, Sie halten sich ebenfalls raus, ist das klar?«

»Chief ...«, setzte Noah an, aber Chitwood schnitt ihm das Wort ab.

»Keine Widerrede. Sie können Mettner und Palmer helfen, aber das ist auch schon alles.«

Noah antwortete nicht und sah stumm zu, wie Chitwood in sein Büro zurückging und die Tür hinter sich zuknallte. Mettner hob den Hörer seines Telefons ab und begann, eine Nummer zu wählen. »Ich ruf gleich mal beim Sender in New York an und schaue, ob ich mit Trinitys Assistentin reden kann«, sagte er.

Noah fügte hinzu: »Frag sie bitte, bei welchem Zahnarzt Trinity war. Wir brauchen ihre Unterlagen, am besten noch heute.«

Josie warf einen Blick auf ihr Handy. Bis Shannon, Christian und Patrick aus Callowhill hier ankommen würden, hatte sie noch ein paar Stunden Zeit. Sie konnte die nächsten Ermittlungsschritte nicht einleiten – beziehungsweise Mettner dabei helfen, sie einzuleiten –, bis sie die Ergebnisse der Spurensicherung hatte oder zumindest auf den Inhalt von Trinitys Auto zugreifen konnte. Sie dachte auch darüber nach, dass sie Leute aus Trinitys Leben anrufen sollte, aber wen gab es denn da noch? Trinity war nicht verheiratet und, soweit Josie wusste, in keiner Beziehung. Freunde hatte sie auch nicht.

Oder?

In den zwei Wochen, die Trinity bei Josie und Noah verbracht hatte, konnte Josie sich nicht erinnern, dass sie mit jemand anderem als ihren Eltern, ihrer Assistentin oder anderen Kollegen geredet hätte. Trinity hatte Josie nie von irgendwelchen Freunden erzählt. Trinity hatte Kollegen, Kontakte und Quellen für Storys, aber keine Freunde. Wann immer Josie sie in New York besuchte, waren sie bei ihren Mahlzeiten und Ausflügen immer nur zu zweit. Josie hatte bislang angenommen, dass Trinity einfach ungestört Zeit mit ihr verbringen wollte, aber vielleicht lag es ja daran, dass sie niemanden sonst hatte, den sie hätte einladen können. Wenn Trinity bei Josie zu Besuch war, stießen oft andere Leute dazu, Detective Gretchen Palmer, Mettner, Josies Freundin Misty oder Josies Großmutter Lisette. Selbst wenn Trinity nicht bei ihnen wohnte, war bei Josie und Noah immer was los und ihr Haus war oft voll mit Freunden, Kollegen und Familie.

Wem vertraute Trinity sich an, von Josie und Shannon mal abgesehen?

Der Gedanke gab Josie einen kleinen Stich ins Herz und Schuldgefühle überwältigten sie. Das sollte sie doch wissen. Trinity war ihre Zwillingsschwester. Ja, natürlich waren sie erst vor drei Jahren wiedervereint worden, aber trotzdem. Wenn Josie die Person war, die Trinity am nächsten stand, dann sollte sie doch wissen, an welchen anderen Menschen Trinity eben- falls hing. Wie Nadelstiche spürte sie Trinitys Worte wieder auf ihrer Haut. Hatte sie recht damit, dass sie beide nie dazu bestimmt gewesen waren, Schwestern zu sein?

»Boss?«, sagte Mettner.

Josie sah von ihrem inzwischen dunkel gewordenen Handy- bildschirm auf. Mettner sah sie fragend an. Auch Noah starrte sie von seinem Schreibtisch aus an, seine Hände schwebten bewegungslos über seiner Tastatur.

»Was ist?«

»Alles okay bei dir?«, fragte Mettner.

»Klar, wieso?«

»Mett hat versucht, mit dir zu reden«, sagte Noah. »Du warst wie in Trance.«

Josies Blick huschte zwischen den Gesichtern der beiden hin und her, dann wandte sie sich Mettner zu. »Tut mir leid. Was hast du gesagt?«

»Trinitys Assistentin hat uns Name und Telefonnummer ihrer Zahnarztpraxis geschickt. Noah besorgt uns gerade eine richterliche Anordnung, damit wir die Unterlagen anfordern können.« Wie aufs Stichwort senkte Noah seine Finger auf die Tastatur und begann zu tippen.

»Super«, krächzte Josie.

»Jaime – so heißt die Assistentin – hat mir außerdem erzählt, dass sie Trinity nur eine Schachtel geschickt hat und nicht mehr weiß, was da drin war. Sie glaubt, dass es irgendwelches altes Zeug war, das mal einer Reporterin gehört hat, die beim Sender angestellt war.«

»Wusste sie den Namen dieser Reporterin?«, fragte Josie.

»Sie hat gesagt, dass sie ihre E-Mails durchforsten wird. Und sie wird mit ein paar anderen Leuten im Sender reden und herausfinden, ob Trinity in den letzten drei Wochen mit irgendjemandem dort geredet hat. In ein paar Stunden kommt sie außerdem ins Revier.«

»Gute Neuigkeiten. Glaube ich zumindest. Das war's dann allerdings mit der Geheimhaltung, der Sender wird garantiert darüber berichten.«

»Damit können wir uns später auseinandersetzen«, sagte Mettner. »Und so schlimm ist das ja gar nicht, wenn die Öffentlichkeit von Trinitys Verschwinden erfährt. Vielleicht kriegen wir auf die Art ein paar Hinweise. Für den Moment konzentrieren wir uns aber einfach auf unsere Arbeit.«

Er klang schon genau wie Josie. Sie konnte sich das Lächeln nicht verkneifen. »Alles klar«, sagte sie.

»War deine Schwester mit jemandem zusammen?«, fragte Mettner.

»Nein, nicht, dass ich wüsste.«

»Hat sie vor Kurzem mit jemandem Schluss gemacht?«

»Nein«, sagte Josie. »Ich glaube nicht. Sie hat immer gesagt, dass sie keine Zeit hat für Dates. Ihre Karriere hatte immer höchste Priorität.«

Jetzt, wo Josie darüber nachdachte, fiel ihr auf, dass Trinity in all den Jahren, die sie sie gekannt hatte, nie irgendwelche Liebschaften erwähnt hatte, nicht einmal flüchtige.

Noah füllte die letzten Felder der richterlichen Anordnung aus, stand auf und streckte sich. Am anderen Ende des großen Raumes erwachte der uralte Tintendrucker ratternd zum Leben. Noah holte den Ausdruck ab und ging zu seinem Schreibtisch zurück, wo er Josie einen prüfenden Blick zuwarf. »Ich muss das hier von einem Richter unterschreiben lassen, aber zuerst gehe ich runter und hole dir eine Tasse Kaffee«, sagte er.

»Danke«, sagte Josie.

Nachdem Noah das Zimmer verlassen hatte, löcherte Mettner Josie mit weiteren Fragen und sie antwortete, so gut sie konnte. Aber es war nicht zu übersehen, dass sie unangenehm wenig über ihre eigene Schwester wusste. Josie war erleichtert, dass Mettner seinen Blick nicht von seinem Handy und seiner liebsten Notiz-App abwandte, mit der er ihre Antworten aufzeichnete und sich alles notierte, was er später im Detail überprüfen wollte.

Sie spürte eine Hand auf ihrer Schulter und als sie aufsah, erkannte Josie Detective Gretchen Palmer, deren Gesicht einen ernsten, mitfühlenden Ausdruck trug. »Fraley hat mir erzählt, was passiert ist«, sagte sie.

Josie nickte und spürte eine tiefe Zuneigung zu Gretchen, weil sie nicht versuchte, mehr zu sagen als das. Nichts, was sie sagen könnte, würde Josie beruhigen und davon überzeugen, dass sie Trinity bestimmt bald in bester Gesundheit finden würden. Es gab im Moment nichts als die Ermittlungsarbeit und Josie wusste, dass Gretchen sich mit Leib und Seele hineinstürzen würde, genau wie Mettner. Gretchen war vor vier Jahren Teil des Denton Police Department geworden. Als Josie Interimschefin des Polizeireviers gewesen war, hatte sie Gretchen angeheuert. Bevor sie nach Denton kam, hatte Gretchen fünfzehn Jahre in der Mordkommission in Philadelphia gearbeitet. Sie war eine der besten Ermittlerinnen, die Josie je getroffen hatte, und mit den Jahren waren die beiden gute Freundinnen geworden.

Gretchen stellte eine dampfende Tasse Kaffee vor Josie auf den Tisch. »Fraley meinte, dass ich dir das hier geben soll. Er holt sich gerade eine Unterschrift für seine Anordnung.«

»Danke«, sagte Josie. »Hast du die Fotos gesehen?«

»Noch nicht. Ich habe gehört, dass es ein ziemlich übler Anblick ist.«

»Ein verdammt gruseliger«, berichtigte Josie und nahm einen großen Schluck Kaffee.

Das Telefon auf ihrem Schreibtisch klingelte. Sie hob ab und blaffte: »Quinn.«

»Boss«, sagte Hummel. »Wir sind jetzt durch.«

»Was habt ihr gefunden?«, fragte Josie und ignorierte den Blick, den Mettner ihr zuwarf.

Kurzes Zögern. Dann sagte Hummel: »Ich glaube, es ist einfacher, wenn du herkommst und dir das selber anschaust.«

ZWÖLF

Josie folgte Gretchen nach draußen, zum städtischen Parkplatz an der Rückseite des Polizeireviers. Sie waren kaum in die frische Frühlingsluft hinausgetreten, als sich auch schon ein halbes Dutzend Reporter um sie drängten. Sie hielten Handys und Aufnahmegeräte in ihre Richtung und schrien ihnen Fragen entgegen. Noch keine Stunde war es her, dass Mettner sich an Trinitys Sender gewandt und mit ihrer Assistentin gesprochen hatte. Nachrichten verbreiteten sich unter Journalisten wie der Blitz.

»Stimmt es, dass Trinity Payne entführt wurde?«

»Mit wem hat Ms Payne zuletzt gesprochen?«

»Könnte Ms Paynes Verschwinden ein Trick sein, um ihre Moderatorenstelle zurückzubekommen?«

Die Worte ließen Josie erstarren, als hätte man ihr einen Eimer Eiswasser über den Kopf geschüttet. Sie drehte sich um und suchte die Ansammlung von Reportern ab, bis sie den Mann entdeckte, der ihr diese Frage zugerufen hatte. Er streckte ihr sein Handy entgegen und wartete gespannt auf ihre Antwort. Sein Presseausweis verriet ihr, dass er für einen von Trinitys Konkurrenzsendern arbeitete. Josie sah ihm in die

Augen und öffnete den Mund, um zu einer Antwort anzusetzen, doch da schloss Gretchen schon die Hand um ihren Oberarm und zog sie Richtung Auto.

»Kein Kommentar«, rief Gretchen, während sie Josie wegzerrte.

Sobald sie eingestiegen waren, umzingelten die Reporter den Wagen, aber Gretchen ließ den Motor an, fuhr souverän um die Meute herum und verließ den Parkplatz. Josie auf dem Beifahrersitz kochte vor Wut.

Gretchen sagte: »Einfach ignorieren. Sie haben noch keine Details und versuchen, basierend auf nichts eine Story zu erfinden. Sie fischen nur im Trüben.«

»Und werfen dabei reichlich Schlamm auf den Namen meiner Schwester«, murmelte Josie und starrte aus dem Fenster.

»Du darfst dir das nicht zu Herzen nehmen, Boss. Wenn wir bei Hummel angekommen sind, schreibe ich Mett, dass er die Reporter in den Griff kriegen muss. Die Story wird sich immer weiter ausbreiten. Bis wir zurückkommen, werden es schon doppelt so viele sein.«

Josie nickte, schwieg aber für den Rest der Fahrt. Der Abschlepphof lag in einem wenig besiedelten Gebiet im Norden Dentons an einer schmalen Straße, die zwischen Wald und vereinzelten Häusern entlangführte. Der Hof war eingezäunt und wurde von einem Polizisten bewacht, der neben dem Tor in einem kleinen Häuschen saß. Gretchen zeigte ihm ihren Ausweis und das Tor öffnete sich. Sie schlängelten sich durch zwei Autoreihen hindurch, bis sie am hinteren Ende des Parkplatzes an einem schlichten Betongebäude ankamen. Auf dessen rechter Seite war eine einzelne dunkelblaue Tür zu erkennen, die solide und nicht besonders einladend wirkte. Links waren zwei Garagentore, ebenfalls blau lackiert und mit weiß beschichteten Fenstern, damit niemand ins Innere sehen konnte. Hummels Wagen von der

Spurensicherung war direkt davor geparkt und Gretchen stellte sich daneben.

Die blaue Eingangstür war nicht verschlossen. Josie folgte Gretchen hinein, bis sie zu einem kleinen Büro kamen, in dem Chan an einem Schreibtisch saß und wie wild auf einen Laptop eintippte. Sie blickte kurz auf und nickte den beiden zu, bevor sie sich wieder ihrer Arbeit zuwandte. »Hummel ist drinnen«, sagte sie.

Die nächste Tür führte sie in einen Allzweckraum mit Aluminiumregalen, in denen sämtliches Zubehör aufbewahrt wurde, das zur Spurensicherung an einem Fahrzeug notwendig sein könnte. Außerdem stand dort ein Stahltisch, auf dem Trinitys Koffer und Handtasche lagen. An der gegenüberliegenden Wand war ein großes Fenster eingelassen, durch das sie in die erste der beiden Garagen hineinsehen konnten. Josie entdeckte Trinitys Fiat Spider, dessen Türen offen standen. Hummel, immer noch mit Tyvek-Anzug, Überziehschuhen und Handschuhen, stand daneben. Nur seinen Kopf hatte er inzwischen befreit und seine roten Haare standen in alle Richtungen ab. Er hielt Klemmbrett und Stift in der Hand und machte sich Notizen. Gretchen klopfte leise ans Fenster und er drehte sich zu ihnen und winkte sie durch die Tür neben dem Fenster herein.

Als sie die Garage betraten, begann sich die Welt um Josie zu drehen. Das hier war Realität. Trinity wurde vermisst – war vielleicht sogar tot – und ihr geliebtes Cabriolet war von Josies eigenem Spurensicherungsteam unter die Lupe genommen worden. Als sie zu Hummel trat, musste sie ein Schaudern unterdrücken.

Gretchen hatte schon ihr Notizbuch gezückt.

Hummel sagte: »Keine Sorge, wir haben schon alles dokumentiert, ihr braucht also keine Schutzkleidung anzuziehen.«

»Was habt ihr rausgefunden?«, fragte Gretchen.

Hummel sah an ihr vorbei zu Josie. »Boss?«

»Hummel, was hast du denn?«, sagte Josie.

Er bedeutete ihr, zur Fahrertür zu treten. »Wir haben drinnen und draußen Fingerabdrücke gefunden. Es wird eine Zeitlang dauern, bis AFIS, die Fingerabdruck-Datenbank, dazu etwas ausspuckt.«

»Aber deswegen hast du mich nicht gerufen«, sagte Josie und ging auf die offen stehende Tür zu.

Sobald ihr Blick auf das Türpanel an der Fahrertür direkt über dem Griff fiel, fing ihr Herz an zu rasen. Trinitys Fiat war schwarz gepolstert und Hummel hatte fluoreszierendes Fingerabdruckpulver verwendet, um latente Fingerabdrücke sichtbar zu machen. Aber das war es nicht, was Hummel ihr zeigen wollte.

Auf dem Panel stand eine hastig hingekritzelte Nachricht. Nur ein Wort. Ein Name.

Vanessa.

Ihr Herz pochte so laut, dass Josie sich schon Sorgen machte, ob Gretchen und Hummel es hören konnten. Sie legte eine Hand auf die Karosserie des Wagens, um nicht das Gleichgewicht zu verlieren. Ein Zittern lief ihren Körper hinauf und erfasste jede ihrer Gliedmaßen, bis ihre Finger anfingen, auf dem kühlen roten Autodach herumzutrommeln. Schnell zog sie ihre Hand wieder weg und zwang ihren Körper dazu, sich zu beruhigen.

Falls Hummel bemerkt hatte, wie sehr der Anblick sie aufwühlte, so ließ er es sich jedenfalls nicht anmerken. Er deutete auf das Panel. »Erste Lektion der Daktyloskopie, das hier. Finger hinterlassen ölige Spuren. Selbst wenn dabei kein deutlicher Fingerabdruck herauskommt, kann man es doch oft sehen, wenn jemand mit dem Finger etwas zeichnet. Das da wurde erst sichtbar, als wir das Pulver eingesetzt haben.«

Trinity hatte inzwischen über so viele Kriminalfälle berichtet, dass sie wusste, dass es die Feuchtigkeit der Haut war, die Fingerabdrücke hinterließ. Jemand mit außergewöhnlich trockener Haut würde keine so klaren und deutlichen Fingerabdrücke zurücklassen wie jemand mit öligen oder verschwitzten Fingern. Trinity war sich außerdem bewusst gewesen, dass die Spurensicherung das Innere ihres Wagens untersuchen würde, vor allem, da der Schlüssel im Zündschloss steckte, was ja nun wirklich verdächtig war. Bevor sie das Auto verlassen hatte, hatte sie also mit ihrer Fingerspitze diesen Namen an das Türpanel geschrieben. Wer auch immer sie mitgenommen hatte, hätte dort nichts erkennen können. Tatsächlich hätte niemand jemals erfahren, dass dort etwas stand, ohne magnetisches Fingerabdruckpulver oder Cyanacrylatdämpfe einzusetzen, um das Auto auf Fingerabdrücke zu untersuchen.

Unter dem Namen konnte sie mehrere geschwungene Linien und Formen erkennen – fast als hätte Trinity versucht, noch etwas anderes zu schreiben, als ihr vielleicht die Zeit ausging.

Hummel fragte: »Wer ist Vanessa?«

Josie starrte die Buchstaben an, während sich ihr Herzschlag ganz allmählich etwas beruhigte. »Ich«, antwortete sie. »Ich bin Vanessa.«

»Das verstehe ich nicht«, sagte Hummel.

Gretchen trat neben Josie, um mit ihrem Handy ein paar Fotos von der Tür zu machen. »Das ist Josies Geburtsname«, erklärte sie Hummel. »Sie wurde doch im Alter von drei Wochen entführt, weißt du nicht mehr? Ihre Eltern dachten, sie wäre bei einem Hausbrand umgekommen, dabei war sie entführt worden.«

Hummel verzog das Gesicht. »Ach ja, richtig. Entschuldigung, Boss. Das habe ich vergessen. Also nicht vergessen, aber ...«

Josie hob ihre Hand. »Alles gut, Hummel.«

»Aber du bist doch mit dem Namen Josie aufgewachsen«,

sagte Gretchen. »Trinity hat dich als Josie kennengelernt, noch bevor ihr herausgefunden habt, dass ihr Schwestern seid. Du hast dich auch seitdem nie Vanessa genannt. Hat sie dich denn privat so genannt?«

Josie schüttelte den Kopf. »Nein. Nie.« *Vanessa hat nie existiert*, hätte sie fast hinzugefügt.

Hummel kratzte sich mit seinem Stift am Kopf. »Aber warum schreibt sie denn dann Vanessa auf ihre Tür?«

Erneut verspürte Josie eine seltsame Mischung aus Trauer und Frust. Trinity und sie waren Schwestern. Zwillinge. Und doch erstaunte es Josie, wie wenig sie Trinity verstand. »Ich habe keine Ahnung«, sagte sie.

Gretchen kniete sich neben die offene Tür und setzte ihre Lesebrille auf, um das Türpanel genauer zu betrachten. Sie zeigte auf die Linien unter dem Namen. »Was glaubst du, was sie hier unten hinschreiben wollte?«

»Ich weiß nicht«, sagte Hummel. »Es sieht nicht wirklich nach Buchstaben aus.«

»Stimmt, schon eher wie Symbole«, sagte Gretchen.

Josie musterte die Kritzeleien, konnte sich aber ebenfalls keinen Reim darauf machen. Dennoch war ihr klar, dass es eine Botschaft war. Eine Botschaft für sie. »Kann ich mich reinsetzen?«, fragte sie Hummel.

»Nur zu«, sagte er. »Wir sind mit dem Auto durch.«

Josie setzte sich auf den Fahrersitz und legte ihre Hände aufs Steuer. Sie versuchte, sich in Trinity hineinzuversetzen. »Hummel«, sagte Josie. »Konntet ihr den Motor anlassen?«

»Nein. Die Batterie ist tot und der Benzintank leer.«

Das hieß also, dass Trinity nicht nur bereits den Schlüssel im Zündschloss stecken hatte, sie hatte das Auto sogar bereits gestartet. Wahrscheinlich wollte sie gerade den Gang einlegen und losfahren, als sie aufgehalten wurde. Vielleicht weil ein anderes Fahrzeug die Einfahrt hinauffuhr und ihr den Weg blockierte? Josie ging die Situation in Gedanken durch. Trinity wäre in ihrem Auto sitzengeblieben und hätte abgewartet, wer aus dem anderen Fahrzeug steigen würde. Oder? War sie neugierig gewesen? Sie hatte ja niemanden erwartet, wo sie doch wegfahren wollte. Nur eine Handvoll Leute wussten überhaupt, dass sie dort oben war. Hatte sie das andere Fahrzeug erkannt? Wahrscheinlich nicht, vermutete Josie. Hatte sie Angst gehabt? Bestimmt wäre sie doch zumindest misstrauisch gewesen, wenn plötzlich unerwartet ein fremdes Fahrzeug die lange Einfahrt zur Waldhütte hinaufgefahren wäre. Sie war alleine dort oben, niemand war in Rufweite, falls die fremde Person ihr Böses tun wollte. Sie hätte die Person – oder die Personen – bestimmt dabei beobachtet, wie sie ihr Fahrzeug verlassen hatten und an ihres herangetreten waren. Aber die Tür hatte sie nicht aufgerissen, um sie zu konfrontieren, sonst hätte sie Josie nicht diese Nachricht hinterlassen können. Nachdem sie das Auto einmal verlassen hatte, war sie nicht wieder eingestiegen. Da war Josie sich sicher. Wenn sie wieder hätte einsteigen können, wäre sie weggefahren, hätte versucht zu fliehen oder ihr Handy zu benutzen. Josie hatte bereits miterlebt, wie Trinity innerhalb von Sekunden halbe Romane an ihre Assistentin eintippen konnte.

An Hummel gewandt fragte Josie: »Habt ihr das Handy schon untersucht?«

Hummel schüttelte den Kopf. »Wir haben einen Durchsuchungsbeschluss dafür rausgeschickt, aber wir werden ein paar Tage brauchen, bis wir an die Inhalte kommen.«

»Theoretisch bin ich doch ihre nächste Angehörige und könnte euch die Erlaubnis dazu erteilen.«

Gretchen sagte: »Boss, ihre Eltern sind ihre nächsten Angehörigen.«

»Dann können sie euch die Erlaubnis erteilen«, sagte Josie.

Hummel sagte: »Dachte ich mir fast. Hab's schon aufgeladen und versucht, es zu entsperren, aber es ist passwortgeschützt.«

»Scheiße.«

Aber falls Trinity irgendjemandem eine kryptische oder alarmierende Nachricht geschrieben hätte, hätte Josie inzwischen doch bestimmt schon davon gehört. Die Botschaft an der Tür war für Josie bestimmt. Die Wahrscheinlichkeit war also hoch, dass sie eine Hilfe-SMS ebenfalls an Josie geschickt hätte, wenn sie Zeit dafür gehabt hätte. Durch die Windschutzscheibe hindurch konnte sie lediglich die weiße Betonwand an der Rückseite der Asservatenkammer erkennen.

Sie versetzte sich wieder in die Situation an der Einfahrt zur Hütte hinein. Der Kiesweg hatte eine leichte Abwärtsneigung und so, wie Trinitys Auto dort stand, als sie es gefunden hatte, hätte sie wenig Platz gehabt, sich an einem anderen Fahrzeug vorbeizuquetschen. Diese andere Person musste ausgestiegen und auf Trinity zugelaufen sein. Josie nahm an, dass die Person, die Trinity mitgenommen hatte, in einem Auto unterwegs war und nicht zu Fuß, andernfalls wäre es viel zu schwierig gewesen, die Kontrolle über Trinity zu behalten und außerdem zwei Dokumentenschachteln zu entwenden. Er oder sie wäre zuallererst an die Fahrertür herangetreten. Hatte Trinity ihn oder sie erkannt? War es eine Person oder mehrere? Hatte der Fahrer eine Waffe in der Hand? Josie versuchte, die verschiedenen Szenarien genau zu durchdenken. Es gab keine Anzeichen dafür, dass Trinity versucht hatte, zu kämpfen oder wegzurennen.

Aber sie hatte geahnt, dass sie in Gefahr schwebte. Sobald sie den Fahrer gesehen hatte, hatte sie gewusst, dass sie nur wenige Sekunden Zeit hatte, um etwas zu tun – irgendetwas. Sie hatte mit ihrem Finger *Vanessa* an die Innenseite der Tür geschrieben. »Hummel«, rief Josie. »Kannst du dich mal vorne vors Auto stellen?«

Er nickte und ging zur Front des Fiats, auf das Garagentor zu. Josie schloss die Tür und ließ ihren Finger über den fluoreszierenden Buchstaben schweben. Sie zeichnete die Buchstaben in der Luft nach. Ihr Blick blieb auf Hummel gerichtet, während er langsam Richtung Autotür lief. Als er bei ihr ankam, öffnete Josie die Tür. »Konntest du sehen, was ich gemacht habe?«

»Nicht wirklich. Mit meinen eins achtzig konnte ich schon sehen, dass du was gemacht hast, weil das Auto ja so tiefgelegt ist, aber es sah hauptsächlich so aus, als würdest du versuchen, nach dem Griff zu greifen oder sowas. Natürlich ist der Boden hier eben und nicht abschüssig wie oben vor der Hütte, aber ich denke, bei dem Winkel, in dem das Auto dort stand, wäre es sogar noch schwieriger gewesen, zu sehen, was du da tust – falls ich überhaupt was davon gesehen hätte.«

Trinitys Handy lag auf der Mittelkonsole. Sie hätte danach greifen können, hatte sie aber nicht. Josie fragte sich, zu welcher Tageszeit Trinity die Hütte verlassen wollte. »Hummel, waren die Scheinwerfer angeschaltet?«

Er schüttelte den Kopf. »Nope.«

Also war Trinity vor drei Wochen bei Tageslicht in ihr Auto gestiegen. Aber sogar bei hellem Sonnenschein hätte ihr Entführer deutlich sehen können, wenn sie ihr Gesicht über den Bildschirm ihres Handys geneigt hätte, wenn sie versucht hätte, es zu benutzen. Die Buchstaben auf der Tür dagegen hätte sie schreiben können, ohne je den Blick von ihm abzuwenden.

Was wollte sie Josie nur mitteilen, indem sie diesen Namen ins Spiel brachte?

Bevor Josie über diese Frage nachdenken konnte, sagte Hummel: »Es gibt da noch was, was ich euch zeigen wollte. Kommt mal mit ins andere Zimmer.«

DREIZEHN

Josie und Gretchen folgten Hummel und traten wieder in das Zimmer neben der Garage. Hummel ging zu einem der Regale hinüber und tauschte seine Handschuhe gegen ein frisches Paar aus. Die alten warf er in hohem Bogen in den Mülleimer. Er stellte sich vor den Stahltisch, klappte Trinitys Koffer auf und erklärte, während er den Inhalt durchwühlte: »Ich werde Chan sagen, dass sie ein Verzeichnis der Gegenstände hier drin aufstellen soll. Es sind hauptsächlich Klamotten, Schuhe, Täschchen, Hygieneartikel, Make-up, Haarprodukte und dann noch der Laptop und das Ladekabel.« Er schob eine seiner behandschuhten Hände in die Netztasche an der Innenklappe und zog ein kleines, in braunes Packpapier gewickeltes Päckchen heraus.

Josie sagte: »Das kam an dem Tag an, an dem Trinity von uns weggefahren ist. Noah hatte es im Briefkasten gefunden und reingebracht.«

Erneut registrierte sie die ordentliche Beschriftung in schwarzem Filzstift. Trinitys Name über Josies und Noahs Adresse. Kein Absender. Kein Poststempel. An einem Ende war das Papier aufgerissen, wo Trinity einen Blick in die Verpackung geworfen hatte. Vorsichtig griff Hummel hinein und zog eine kleine schwarze Schachtel heraus, die aussah wie eine Geschenkschachtel für ein Schmuckstück.

»Wo habt ihr das gefunden?«, fragte Josie.

»Genau da, wo ich es euch gezeigt habe, im Koffer.«

»Und was ist da drin?«, fragte Gretchen.

Hummel legte die aufgerissene Verpackung beiseite und klappte die kleine Schachtel auf. Das Innere war mit schwarzem Samt gefüttert und darauf lag ein einzelner Haarkamm im französischen Stil. Gretchen zog sofort ihr Handy aus der Tasche und schoss einige Fotos davon, während Josie den Kamm nur anstarren konnte. Die Farbe war seltsam, eine Mischung aus ganz hellem Braun, Gelb und Weiß, zart, glatt, glänzend. Das bizarre Arrangement aus Knochen hinter Trinitys Miethütte schoss ihr wieder durch den Kopf. »Oh, mein Gott«, sagte sie. »Glaubst du, das ist ... das ist ...?« Ihre Kehle schnürte sich komplett zu. Sie atmete mehrmals ganz tief ein und versuchte, ihre Stimmbänder wieder in Gang zu setzen. Hummel und Gretchen warteten geduldig. Endlich brachte sie die Worte heraus. »Ist der aus Knochen geschnitzt?«

Hummel legte den Kamm auf den Tisch und musterte ihn. »Ich weiß nicht. Wir können ihn ins Labor schicken. Glaubst du, der stammt von der Person, die das Skelett zurückgelassen hat? Denkst du, Trinity hatte einen Stalker oder sowas in der Art?«

»Das Teil ist auf jeden Fall ungewöhnlich«, merkte Josie an.

Gretchen sagte: »Leute schnitzen ja durchaus öfter mal Haarschmuck oder Accessoires aus Knochen, allerdings meistens aus Schildkrötenpanzern oder Geweihen.«

Hummel sagte: »Das könnte ein Tierknochen sein. Wie gesagt, wir werden das Labor bitten, das zu überprüfen.«

»Und ihr habt nur diesen einen Kamm gefunden?«, fragte Josie.

»Ja, das war alles, was in dieser Schachtel lag. Falls da noch ein anderer war, war er jedenfalls nicht in Trinitys Auto oder in der Hütte.«

Gretchen sagte: »Sag dem Labor, dass sie die Verpackung ebenfalls untersuchen sollen.« Sie wandte sich an Josie. »Hat sie jemals einen Stalker erwähnt? Hat sie noch andere ungewöhnliche Päckchen erhalten?«

Josie seufzte. Ihr Gehirn war voll Watte und sie brauchte dringend noch einen Kaffee. »Sie hat nie irgendwas von einem Stalker gesagt. Das einzige andere Paket, das sie während ihres Besuchs bei uns bekommen hat, war von ihrer Assistentin. Die ist gerade unterwegs hierher, aber Mett hat sich schon von ihr bestätigen lassen, dass sie Trinity ein Paket an unsere Adresse geschickt hat, bevor das hier ankam. Allerdings kam das hier nicht mit der Post. Es hatte keinen Poststempel. Jemand muss es selbst in den Briefkasten gesteckt haben. Außerdem ist sie sofort weggefahren, nachdem sie einen Blick in dieses Päckchen hier geworfen hat.«

»Ich dachte, du meintest, sie hätte sich mit Noah gestritten.«

»Hat sie auch«, erwiderte Josie. »Mehr oder weniger. Aber sie ist erst explodiert, nachdem sie in das Päckchen geguckt hatte. Sie war vorher sowieso schon aufgewühlt, weil wir über ihre Probleme mit dem Sender geredet hatten. Als sie so auf Noah losgegangen ist, dachte ich, sie hätte einfach überreagiert. Damals dachte ich nicht, dass das Päckchen irgendwas damit zu tun hätte. Aber jetzt ... keine Ahnung.«

Gretchen nickte. »Du hast gesagt, Noah hat es in eurem Briefkasten gefunden. Habt ihr nicht eine Überwachungskamera vor der Tür?«

Aufgeregt antwortete Josie: »Oh, das stimmt!« Vor ein paar Jahren hatte Josie um ihr Haus herum Überwachungskameras aufgestellt, nachdem bei ihr eingebrochen worden war. Das System war alt gewesen und sie hatte nur über ihren Laptop Zugriff darauf gehabt. Als Noah eingezogen war, hatten sie das alte System gegen moderne Ring-Kameras ausgetauscht, die ihnen Benachrichtigungen auf ihre Handys schickten, falls sie eine Bewegung registrierten. Josie konnte sich nicht entsinnen, am Morgen des Streits mit Trinity irgendwelche ungewöhnlichen Benachrichtigungen erhalten zu haben. Allerdings war es gut möglich, dass das System Bewegungen in Nähe des Briefkastens nicht registrierte, da dieser am Ende ihrer Einfahrt stand und der Bewegungssensor nicht so weit reichte. Sie zog ihr Handy aus der Tasche und öffnete die App. In der Liste vergangener Benachrichtigungen suchte sie nach dem entsprechenden Datum. Gretchen blickte ihr dabei über die Schulter. Sie konnten sehen, dass die App an diesem Tag vierzehn Bewegungen verzeichnet hatte. Die meisten zeigten Josie und Noah, die im Laufe des Tages das Haus betraten oder verließen, außerdem konnten sie Trinity sehen, die rein- und rauslief, um ihre Sachen zu holen, und schließlich wegfuhr.

»Sonst ist da nichts zu sehen«, sagte Josie.

»Gibt es keine Aufzeichnungen vom Rest des Tages?«

»Nicht bei Daten, die dreißig Tage zurückliegen«, sagte Josie. »Da speichert es nur Ereignisse ab, also Momente, in denen der Bewegungssensor etwas aufgeschnappt hat.«

»Und euer Bewegungssensor reagiert nicht, wenn sich jemand an eurem Briefkasten zu schaffen macht?«

»Nein«, sagte Josie und öffnete die Sensoreinstellungen in der App. Sie deutete auf den Bildschirm, auf dem ihr Hauseingang, die Einfahrt, der Vorgarten und die Straße dahinter zu sehen waren. Der Bereich vor ihrem Hauseingang war von einer Art blauem Nebel bedeckt, der gerade so die Kotflügel von ihrem und Noahs Auto berührte. »Siehst du das da? Dieser neblige Bereich zeigt, wo der Bewegungssensor einsetzt. Erst wenn man in diesen Bereich hineinläuft, wird die Kamera aktiviert. Am Anfang, als wir die Kamera installiert haben, hatten wir den Bewegungssensor bis zur Straße ausgerichtet, aber dann kamen jedes Mal Benachrichtigungen, wenn Autos vorbeifuhren oder unsere Nachbarn den Hund ausgeführt haben. Unsere Handys haben den ganzen Tag lang gepiepst.«

Gretchen sagte: »Ich kann ein paar Streifenpolizisten hinschicken, damit sie eure Nachbarn fragen, ob die in den letzten sechs Wochen irgendjemand Verdächtigen gesehen haben. Das wird wahrscheinlich nichts bringen, aber einen Versuch mag es wert sein.«

»Danke«, sagte Josie.

Gretchen ging telefonieren, während Josie weiterhin gebannt auf den Kamm starrte. Hatte Trinity gewusst, wer ihr den gebracht hatte? Warum hatte sie nichts gesagt? Hatte sie geahnt, dass der Kamm möglicherweise aus Knochen bestand? Und selbst wenn nicht konnte Josie sich nicht erinnern, Trinity je mit einem französischen Haarkamm gesehen zu haben. Dieser hier passte auch sonst so gar nicht zu Trinitys Stil. Der Kamm war ganz schlicht und obwohl Trinity bei Kleidung und Inneneinrichtung schlichtes Design bevorzugte, fehlte dem Kamm die Eleganz, die Josie mit ihrer Schwester assoziierte. Vielleicht wusste Josie nicht so viel über Trinity, wie sie wissen sollte, aber sie war sich sicher, dass Trinity sich niemals so etwas wie diesen Kamm kaufen würde. Und selbst, wenn sie ihn geschenkt bekäme, würde sie ihn nicht tragen.

Stimmte Josies Vermutung, dass es das Päckchen gewesen war und nicht Noahs ungeschickter Scherz, weswegen Trinity so die Kontrolle verloren hatte und aus dem Haus gestürmt war? Aber wenn dem so war, was daran hatte sie veranlasst, zu gehen? Was für eine Bedeutung steckte hinter diesem Päckchen?

»Das mit dem Stalker sollten wir gründlich untersuchen«, sagte Josie. »Wir müssen mit ihren Kollegen beim Sender reden und herausfinden, ob sie irgendetwas oder irgendjemanden Ungewöhnliches oder Bedrohliches erwähnt oder gemeldet hat.«

Gretchen schaute zu Josie hinüber und nickte. Hummel

sagte: »Ein Stalker könnte vieles erklären. Vielleicht finden wir dazu was auf ihrem Handy oder Laptop. Von dem Laptop hat Chan schon die Daten runtergezogen. Bevor ihr geht, könnt ihr bei ihr eine Festplatte abholen, wo alles drauf ist. Das Handy könnt ihr auch mitnehmen. Das Skelett liegt bei Dr. Feist im Leichenschauhaus.«

»Danke«, sagte Josie. Sie wandte sich Gretchen zu. »Lass uns gleich hinfahren.«

VIERZEHN

Das Dentoner Leichenschauhaus bestand aus einem großen Untersuchungszimmer ohne Fenster und einem kleinen Büro. Dr. Feists Reich befand sich im Keller des Denton Memorial Hospital, eines alten Backsteingebäudes auf einem Hügel, von dem aus man fast die ganze Stadt sehen konnte. Der Dunst von Chemikalien und biologischem Verfall empfing sie, noch bevor sie einen Fuß in das Untersuchungszimmer gesetzt hatten. Dr. Feist stand im Zimmer neben einem Stahltisch, auf dem die Knochen, die sie hinter der Hütte gefunden hatten, so angeordnet lagen, dass sie ungefähr die Form eines Skeletts bildeten. Eine große, verstellbare Lampe tauchte sie in grelles Licht. Josie begegnete erneut dem starren Blick der leeren Augenhöhlen, die im klinischen Umfeld von Dr. Feists Untersuchungsraum zwar weniger gruselig wirkten, sie aber immer noch verstörten. Der Gedanke, dass es möglich war, einen lebendigen Menschen auf etwas so Unscheinbares wie diesen Haufen schmutzig-weißer Puzzleteilchen zu reduzieren, gab ihr einen Stich. Nur ein Tisch voller Knochen; unvollständig, klein und traurig.

War das Trinity? Konnte das etwa alles sein, was noch von ihrer dynamischen, willensstarken Schwester übrig war?

Josie sah zu Dr. Feist auf, die sie anstarrte. »Wie ich euch am Tatort schon gesagt habe, handelt es sich um das Skelett einer Frau. Sie war älter als dreißig, das verraten uns die Wachstumsfugen, die bei ihr alle schon verschmolzen sind, einschließlich der medialen Seiten der Schlüsselbeine.«

Gretchen sagte: »Du meinst das Ende des Schlüsselbeins, das mit den Schulterknochen verbunden ist?«

»Genau«, sagte Dr. Feist. »Ihr erinnert euch bestimmt, dass die Langknochen des menschlichen Skeletts aus drei Teilen bestehen: der Diaphyse – also dem Knochenschaft –, der Metaphyse, also dem Teil, wo der Knochen sich verbreitert und am Ende ausläuft, und der Epiphyse, im Prinzip ist das die Endkappe des Knochens, die Wachstumsfuge. Bei Kindern befindet sich eine Lücke zwischen der Epiphyse und der Metaphyse, bei Erwachsenen allerdings verschmelzen Epiphyse und Metaphyse miteinander.«

Josie sagte: »Heißt also, bei Erwachsenen verschmelzen die Wachstumsfugen und das knorrige Ende des Knochens miteinander.«

»Ganz genau. Die Schlüsselbeine verschmelzen als letzte und das in einem Alter zwischen neunzehn und spätestens dreißig Jahren. Bei dieser Frau hier sind die Wachstumsfugen der Schlüsselbeine verschmolzen. Tatsächlich vermute ich, dass sie sogar deutlich älter als dreißig war.« Dr. Feist ging zur Vorderseite des Tisches und deutete mit ihren behandschuhten Fingern auf den Schädel. Sie zeigte ihnen unregelmäßige Linien, die von der Stirn bis zum Hinterkopf verliefen und zudem horizontal von einer Seite des Hinterkopfs zur anderen. Die Linien waren kaum zu erkennen.

»Seht ihr diese Suturen, die Knochennähte? Das sind die Stellen, wo wir von Geburt an Knochenlücken haben, die teilweise bis ins Erwachsenenalter bestehen und unserem wachsenden Gehirn Platz bieten. Viele davon schließen sich schon in der Kindheit, aber die zwei, die ihr hier sehen könnt –

beziehungsweise kaum noch sehen könnt, weil sie ja schon zugewachsen sind –, die bleiben lange offen. Diese hier, die in der Mitte des Schädels von vorne nach hinten verläuft, das ist die Sagittalnaht. Und die hier, diese horizontale Naht am Hinterkopf, das ist die Lambdanaht. Beide Nähte sind beinahe komplett zugewachsen und das passiert normalerweise erst zwischen dreißig und vierzig Jahren, wobei die Sagittalnaht durchaus bei Fünfzigjährigen noch offen sein kann.«

Nun ging sie zum Beckenknochen hinunter und deutete auf die Flächen des großen, gewölbten Knochens. »Die Untersuchung des Beckenknochens hat ergeben, dass sie wahrscheinlich Kinder entbunden hat. Bei der Geburt eines Kindes teilen sich die Schambeine, damit das Baby durchpasst, und dadurch können die Bänder reißen, die an den Knochen haften. Das kann Narben verursachen und ich kann hier einige dieser Narben erkennen. Das kann also auf eine Entbindung hinweisen; nicht mit hundertprozentiger Sicherheit, aber die Anzeichen deuten darauf hin.«

Mit jedem ihrer Worte schoss eine Welle der Erleichterung durch Josies Körper, bis ihre Glieder sich anfühlten wie Gummi. Ihr wurde ganz schwummrig.

Gretchen lehnte sich nach vorn und musterte den Beckenknochen, wobei ihr die Lesebrille bis zur Nasenspitze rutschte. Josie lehnte sich ebenfalls über den Knochen, um ihn genauer zu betrachten. »Der Knochen sieht porös aus, fast schon schwammig«, merkte sie an.

Dr. Feist nickte. »Ein weiterer Grund, warum ich vermute, dass diese Frau schon vierzig, vielleicht auch fünfzig Jahre alt war. Sobald jemand die Vierzig erreicht, werden die Beckenknochen poröser.«

Josie sagte: »Dann kann das unmöglich Trinity sein. Diese Frau hier war viel älter und hatte ein Kind.«

Dr. Feist antwortete: »Das vermute ich ebenfalls, aber ich

würde das gerne erst definitiv bestätigen, nachdem ich einen Blick auf Trinitys zahnärztliche Unterlagen werfen konnte.«

Josie hätte vor Erleichterung zusammenbrechen können. Die Intensität dieser Gefühlswallung ließ jede Faser ihres Körpers erbeben. Doch je länger sie das Skelett vor sich anstarrte, desto mehr verebbte die Erleichterung und machte wieder nervöser Anspannung Platz. Trinity mochte noch am Leben sein, aber die Frau auf dem Tisch vor ihnen war es definitiv nicht. Irgendwo da draußen gab es Menschen, die sie liebten – ein Kind, vielleicht sogar mehrere Kinder. Sie suchten sie bestimmt bereits und fragten sich, was aus ihr geworden war. Der Gedanke an die Verzweiflung, die ihnen bevorstand, legte sich wie eine eisige Hand um Josies Herz.

Gretchen fragte: »Kannst du feststellen, welcher ethnischen Gruppe sie angehört hat?«

Dr. Feist stellte sich wieder vor den Schädel des Skeletts. »Ich bin natürlich keine forensische Anthropologin, aber mit dem, was ich während meiner Ausbildung und in meinem Berufsleben bisher gelernt habe, kann ich zumindest eine fundierte Vermutung anstellen.«

»Und die wäre?«, ermutigte Josie sie.

»Ich würde sagen, dass es sich um eine Weiße handelt. Die Nasenöffnung ist schmal, der Nasenrücken ist ausgeprägt und setzt relativ weit oben an. Wenn ihr außerdem die Augenhöhlen betrachtet ...«

Josie musste sich dazu zwingen, sie erneut anzusehen.

»... dann merkt ihr, dass sie recht rund sind, die Randsäume aber eher kantig. Das ist typisch für Schädel eurasischen Ursprungs.«

Josie wandte ihren Blick wieder von dem Schädel ab.

Mit einem Nicken sagte Gretchen: »Ich rufe schnell Noah an und frage ihn, ob er mit der richterlichen Anordnung wegen Trinitys zahnärztlicher Unterlagen schon weitergekommen ist.«

Nachdem Gretchen in den Flur hinausgegangen war, fragte Josie: »Kannst du erkennen, woran diese Frau gestorben ist?«

Dr. Feist runzelte die Stirn. »Leider nein. Ich kann keine Spuren von Gewalteinwirkung erkennen. Keine Knochenbrüche. Keine Einschusslöcher. Ihr Zungenbein ist intakt; wenn sie erwürgt worden wäre, wäre es normalerweise beschädigt. Allerdings ist das kein absolut sicheres Anzeichen, es könnte sein, dass sie erwürgt worden ist, ohne dass ihr Zungenbein beschädigt wurde. Es kann sein, dass sie erstickt ist – das hinterlässt keine offensichtlichen Spuren am Skelett. Außerdem sehe ich keine Anzeichen dafür, dass sie erstochen worden ist, obwohl es natürlich sein kann, dass sie erstochen wurde und nur das weiche Gewebe verletzt wurde. Wenn eine Leiche schon so verwest ist, bleibt kein weiches Gewebe übrig, anhand dessen ich so etwas feststellen könnte.«

Josie sagte: »Alles, was wir also bisher wissen, ist, dass es sich um eine weiße Frau handelt, wahrscheinlich etwa vierzig Jahre alt oder älter, die vermutlich mindestens ein Kind entbunden hat. Gibt es sonst noch irgendetwas Bemerkenswertes, irgendwelche einzigartigen Merkmale?«

Dr. Feist verzog das Gesicht. »Leider gar nichts.«

Gretchen trat wieder zu ihnen, das Handy in der Hand. An Dr. Feist gewandt sagte sie: »Noah hat dir eine E-Mail mit den zahnärztlichen Unterlagen geschickt.«

»Das ging ja schnell«, sagte Dr. Feist und ging zu der stählernen Arbeitsplatte hinüber, auf der ihr Laptop stand.

Wenn Noah bei ihnen gewesen wäre, wäre Josie ihm jetzt um den Hals gefallen. Sie war sich sicher, dass sie es nur seiner Hartnäckigkeit zu verdanken hatten, dass sie Trinitys Röntgenaufnahmen nach dieser absoluten Rekordzeit schon vorliegen hatten. Oft dauerte es mehrere Tage, bis ihr Polizeirevier die Unterlagen oder Bilder erhielt, die für Ermittlungen nötig waren.

Kurze Zeit später konnten sie auf Dr. Feists Bildschirm

Trinitys Röntgenaufnahmen mit denen vergleichen, die die Medizinerin von der Frau auf dem Seziertisch gemacht hatte. Josie und Gretchen rahmten Dr. Feist ein und blickten gebannt auf die Bilder. Die Ärztin wies auf mehrere Stellen hin, an denen die Zähne der Unbekannten Wurzelbehandlungen und Kronen zeigten. »Trinity hat nicht so viele Kronen und nur im Oberkiefer, nicht so wie hier im Unterkiefer.« Sie drehte sich zu Josie und sah ihr mit einem grimmigen Lächeln in die Augen. »Diese Frau dort ist nicht deine Schwester.«

Tränen brannten in Josies Augen. Sie hatte noch eine Chance, Trinity lebendig wiederzufinden.

Gretchen sagte: »Aber wessen Skelett ist es dann?«

FÜNFZEHN

Alex saß auf der Bank neben der Haustür. Der steife Anzug, in
den seine Eltern ihn gezwängt hatten, juckte. Zandra hatte ein
bauschiges pinkes Glitzerkleid tragen wollen, mit passenden
pinken Schleifchen im Haar. Ihre Kleiderwahl hatte eine große
Diskussion angestoßen, welche ihre Eltern letztendlich
gewonnen hatten. Francis hatte ihr Outfit ausgesucht und
damit war die Diskussion zu Ende.

Alex konnte seine Eltern im oberen Stockwerk reden hören.
Kurze Zeit später stieg Alex' Mutter auf High Heels die Treppe
hinab, in ein rotes Seidenkleid gehüllt. Ihr langes braunes Haar
hatte sie hochgesteckt. Sie sah aus wie ein Filmstar. Ein paar
Minuten später folgte sein Vater, welcher seinen einzigen
Anzug trug. Er sah Alex ins Gesicht. »Heute ist ein bedeu-
tender Tag für deine Mutter«, sagte er in ernstem Tonfall. »Bei
ihrer Kunstausstellung heute Abend werden viele wichtige
Leute kommen. Wenn sie auch nur ein einziges Gemälde
verkaufen kann, würde das unserer Familie finanzielle Sicherheit bieten. Verstehst du das?«

Hanna legte eine elegante Hand auf Francis' Arm. »Du

brauchst dir keine Sorgen um Alex machen. Heute Abend nicht.«

»Aus irgendeinem Grund fällt es mir schwer, das zu glauben«, erwiderte er. Er wandte sich wieder zu Alex und sagte: »Wenn du nicht auf deine Schwester aufpasst, lass ich dich einen Monat lang draußen schlafen. Kapiert?«

Hanna runzelte die Stirn. »Ehrlich, Francis, alles wird gut gehen. Alex und Zandra wissen doch, wie wichtig dieser Abend für unsere Familie ist. Alex wird tun, was er kann, damit alles glattläuft. Er hat sogar ein persönliches Interesse daran.«

Sie schenkte Alex ein verschwörerisches Lächeln.

Francis verzog sein Gesicht. »Wovon redest du?«

»Weißt du, dieses Gemälde, das du so liebst? Von dem du gemeint hast, es solle im Mittelpunkt der Ausstellung stehen? Alex hat es vollendet, nicht ich. Das mit den Flügeln war seine Idee. Er hat die Federn gesammelt und auf der Leinwand arrangiert. Ist das nicht erstaunlich? Vielleicht wird er mal Künstler, genau wie ich.«

Alex hatte erwartet, dass Francis mit Freude und Begeisterung auf diese Neuigkeit reagieren würde. Stattdessen zogen sich seine Augenbrauen zornig zusammen. Er wirbelte herum und blaffte Hanna an: »Du hast zugelassen, dass der Junge dein Gemälde vollendet?«

Hanna trat ein paar unsichere Schritte nach hinten. »Ist doch egal. Alle lieben es. Und wir sind doch die einzigen, die Bescheid wissen.«

Francis deutete mit dem Finger auf Alex, hielt seinen Blick aber starr auf Hanna gerichtet. »Du hast zugelassen, dass dieser schreckliche, dumme Junge das Herzstück deiner Ausstellung zerstört hat? Hast du den Verstand verloren?«

Ihre Unterlippe zitterte. »Ich denke, du übertreibst«, sagte sie.

Francis zog an seiner Krawatte. »Wir werden nicht hingehen.«

Eine Träne kullerte aus Hannas Augenwinkel. »Aber wir müssen hingehen. Sie warten auf uns. Es werden über hundert Gäste da sein. Francis, es ist nur ein Gemälde. Keiner wird etwas merken.«

Francis stürmte die Treppe hinauf. Hanna warf Alex ein wackliges Lächeln zu und rannte ihm hinterher.

Eine Stunde später saßen sie alle im Auto, auf dem Weg zur Galerie. Kaum hatten sie das Gebäude betreten, als die Gäste sich schon auf Hanna stürzten, ihre Arbeit lobten und ihr Fragen zu einzelnen Stücken stellten. Francis verschwand in der Menschenmenge.

Hanna und Alex brauchten fast eine Stunde, um sich durch die dichtgedrängte Masse von Hannas Bewunderern zu schlängeln, bis sie endlich das Gemälde erreichten, das sie gemeinsam geschaffen hatten. Hanna schlug die Hand vor den Mund. Eine Frau, die neben ihr stand, sagte: »Was für ein interessantes Stück, Hanna. Aber es sieht etwas unvollständig aus, meinst du nicht auch?«

Alex blickte zu seiner Mutter auf. Tränen rannen ihr über das Gesicht, über die Hand, mit der sie immer noch ihren Mund bedeckte. Ohne ein weiteres Wort rannte sie davon und ließ ihn vor der nackten Leinwand zurück.

Die Federn waren alle verschwunden.

SECHZEHN

Josie deutete auf Dr. Feists Laptop. »Stört's dich, wenn ich den mal kurz verwende?«

Dr. Feist schloss alle offenen Fenster und winkte Josie herbei. »Nur zu.«

Gretchen blickte ihr über die Schulter, während sie die Website von NamUs aufrief, des National Missing and Unidentified Persons System; die Datenbank, die alle vermissten und nicht identifizierten Personen in den USA erfasste. Sie loggte sich ein, wählte den Staat Pennsylvania und startete die Suche. In der Datenbank waren insgesamt vierhundertachtunddreißig vermisste Personen für den gesamten Staat aufgelistet.

Gretchen sagte: »Kann natürlich sein, dass wir sie bei NamUs nicht finden. Kann auch sein, dass sie gar nicht aus Pennsylvania kommt.«

»Stimmt«, räumte Josie ein. »Aber das ist doch ein guter Anfangspunkt.«

Dr. Feist blickte ebenfalls auf den Bildschirm und gab ein leises Pfeifen von sich. »Das ist ein Haufen vermisster Personen, den wir da durchgehen müssen. Könnte eine Weile dauern.«

»Nicht wirklich«, sagte Josie. »Wir filtern die Liste einfach nach Alter, Geschlecht und Ethnizität. Dank dir haben wir ja einige Anhaltspunkte, mit denen wir arbeiten können. Los geht's.«

Gemeinsam betrachteten sie die verkürzte Liste. NamUs führte derzeit neun weiße Frauen im Alter zwischen fünfundvierzig und fünfundfünfzig als vermisst. Josie klickte ein Profil nach dem anderen an und sie und Gretchen lasen die angegebenen Details. Vier davon wurden schon seit Jahrzehnten vermisst.

»Wir haben keine Ahnung, wie lange diese Frau schon tot ist«, merkte Gretchen an. »Wir werden jedes einzelne dieser Profile durchgehen müssen.«

»Fangen wir erst mal ganz von vorn an«, sagte Josie. »Gucken wir doch, ob wir die zahnärztlichen Unterlagen dieser Frauen in der Datenbank des National Dental Image/Information Repository finden. Indem wir die verfügbaren Röntgenaufnahmen vergleichen, können wir die Auswahl schon mal einschränken.« Sie drehte sich zu Dr. Feist. »Stört's dich, wenn wir das hier tun?«

»Überhaupt nicht. Je schneller wir diese Frau identifizieren, desto schneller können wir ihren Angehörigen Bescheid sagen. Dann haben sie zumindest schon mal Antworten.«

Bei NDIR, der Datenbank der zahnärztlichen Unterlagen vermisster Personen, waren nur für vier der neun Frauen Röntgenbilder verfügbar, die Josie, Gretchen und Dr. Feist mit denen ihrer Unbekannten vergleichen konnten. Als Josie die Röntgenaufnahme der dritten Frau auf ihrer Liste neben die zog, die Dr. Feist von dem unbekannten Opfer gemacht hatte, schlug Dr. Feist aufgeregt mit ihrer Handfläche auf die Arbeitsplatte. »Das ist sie!«

»Bist du dir sicher?«, fragte Josie und musterte erst ein Bild, dann das andere, dann wieder das erste. Aber je länger sie die Bilder anstarrte, desto offensichtlicher wurden die Ähnlichkeiten zwischen den beiden Aufnahmen.

Gretchen griff an Josie vorbei nach der Maus und klickte wieder auf das Profil der vermissten Frau. »Das kann doch nicht stimmen«, sagte sie.

Dr. Feist sagte: »Doch, das ist sie. Wie heißt sie?«

»Nicci«, las Josie. »Nicci Webb. Fünfundvierzig Jahre alt.«

Gretchen sagte: »Aber sie wird erst seit ein paar Wochen vermisst. Seit siebzehn Tagen, um genau zu sein.«

»Also ist sie nur ein paar Tage nach Trinity verschwunden«, merkte Josie an.

»Stimmt«, sagte Gretchen. »Wir werden herausfinden müssen, ob da eine Verbindung besteht. Aber erst siebzehn Tage? Das kann nicht Nicci Webb sein.«

Alle drei drehten sich um und starrten auf das Skelett.

Dr. Feist sagte: »Es ist nicht undenkbar, dass eine Leiche so schnell verwest. Aber wie ich Josie schon erklärt habe, sind dafür ganz spezielle Bedingungen nötig. Extreme Hitze, Insekten, Aasfresser ... Ich habe es Josie am Tatort schon gesagt, die Leiche ist nicht dort verwest, wo wir sie gefunden haben. Wir haben keine Ahnung, wo und unter welchen Bedingungen diese Leiche verwest ist.« Sie blickte wieder auf ihren Laptop und musterte die Röntgenaufnahmen. »Das ist dieselbe Frau«, sagte sie. »Ich bin mir ganz sicher.«

Josie warf Gretchen einen Blick zu. »Wir sollten herausfinden, welcher Detective für diesen Fall zuständig ist und ihm oder ihr Bescheid geben, dass wir Nicci eventuell gefunden haben. Von da aus gucken wir weiter.«

Gretchen sagte: »In der Datenbank steht, dass Nicci aus Keller Hollow kommt. Das ist fast eine Autostunde entfernt, hinter Bellewood. Die haben da kein eigenes Polizeirevier, dafür ist die Gegend zu ländlich. Da kümmert sich die Staatspolizei um sowas.«

Josie öffnete die Beschreibung bei NDIR erneut, um nach dem Namen desjenigen zu suchen, der Nicci Webbs zahnärztliche Unterlagen hochgeladen hatte. »Als Ermittlerin ist Detective Heather Loughlin angegeben.«

Gretchen lächelte und zog ihr Handy aus der Tasche. »Super.«

Sie hatten in der Vergangenheit bereits mehrmals mit Heather zusammengearbeitet. Sie arbeitete sorgfältig und blieb stets fair und sachlich. Gretchen drückte die Anruftaste und stellte das Gespräch auf Lautsprecher. Nach dem dritten Klingeln ging Heather ran. »Detective Palmer«, sagte sie. »Womit kann ich dienen?«

Gretchen sagte: »Wir haben hier in Denton ... menschliche Überreste gefunden. Dr. Feist hat Röntgenaufnahmen von den Zähnen gemacht und sie passen zu denen einer vermissten Person bei NDIR. Nicci Webb.«

Kurz herrschte Schweigen, dann stieß Heather einen langen Seufzer aus, in dem Enttäuschung und Traurigkeit mitklangen. »Seid ihr ganz sicher?«

Hinter Gretchens Rücken meldete sich Dr. Feist zu Wort. »Ich starre diese Bilder jetzt schon eine halbe Stunde lang an. Das ist sie.«

»Scheiße«, murmelte Heather. Dann sagte sie: »Schickt mir die Bilder, die ihr habt. Ich rufe euch in einer Viertelstunde zurück.«

Dr. Feist schickte Heather eine E-Mail mit den Röntgenaufnahmen und dann warteten sie schweigend auf ihren Rückruf. Gretchen schrieb Mettner eine SMS, um ihn wissen zu lassen, dass sie das Skelett identifiziert hatten. Josie las inzwischen den Bericht zu Nicci Webb in der NamUs-Datenbank. Viel gab es dort nicht zu sehen, nur Angaben zu Alter, Größe, Gewicht und Wohnort. Außerdem die vage Information, dass Nicci Webb zuletzt in Keller Hollow gesehen worden war. Das konnte viel heißen. War sie in ihrem eigenen Zuhause verschwunden oder anderswo in diesem kleinen Ort? Josie musterte das angefügte Foto und fragte sich, wie es dazu gekommen war, dass die fünfundvierzigjährige Nicci Webb als grausiges Knochenarrangement hinter der von Trinity gemieteten Hütte endete. Auf dem Foto war Nicci von der Taille aufwärts zu sehen. Sie trug einen roten Pullover und hatte sich einen bunten Schal um den Hals gewickelt. Josie vermutete, dass Nicci in diesem Bild nicht allein gewesen war und jemand die anderen Personen aus dem Bild geschnitten hatte. Niccis Haare waren schulterlang, braun mit grauen Strähnen. Auf ihrer schmalen Nase saß eine Brille. Ihre dünnen Lippen waren zu einem etwas angestrengt wirkenden Lächeln verzogen.

Mit ihrem Handy durchsuchte Josie die sozialen Medien nach Nicci Webb. Sie fand ein Facebook-Profil, dessen Privatsphäre-Einstellungen aber so strikt waren, dass sie nur das Profilbild sehen konnte. Dort war ihr Gesicht in Nahaufnahme zu sehen. Das braune Haar hatte sie mit einem schwarzen Haarband gebändigt und ihr Lächeln auf diesem Foto war etwas breiter als das ihres NamUs-Profils, aber auch hier schienen ihre Augen nicht mitzulächeln.

Gretchen sagte: »Kommt sie dir bekannt vor? Glaubst du, dass Trinity sie kannte?«

»Nein«, sagte Josie. »Ich habe sie noch nie gesehen. Trinity hat sie auch nie erwähnt, aber es ist gut möglich, dass die beiden sich kannten, ich aber nichts davon wusste.«

»Sobald wir die Daten von Trinitys Laptop haben und ihr Handy entsperren können, können wir gucken, ob Nicci Webb einer von Trinitys Kontakten ist oder ob es sonst irgendwelche Hinweise darauf gibt, dass sie sich kannten.«

Josie sagte: »Wir sollten außerdem Trinitys Assistentin danach fragen. Kann ja sein, dass Nicci eine Kontaktperson bei einer von Trinitys Storys war.«

Gretchens Handy klingelte. Sie ging ran und stellte das Gespräch auf Lautsprecher. Heathers Stimme hallte durch das

Untersuchungszimmer. »Das ist meine vermisste Person«, sagte sie voll Bedauern. »Könnt ihr mir sagen, wo ihr sie gefunden habt?«

Gretchen fasste schnell zusammen, was sie bisher wussten. Allerdings ließ sie die Tatsache aus, dass die Knochen zu einem grausigen, verstörenden Symbol arrangiert worden waren. Josie fand auch, dass das etwas war, was man jemandem lieber persönlich beibrachte. Als hätte sie Josies Gedanken gelesen, sagte Gretchen zu Heather: »Es gibt da noch ein paar andere Sachen, aber die sollten wir besser persönlich besprechen.«

»Na klar«, sagte Heather. »Können wir uns in einer Stunde in Bellewood treffen? Es gibt da eine Tankstelle am Ortsrand, wo die Straße anfängt, die nach Keller Hollow führt.«

»Ich weiß, welche du meinst«, sagte Josie. »Also dann bis bald.«

Sobald sie aufgelegt hatten, rief Gretchen Mettner an, um ihn auf den neuesten Stand zu bringen. Sie bedankten sich bei Dr. Feist und gingen zu ihrem Auto. Gretchen fuhr die gewundenen Landstraßen nach Bellewood entlang, welches im Zuständigkeitsbereich der Polizei von Alcott County lag. Vorher hielt sie allerdings bei einem Fast-Food-Laden, um für sie beide ein paar Cheeseburger zu kaufen. Josie dachte, dass sie keinen Appetit haben würde, doch als der Geruch der Burger sich im Auto ausbreitete, wurde ihr bewusst, dass sie seit dem Frühstück nichts mehr gegessen hatte und dass es nun schon vier Uhr nachmittags war. Sie bedankte sich bei Gretchen und stürzte sich dann auf das Essen. Sobald die letzten Reste verschwunden waren, ließ sie ihren Blick über die atemberaubend schöne Berglandschaft schweifen, die an ihrem Fenster vorbeiraste. Dabei zermarterte sie sich das Gehirn auf der Suche nach einer Verbindung zwischen Trinity und Nicci Webb.

Ihr fiel einfach keine ein. Josie hoffte aber, dass sie noch eine finden würden. Vielleicht könnte eine Verbindung zwischen den beiden ihnen dabei helfen, Trinity zu finden – bevor Trinity dasselbe grausame Schicksal ereilte wie Nicci Webb.

An der Gas'N-Go-Tankstelle im Osten Bellewoods wartete Detective Heather Loughlin bereits auf sie, mit einer Tasse Kaffee an ihr Zivilfahrzeug, einen Chevrolet Tahoe, gelehnt. Sie trug eine legere schwarze Anzughose und ein Poloshirt unter einer leichten Jacke mit dem Logo der Staatspolizei auf der linken Seite des Jackenaufschlags. Sie hatte ihr blondes Haar zu einem Pferdeschwanz zusammengebunden und begrüßte sie mit einem grimmigen Lächeln, als sie heranfuhren und aus dem Auto stiegen.

»Freut mich ja eigentlich, euch zu sehen, aber nicht unter diesen Umständen«, sagte sie. »Was war es, was ihr mir am Telefon nicht sagen wolltet?«

Josie überließ Gretchen das Wort. Sie beobachtete, wie Heathers Gesichtsausdruck von kühler Professionalität in Schock umschlug, als Gretchen ihr die Fotos zeigte, die sie hinter der Hütte von Niccis arrangierten Knochen gemacht hatten. »Ach, du heilige Scheiße«, murmelte Heather.

Josie trat einen Schritt auf sie zu. »Glaubst du, dass Nicci Webb irgendwie in ... Satanismus oder Rituale oder sowas verwickelt war?«

Heather schüttelte den Kopf. »Nein, überhaupt nicht. Sie war Gemeindemitglied der episkopalen Kirche in Bellewood, alles ganz normal.«

Josie sagte: »Was sollten wir sonst noch über sie wissen?«

»Sie war Lehrerin hier in Bellewood, sechste Klasse. Sie hat seit weit über zwanzig Jahren in Keller Hollow gelebt. Ihre Tochter ist hier aufgewachsen, sie heißt Monica. Sie ist einundzwanzig und lebt bei ihrer Mutter. Monica hat eine zweijährige Tochter. Vor sechs Jahren ist Niccis Mann an einem Herzinfarkt gestorben. Fast drei Wochen ist es her, dass sie, wie so oft, zum Friedhof gefahren ist, um sein Grab zu pflegen – und seitdem hat sie niemand mehr gesehen. Als sie nicht nach Hause gekommen ist, hat ihre Tochter versucht, sie anzurufen, aber sie ging nicht ran. Dann ist die Tochter zum Friedhof gefahren und hat Niccis Auto dort entdeckt. Alle ihre Sachen lagen im Wagen, Handtasche, Handy, der Schlüssel steckte im Zündschloss. Fast, als wäre sie einfach ausgestiegen und davongelaufen.«

Josie lief es kalt den Rücken hinunter. Genau wie bei Trinity – Nicci Webb hatte alles liegengelassen und sich in Luft aufgelöst. »Auf dem Friedhof habt ihr nichts weiter gefunden, oder?«, fragte sie Heather. »Nichts, was euch ungewöhnlich oder ... besorgniserregend vorkam?«

Heather lachte freudlos. »Du meinst wohl, ob wir auch sowas Krankes gefunden haben wie ihr? Nein, nichts. Glaub mir, wenn, dann hätte ich mir das nicht aus der Nase ziehen lassen. Das war es ja, was uns die Ermittlung teilweise so erschwert hat, es sah eben so aus, als sei sie einfach fortgewandert. Das haben alle vermutet. Ihre Tochter hat die Umgebung nach ihr abgesucht, nichts gefunden und uns gerufen. Wir haben ebenfalls nach ihr gesucht, aber wieder keine Spur. Monica hat angegeben, dass Nicci depressive Phasen hatte, vor allem, nachdem ihr Mann gestorben war, sich aber nie professionelle Hilfe geholt hat. Eine Zeitlang dachte ich, vielleicht ist sie fortgegangen und hat sich umgebracht, aber auch darauf haben wir nie irgendwelche Hinweise gefunden. Wir haben auch eine Hundestaffel eingesetzt und die haben ihre Spur aufgenommen, aber sie hat nirgends hingeführt.«

Josie sagte: »Und das heißt ja normalerweise, dass die Person in ein Auto gestiegen ist.«

»Ganz genau«, pflichtete Heather ihr bei. »Wir haben jede Person überprüft, die Nicci kannte. Sie hatte nicht allzu viele Freunde und Bekannte und von denen waren alle unverdächtig.«

»Was kannst du uns über den Friedhof sagen?«, fragte Gretchen.

»Der ist recht klein und abgelegen. Keine Kameras. Die beiden Eheleute, die sich darum kümmern, sind schon um die achtzig und wohnen in Bellewood. Sie mähen den Rasen und kümmern sich auch sonst privat um alles, was so anfällt.«

»Heißt also, niemand hat an dem Tag etwas gesehen, es sei denn, jemand war mit Nicci auf dem Friedhof.«

Gretchen sagte: »Na ja, offensichtlich war tatsächlich jemand mit ihr auf dem Friedhof, aber diese Person hat eben niemand gesehen.«

Heather nickte. »Wir haben alle Leute in Keller Hollow befragt. Ihr wisst bestimmt, dass da sowieso nur um die vierhundert Leute wohnen, und gemeinsam konnten Monica und mein Team mit allen reden. Keiner kann sich daran erinnern, Nicci an dem Tag gesehen zu haben. Keiner hat in der Nähe des Friedhofs irgendwelche anderen Fahrzeuge kommen oder wegfahren sehen. Wir haben die Polizei in Bellewood darum gebeten, auch mit den Leuten in ihrer Gemeinde zu reden. Sie haben ein paar Sachen in den sozialen Medien gepostet, aber keiner weiß irgendwas.«

Josie fragte: »Es gab niemanden, mit dem sie sich zerstritten hatte? Keine aggressiven Liebhaber oder unzufriedenen Exfreunde?«

»Nein«, antwortete Heather.

»Und wie steht es mit Monica?«, fragte Gretchen. »Du hast erwähnt, dass sie eine zweijährige Tochter hat. Was ist mit dem Vater ihrer Tochter?«

»Der ist Soldat bei der Air Force«, erwiderte Heather. »Im Auslandseinsatz. Die beiden sind nicht verheiratet, haben aber eine gute Beziehung. Ich habe tatsächlich auch Monicas soziales Umfeld überprüft, einfach um auf Nummer sicher zu gehen. Nichts Verdächtiges gefunden.«

Josie deutete auf Heathers Chevrolet Tahoe. »Gibt's einen Grund, warum du wolltest, dass wir uns hier treffen?«

Heather nickte. »Ich muss Monica über den Tod ihrer Mutter informieren. Sie wird viele Fragen haben. Der Mord an ihrer Mutter fällt in euer Zuständigkeitsgebiet, deswegen dachte ich, ihr solltet sie kennenlernen.«

»Natürlich«, sagte Josie.

SIEBZEHN

Mit Heather am Steuer fuhren sie durch den Wald die lange zweispurige Straße nach Keller Hollow entlang. Dabei passierten sie den Friedhof und er war genau so, wie Heather ihn beschrieben hatte, klein und unscheinbar. Er war nicht eingezäunt, nur ein Stück Waldboden, das eingeebnet worden war; die Grabsteine standen sauber aufgereiht. Eine einzelne asphaltierte Straße war in der Mitte des Friedhofs sichtbar und verschwand dann hinter einem Hügel. Als sie daran vorbeifuhren, sagte Heather: »Mr Webb liegt auf der anderen Seite des Hügels begraben. Niccis Auto war von dieser Straße aus nicht zu sehen. Wenn ihr also jemand gefolgt war, hätte man auch das von hier aus nicht sehen können.«

Keller Hollow tauchte vor ihnen auf. Der Ort war nichts als eine kleine Ansammlung von Häusern entlang der Landstraße. Vor einem kleinen zweistöckigen Haus mit blauer Außenverkleidung und schwarzen Fensterläden blieb Heather stehen. Neben ihnen in der Einfahrt standen zwei Autos, beides Viertürer, das eine rot, das andere silberfarben. Sie stiegen aus und Heather deutete auf das silberfarbene Auto. »Das ist Niccis Auto. Wir haben es auf Spuren untersucht, aber nichts gefunden. Das andere Auto gehört Monica. Sie ist viel zu Hause. Im Moment studiert sie online, außerdem ist es mit einem Kleinkind nicht leicht für sie, groß was zu unternehmen, und Kinderbetreuung kostet ja so viel.«

Sie betraten eine Veranda, die mit knallbuntem Kinderspielzeug übersät war: Ein Spielzeugrasenmäher, ein Cozy-Coupe-Miniauto und eine Eisdiele aus Plastik, voll ausgestattet mit Plastikeiskugeln in allen erdenklichen Geschmacksrichtungen. Bevor Josie das Sammelsurium komplett überblicken konnte, wurde sie vom Knarzen des Fliegengitters vor der Haustür abgelenkt. Eine junge Frau mit einem kleinen Mädchen auf der Hüfte trat aus dem Haus. Beide hatten dunkle Haare, blasse Haut und eine schmale Nase, genau wie Nicci Webb.

»Monica«, begrüßte Heather sie.

Monicas blaue Augen wanderten zwischen Heather, Josie und Gretchen hin und her. Sie atmete tief und unstet ein und sagte: »Sie wird nicht zurückkommen, nicht wahr?«

Mitgefühl zeichnete sich deutlich in Heathers Gesicht ab. »Können wir reinkommen?«

Ohne ein weiteres Wort führte Monica sie ins Haus. Im Wohnzimmer lag noch mehr Spielzeug verstreut. Die Möbel und der hellbeige Teppich waren ziemlich abgenutzt. Familienfotos hingen an den Wänden verteilt. Die meisten davon zeigten die Familie als Dreiergruppe. Monica als Kleinkind, Kind, Teenager, eingerahmt von einer viel jünger wirkenden Nicci und ihrem Mann. Dieser war größer als seine Frau und breit gebaut. Er hatte freundliche Augen, hinter seinem Bart versteckte sich ein herzliches Lächeln. In seinem Gesicht war nichts von der Anspannung zu sehen, die das Aussehen seiner Frau zeichnete. Dann verschwand er von den Fotos, bis irgendwann Niccis kleine Enkeltochter seinen Platz einnahm.

Josie riss sich vom Anblick der Fotos los und ließ ihren Blick durch den Rest des Zimmers schweifen. In jeder Ecke und auf jedem Beistelltisch standen Pflanzentöpfe. Bis auf das Spielzeug wirkte jeder Gegenstand hier recht alt und doch machte das Haus einen freundlichen, gemütlichen Eindruck. Auf dem Boden lag eine Decke ausgebreitet und darauf lagen mehrere Puppen. Monica setzte ihre Tochter auf die Decke und reichte ihr eine Trinklerntasse. »Annabelle«, sagte sie mit einem Zittern in der Stimme. »Mommy redet jetzt mit diesen netten Frauen hier, okay? Kannst du solange hier sitzen und spielen und ein bisschen fernsehen? Ich such dir deine Lieblingssendung heraus, okay?«

Annabelle zeigte auf den Fernseher und rief: »*Paw Patrol!*«

Monica gab ihr einen Kuss auf die Wange und lächelte sie an, obwohl ihr dabei eine Träne übers Gesicht lief. »Na klar, mein Schatz.«

Sobald Annabelle in die Abenteuer der *Paw Patrol* vertieft war, setzten sich die Erwachsenen; Gretchen und Josie auf dem großen Sofa, Heather und Monica auf dem kleinen. Heather stellte Monica die beiden ihr unbekannten Frauen vor und Monica wrang ihre Hände im Schoß. »Sagen Sie es mir einfach«, sagte sie. »Sagen Sie mir einfach, wo man sie gefunden hat.«

Heather sagte: »Das Skelett Ihrer Mutter wurde hinter einer vermieteten Ferienhütte in Denton entdeckt.«

Monica schloss für einen Moment die Augen und atmete mehrmals tief ein. »Skelett?«

Gretchen räusperte sich und sobald Monica die Augen wieder öffnete, antwortete sie: »Ihr Körper war leider schon stark verwest. Wir konnten nicht feststellen, woran sie gestorben ist oder vor wie langer Zeit, aber wir vermuten, dass sie schon kurz nach ihrem Verschwinden starb.«

»Sie ist nicht verschwunden«, sagte Monica.

Josie sagte: »Sie haben recht, Monica. Sie wurde entführt.« Sie warf Gretchen einen Blick zu. Sie wusste, dass sie nicht preisgeben sollten, wie die Knochen arrangiert worden waren.

Nicht während dieser Phase ihrer Ermittlungen. Außerdem war ihr eigentlich nicht danach, Monica überhaupt jemals von der grausigen Zurschaustellung der Knochen ihrer Mutter zu erzählen. »Aber wir sind uns nicht sicher, wo sie ermordet wurde. Der Fundort war nicht verunreinigt, deshalb ist es offensichtlich, dass ihre Knochen von einem anderen Ort dorthin transportiert worden sind.«

Monica legte die Stirn in Falten. »Sie sagten, das war in Denton? Ich glaube nicht, dass meine Mutter jemals in Denton war.«

Gretchen sagte: »Nun, das ist einer der Gründe, warum wir hier sind. Wir müssen herausfinden, ob sie irgendetwas mit dem Ort verband.«

Monica schüttelte den Kopf. »Nein, gar nichts. Moment, Sie meinten, hinter einer Ferienhütte – die hatte aber nicht sie gemietet, oder?«

»Nein«, sagte Josie. »Sie war nicht die Person, die die Hütte gemietet hatte. Das war Trinity Payne.«

»Meinen Sie die Journalistin? Die aus der Morgenshow? Die, die vor Kurzem verschwunden ist? Was zur Hölle geht hier vor sich?«

Josie fragte: »Denken Sie, dass Ihre Mutter und Trinity Payne sich kannten?«

»Nein«, sagte Monica. »Das kann ich mir kaum vorstellen. Ich verstehe das alles nicht, was hat Trinity Payne mit meiner Mutter zu tun?«

Heather sagte: »Trinity ist ein paar Tage vor Ihrer Mutter verschwunden, genau auf dieselbe Art. Ihr Auto stand noch dort und alle ihre Habseligkeiten lagen darin, darunter ihr Handy. Das Skelett ihrer Mutter wurde ganz in der Nähe der Stelle entdeckt, von wo aus Ms Payne verschwunden ist.«

Monicas Gesicht verlor noch etwas Farbe. »Soll das etwa heißen, dass da draußen ein Serienmörder unterwegs ist?«

Josie sagte: »Es ist noch viel zu früh, um solche Vermutungen anzustellen, Monica. Im Moment suchen wir nur nach möglichen Verbindungen zwischen den beiden Fällen.«

Monica deutete auf Josie. »Jetzt erkenne ich Sie. Sie sind diese Polizistin, Trinity Paynes Zwillingsschwester. Ich habe Sie bei *Dateline* gesehen.«

Josie nickte. »Das stimmt. Sind Sie absolut sicher, dass Ihre Mutter Trinity nicht kannte?«

Monica wischte sich eine weitere Träne vom Gesicht und lachte. »Ja, hundert Prozent. Sie kannte keine berühmten Leute. Die Morgenshow hat sie, ehrlich gesagt, gar nicht angeschaut.« Ihr Blick schweifte hinüber zu Annabelle, welche immer noch gebannt das Geschehen im Fernsehen verfolgte.

Gretchen fragte: »Hatte Ihre Mutter jemals Kontakt zur Presse allgemein, aus welchem Grund auch immer?«

»Nein. Nie. Sie führt ... hat ein ruhiges Leben geführt. Wir waren ... wir waren glücklich.« Emotionen schnürten ihr das Wort ab und sie stand auf. Wieder warf sie einen Blick zu Annabelle, dann wandte sie sich den drei Polizistinnen zu. »Ich ... ich ...«

Heather sagte: »Nehmen Sie sich ruhig einen Moment Zeit, Monica. Wir passen auf Annabelle auf.«

Monica floh aus dem Zimmer, aber nicht bevor sie alle ein ersticktes Schluchzen hören konnten. Heather setzte sich auf den Boden zu Annabelle, die noch nicht bemerkt hatte, dass ihre Mutter das Zimmer verlassen hatte.

»Wie sehr ich das hier hasse«, murmelte Gretchen, als das Knallen der Hintertür durch das Haus hallte.

»Geht mir genauso«, sagte Josie. »Aber wir müssen die Person finden, die für das hier verantwortlich ist. Egal, was wir dafür tun müssen.«

Nachdem die Folge *Paw Patrol* vorbei war, nahm Heather die Fernbedienung und startete eine neue Folge. Josie stand auf und strich ihre Hose mit schwitzigen Händen glatt. Dann machte sie sich auf die Suche nach Monica.

ACHTZEHN

Josie betrat die Küche der kleinen Familie. Genau wie im Wohnzimmer machten auch hier die Möbel und Gerätschaften einen alten, abgenutzten Eindruck, aber nette Details verliehen dem Raum Gemütlichkeit. Zum Beispiel die fröhlichen blau-weißen Vorhänge vor dem Fenster, der knallbunte Hochstuhl am Tischende, zahlreiche Pflanzentöpfe und ein Holzschild an der Wand mit der Aufschrift *Du bist nicht du, wenn du hungrig bist, aber ich liebe dich trotzdem.* Josie bahnte sich einen Weg in den Garten hinter dem Haus und atmete vor Überraschung scharf ein, als sie die Terrasse betrat. Ein hoher Plattenzaun schloss den Garten ein, aber entlang des Zauns hatte jemand Kupferdraht angebracht und in kunstvolle Formen gedreht. Schnell begriff Josie, dass es sich um Bäume handelte, deren Äste hoch über den Zaun hinausragten und sich bis in die Mitte des Gartens streckten. An jedem einzelnen Ast hingen Kunstjuwelen und polierte Steine.

Aus einem Gartenstuhl heraus erklang Monicas Stimme: »Die hat meine Mutter gemacht.«

»Sie sind wunderschön«, hauchte Josie voll Ehrfurcht. So etwas hatte sie noch nie gesehen.

Schließlich riss sie ihre Augen davon los und wandte sich Monica zu, welche ebenfalls die Kupferbäume betrachtete, die Stirn in tiefe Falten gelegt. »Ja, das sind sie«, sagte sie. »Manchmal vergesse ich, wie ... einzigartig das hier ist, weil ich es jeden Tag sehe. Seit ich mich erinnern kann, hat sie daran gearbeitet, Stück für Stück. Hier etwas hinzugefügt, dort etwas weggenommen. Mein Dad nannte das hier ihren Park, aber auf liebevolle Art. Er hat ihre Bäume geliebt. Er meinte immer, sie solle Dinge erschaffen und verkaufen, aber die Idee fand sie schrecklich. Sie hat immer gesagt, dass sie das hier nur für sich selbst gemacht hat.«

Monicas Nase war rot, die Augen vom Weinen verquollen. Mit einer Hand umklammerte sie ein zerknülltes Taschentuch. Sie wippte in ihrem Stuhl vor und zurück. »Ich weiß nicht, was ich ohne sie tun soll.«

Josie sagte: »Das Studium beenden. Ihre Tochter aufziehen. Weiterleben.«

Monica sah ihr in die Augen. »Genau sowas hätte sie auch gesagt.«

Josie ging zu ihr hinüber, zog einen weiteren Gartenstuhl neben Monicas und stellte ihn so auf, dass sie ihr ins Gesicht sehen konnte. »Ich fühle mit Ihnen, von ganzem Herzen. Es gibt nichts, was ich oder irgendwer sonst sagen oder tun könnte, damit es weniger wehtut. Aber ich verspreche Ihnen, dass ich alles Menschenmögliche tun werde, um denjenigen zu finden, der Ihrer Mutter das angetan hat, und dafür zu sorgen, dass er den Rest seines Lebens im Gefängnis verbringt.«

Monica nickte.

Josie fuhr fort: »Gibt es irgendjemanden, den wir für sie anrufen können?«

»Nein«, sagte Monica. »Niemanden. Also, ich habe schon Freunde, aber die rufe ich dann selber an. Die Familie meines Vaters lebt in Kalifornien, ich sehe sie fast nie. Mom hatte niemanden.«

»Keine Geschwister? Und was ist mit ihren Eltern?«

»Sie hat mir gesagt, dass sie ihren Vater nie kennengelernt hat, der war nie Teil ihres Lebens. Und ihre Mutter war anscheinend kaum für sie da und ist gestorben, als Mom fünfzehn war.«

Josie dachte daran, was Heather ihnen über Niccis Depressionen erzählt hatte, und sagte: »Das muss schwierig gewesen sein für sie. Wo hat sie denn nach dem Tod ihrer Mutter gelebt?«

»Sie ist weggelaufen«, sagte Monica. »Sie wollte nicht zu einer Pflegefamilie. Sie hat mir erzählt, dass sie eine Zeitlang in einem Heim für obdachlose Jugendliche gelebt hat, bis sie dafür zu alt wurde.«

»War das hier in der Gegend? In Bellewood?«

»Nein«, erwiderte Monica. »Ich glaube, das war in Philadelphia. Sie hat mir nie mehr darüber erzählt, sie meinte nur, dass es zwar nicht schön war, aber auch nicht schrecklich. Irgendwann hat sie dann einen Job gefunden und eine schäbige kleine Wohnung irgendwo. Sie hat angefangen, an der Temple University zu studieren, sie wollte Lehrerin werden. Dort hat sie meinen Dad kennengelernt. Dad hat einen Job beim Amtsgericht Bellewood bekommen und da sind sie hierhergezogen. Sie waren bis zu seinem Tod zusammen.«

Josie fragte: »Wie war der Mädchenname Ihrer Mutter?«

»Cahill«, antwortete Monica.

»Detective Loughlin hat erwähnt, dass Ihre Mutter manchmal unter Depressionen litt. War das schon vor dem Tod Ihres Vaters der Fall?«

Monica nickte. »Ja, schon mein ganzes Leben lang. Das kam aber nicht so oft vor. Manchmal hatte sie einfach eine ihrer Phasen, wo sie ein paar Tage im Bett blieb, viel weinte und nicht viel essen wollte. Mein Dad hat sich immer um sie gekümmert und mir gesagt, dass ich sie einfach eine Zeitlang in Ruhe lassen soll, weil sie ›gerade etwas durchmacht‹, obwohl er mir nie verraten hat, was genau das war.«

»Haben Sie sie je danach gefragt?«

»Ein einziges Mal, als ich nach Annabelles Geburt wieder hier eingezogen bin. Ich habe sie gefragt, warum sie manchmal solche Phasen hat, und sie wollte es mir nicht verraten. Sie hat gesagt, das sei nicht mein Problem.«

»Und was vermuten Sie, was der Grund dafür war?«, fragte Josie.

Monica zuckte mit den Schultern. »Ich weiß nicht genau. Einmal, als ich ein Teenager und Dad noch am Leben war, habe ich mal gehört, wie er sie getröstet hat. Er hat die Tür einen Spaltbreit offen gelassen und ich konnte ihre Unterhaltung hören. Sie hat immer wieder gesagt: ›Ich hätte mehr tun können‹, und er hat gesagt: ›Du hast alles getan, was du konntest.‹ Das hat mir Angst gemacht und ich habe mich nie getraut, sie danach zu fragen. Sogar als Erwachsene nicht. Also, dieses eine Mal schon, als ich mit ihr darüber geredet habe, da habe ich ihr erzählt, was ich damals gehört habe. Da meinte sie eben, das sei nicht mein Problem. Ich habe immer vermutet, dass es irgendwas sein muss, was ihr passiert ist, bevor sie meinen Dad kennengelernt hat, vielleicht als Kind oder so.«

Josie dachte an Trinity und an die Woche vor ihrem Verschwinden, als sie noch bei Josie und Noah gewohnt hatte. »Monica«, fragte sie, »hat Ihre Mutter sich vor ihrem Verschwinden seltsam verhalten?«

»Wie seltsam verhalten?«

»Wirkte sie zum Beispiel gestresster als normal? Nervös? Hat sie irgendetwas Ungewöhnliches getan?«

»Nein, nichts dergleichen.«

»Hat sie vor ihrem Verschwinden irgendwelche seltsamen Gegenstände erhalten, Post, Päckchen?«

»Nein, wieso?«, fragte Monica, eine Augenbraue argwöhnisch hochgezogen.

»Meiner Schwester – Trinity – wurde ein paar Tage vor ihrer Entführung ein weißer Haarkamm in den Briefkasten gesteckt. Vielleicht hat das keinerlei Bedeutung, vielleicht hat es nichts mit ihrer Entführung zu tun, aber ich ...«

»Sie klammern sich an jeden Strohhalm«, sagte Monica mit einem humorlosen Lachen. »Das tue ich seit siebzehn Tagen. Dauernd gehe ich jedes kleinste Detail im Leben meiner Mutter durch, versuche irgendwelche Hinweise darauf zu finden, was ihr zugestoßen sein könnte, egal, wie unwahrscheinlich es sein mag. Wenn man nicht weiß, was wichtig sein könnte, ist alles wichtig.«

Josie nickte lächelnd und dachte bei sich, dass Monica über eine Karriere bei der Polizei nachdenken sollte. »Ganz genau«, sagte sie.

»Meine Mutter hat vor ihrer Entführung keine ungewöhnlichen Päckchen erhalten und ich habe sie nie einen Haarkamm tragen sehen.«

»Danke«, sagte Josie. »Gibt es noch irgendetwas anderes, was ich Ihrer Meinung nach über Ihre Mutter wissen sollte?«

»Sie war eine gute Mutter«, sagte Monica voller Entschlossenheit. »Eine verdammt gute Mutter. Ich weiß, wir haben über ihre depressiven Phasen gesprochen, aber alles in allem war sie glücklich, vor allem, nachdem Annabelle geboren wurde und wir zu ihr gezogen sind. Der Tod meines Vaters hatte sie hart getroffen, aber nach Annabelles Geburt wurde alles so viel besser. Mein Gott, wie soll ich das nur schaffen?« Sie warf einen Blick in Richtung Hintertür. »Annabelle fragt mich andauernd, wo Nanny ist. Ich weiß nicht, was ich ihr sagen soll. Scheiße.«

Noch mehr Tränen liefen ihr übers Gesicht und sie wippte immer schneller vor und zurück. Josie wusste, dass es nichts gab, was sie sagen konnte. Sie hatte keine Antworten und keine tröstlichen Beschwichtigungen. Der Weg, der vor Monica und ihrer kleinen Tochter lag, war mit Dornen übersät und von

Trauer durchtränkt. Josie saß einfach bei ihr, bis sie sich wieder etwas gefangen hatte und aufstand, um zurück ins Haus zu gehen. Vorher drückte Josie ihr allerdings ihre Visitenkarte in die Hand. »Da steht auch meine Handynummer drauf. Sie können mich jederzeit anrufen, rund um die Uhr.«

Monica musterte die Karte und steckte sie dann in ihre Gesäßtasche. »Danke.«

Josie sagte: »Ich mache mich jetzt wieder an die Arbeit.«

NEUNZEHN

Erst nach neunzehn Uhr kamen sie wieder am Dentoner Polizeirevier an und fanden dort eine Meute an Reportern vor, die sowohl den Vorder- als auch den Hintereingang versperrten. Vor dem Gebäude standen zwei Vans von WYEP und auf dem Gehsteig warteten mehrere Reporter auf eine Gelegenheit, sich auf jeden Polizisten zu stürzen, der das Gebäude betrat oder verließ. Keine Chance, unbemerkt ins Revier zu gelangen. Gretchen hielt eine Hand fest um Josies Arm geschlossen, während sie sich durch das Meer an durcheinanderrufenden Menschen einen Weg zum Hintereingang bahnten. Sie liefen die Treppe in den ersten Stock hinauf, wo die Telefone auf allen Schreibtischen ohne Unterlass klingelten. Noah und Mettner saßen an ihren Tischen, jeder mit einem Hörer am Ohr. Josies Handy vibrierte, als eine SMS bei ihr einging. Ihre Freundin Misty schrieb ihr.

Hab's gerade gehört. Lass mich wissen, wenn ich irgendwas tun kann. Ich bin jederzeit für dich da.

Josie entschied sich für eine knappe Antwort:

Danke. Ich halt dich auf dem Laufenden.

Misty schickte ihr sofort ein Herz-Emoji zurück.

Noah legte den Hörer seines Telefons auf die Gabel und blickte sie fragend an. Sie hielt ihm ihr Handy hin, damit er den Chatverlauf sehen konnte. »Die Presse dreht total durch wegen der Story«, sagte er. »Seit du gegangen bist, waren wir im Prinzip nur damit beschäftigt, Anrufe entgegenzunehmen.«

»Was erzählt ihr den Reportern?«, fragte Josie.

Mettner legte ebenfalls auf und sagte: »Dass Trinity vermisst wird und dass wir von einem Verbrechen mit Fremdeinwirkung ausgehen, da ihr Handy und ihre Handtasche noch im Auto lagen, andere persönliche Gegenstände aber fehlen. Die Sache mit Nicci Webbs Skelett halten wir aber noch unter Verschluss.« Er warf einen Blick in die Runde. »Das heißt, niemand erwähnt etwas von den Knochen oder von Nicci Webb gegenüber Leuten, die nicht zum Dentoner Polizeirevier gehören. Verstanden?«

Sie nickten. Noah sagte: »Die Anweisung solltest du besser weitergeben; nicht, dass irgendwelche von den Streifenpolizisten nach Hause gehen und ihren Frauen davon erzählen, die das dann ihrerseits ihren Freundinnen ... Du weißt schon, was ich meine.«

»Ich kümmere mich darum«, versicherte Mettner. »Das ist eine heikle Angelegenheit, aber ich möchte den Presserummel zu unserem Vorteil nutzen. Vermeiden lässt es sich sowieso nicht mehr. WYEP hat die Nachricht inzwischen schon ein paarmal als Eilmeldung gebracht. Auf den sozialen Medien haben sie auch darüber gepostet. Irgendwann werde ich eine Pressekonferenz dazu halten müssen, aber fürs Erste sollten wir einfach weiter die Ermittlungen führen. Was für Infos habt ihr von Detective Loughlin bekommen?«

Gretchen und Josie setzten sich an ihre Schreibtische. Gretchen gab Mettner und Noah eine Zusammenfassung all dessen, was sie über Nicci Webb und ihr Verschwinden erfahren hatten. Auch ihr Treffen mit Monica Webb beschrieb sie und sagte zum Schluss: »Heather wird uns eine Kopie ihrer Ermittlungsakte zusenden, obwohl sie meinte, dass wohl nicht viel Hilfreiches drin sein wird.«

Mettner tippte hektisch Notizen in sein Handy, während Gretchen sprach. »Wir werden von Trinity ausgehend überprüfen müssen, ob zwischen Trinity und Nicci Webb eine Verbindung bestand«, murmelte er.

»Ja«, stimmte Josie ihm zu. »Hast du mit Hummel geredet?«

Mettner nickte. »Ja, er hat uns alles über die Nachricht in Trinitys Auto und den Haarkamm erzählt. Die Fotos davon sind schon in der Akte. Außerdem habe ich Trinitys Co-Moderator Hayden Keating erreicht und auch einen ihrer Produzenten.«

»Sehr gut«, sagte Josie. »Wussten die irgendwas? Haben sie in letzter Zeit von ihr gehört? Wussten sie, woran sie gearbeitet hat?«

Mettner vollendete seine Notizen und schüttelte den Kopf. »Nein. Sie haben seit über einem Monat nichts mehr von ihr gehört. Sie konnten mir nichts Neues berichten. Aber sie senden eine Kameracrew mit Keating hierher. Sie werden in ein paar Stunden ankommen, dann können wir ausführlich mit ihnen reden.«

»Was ist mit der Befragung der anderen Mieter?«, fragte Josie.

»Leider hat das überhaupt nichts ergeben, Boss. Nur vier der anderen Hütten waren bewohnt, niemand hat irgendetwas gehört oder gesehen. Keiner der Mieter wusste überhaupt, dass in der Nummer sechs jemand gewohnt hatte.«

»Und die Mieter selbst?«, fragte Josie. »Habt ihr zu denen was herausgefunden?«

Mettner sagte: »Na ja, also zwei Hütten wurden von Familien gemietet und die haben einander Alibis gegeben. In den anderen zwei Hütten waren alleinstehende Männer, die zum Angeln hier sind. Die beiden haben jeweils kein Alibi, aber sie haben ihre Hütten komplett von den Streifenpolizisten durchsuchen lassen und dabei kam nichts Verdächtiges raus.«

»Lass uns die Hintergründe aller Mieter überprüfen«, sagte Josie. »Sogar die der Familien.«

»Geht klar, Boss«, sagte Mettner und machte sich eine weitere Notiz in seiner App.

Gretchen fragte: »Hat jemand die Leute in Josies und Noahs Nachbarschaft befragt, um herauszufinden, ob sich jemand an eine verdächtige Person erinnert oder daran, dass sich jemand letzten Monat an dem Briefkasten zu schaffen gemacht hat?«

Mettner nickte. »Ja, ich hab ein paar Uniformierte hingeschickt. Niemand kann sich an irgendetwas Verdächtiges oder Ungewöhnliches erinnern oder an irgendjemanden.«

Josie runzelte die Stirn. »Das überrascht mich nicht, ist ja schon einen Monat her.«

»Wir haben immer noch jede Menge Hinweise, denen wir nachgehen können«, erinnerte Mettner sie. »Ich möchte sehen, was auf Trinitys Laptop ist. Und glaubst du, du kannst ihr Handypasswort herausfinden?«

»Ich kann es versuchen«, sagte Josie. »Aber das wird unsere Mom wohl eher wissen.«

Mettner fragte: »Glaubst du, deine Familie kann uns vielleicht erklären, warum sie *Vanessa* an ihre Tür geschrieben hat?«

»Vielleicht«, sagte Josie.

Noah stand auf, ging um den Schreibtisch herum und legte sanft eine Hand auf Josies Arm. »Sie sind inzwischen hier. Deine Eltern und dein Bruder. Sie warten schon eine ganze

Weile unten. Sergeant Lamay hat sie ins Besprechungszimmer gesetzt. Ich bin so lange bei ihnen geblieben, wie ich konnte, bis Mettner mich wieder gebraucht hat. Sie werden bestimmt mit dir sprechen wollen.«

ZWANZIG

Sie ließ sich von Noah zum Treppenhaus führen. Sie hatte so viele Fragen, die sie Shannon stellen wollte, aber beim Gedanken daran, ihre Familie zu sehen, spürte sie Furcht in sich. Es fühlte sich immer noch nicht an wie ihre Familie. Nicht wirklich. Josie wusste, dass die Paynes sie liebten und sich genau wie sie selbst wünschten, dass sie die Zeit zurückdrehen und sich diese verlorenen dreißig Jahre zurückholen könnten. Sie hatten sich während der letzten drei Jahre sehr bemüht, ein Teil von Josies Leben zu werden, und Josie hatte sich ihnen gegenüber so sehr geöffnet, wie sie nur konnte. Sie hatten viel Zeit miteinander verbracht. Shannon fuhr jede Woche die zwei Stunden hin und zurück, um Josie trotz deren langer Arbeitstage sehen zu können. Und trotzdem dachte Josie bei »Familie« immer noch zuerst an eine andere Person.

»Noah«, sagte Josie leise. »Ich brauche meine Großmutter.«

Sie war ihm dankbar, dass er ihr keine Fragen stellte. Als sie das Treppenhaus im Erdgeschoss verließen und Richtung Besprechungszimmer gingen, sagte er nur: »Ich rufe sie an und sage ihr, dass sie in fünfzehn Minuten bereit sein soll. Dann fahre ich nach Rockview und hole sie ab.«

Sie drückte dankbar seinen Arm, bevor sie das Besprechungszimmer betrat. Ihr Bruder Patrick, seit Kurzem Student der nahegelegenen Denton University, fläzte sich in einem Stuhl und scrollte auf seinem Handy herum. Sein wirres braunes Haar fiel ihm in das über den Bildschirm gebeugte Gesicht und verbarg seine Augen. Christian, groß, schlank, mit graugesprenkeltem dunklem Haar, tigerte an einem Ende des Zimmers an der Wand hin und her. Shannon saß auf einem Stuhl in der Mitte des langen Tisches, die Ellbogen auf die Glasplatte gestützt, den Kopf in den Händen vergraben. Als Josie eintrat, blickte sie auf und sprang dann hoch und rannte zu ihr, um Josie in eine feste Umarmung zu schließen. Josie erwiderte die Umarmung und versuchte, die Emotionen zu unterdrücken, die hier in Shannons Armen in ihr aufstiegen.

Shannon zog sich etwas zurück und musterte Josies Gesicht. Manchmal verspürte Josie beim Anblick ihrer Mutter immer noch einen kleinen Schock. Shannon und sie sahen sich in der Familie am ähnlichsten. Sie hatten dieselbe porzellanfarbene Haut, dieselben blauen Augen hinter langen Wimpern und dasselbe schwarze Haar, das nach längerem Aufenthalt in der Sommersonne manchmal fast braun aussah, nur dass Shannons inzwischen einige graue Strähnen hatte. Obwohl Josie und Trinity Zwillinge waren, hatte Trinity immer anders ausgesehen als Josie. Als Nachrichtenmoderatorin strahlte die meist stark geschminkte Trinity mit ihrem glänzenden, perfekt gestylten Haar, das sich vom Wetter nicht beeindrucken ließ, stets Glamour aus. Natürlich war die Ähnlichkeit zwischen den beiden schon immer offensichtlich gewesen, aber Josie hatte es damals für einen Zufall gehalten. Als sie Shannon allerdings zum ersten Mal gesehen hatte, hatte die Ähnlichkeit sie in ihren Grundfesten erschüttert. Genau wie Josie sah Shannon aus wie die Alltagsversion von Trinity.

Christian ging zu Josie hinüber und schloss sie kurz in die Arme. Patrick beobachtete sie angespannt vom anderen Ende des Zimmers. Shannon fragte: »Hast du schon irgendwas gehört?«

Josie versuchte, den Kloß in ihrem Hals hinunterzuschlucken. »Nein, leider gar nichts. Anscheinend warst du die letzte, die von ihr gehört hat, und das war vor drei Wochen. Ich muss euch was fragen.«

Sie zog ihr Handy aus der Tasche und zeigte ihnen das Foto von Nicci Webb, das sie von deren Facebook-Profil heruntergeladen hatte. »Kennt ihr diese Frau?«

Shannon und Christian musterten das Foto. Patrick stieß zu ihnen und warf ebenfalls einen Blick darauf. Einer nach dem anderen schüttelten sie ihre Köpfe und verneinten.

»Wer ist das?«, fragte Shannon.

Josie steckte ihr Handy wieder weg. »Sie heißt Nicci Webb. Wir haben ihre Überreste in der Nähe von Trinitys Ferienhütte gefunden.«

Shannon schlug sich eine Hand aufs Herz. »Was? Was meinst du mit ›Überresten‹? Ihr ... ihr habt ihre Leiche gefunden?«

Christians Stimme war heiser, als versuchte er, eine Woge an Emotionen zurückzuhalten. »Bist du sicher, dass das diese Frau war und nicht deine Schwester?«

Josie hob ihre Hände und bedeutete ihnen, sich zu beruhigen. »Ja, wir haben Nicci Webbs Leiche hinter Trinitys Hütte gefunden. Sie war bereits stark verwest. Wir konnten nicht feststellen, woran sie gestorben ist, aber wir gehen davon aus, dass sie ermordet wurde, da sie vor fast drei Wochen aus ihrem Heimatort verschwunden ist, welcher etwa sechzig Kilometer entfernt von hier liegt, und da ihre Leiche nun hier gefunden wurde.« Die Tatsache, dass ihre Knochen in einem grauenhaften Arrangement auf dem Erdboden befestigt worden waren, ließ Josie weg. Mettner, der leitende Ermittler, hatte das schließlich untersagt. Nicht, dass sie es ihnen so oder so hätte sagen wollen. »Die Leiche ist definitiv die von Nicci Webb, einer fünfundvierzigjährigen Lehrerin aus Keller Hollow. Unsere Rechtsmedizinerin konnte das aufgrund zahnärztlicher Unterlagen eindeutig feststellen.«

Die Erleichterung ließ Christian zusammensacken.

Shannon sagte: »Du meinst also, dass jemand Trinity entführt und dann die Leiche einer anderen Frau hinter ihre Hütte gelegt hat?«

Josie nickte und verzog ihr Gesicht. »Ja, danach sieht es aus.«

»Aber warum denn?«, fragte Shannon. »Warum würde jemand so etwas tun?«

»Das wissen wir noch nicht«, erwiderte Josie. »Wir versuchen gerade, eine Verbindung zwischen Trinity und Nicci Webb zu finden, falls denn eine besteht. Außerdem setzen wir alles daran, Trinity zu finden. Es gibt da noch etwas anderes, was ich mit euch besprechen muss.«

Sie erzählte ihnen von der geheimen Nachricht, die sie in Trinitys Fiat vorgefunden hatten.

Christian sagte: »Warum sollte sie denn ›Vanessa‹ schreiben?«

»Wir hatten gehofft, dass ihr uns das erklären könntet«, entgegnete Josie.

Christian und Shannon blickten einander an und sahen dann zu Patrick, der nur mit den Schultern zuckte. Shannon blickte wieder zu Josie und sagte: »Schatz, es tut mir leid, aber wir wissen nicht, warum sie das getan hat. Sie hat dich nie Vanessa genannt. Immer nur Josie. Ich meine, das ist doch schließlich, wer du bist – Josie.«

Josie spürte, wie ihre Anspannung etwas nachließ. Sie hatte nicht erwartet, dass Shannon das verstehen würde, und fühlte sich von den Worten ihrer Mutter ermutigt. »Denkt einfach noch eine Weile darüber nach«, sagte Josie. »Vielleicht fällt euch ja noch was dazu ein. Ich schreibe Gretchen gleich mal, damit sie mir die Fotos schickt, die sie vom Wageninneren gemacht hat.«

Sie tippte in Windeseile ihre SMS an Gretchen und wandte sich dann wieder den Paynes zu. »Wir haben einen Durchsuchungsbeschluss für die Inhalte ihres Handys angefordert, aber es könnte eine Weile dauern, bis wir die Erlaubnis bekommen, darauf zuzugreifen. Es könnte das Ganze ziemlich beschleunigen, wenn ihr als nächste Angehörige mir die Erlaubnis geben würdet, ihr Handy zu durchsuchen.«

Christian sagte: »Selbstverständlich, tu, was auch immer du tun musst.«

»Danke«, sagte Josie. »Ihr Handy ist passwortgeschützt. Wisst ihr zufällig, was ihr Passwort sein könnte?«

Christian und Shannon tauschten einen Blick, beide mit gerunzelter Stirn. Shannon sagte: »Ich nicht.«

»Hast du es schon mit ihrem Geburtstag versucht?«, fragte Christian.

»Können wir machen«, sagte Josie. »Aber ich glaube nicht, dass sie so etwas Einfaches nehmen würde. Die Öffentlichkeit kennt sie und ihr Geburtsdatum, vor allem, nachdem unsere Geschichte mit dem verloren geglaubten Zwilling bekannt wurde. Da wäre es für einen Außenstehenden zu leicht, sich in ihr Handy einzuhacken. Sie ist berühmt, also muss sie zu ihrer eigenen Sicherheit auf ihre Privatsphäre achten.«

Patrick sagte: »Es ist das Datum, an dem ihr beide euch wiedergefunden habt.«

Alle drei drehten sich zu ihm. Er legte sein Handy auf den Tisch und schüttelte sich die Haare aus den Augen.

»Woher weißt du das?«, fragte Shannon.

Patrick verdrehte die Augen. »Weil sie es mir erzählt hat. Letztes Mal, als sie zu Hause war, hatte sie einen Virus auf dem Handy und sie hat mich gebeten, ihr damit zu helfen. Ich habe das Handy auf die Werkseinstellungen zurückgesetzt und alles neu runtergeladen, ihre Kontakte, ihre Apps, das ganze Zeug.

Jedenfalls habe ich ihr gesagt, dass ich auch ihre PIN neu einstellen muss, und da meinte sie: ›Das ist das Datum, an dem Josie und ich uns wiedergefunden haben.‹« Er sah Josie direkt in die Augen. »Das hat ihr viel bedeutet, weißt du?«

Josies Herz setzte einen Schlag aus. »Ich weiß«, sagte sie. »Mir hat es auch viel bedeutet.«

Sie dachte an die Fragen, die Trinity ihr gestellt hatte, bevor sie aus dem Haus gestürmt war. *Was ist das Beste, was mir je passiert ist? Was ist das Schlimmste, was mir je passiert ist?*

Christian sagte: »Der Tag, an dem ihr euch wiedergefunden habt? Ihr kanntet euch doch schon mehrere Jahre, bevor ihr die Wahrheit herausgefunden habt.«

»Stimmt«, sagte Josie. »Aber vor drei Jahren im März haben wir es herausgefunden.« Sie drehte sich wieder zu Patrick und fragte: »Weißt du, ob sie damit das Datum meinte, an dem wir das Resultat des DNA-Tests bekommen haben, oder den Tag, an dem sie uns im Wald gerettet haben?«

»Weiß nicht«, sagte Patrick. »Was davon kommt dir denn bedeutsamer vor?«

Ein Schaudern kroch Josies Rücken entlang. Sie erinnerte sich daran, wie sie das erste Mal darüber nachgedacht hatten, darüber, ob es möglich sein könnte. Sie waren beide gefesselt gewesen, Gefangene einer verrückten Frau. Kurz danach hatte diese Trinity in den Wald geführt, um sie hinzurichten. Ein Nachbar hatte Josie befreit, damit sie ihrer Schwester helfen konnte. »Der Tag im Wald«, sagte sie. »Aber ich weiß das genaue Datum nicht mehr.«

»Steht das nicht in euren Akten?«, fragte Christian.

»Ja«, sagte Josie. »Gute Idee.« Ihr Handy vibrierte. Die SMS von Gretchen mit den Fotos der Nachricht, die Trinity auf ihrer Autotür hinterlassen hatte. Josie öffnete eines davon und zeigte es ihrer Familie. Keiner sagte etwas.

Endlich fragte Christian: »Was ist denn das da unter dem Namen?«

»Das wissen wir nicht«, sagte Josie. »Vielleicht hat sie angefangen, etwas anderes zu schreiben, und dann ist ihr die Zeit ausgegangen?«

Schweigen. Keiner hatte einen Vorschlag, was Trinity ihnen mit diesen seltsamen Symbolen wohl hatte mitteilen wollen.

»Es gibt da noch etwas, das ich euch zeigen wollte.« Sie öffnete ein Foto des Kamms und zeigte es ihnen. »Den hat jemand in unseren Briefkasten gelegt, frühmorgens an dem Tag, an dem Trinity weggefahren ist. Das war vor einem Monat. Er war in einem Päckchen, das in einfaches braunes Packpapier gewickelt war, es stand ihr Name darauf. Sie hat es aufgemacht und reingeguckt und ist direkt danach gegangen. Ich wusste nicht, was in dem Päckchen war, bis unsere Spurensicherung es in ihrem Koffer gefunden hat. Natürlich werden wir den Kamm untersuchen, aber ich habe mich gefragt, ob ihr vielleicht wisst, was es damit auf sich haben könnte?«

Alle musterten das Bild. Schließlich sagte Patrick: »Kommt mir irgendwie bekannt vor.«

Shannon und Christian wandten ihm ihre Aufmerksamkeit zu. Shannon schenkte ihm ein zitterndes Lächeln. »Kommt dir bekannt vor? Du weißt, dass das gar nicht zum Stil deiner Schwester passt, oder?«

Achselzucken. »Ich hab ja nicht gesagt, dass sie das tragen würde, ich meinte nur, dass es mir irgendwie bekannt vorkommt.«

»Und wo hast du den Kamm oder sowas in der Art schon mal gesehen?«, fragte Josie.

Er sah ihr in die Augen. »Ich weiß es leider nicht mehr.«

Christian sagte: »Junge, das ist wirklich wichtig. Wenn du diesen Kamm schon mal gesehen hast, müssen wir darüber Bescheid wissen.«

Patrick trat einen Schritt zurück. »Dad, ich hab's grade schon gesagt, ich weiß es nicht mehr.«

»Deine Schwester steckt in Schwierigkeiten, Pat«, fuhr Christian fort.

»Du hörst mir nicht zu, Dad«, blaffte er. »Denkst du, ich mach mir keine Sorgen um sie?« Er deutete auf sich selbst. »Denkst du, mir ist das egal? Ich steh ihr doch näher als ihr beide.«

Mit tiefer, beruhigender Stimme fuhr Josie dazwischen. »Patrick, wann hattest du das letzte Mal Kontakt mit Trinity?«

Er funkelte weiterhin seinen Vater an. »Vor über einem Monat, direkt bevor sie sich diese Hütte gemietet hat. Sie hat aber noch bei euch gewohnt. Wir haben uns auf dem Campus auf einen Kaffee getroffen.«

Sie hatten sie nicht einmal dazu eingeladen. Josies erster Gedanke dazu, albern und kindisch unter den Umständen. Und doch fügte Patrick hinzu, als hätte er ihre Gedanken lesen können: »Du warst da gerade bei der Arbeit. Sie war total fertig, weißt du, wegen ihres Jobs und allem. Ich glaube, sie hat einfach wen zum Reden gebraucht.«

Shannon sagte: »Und worüber habt ihr geredet?«

»Alles Mögliche.«

Josie bemerkte eine Vene, die bedrohlich an Christians Stirn pulsierte. Er spuckte seine Frage hinter zusammengebissenen Zähnen hervor. »Über. Was. Genau?«

Josie drängte sich zwischen Vater und Sohn, bevor Patrick antworten konnte, bevor die Situation eskalierte. Diese Anspannung zwischen den beiden hatte sie so noch nie erlebt. An Patrick gewandt fragte Josie: »Hat sie erwähnt, dass sie jemand verfolgt oder gestalkt hat? Hat sie den Eindruck vermittelt, als würde sie sich über irgendetwas Sorgen machen? Von den Sorgen um ihren Job mal abgesehen.«

»Sie hat nur erzählt, dass sie an einer ganz großen Story dran war, dass sie gedacht hatte, sie könnte den Kontakt zu einer wichtigen Quelle herstellen, und dass das nicht geklappt hat. Sie war ganz schön enttäuscht. Sie hat gesagt, das wäre noch größer gewesen als die Story mit Mila Kates und ihrem Stalker.«

»Hat sie dir verraten, was für eine Art Story das war?«, fragte Josie.

»Das wollte sie mir nicht erzählen. Ich hab sie gefragt, aber sie meinte nur, es wäre eine Art ungelöster Kriminalfall.«

Shannon warf ein: »Was für ein ungelöster Fall hätte denn größere Wogen schlagen können als der mit Mila Kates' Stalker? Das ist schließlich live passiert.«

Patrick sagte: »Weiß ich nicht, aber sie hat gesagt, dass sie den Fall nicht nur lösen wollte, sondern auch ein Teil davon gewesen wäre. Ich hab nicht ganz verstanden, was sie damit gemeint hat, aber jedes Mal, wenn ich ihr eine Frage dazu gestellt habe, hat sie nur gesagt, es wäre nicht so wichtig, da ja jetzt eh nichts daraus werden würde.«

»Sie hatte ein paar Schachteln mit den entsprechenden Unterlagen bei sich«, erklärte Josie ihren Eltern. »Die Schachteln waren weder in ihrem Auto noch in der Hütte. Im Moment gehen wir davon aus, dass die Person, die sie entführt hat, auch die Schachteln mitgenommen hat. Eventuell kann uns ihre Assistentin sagen, was zumindest in einer dieser Schachteln war. Sie ist schon auf dem Weg hierher.«

Josie ging ein paar Schritte auf die Tür des Besprechungszimmers zu. Christian stellte sich dorthin, wo sie eben noch gestanden hatte, und sah seinen Sohn an. »Warum sollte Trinity dir all das erzählen?«

»Christian«, sagte Shannon mit warnendem Unterton.

»Weil ich ihr Bruder bin«, entgegnete Patrick völlig entnervt.

»Aber du bist doch noch ein ...« Er vollendete den Satz nicht.

»Christian, das reicht jetzt«, sagte Shannon.

Patricks Gesicht lief rot an. »Noch ein Kind? Ist es das, was du sagen wolltest, Dad?« Dem Wort »Dad« gab er eine sarkastische Betonung.

»Das ist jetzt nicht der richtige Moment für sowas«, sagte Shannon; ihr Blick schoss zwischen den beiden hin und her.

»Ich bin erwachsen geworden, Dad«, sagte Patrick zu seinem Vater. »Nicht, dass du das bemerkt hättest oder dass es dich interessieren würde.«

Mit diesen Worten stapfte er aus dem Zimmer.

Sofort wandte Shannon sich ihrem Mann zu. »Was hast du dir bloß dabei gedacht? Unsere Tochter wird vermisst und du denkst, das wäre der richtige Zeitpunkt, um Patrick zu provozieren?«

»Ich habe ihn doch nicht provoziert«, rief Christian.

»Hast du sehr wohl.«

»Weißt du was? Ich muss jetzt ein paar Leute anrufen.« Er stürmte ebenfalls aus dem Zimmer, entgegengesetzt zu der Richtung, in die Patrick verschwunden war.

Sobald sie mit Josie allein im Zimmer war, schlang Shannon ihre Arme um ihren Oberkörper. Tränen liefen ihr übers Gesicht. Josie ging um den Tisch herum und griff nach einer Schachtel Taschentücher, welche sie Shannon reichte.

»Das tut mir wirklich leid«, sagte Shannon, zog ein Taschentuch aus der Schachtel und tupfte sich damit die Augen ab. »Die Beziehung der beiden ist schon seit Jahren recht angespannt. Im Prinzip seit Patrick in die Pubertät kam.«

»Schon okay«, sagte Josie.

»Zwischen euch Mädchen und Patrick liegen vierzehn Jahre. Als Patrick noch klein war, hatten wir oft das Problem, dass Trinity mit ihm über recht erwachsene Themen geredet hat, sie hat ihm Filme gezeigt, die seiner Altersgruppe nicht angemessen waren, und sie hat ihm Bücher zu lesen gegeben, für die er eigentlich noch zu jung war.«

Josie lachte. Das konnte sie sich lebhaft vorstellen. Von

Anfang an hatte sie bemerkt, was für eine enge Beziehung Trinity zu ihrem jüngeren Bruder hatte. Es hatte ihr einen kleinen Stich versetzt, dass sie nicht diese Art von Beziehung zu ihm hatte. Tatsächlich hatte sie kaum eine Beziehung zu ihm. Als Josie Teil der Familie wurde, war er ein Teenager gewesen. Sie hatte nicht viel mit Patrick gemeinsam gehabt. Aber Trinity konnte auf eine lebenslange Bindung zu ihm aufbauen. »Aber Patrick hat recht«, sagte Josie zu Shannon. »Die beiden stehen sich wirklich nahe.«

»Ich weiß. Das war schon immer so. Trinity liebt ihn von ganzem Herzen. Als wir ihr von meiner Schwangerschaft erzählt haben, war sie ganz außer sich. Sie konnte es kaum erwarten, bis er auf die Welt kam. Sie hat mir viel mit ihm geholfen und als er älter wurde, hat sie immer mehr mit ihm unternommen. Sie hat ...« Shannon brach mitten im Satz ab.

»Sie hat was?«, fragte Josie.

Shannon griff nach einem frischen Taschentuch, um die neuen Tränen wegzuwischen, die ihr über die Wangen kullerten. »Sie hat sich immer ein Geschwisterchen gewünscht. Das mit dir haben wir ihr nie verheimlicht und sie hat sich wegen deines ... Todes immer darum betrogen gefühlt.«

»Das habt ihr mir nie erzählt«, sagte Josie.

»Tja«, sagte Shannon und atmete tief ein. »Wieso auch? Weißt du nicht mehr, wie überwältigt wir alle waren, als wir uns wiedergefunden haben? Ich war doch damals diejenige, die meinte, dass wir lieber im Hier und Jetzt neu anfangen sollen, anstatt zu versuchen, alles Verlorene aufzuholen.«

EINUNDZWANZIG

Josie ermutigte Shannon, zu ihr und Noah zu fahren und dort auf Neuigkeiten zu warten, aber sie bestand darauf, für den Moment weiterhin im Polizeirevier zu bleiben. Josie versicherte ihr, dass sie so lange im Besprechungszimmer bleiben konnten, wie sie wollten. Sie ging wieder in den ersten Stock und ihre Aufregung stieg, als sie bemerkte, dass Mettner an seinem Computer verschiedene Dokumente betrachtete.

»Was hast du da?«, fragte Josie und trat näher.

»Die Daten aus Trinitys Laptop.« Mettner seufzte und klickte mehrmals mit seiner Maus. »Das ist viel Zeug. Ganz schön viel Zeug. Wahrscheinlich finden wir hier Notizen und Recherche zu jeder einzelnen Story, über die sie je berichtet hat.«

»E-Mails?«, fragte Josie.

Mettner sagte: »Die hat sie nicht auf dem Laptop gespeichert, also nein. Aber falls sie sich mit dem Laptop in ihr E-Mail-Postfach eingeloggt hat und wir Zugriff auf ihr E-Mail-Programm kriegen, können wir wahrscheinlich so darauf zugreifen.«

»Habt ihr schon versucht, euch dort einzuloggen?«

Mettner hörte mit dem Herumklicken auf und blickte zu Josie. »Läuft über Gesichtserkennung.«

Josie lächelte. »Na, damit kann ich helfen.«

»Aber hilf uns bitte zuerst mal, ihr Handy zu entsperren«, sagte Gretchen. »Der Akku war leer, wir mussten es also erst aufladen. Inzwischen sollte es aber genug Saft haben, damit wir es mal probieren können.« Sie stand auf und nahm Trinitys Handy vom Schreibtisch, um es Josie zu überreichen.

Josie legte es neben ihre Tastatur und durchsuchte ihren Computer nach der Akte zu dem Belinda-Rose-Fall von vor drei Jahren. Der Fall, bei dem sie und Trinity sich wiedergefunden hatten. Das genaue Datum, welches Trinity als PIN benutzte, würde sie bestimmt darin finden. Es dauerte ein paar Minuten, doch dann fand sie inmitten all der anderen Informationen das Datum, an dem sie und Trinity zum ersten Mal überlegt hatten, ob sie vielleicht Schwestern sein könnten. 23. März 2017. Josie griff nach dem Handy und tippte 23032017. Falsche PIN. Sie probierte ein paar verschiedene Versionen und fand schließlich die richtige: 23317. Der Bildschirm leuchtete auf. Trinitys Bildschirmhintergrund war ein Foto von ihr selbst in ihrem Moderatorenstuhl der Morgenshow. Das Foto war von der Seite aufgenommen worden, weswegen Trinity nicht direkt zu der Person sah, die sie fotografierte – wahrscheinlich ihre Assistentin. Stattdessen lächelte sie voll Selbstbewusstsein in die Studiokamera, die neben dem Teleprompter stand. Sie saß kerzengerade da, die Beine an den Knöcheln verschränkt. Sie trug ein körperbetontes, dezent rosafarbenes Kleid mit Schößchen, dazu passende Stilettos in hellem Pink. Frisur und Make-up waren makellos wie eh und je.

Die meisten würden es für selbstverliebt halten, dass Trinity ihr eigenes Foto als Hintergrundbild gewählt hatte. Sie konnte durchaus egozentrisch wirken, das wusste Josie, aber wer sich die Mühe machte, zwischen den Zeilen zu lesen, verstand, dass es nur ihr Ehrgeiz war, der sie so wirken ließ. Sie war schlicht und einfach ambitioniert. Die vergangenen sechs Wochen war Trinitys Leben in sich zusammengestürzt, da nicht nur ihr Job auf der Kippe stand, sondern ihre komplette Identität. Dieses Foto zeigte Trinity in ihrem Element, ganz oben an der Spitze. Es diente ihr als Erinnerung daran, dass sie es schon einmal geschafft hatte und dass sie wieder dort ankommen konnte. Sogar, wenn sie es selbst nicht glaubte.

Das Handy zeigte zahlreiche verpasste Anrufe und Nachrichten. Josie ignorierte sie und öffnete als allererstes Trinitys Kontakte und suchte nach Nicci Webb. Nichts. Dann öffnete sie die Anrufliste und ging einen Monat zurück. Ein- und ausgehende Anrufe zwischen Trinity und Shannon sowie Jaime, Trinitys Assistentin. Dann noch zwei Anrufe an ihren Co-Moderator, Hayden Keating, und zwei Anrufe an jemanden, der in ihrer Kontaktliste nur als Drake abgespeichert war. Der letzte Anruf an Drake ging nur wenige Tage vor dem Tag raus, an dem Trinity ihre Sachen gepackt und die Hütte verlassen hatte. Der Name sagte Josie nichts. Sie schloss die Anrufliste und warf einen Blick auf Trinitys Textnachrichten.

Zwischen ihr und Drake ging der Chatverlauf vier Monate zurück. Die meisten Nachrichten der beiden waren kurz; sie besprachen hauptsächlich, wann und wo sie sich treffen konnten. Eine einzelne Nachricht, die Trinity Drake geschickt hatte, gab einen Hinweis darauf, dass die beiden sich zumindest körperlich nahegestanden hatten.

Letzte Nacht war verdammt gut.

Drake hatte nur wenige Minuten später geantwortet:

Das sollten wir definitiv wiederholen.

Die Nachrichten waren eine Woche vor Trinitys Abreise aus New York geschickt worden.

War Trinity in einer Beziehung gewesen?

Auf dem Weg nach oben hatte Josie Patrick nirgendwo gesehen, sie wusste nicht einmal, ob er noch im Polizeigebäude oder zurück zur Uni gegangen war, also schrieb sie ihm eine SMS:

Hat Trinity jemals jemanden namens Drake erwähnt?

Sekunden später schrieb er zurück:

Nein, tut mir leid.

Sie fand Shannon und Christian im Besprechungszimmer und stellte ihnen dieselbe Frage, aber keiner der beiden konnte sich erinnern, dass Trinity jemals einen Drake erwähnt hätte. Sie lief wieder nach oben und gab Drakes Nummer in eine ihrer Datenbanken ein, welche ihr neben seinem vollständigen Namen auch Adresse und Alter verriet. Drake Nally, siebenunddreißig Jahre alt, wohnhaft in New York City. Sie suchte nach weiteren Informationen, konnte aber sonst nichts Nützliches über ihn herausfinden.

»Hast du auf dem Handy was entdeckt?«, fragte Gretchen.

Josie erzählte Gretchen und Mettner, was sie gefunden hatte. »Ich ruf ihn einfach an«, sagte sie. »Mal sehen, was er uns sagen kann. Mag sein, dass nichts dabei rauskommt, aber im Moment müssen wir alles in Betracht ziehen.«

Mettner nickte. Josie benutzte Trinitys Handy für den Anruf. Nach dem sechsten Klingeln erklang eine männliche Stimme. »Nein, Trinity«, sagte er, »ich habe es mir nicht anders überlegt.«

Für den Bruchteil einer Sekunde erwog Josie, sich für ihre Schwester auszugeben und herauszufinden, was er sich nicht anders überlegt hatte. Doch kaum war der Gedanke aufgekommen, so war er auch wieder verschwunden. Stattdessen sagte sie: »Drake Nally? Hier spricht Trinitys Schwester, Detective Josie Quinn.«

Kurzes Schweigen.

»Ich weiß, wer Sie sind«, sagte er. »Sie redet andauernd von Ihnen. Warum benutzen Sie ihr Handy? Geht es ihr gut?«

»Haben Sie heute die Nachrichten verfolgt, Mr Nally?«

»Nein, ich hatte den ganzen Tag über Besprechungen. Warum? Was ist passiert? Geht es ihr gut?«

»In welcher Beziehung stehen Sie zu Trinity, Mr Nally?«, fragte Josie.

Er atmete hörbar frustriert aus. »Agent Nally.«

»Verzeihung, wie bitte?«

»Special Agent Nally. Ich bin FBI-Agent der New Yorker Außendienststelle. Ich weiß, wer Sie sind, und ich weiß, was Sie gerade versuchen zu tun, also lassen Sie uns doch etwas Zeit sparen. Trinity und ich haben uns letztes Jahr kennengelernt, als sie für eine Story recherchiert hat. In den letzten Monaten hatten wir eine Beziehung miteinander, mehr oder weniger zumindest. Da Sie nicht wussten, wer ich bin, wird sie Ihnen nicht von mir erzählt haben. Die Tatsache, dass Sie mich mit ihrem Handy anrufen und versuchen, Informationen aus mir herauszuholen, muss heißen, dass ihr etwas zugestoßen ist. Ich würde wirklich gerne wissen, was.«

Josie atmete tief ein. »Falls Sie wirklich wissen, was ich zu tun versuche, dann werden Sie sicher verstehen, dass ich Ihre Identität überprüfen muss, bevor ich Ihnen irgendwelche Informationen übermittle.«

In seiner Stimme war kaum gezügelte Wut zu hören. »Meine Vorgesetzte heißt Erin Bacine.«

»Ich bin gleich wieder bei Ihnen«, sagte Josie. »In der Zwischenzeit rate ich Ihnen, die Nachrichten anzuschalten.«

Sie schaltete das Gespräch auf stumm und legte das Handy auf ihren Schreibtisch. Es dauerte fünfzehn Minuten, bis sie Drakes Vorgesetzte in der New Yorker Außendienststelle des

FBI erreichte und diese ihr bestätigte, dass er tatsächlich der war, für den er sich ausgab. Als sie Trinitys Handy wieder ans Ohr hielt, die Stummschaltung aufhob und Hallo sagte, antwortete Drake: »Ich habe die Nachrichten gesehen. Schreiben Sie mir die Adresse Ihres Polizeireviers. Ich komme noch heute Abend vorbei.«

»Agent Nally«, sagte Josie. »Ich hätte wirklich ein paar wichtige Fragen ...«

»Ich weiß«, sagte er. »Sie werden Ihre Antworten kriegen, aber das ist etwas, das wir persönlich besprechen sollten. Ich bin sofort unterwegs.«

Dann legte er auf.

ZWEIUNDZWANZIG

Nachdem Drake das Gespräch beendet hatte, starrte Josie eine Weile auf das Handy hinab. Dass er unbedingt zum Revier kommen wollte, hieß, dass er nicht einfach nur irgendeine Art Beziehung mit Trinity gehabt hatte. Hier musste noch etwas anderes im Busch sein. Sie warf einen Blick auf die Uhr. Es war nach zwanzig Uhr und er hatte darauf bestanden, sofort nach Denton zu fahren. »Etwas, das wir persönlich besprechen sollten« hatte noch nie so verhängnisvoll geklungen. Sie brachte Mettner und Gretchen auf den neuesten Stand. Dann schrieb sie Drake über Trinitys Handy die Adresse des Dentoner Polizeireviers. Sie zuckte heftig zusammen, als sich eine Hand auf ihre Schulter legte.

»Ich bin's nur«, sagte Noah.

Josie sah zu ihm auf und versuchte zu lächeln.

»Lisette ist jetzt da, sie sitzt mit Shannon und Christian im Besprechungszimmer. Dein Bruder ist wieder zu seinem Wohnheim zurückgegangen.«

Josie stand auf. »Danke dir. Ich gehe gleich mal zu ihr.«

»Ah, vielleicht wartest du noch einen Moment«, sagte

Noah. »Mett, Gretchen? Trinitys Assistentin ist gerade ange-kommen. Sie ist in der Lobby, ich habe Sergeant Lamay gesagt, dass er sie in Verhörraum eins bringen soll.«

Die beiden Detectives standen auf, Gretchen griff nach Notizblock und Stift, Mettner nach seinem Handy. »Wollt ihr vielleicht über die Überwachungskamera zugucken?«, fragte Mettner. »Ich will nicht, dass wir zu viert reingehen. Sie ist ja keine verdächtige Person, wir wollen ihr nur ein paar Fragen stellen, deswegen denke ich, weniger ist hier mehr.«

Noah streckte einen Daumen in die Höhe und legte dann seine Hand auf Josies Rücken. Sie folgten den beiden den Gang hinunter und betraten das kleine Zimmer neben Verhörraum eins. Ein großer Bildschirm zeigte eine junge Frau mit langen blonden Haaren. Sie war schick angezogen, mit einer Skinny Jeans, kniehohen Lederstiefeln und einem farblich dazu passenden Wickelpullover aus braunem Kaschmir. Sie hatte sich auf die Tischkante gesetzt und den Kopf über ihr Handy geneigt. Ihre manikürten Fingernägel klackerten auf dem Bild-schirm herum. Josie hatte sie bisher nur einmal getroffen, vor einem Jahr, und damals war sie viel zu verkatert gewesen, um sich viel über die junge Frau zu merken, außer der Tatsache, dass sie wahrscheinlich um die zwanzig Jahre alt war und dass Trinity sie bestimmt überbelastete. Damals war Josie einem Hinweis in einem Mordfall nachgegangen, hatte dabei ihren Ex-Verlobten getroffen und sich mit ihm betrunken. Trinity war daraufhin in die Berge hinaufgefahren, um Josie zurückzuho-len. Sie hatte ihre Assistentin mitgebracht, die Josies Auto wieder nach Denton gefahren hatte.

Gretchen und Mettner betraten den Verhörraum und die Frau ging voll Selbstbewusstsein mit ausgestreckter Hand auf sie zu, zuerst Gretchen, dann Mettner zugewandt. »Jaime Pestrak«, sagte sie. »Der andere Polizist hat Ihnen bestimmt schon erzählt, dass ich Ms Paynes Assistentin bin, oder?«

»In der Tat«, sagte Mettner. »Danke, dass Sie gekommen sind. Bitte, setzen Sie sich doch.«

Er stellte sich und Gretchen vor und die drei setzten sich an den Tisch. Jaime legte ihr Handy auf den Tisch und reagierte gelegentlich auf Benachrichtigungen, während Mettner ihr eine Reihe von Fragen stellte.

»Wie lange arbeiten Sie bereits für Trinity – Ms Payne?«

»Drei Jahre.«

»Arbeiten Sie ausschließlich für sie?«, fragte Gretchen. »Oder assistieren Sie auch anderen Moderatoren beim Sender?«

Jaime schob ihre langen blonden Locken von ihren Schultern und richtete ihre Frisur. »Nein, nur für Trinity.«

»Wann hatten Sie das letzte Mal Kontakt mit ihr?«, fragte Mettner.

Auf Trinitys Handy hatten sie bereits gesehen, wann die letzten Anrufe und Nachrichten zwischen Trinity und ihrer Assistentin ausgetauscht worden waren, aber Mettner wollte nichts dem Zufall überlassen. »Das wird wohl etwa einen Monat her sein. Sie hat mir eine E-Mail geschrieben. Ich hab übrigens den Namen der Reporterin gefunden, deren Zeug sie sich von mir hat schicken lassen. Codie Lash. Die hatte früher Trinitys Job.«

Gretchen fragte: »Hat Trinity sie ersetzt?«

Jaime tippte und wischte kurz auf ihrem Handy herum. »Nein. Codie Lash war vor ihrer Zeit. Außerdem ist sie ermordet worden.«

Im Überwachungsraum tauschten Josie und Noah einen Blick. Josie zog ihr Handy aus der Tasche und googelte »Codie Lash Moderatorin«. Sie fand Bilder einer Frau um die vierzig mit kurzem braunen Haar und einem strahlenden Lächeln. Darunter sah sie eine lange Liste an Schlagzeilen, die alle dasselbe berichteten:

*Preisgekrönte Journalistin Codie Lash auf Weg zu
Wohltätigkeitsgala ermordet.*

Josie klickte den ersten Link an und überflog den Artikel,
während Mettner und Gretchen Jaime weitere Fragen stellten.
In einem unscharfen Video waren Codie und ein Mann zu
erkennen, die auf dem Gehsteig einem anderen Mann im
Kapuzenpullover gegenüberstanden. Anscheinend hatte eine
Überwachungskamera auf der anderen Straßenseite den Vorfall
aufgezeichnet. Josie kniff die Augen zusammen und starrte auf
den Bildschirm, aber das Gesicht des Angreifers war nicht zu
sehen und das Video endete, bevor es zu einer direkten
Konfrontation zwischen dem Angreifer und dem Ehepaar
Lash kam.

»Wie wurde sie ermordet?«, fragte Mettner. »Wissen Sie
mehr dazu?«

»Hm, ich bin mir nicht sicher. Eigentlich wusste ich nicht
mehr über sie als das, was ich Ihnen gerade erzählt habe.«

Laut dem Zeitungsartikel, den Josie geöffnet hatte, waren
Lash und ihr Ehemann vor sechs Jahren bei einem Raubüberfall in New York City getötet worden. Zu der Zeit war Jaime
wahrscheinlich noch in der Schule. Kein Wunder, dass sie sich
nicht an die Details erinnerte und auch kein großes Interesse
daran zu haben schien.

Jaime fuhr fort: »Trinity hat mich gebeten, nachzugucken,
ob im Sender noch persönliche Gegenstände von Codie rumla-
gen. War gar nicht so leicht, aber schließlich habe ich eine
Schachtel voll Zeug gefunden, die sie nach ihrem Tod aus
ihrem Büro geräumt hatten. Anscheinend hat das nie jemand
abgeholt und die Leute, die damals mit ihr gearbeitet haben,
konnten es nicht übers Herz bringen, das Zeug wegzuschmeißen, also ist es schließlich in einem Schrank in einer der Garde-
roben gelandet.«

»Und Trinity hat Sie darum gebeten, ihr diese Schachtel zuzusenden?«, hakte Mettner nach.

»Ja. Aber keine Ahnung, wieso. Hab sie nicht danach gefragt. Wahrscheinlich hätte sie es mir eh nicht erzählt. Sie hatte immer Angst, wenn sie an einer großen Story dran war, dass jemand ihr die Story klauen würde. Sogar als Moderatorin war sie noch so.«

»Wissen Sie noch, was in der Schachtel war?«, fragte Gretchen.

»Ach, nur ein Haufen altes Zeug. Ein paar Auszeichnungen, die sie gewonnen hatte, ein Pulli, ein paar alte Notizzettel, Zeug für die Haare, ein Paar Schuhe. Alles Mögliche einfach.«

»Waren außer den Notizzetteln noch andere Dokumente in der Schachtel? Oder Fotos?«

Jaime schüttelte den Kopf. »Nein, ich glaube nicht. Ach so, na ja, doch, da war ein eingerahmtes Foto von Codie und ihrem Mann. Also, ich vermute einfach, dass das ihr Mann war, sicher weiß ich das nicht.«

»Sie haben ihr die komplette Schachtel geschickt?«, fragte Mettner. »Sie hat nicht nach etwas Bestimmtem gesucht?«

»Davon hat sie nichts erwähnt«, antwortete Jaime. »Sie hat nur gesagt, was auch immer ich finden kann.«

»Haben Sie denn eigene Vermutungen, was sie wohl mit Codies alten Sachen vorhatte?«, fragte Mettner.

Erneut zog Jaimes Handy ihre Aufmerksamkeit auf sich. Tipp, tipp, tipp, wisch, tipp. Dann wandte sie sich wieder Mettner und Gretchen zu. »Na ja, was hat Trinity denn immer vor? Sie wollte eine Story. Storys, Storys, das ist ihr Ein und Alles. Sogar jetzt noch, als Moderatorin – also ich meine, sie ist die Co-Moderatorin, sie muss eigentlich selber keine Storys mehr finden, aber sie ist da wie besessen. Als ob sie immer Angst hätte, dass sie es ihr wieder wegnehmen werden. Na ja, das ist ja jetzt wohl auch wirklich der Fall.«

»Wegen ihres Kommentars über diese Studentin?«, bohrte Gretchen nach.

»Genau, und weil der Sender versucht, Mila Kates anzuheuern. Sie wissen bestimmt, wer das ist, oder?«

Das wussten sie, weil Josie es ihnen erklärt hatte. Mettner nickte und sagte: »Dann hat Trinity also an einer Story über Codie Lash gearbeitet? Sie sagen, dass Auszeichnungen unter ihren Sachen waren, außerdem war sie Co-Moderatorin der Morgenshow, sie muss also recht erfolgreich gewesen sein.«

Gretchen fügte hinzu: »Ich erinnere mich an sie. Sie war sehr talentiert und beliebt. Ihr Tod war ziemlich tragisch.«

Mettner sagte: »Wollte Trinity über ihr Leben berichten oder ging es bei der Story um ihren Tod?«

Jaime zuckte mit den Schultern. »Weiß nicht. Wie gesagt, das hätte sie mir wahrscheinlich eh nicht verraten. Sie ist eine gute Chefin, aber total plemplem, was ihre Storys angeht.«

Gretchen tippte sich mit ihrem Stift ans Kinn und runzelte die Stirn. »Sie hat Ihnen nicht vertraut? Ihrer eigenen Assistentin?«

Jaime verdrehte die Augen. »Sie hat niemandem vertraut! Mir hat sie wahrscheinlich noch am meisten vertraut, aber nicht genug, um mich wissen zu lassen, woran sie jeweils gearbeitet hat. Sie hat sogar all ihre Notizen in so einem blöden Geheimcode geschrieben, damit sie niemand verstehen würde, falls sie mal jemand anderem in die Hände gefallen wären.«

»Geheimcode?«, fragte Mettner. »Sah dieser Code zufällig aus wie geschwungene Linien und Formen?«

»Ja, so könnte man das nennen.«

Josie erhob sich, bereit, in den Verhörraum zu stürmen, aber Noah legte ihr eine Hand auf den Arm. »Sie werden ihr das Foto schon zeigen«, sagte er.

Auf dem Bildschirm konnten sie sehen, wie Gretchen ihr Handy hervorzog, ihre Lesebrille aufsetzte und das Foto von

Trinitys Autotür aufrief. Sie hielt Jaime das Handy hin. »Sehen Sie, da, unter dem Namen. Meinen Sie sowas?«

Jaime musterte das Bild, die Mundwinkel nach unten gezogen. »Ja, genau das.«

»Wissen Sie, was da steht?«, fragte Mettner.

»Was? Oh, nein, ihren Code verstehe ich nicht, keine Ahnung, was sie da geschrieben hat. Ich hab sie oft damit aufgezogen, dass sie in Hieroglyphen schreibt. Sie hat das als eine Art Kurzschrift oder so benutzt, glaub ich.«

»Hat sie sich diesen Code selbst ausgedacht?«, fragte Gretchen.

»Keine Ahnung, aber wir reden von Trinity, also wahrscheinlich schon. Halt, Moment, haben Sie dieses Foto in Trinitys Auto gemacht?«

»Ja«, sagte Mettner. »Unser Spurensicherungsteam hat fluoreszierendes magnetisches Pulver verwendet, um latente Fingerabdrücke sichtbar zu machen. Dabei haben sie auch das hier gefunden.«

Jaime deutete auf das Bild. »Ihnen ist bewusst, dass Vanessa ihre Schwester ist, oder? Also, eigentlich heißt sie Josie, aber als Baby hatten ihre Eltern ihr den Namen Vanessa gegeben.«

»Das wissen wir, ja«, sagte Mettner.

»Ist Josie hier?«

Gretchen wandte sich zur Kamera und nickte fast unmerklich. Sekunden später stand Josie im Verhörraum vor Jaime.

»Hey«, sagte Jaime. »Sie sehen besser aus als letztes Mal, als ich Sie gesehen habe.«

»Ja ... danke?«, sagte Josie. »Jaime, wie lange hat Trinity schon diesen Geheimcode für ihre Notizen verwendet?«

»So lange ich sie kenne.«

Josie nahm ihr Handy in die Hand und zeigte Jaime ein Foto von Nicci Webb. »Kennen Sie diese Frau?«

»Nein, tut mir leid. Wer ist das?«

»Ihr Name ist Nicci Webb. Kommt Ihnen der Name bekannt vor?«

»Nein«, antwortete Jaime. »Was hat sie denn mit Trinitys Verschwinden zu tun?«

Josie ignorierte die Frage und stellte dafür ihrerseits eine weitere. »Hat Trinity je einen Mann namens Drake erwähnt?«

»Der FBI-Agent? Sie hat nicht viel von ihm erzählt, aber ich weiß, dass die beiden eine Zeitlang ganz schön scharf aufeinander waren.«

»Woher wissen Sie das?«, fragte Mettner.

Erneut verdrehte Jaime die Augen. »Na, ich bin doch ihre Assistentin, schon vergessen? Ich habe Zugriff auf so ziemlich alle Aspekte ihres Lebens.«

»Hat Trinity irgendwelche Freunde, die eventuell wissen könnten, woran sie gearbeitet hat?«, fragte Gretchen.

»Freunde? Trinity hatte keine Zeit für Freunde. Die Leute in Trinitys Leben waren entweder Familie, Kollegen oder Quellen.«

Josie legte eine Handfläche auf den Tisch und lehnte sich zu Jaime. »Hat Trinity Sie noch um irgendetwas anderes gebeten, seit sie hierhergekommen ist, außer um die Sachen von Codie Lash?«

»Nein.«

»Sie hatte noch eine zweite Schachtel bei sich. Wir vermuten, dass sich darin Dokumente befanden. Haben Sie eine Idee, um was es sich dabei gehandelt haben könnte?«

»Nein, leider nicht.«

»Sie hat gesagt, dass sie an einer riesigen Story dran war. Hat sie das Ihnen gegenüber erwähnt?«

»Nein, aber seit der Sender sie ins Exil gejagt hat, hatten wir fast keinen Kontakt mehr. Wie gesagt, sie hat mir nur geschrieben, damit ich ihr die Codie-Lash-Sachen schicke.«

Gretchen sagte: »Jaime, hatte Trinity einen Stalker?«

»Nicht, dass ich wüsste.«

»Wir vermuten, dass jemand Trinity entführt hat«, sagte Mettner. »Außerdem vermuten wir, dass dieselbe Person die Schachtel mit Codie Lashs Habseligkeiten und die andere Schachtel mit Dokumenten mitgenommen hat. Haben Sie irgendeine Ahnung, wer sie entführt haben könnte? Wer hätte Interesse an der Story haben können, an der Trinity gearbeitet hat?«

Jaimes Blick fiel wieder auf ihr Handy. Tipp, tipp, tipp. Wisch, wisch, tipp. Seufzen. »Ich hab keinen blassen Schimmer. Ich weiß nicht, ob sie es Ihnen verraten hat, aber sie stand kurz davor, ihren Job zu verlieren. Hayden hat mir gesagt, sie ist weg vom Fenster. Ich weiß nicht, warum es irgendwen interessiert haben sollte, woran sie gearbeitet hat.«

»Vielen Dank für Ihre Unterstützung, Ms Pestrak«, sagte Mettner. »Wir wissen es sehr zu schätzen, dass Sie hierhergefahren sind, um mit uns zu reden, gerade so spät abends.«

»Sie finden mich im Eudora-Hotel, falls Sie noch was von mir brauchen. Meine Nummer haben Sie ja«, erwiderte Jaime.

»Warum sind Sie hergekommen?« Die Frage platzte aus Josie heraus.

Gretchen sagte: »Detective Quinn.«

Jaime starrte Josie an, die Augenbrauen verwirrt zusammengezogen. »Trinity ist meine Chefin. Ich dachte, es wäre am besten, wenn ich hier bin. Vielleicht braucht sie mich ja, wenn Sie sie gefunden haben.«

»Aber Sie haben doch gerade gesagt, dass sie ihren Job verlieren wird. In dem Fall würde sie doch keine Assistentin mehr brauchen, oder nicht?«, sagte Josie.

»Ach, sie findet sofort wieder einen Job, das ist nicht das Problem«, sagte Jaime. »Sie hat echt Talent und ist verdammt ehrgeizig. Wissen Sie, ich habe Mila Kates schon kennengelernt. Sie ist eigentlich eine ziemlich blöde Kuh und nicht halb so schlau wie Trinity.«

Vielleicht spürte Gretchen, wie befremdlich Josie es fand,

dass die junge Frau bisher noch keinerlei Besorgnis um Trinitys Wohlbefinden gezeigt hatte, denn sie fragte: »Trinity wurde entführt. Machen Sie sich denn gar keine Sorgen um sie?«

Jaime sah an Gretchen vorbei und stellte sich Josies Blick. »Wahrscheinlich glauben Sie, dass Trinity nicht so taff ist wie Sie, nur weil sie Fernsehmoderatorin ist, aber sie ist genauso knallhart, wie Sie es sind. Ich mache mir eher Sorgen um den armen Teufel, der dumm genug war, sie zu entführen.«

DREIUNDZWANZIG

Draußen im Treppenhaus sagte Josie zu Noah: »Trinity ist wirklich taff, keine Frage, aber kämpfen kann sie nicht. Vielleicht könnte sie einen ihrer Stilettos nehmen und einem Angreifer damit ein Auge ausstechen, aber davon abgesehen bin ich mir nicht sicher, wie sehr Jaimes Einschätzung zutrifft.«

Noah zog eine Grimasse. »Na, danke für dieses schöne Bild. Aber mit einem hatte Jaime auf jeden Fall recht: Trinity ist schlau. Wenn sich ihr irgendeine Möglichkeit bietet, am Leben zu bleiben, dann wird sie sie ergreifen.«

Sie waren im Erdgeschoss angekommen und gingen auf das Besprechungszimmer zu. Dort stand Lisette Matson auf ihre Gehhilfe gestützt und sprach mit Shannon und Christian. Als sie das Zimmer betraten, drehte sie sich zu ihnen, riss den Rollator herum und eilte zu Josie, wobei sie Noah aus dem Weg schubste. Ihre weichen silbernen Locken wippten beim Gehen auf und ab und ihre blauen Augen glänzten, als sie Josie anlächelte. Sie streckte eine vom Alter gekrümmte Hand aus und Josie ergriff sie.

»Danke, dass du hergekommen bist«, sagte Josie leise.

»Ist doch auf jeden Fall besser, als mit den ganzen alten Knackern im Rockview rumzusitzen«, sagte Lisette.

Josie konnte sich das Lachen nicht verkneifen. »Grandma, ich bin mir ziemlich sicher, dass du eine der ältesten dort bist.«

»Aber geistig bin ich immer noch zwanzig, meine Liebe.« Lisette kannte sie gut genug, um nicht zu fragen, wie es ihr ging, oder zu viel Trost anzubieten. Lisette kannte sie besser als jeder andere Mensch auf dieser Welt. Sie wusste, dass Josie im Moment am meisten daran lag, konzentriert zu bleiben, damit sie ihr Team bestmöglich dabei unterstützen konnte, Trinity zu finden. »Ich habe gehört, der Kaffee bei euch ist nicht schlecht«, fügte Lisette hinzu. »Warum zeigst du mir nicht, wo ich welchen finde?«

Es gelang Josie, ihrer Großmutter ein kleines Lächeln zu schenken. »Komm mit«, sagte sie. »Unser Pausenraum ist einfach den Gang runter. Noah kann Shannon und Christian inzwischen erzählen, was wir gerade von Trinitys Assistentin erfahren haben.«

Sie schlurfte langsam mit Lisette zum Pausenraum, der sogar eine Küchenzeile mit Waschbecken, Kühlschrank, einigen Küchengeräten sowie einen langen Tisch mit mehreren Stühlen enthielt. Im Moment hielt sich niemand dort auf, aber Josie konnte den frisch aufgebrühten Kaffee schon riechen, bevor sie das Zimmer betreten hatten. Lisette ließ sich am Tisch nieder, während Josie ihnen zwei Tassen fertigmachte.

Sie setzte sich ihrer Großmutter gegenüber und schob ihr eine Tasse hin. Lisette sagte: »Das hier zeigt übrigens, wie sehr du dich weiterentwickelt hast.«

»Was meinst du?«, fragte Josie und nahm einen Schluck Kaffee.

»Dass du Noah geschickt hast, um mich zu holen. Dass du mich zur moralischen Unterstützung bei dir haben wolltest. Normalerweise erfahre ich immer als letzte davon, wenn wieder irgendwas passiert ist. Ich bin richtig stolz auf dich, Josie.«

»Danke.«

Bevor ihr Gespräch zu emotionsgeladen werden konnte, lenkte Lisette es gleich wieder auf den Boden der Tatsachen zurück. »Hast du eine Vermutung, wer deine Schwester entführt haben könnte?«

»Nein«, gab Josie zu. »Ich kenne Trinity nicht besonders gut, Grandma. Klar, wir sind Schwestern und haben in den letzten drei Jahren so viel Zeit miteinander verbracht, wie unsere Jobs es zuließen, aber, Grandma ...«

»Du kennst sie gut genug, Josie.«

Mit leiser Stimme entgegnete Josie: »Nein, eben nicht. Ich weiß, wie sie ihren Kaffee trinkt. Ich weiß, was ihr Lieblingsrestaurant ist. Ich weiß, dass sie weniger wiegt als ich und doch reinhaut wie ein Holzfäller. Ich war in ihrer Wohnung. Ich weiß, dass ihr ihre Karriere über alles geht. Das sind Dinge, die ich von ihr weiß. Aber viel ist das nicht. Ist dir klar, dass ich nicht einmal weiß, was für eine Art Kindheit sie hatte?«

Lisette seufzte. »Eine bessere als du auf jeden Fall.«

»Na ja, schon«, sagte Josie. »Davon bin ich bisher immer ausgegangen, aber wie kann ich das wirklich mit Sicherheit wissen? Ich hab mir noch nicht einmal die Mühe gemacht, sie danach zu fragen.«

»Shannon und Christian sind gute Menschen«, sagte Lisette.

»Ich will auch gar nicht sagen, dass sie keine guten Menschen sind. Trinity ... wir wissen ja alle, wie ehrgeizig sie ist ... aber, Grandma, sie ist sogar noch verschlossener und sozial isolierter als ich.«

Lisette lachte. »Na, freut mich ja, dass du erkennst, dass das auch auf dich zutrifft. Wie gesagt, du entwickelst dich weiter.«

»Ich mein's ernst, Grandma. In all der Zeit, die ich sie kenne, hatte Trinity nie einen Freund. Nicht einmal einen

Liebhaber. Und heute finde ich heraus, dass sie sich in den letzten Monaten mit einem FBI-Agenten getroffen hat. Das hat sie mir nie erzählt.«

»Vielleicht ist es nichts Ernstes«, hielt Lisette dagegen. »Vielleicht wollte sie es niemandem erzählen, bis sie wusste, dass was daraus werden würde.«

»Es ist nicht nur das. Trinity hat keine Freunde. Niemanden, nichts. Wer hat denn überhaupt keine Freunde?«

Lisette griff über den Tisch und legte ihre Hand auf Josies. Die warme, vertraute Berührung ihrer Großmutter linderte Josies innere Anspannung ein kleines bisschen. »Sie hat dich, Josie.«

Eine Woge an Schuldgefühlen ergoss sich über Josie, als sie an ihr letztes Gespräch mit Trinity dachte. »Ich glaube nicht, dass sie mich als Freundin ansieht.«

»Wirklich nicht? Es war dein Name, den sie direkt vor ihrer Entführung auf ihre Autotür geschrieben hat. So haben Shannon und Christian es mir erzählt.«

»Nicht mein Name«, sagte Josie. »Sondern Vanessa.«

»Weil sie dir damit etwas sagen wollte, Liebes. Sie wollte dir damit die Richtung weisen. Es wäre doch viel schneller gegangen, Josie statt Vanessa zu schreiben! Es gibt da etwas, das sie dir mitteilen will, Josie. Was weiß Trinity über dich?«

Josie schluckte, ihr Mund war wie ausgetrocknet. »Sie weiß, wie ich meinen Kaffee trinke. Sie weiß, was mein Lieblingsrestaurant ist, wie es bei mir zu Hause aussieht, sie kennt meine Freunde und Noah. Sie weiß über meine vergangenen Beziehungen Bescheid, hauptsächlich, weil sie dort war, als Ray gestorben ist, und auch, als Luke und ich Schluss gemacht haben – als Reporterin, nicht als meine Schwester. Sie weiß, dass ich zu viel trinke ... getrunken habe. Sie weiß, wie wichtig mir mein Job ist ...«

»Sie weiß, dass du deinen Job außergewöhnlich gut machst, Josie. Sie weiß, dass du an ihrer Spur dranbleiben wirst. Sie weiß, dass du schon früher Fälle mithilfe der unwahrscheinlichsten Hinweise gelöst hast. Sie vertraut darauf, dass du sie finden wirst.«

Das Zittern in Josies Stimme war kaum zu unterdrücken. »Ich glaube nicht, dass ich das schaffen werde.«

»Nonsens. Denk nach, Josie. Warum Vanessa? Was versucht sie dir damit zu sagen?«

Josie schüttelte den Kopf. »Ich weiß nicht. Ich weiß es wirklich nicht, Grandma.«

»Welche Assoziationen ruft der Name Vanessa hervor, Josie?«

»Ich weiß nicht. Die Entführung? Unsere Familie? Die Vergangenheit?«

»Und was davon ist in diesem Fall am relevantesten?«, trieb Lisette sie an.

»Grandma, ich weiß nicht. Wahrscheinlich die Entführung.«

»Weil sie ebenfalls entführt worden ist? Zu einfach. Was ruft der Name Vanessa noch hervor?«

Josie fühlte sich, als würde sie ein Spiel spielen, dessen Regeln man ihr nicht erklärt hatte. »Die Vergangenheit?«

»Sie will dir die Richtung weisen, Josie. Schau in die Vergangenheit. Wahrscheinlich weit, weit zurück.«

»Aber weit, weit in der Vergangenheit kannten wir uns doch noch gar nicht.«

Lisette runzelte die Stirn. Dann versuchte sie es mit einem neuen Ansatz: »Habt ihr irgendwelche Insider-Witze? Ich weiß schon, dass ihr erst seit drei Jahren offiziell Schwestern seid, aber ihr habt doch bestimmt schon angefangen, auf eine Art und Weise zu kommunizieren, die nur ihr beide versteht. Viele Freunde haben da eine Art Geheimsprache, Abkürzungen, eine schnellere Art zu kommunizieren.«

»Halt. Kannst du das noch mal sagen, bitte?«

»Eine Art Geheimsprache, Abkürzungen«, wiederholte

Lisette. »Eine schnellere Art zu kommunizieren, die nur ihr beide versteht.«

»Nein, sowas haben wir nicht, aber, Grandma, als ich ein Kind war, da hast du doch vor dem Job im Schmuckladen als Sekretärin gearbeitet, nicht wahr?«

Lisettes Augen weiteten sich. Sie entzog Josie ihre Hand und umklammerte ihre Kaffeetasse mit beiden Händen. »Josie, ist alles okay?«

Seitdem sie, Gretchen und Mettner Jaime Pestrak befragt hatten, hatte etwas unablässig an Josies Gedanken genagt. »Grandma, das ist wichtig.«

»Schatz, wir reden doch gerade über Trinity.«

»Ich weiß. Es geht dabei um Trinity. Wie viele Jahre hast du als Sekretärin gearbeitet?«

Lisette zuckte mit den Schultern. »Ach, mehrere Jahrzehnte lang. Ich habe damit angefangen, als ich noch in der Schule war. Das muss wohl in den Fünfzigern gewesen sein.«

»Also bevor ihr Computer hattet«, sagte Josie.

Lisette lachte. »Bevor wir Technik irgendeiner Art hatten, von Schreibmaschinen mal abgesehen.«

»Und damals hat man doch in Abkürzungen geschrieben, um sich schneller Notizen machen zu können, nicht wahr? Um zum Beispiel bei Meetings mitzuschreiben?«

»Ach, meinst du Kurzschrift? Ja, das stimmt, das haben wir«, sagte Lisette. »Hat Wochen gedauert, das zu lernen. Zu der Zeit gab es zwei verschiedene Schriftsysteme, Gregg und Pitman. Ich habe das Gregg-System gelernt und bis in die späten Neunziger verwendet. Damals haben sie das sogar noch oft in Schulen unterrichtet. Zumindest hier draußen im ländlichen Pennsylvania. Und dann kamen all diese neuen Technologien und die Stenografie kam aus der Mode.«

»Weißt du noch, wie es geht?«, fragte Josie. Aufregung sprudelte in ihr hoch und stieg ihr zu Kopf. Sie zog ihr Handy aus der Tasche und suchte das Foto von Trinitys Autotür heraus.

»Ach, bestimmt!«, sagte Lisette. »Ich weiß nicht, wie gut ich noch selber schreiben könnte, wegen meiner Arthritis, aber ich habe diese Schrift vierzig Jahre lang verwendet, da kann ich mich bestimmt noch dran erinnern. Und in der Bibliothek kann ich garantiert ein paar Bücher finden, um mein Wissen aufzufrischen, wenn es denn nötig wäre. Aber Josie, worauf willst du denn hinaus?«

Josie hielt Lisette ihr Handy hin. »Da, unter dem Namen. Ist das in Kurzschrift geschrieben?«

Lisette nahm das Handy entgegen und hielt es mit plötzlich zitternden Händen fest. Sie starrte das Foto an. »Ja. Ich denke, das ist es. Das sieht aus wie Gregg-Kurzschrift.«

Josie war, als würde ihr das Herz gleich aus der Brust springen. »Und was steht da? Kannst du das entziffern?«

»Also, wenn ich die Buchstaben noch richtig zusammenkriege, steht da ›Lies mein Tag‹.«

»Lies mein Tag?«

Lisette hob eine Augenbraue. »Das kann ja nicht stimmen, aber ich glaube, das ist es, was da steht. Sie muss sich wohl verschrieben oder ein paar Buchstaben vergessen haben.«

»Lies mein Tag«, murmelte Josie.

»Lies meinen Tag? Vielleicht ihren Kalender?«

»Nein«, sagte Josie. »Lies mein Tagebuch.«

VIERUNDZWANZIG

»Steno?«, fragte Shannon, die Augen weit aufgerissen.

Sie starrte Josie und Lisette über den Tisch hinweg an. Christian, der neben ihr im Besprechungszimmer saß, legte ihr eine Hand auf die Schulter. Er sagte: »Meine Mutter hat Trinity Kurzschrift beigebracht, als sie zwölf war.«

Shannon warf ihm einen Blick zu. »Oh, richtig, jetzt erinnere ich mich wieder. Das war damals, als deine Mutter krank wurde, nicht wahr?«

Josie wusste nicht allzu viel über ihre biologischen Großeltern. Shannons Vater war an einem Herzinfarkt gestorben, nur drei Jahre, bevor Josie von ihrer Verwandtschaft mit den Paynes erfuhr. Ihre Mutter war in einer Pflegeeinrichtung untergebracht, die auf Bewohner mit fortgeschrittener Alzheimer-Demenz spezialisiert war. Josie hatte Shannons Mutter einmal besucht, aber die Frau konnte nicht einmal mehr ihre eigene Tochter erkennen, geschweige denn begreifen, wie bedeutsam es war, dass Josie wieder mit Shannon und dem Rest der Familie vereint worden war. Christians Eltern waren beide bereits verstorben. Sein Vater war bei der Marine gewesen und im Vietnamkrieg gefallen. Seine Mutter hatte ihn alleine aufgezogen und bei einer großen Kanzlei als Anwaltsgehilfin gearbeitet, um für ihn und seine jüngere Schwester aufkommen zu können. Sie war schon vor ein paar Jahrzehnten an Krebs gestorben.

Christian sah zu Josie hinüber. »Deine Großmutter, meine Mutter, hat Lungenkrebs bekommen, als Trinity in der sechsten Klasse war. Sie ist damals bei uns eingezogen, damit wir uns um sie kümmern konnten. Sie haben den Krebs so aggressiv behandelt wie nur möglich, aber die Krankheit war schon zu weit fortgeschritten. Die Ärzte haben ihr gesagt, dass sie noch ein Jahr zu leben hätte. Sie hat achtzehn Monate durchgehalten. Trinity und sie standen sich sehr nahe, vor allem in diesem letzten Jahr.«

»Davon hatte ich keine Ahnung«, krächzte Josie.

Shannon fügte hinzu: »Trinity ist damals immer von der Schule nach Hause gekommen und hat den ganzen Nachmittag und Abend mit ihr verbracht. Sie saß ständig in ihrem Zimmer.«

Tränen glänzten in Christians Augen. »Sie hing so sehr an ihr. Ich weiß, wie viel das meiner Mutter bedeutet hat.«

Unter dem Tisch spürte Josie, wie Lisettes Hand sich in ihre schmiegte und sie sanft drückte.

»Trinity wollte nicht, dass sie allein ist«, sagte Shannon. »Natürlich war sie nicht allein, wir waren ja auch bei ihr, aber ...«

Christian warf seiner Frau einen Blick zu, doch ihre Augen waren nun auf den Tisch gerichtet. Er räusperte sich. »Trinity hatte es in der Schule nicht leicht. Mit ihren Mitschülern. Vor allem in dem Jahr.«

Shannon sah zu ihrem Mann auf. »Zu der Zeit war deine Mutter ihre einzige Freundin.«

Christian verzog seinen Mund und nickte. Dann wandte er sich wieder an Josie und sagte: »Die beiden haben viel miteinander gespielt, Karten- und Brettspiele. Trinity hat sich alberne

Tänze ausgedacht, um sie zum Lachen zu bringen. Sie haben gemeinsam ferngesehen. Meine Mom hat ihr beigebracht, wie man Make-up aufträgt.«

»Und wie man Kurzschrift schreibt«, ergänzte Josie.

Christian lachte. »Das war ihre Geheimsprache. Sie haben einander ständig kleine Nachrichten hinterlassen, die nur sie beide verstehen konnten.«

Josie spürte ein schmerzhaftes Ziehen in ihrer Brust. Sie wusste nur zu gut, wie viel eine Großmutter einem kleinen Mädchen bedeuten konnte. Wenn Lisette nicht gewesen wäre, hätte sie ihre Kindheit niemals überlebt. Die Frau, die sich als Josies Mutter ausgegeben hatte, hatte sie grausam misshandelt. Lisette hatte um das Sorgerecht für Josie gekämpft und alles getan, was sie nur konnte, um sie zu beschützen. Der Tag, an dem Josie endlich ein für alle Mal zu Lisette gezogen war, war einer der besten Tage ihres Lebens. Ab da hatte sich alles zum Besseren gewendet. Lisette und sie hatten auch viel miteinander gespielt. Lisette hatte mit Josie viele Abenteuer unternommen: Schlittenfahren, Rollschuhfahren, Strandurlaube, Erlebnisparks, Musicals, Museumsbesuche. Zwar hatten sie beide keine direkte Geheimsprache gehabt, aber sie hatten durchaus an bestimmten geliebten Ritualen festgehalten. Zum Beispiel hatten sie einander Wildblumen gepflückt und im Eingangsbereich in die Vase gestellt. Und wann immer *Beautiful Day* von U2 im Radio lief, mussten sie beide lauthals mitsingen, und wenn eine von ihnen einen schlechten Tag gehabt hatte, waren sie immer Eis essen gegangen – Schlagsahne und Streusel waren dabei ein Muss. Josie konnte sich nicht einmal ausmalen, was mit ihr passiert wäre, wenn sie Lisette als junges Mädchen verloren hätte. Ihr emotionaler Zustand war so schon alles andere als gefestigt gewesen. Ein Verlust so verheerenden Ausmaßes hätte ihr Leben komplett aus der Bahn geworfen.

»Dann ist deine Mutter gestorben«, sagte sie sanft zu Christian. »Und Trinity war allein.«

Shannon und Christian wechselten erneut einen Blick. Shannon griff nach seiner Hand auf ihrer Schulter und legte ihre eigene darüber.

Lisette sagte: »Das muss ja schrecklich gewesen sein für sie.«

Shannon nickte. »Ja, war es. Danach ging es ihr lange Zeit gar nicht gut.«

»Wir mussten ihr eine Therapie suchen«, sagte Christian zustimmend. »Wir haben sogar darüber nachgedacht, sie aus der Schule zu nehmen und zu Hause zu unterrichten.«

Josie fragte: »Sie hatte es schwer in der Schule? Probleme mit ihren Mitschülern?«

»Ja«, sagte Shannon. »Egal, wie oft wir uns mit dem Schuldirektor getroffen oder damit gedroht haben, rechtliche Schritte einzuleiten gegen die Kinder, die ihr zugesetzt haben, es hörte nie auf. Nach dem Tod ihrer Großmutter wurde es nur noch schlimmer.«

»Es?«, fragte Josie. »Meinst du Mobbing?«

Christian sagte: »Ja, sie ist schrecklich gemobbt worden.«

Josie fand das schwer vorstellbar. Trinity hatte ein so unerschütterliches Selbstbewusstsein, wie sie es nur bei ganz wenigen anderen Leuten erlebt hatte. Sie arbeitete in einer Branche, in der sie täglich unter die Lupe genommen wurde. Josie hatte einige der abfälligen, teils schlicht widerlichen Kommentare in den sozialen Medien gesehen, die Trinity zuweilen erhielt. Dort wurde alles an ihr kritisiert: ihr Gewicht, ihre Haut, ihre Zähne, ihre Haare, ihre Kleidung, ihre Schuhe, ihr Lachen, ihre Stimme. Die Quelle demütigender, grausamer Onlinekommentare war unerschöpflich. Doch Trinity hatte sie stets leichtfertig abgetan. Manche Kommentare hatte sie Josie sogar laut vorgelesen und dabei gelacht. »So ist das eben als öffentliche Persönlichkeit«, entgegnete sie, wann immer Josie sich über die Worte dieser Menschen aufregte. »Ich konzentriere mich einfach auf meine Fans, und ich habe viele ganz wunderbare Fans.«

»Sie wurde schrecklich gemobbt, doch dann hat sie sich für eine Karriere entschieden, wo jede Kleinigkeit aufs Korn genommen wird und sie täglich Mobbing und Schikanen ausgesetzt ist«, merkte Lisette an, als hätte sie Josies Gedanken lesen können. Unter dem Tisch drückte sie Josies Hand erneut.

Shannon lachte leise. »Ich weiß. Mir kam das auch immer seltsam vor. Aber es war auch irgendwie ein Zeichen an all die Leute, die sie je gemobbt haben, nicht wahr? ›Ihr könnt mich alle mal‹? Sie mobben sie und dann wird sie Journalistin und Moderatorin der beliebtesten Morgenshow des Landes.«

»Aber sie hat auch diese Reporterin kennengelernt, weißt du noch?«, sagte Christian.

»Welche Reporterin?«, fragte Josie. »Codie Lash?«

»Nein, so hieß sie nicht«, sagte Shannon. »Sie war von einem Regionalsender. Ich glaube, damals war Trinity vierzehn. Sie hatte ... Überreste im Wald gefunden. Und weil unser Ort so klein ist, kam eine Reporterin hergefahren, um sie dazu zu interviewen. Sie war komplett hingerissen von der Frau. Danach hat sie sich dann entschieden, dass sie Reporterin werden will.«

»Überreste? Menschliche Überreste?«, fragte Josie und versuchte, einen neutralen Tonfall beizubehalten.

Shannon winkte ab. »Ach, die Leiche eines Jägers, der ein Jahr vorher verschwunden war, ein älterer Herr. Es war alles sehr traurig. Er muss sich wohl verirrt haben, denn als Trinity ihn gefunden hat, lag er um sein Gewehr gekrümmt da. Seine Klamotten waren noch fast intakt und sowohl Geldbeutel als auch Jagdschein waren in seiner Tasche.«

Also keine Verbindung, dachte Josie. »Wie kam Trinity denn dazu, ihn zu finden?«, fragte sie.

»Zu der Zeit hat sie ehrenamtlich in einem Naturschutzpark gearbeitet«, erläuterte Shannon.

Christian lachte. »Ehrenamtlich gearbeitet? Nee, sie musste Sozialstunden ableisten.«

»Das mit dem Ehrenamt hätte ich mir auch schwer vorstellen können«, sagte Josie zustimmend. »Wofür waren die Sozialstunden?«

»Sie war in eine körperliche Auseinandersetzung mit einer Mitschülerin geraten«, sagte Christian.

»Nein, nicht mit einer Mitschülerin«, berichtigte Shannon. »Das Mädchen war von einer anderen Schule.«

»Ach so, stimmt. Na ja, ist ja auch nicht so wichtig. Jedenfalls haben sie beide Ärger dafür bekommen. Sie haben beide eine Strafanzeige bekommen, aber unser Anwalt konnte außergerichtlich regeln, dass sie Sozialstunden ableisten und zur Therapie gehen musste. Dabei ist sie zu der Zeit sowieso schon zu einer Psychologin gegangen, weil eben alles zusammenkam, der Tod meiner Mutter, die Probleme in der Schule und ...«

Er brach mitten im Satz ab und wurde kreidebleich.

»Und was?«, sagte Josie.

Christian sah zu Shannon. »*Vanessa*«, sagte er.

Shannon schlug eine Hand aufs Herz. »Oh, mein Gott. Ich kann nicht glauben, dass ich das vergessen habe.«

»Was hast du vergessen?«, fragte Josie.

Shannon rutschte unbehaglich auf ihrem Stuhl hin und her. »Nachdem eure Großmutter gestorben ist, hat Trinity sich intensiv mit dem Tod beschäftigt. Sie war sehr darauf fixiert.«

»Verständlich«, sagte Josie. »Sie war ja noch so jung.«

»Aber sie war auf *dich* fixiert«, sagte Christian.

»Auf mich?«

»Nun, nicht direkt auf dich, schließlich dachten wir ja, du wärst tot, aber auf ihre Vorstellung von dir«, erklärte Shannon. »Sie hat uns ständig Fragen über dich gestellt, obwohl wir ihr nicht viel erzählen konnten. Du warst ja erst drei Wochen alt, als du uns weggenommen wurdest. Und dann ...«

Christian fuhr für sie fort: »Sie hat angefangen, Leuten von ihrer Zwillingsschwester zu erzählen. Sie hat behauptet, du wärst auf einem Internat. Manchmal hat sie auch behauptet, du würdest an einem Schüleraustausch im Ausland teilnehmen.«

»O Gott«, sagte Josie.

»Das war einer der Gründe, warum wir ihr eine Therapie suchen mussten«, sagte Shannon. »Aber ihre Therapeutin meinte, das sei ihre Art, mit der Trauer umzugehen, und hat uns geraten, sie das selbst verarbeiten zu lassen.«

»Hat die Therapeutin vielleicht auch vorgeschlagen, dass sie ein Tagebuch führen soll?«, fragte Josie.

»Mehr oder weniger«, sagte Shannon. »Sie hat Trinity geraten, dir Briefe zu schreiben.«

»Habt ihr die noch?«, fragte Josie.

»Gut möglich«, sagte Shannon.

»Bei uns auf dem Dachboden steht noch einiges Zeug von Trinity«, ergänzte Christian. »So Dinge, für die sie in New York keinen Platz hatte, die sie aber auch nicht hergeben wollte.«

»Dann muss ich euch bitten, nach Hause zu fahren und nach diesen Briefen zu suchen, oder nach irgendeiner Art Tagebuch, das sie während dieser Zeit geschrieben haben könnte. Es wäre gut, wenn ihr das so schnell wie möglich machen könntet«, sagte Josie.

»Das machen wir natürlich«, sagte Shannon. »Aber Josie, warum in Gottes Namen sollte Trinity denn wollen, dass du diese Handvoll Briefe liest, die sie dir während ihrer Schulzeit geschrieben hat? Was hat das denn mit ihrem Verschwinden jetzt zu tun?«

»Das weiß ich nicht«, sagte Josie. »Aber es ist derzeit unsere einzige Spur. Ich muss herausfinden, wohin sie mich führt.«

FÜNFUNDZWANZIG

Alex stand am Ende des Flurs und belauschte seine Mutter, die in den Telefonhörer sprach. Er beobachtete ihre bloßen Füße, die einen Rhythmus auf dem Holzboden trommelten. Ihre freie Hand war um ihren Bauch gelegt, eingehüllt in einen Gipsverband, der von ihrer Hand bis zum Ellbogen reichte. Als sie auflegte, breitete sich ein strahlendes Lächeln in ihrem Gesicht aus. Sie winkte ihn zu sich und griff nach seiner Hand, um ihn im Kreis herumzuwirbeln. »Tanz mit mir!«, rief sie. »Ich habe gerade ganz wunderbare Neuigkeiten bekommen! Warte nur, bis dein Vater nach Hause kommt.«

Doch Alex bezweifelte, dass irgendeine Neuigkeit es schaffen würde, seinen Vater zu erfreuen. Nicht nach dem jüngsten Zwischenfall. Wie jedes Mal hatte Alex seiner Mutter ehrlich versichert, dass er versucht hatte, Zandra aufzuhalten, bevor sie Hanna von der Veranda stoßen konnte. Doch er war nicht schnell genug gewesen und Zandra hatte ihre Mutter eine ganze Weile lang schreien lassen, während sie gebannt auf den Knochen starrte, der die Haut ihres Unterarms durchbohrt hatte. Als Alex Hanna nun betrachtete, wurde ihm klar, dass ihm beim Anblick ihrer neuesten Verletzung zum Tanzen zumute gewesen war. Weißer Knochen, scharf und zackig an einem Ende. Aber das konnte er niemandem verraten. Sie würden es nicht verstehen.

Nun war Zandra wieder eingesperrt und Alex musste in dem Schuppen schlafen, den sein Vater gebaut hatte – sogar bei diesen eisigen Temperaturen.

Als Francis nach Hause kam, erzählte Hanna ihm, dass jemand fast alle ihrer Kunstwerke gekauft hatte und dass sie sich nun für lange Zeit keine Sorgen mehr um Geld machen müssten. Aus irgendeinem Grund erwartete Alex, dass diese Nachricht seinen Vater in Rage versetzen würde, doch er war vor Freude ganz außer sich. Glücklicher, als Alex ihn je gesehen hatte. An diesem Abend tanzte Hanna auch mit Francis durch die Eingangshalle. Die beiden tranken eine Flasche Wein und gaben Alex eine zweite Portion Abendessen, bevor Francis ihn zum Schlafen wieder nach draußen schickte.

Am nächsten Morgen wartete Alex an der Hintertür, bis seine Mutter aufwachte und ihn reinließ. Sie bereitete Frühstück zu und sang dabei, ihre bloßen Füße tänzelten durch die Küche. Sie gab ihm Eier und Speck und er schaufelte das Essen in sich hinein. Sein Vater schenkte ihm keine Aufmerksamkeit, als er die Küche betrat. Stattdessen stellte er sich zu Hanna an den Herd und packte ihren Hintern, dann küsste er sie im Nacken.

Er setzte sich Alex gegenüber an den Tisch und Hanna schenkte ihm Kaffee ein. Der Löffel klimperte leise in der Tasse herum, dann sagte Francis: »Hanna, du hast im Schlafzimmer eine richtige Schweinerei zurückgelassen.«

Seine Stimme war leise, aber angespannt, wie eine Schnur, die jederzeit auseinanderreißen konnte. Hanna blieb wie angewurzelt stehen und drehte sich dann langsam zu ihm. In ihrem Gesicht spiegelte sich Verwirrung wider. »Wie bitte?«

Er betonte jedes einzelne Wort. »Du. Hast. Im. Schlafzimmer. Eine. Schweinerei. Zurückgelassen.«

»Oh, okay, das räume ich dann gleich auf, sobald ich Frühstück gemacht habe.«

Francis sagte: »Hoffentlich stolpert bis dahin niemand über die Klamotten, die du auf dem Boden verteilt hast.«

»Meine Klamotten liegen auf dem Boden?«, sagte sie. »Na, kein Wunder, so ungeduldig, wie du mich gestern Nacht ausgezogen hast.«

»Das Bett hast du auch nicht gemacht«, fügte er hinzu. »Und dein Make-up und deine Haargummis liegen auf der ganzen Kommode verstreut.«

Mit einem nervösen Seufzen ließ Hanna den Pfannenwender fallen und stapfte aus dem Zimmer. Alex zählte ihre Schritte auf der Treppe. Francis sagte: »Junge, pass auf den Speck auf.«

Alex ging zum Herd hinüber und griff nach dem Pfannenwender, dann schob er das fettige Fleisch in der Pfanne umher. Er hatte noch nie Speck gebraten und wusste nicht, wie das ging oder wann der Speck fertig war, also schob er ihn nur ziellos weiter herum. Nach ein paar Minuten fragte Francis: »Ist der Speck denn immer noch nicht fertig?«

»Ich ... ich weiß nicht«, stammelte Alex.

Francis schob seinen Stuhl quietschend über den Fliesenboden. »Dummer, dummer, *nutzloser* Junge«, murmelte er. Er schubste Alex aus dem Weg und streckte seine Hand nach dem Pfannenwender aus. »Her damit.«

Aber Alex wollte ihn nicht hergeben. Er wollte seinem Vater überhaupt nichts mehr geben. Er hatte seine willkürlichen Forderungen so satt und wollte ihm nicht mehr nachgeben. Er hielt den Pfannenwender fest umklammert.

»Junge«, sagte Francis und seine Stimme wurde immer lauter. »Ich hab gesagt, her damit!«

Er griff nach dem flachen Ende des Spatels, um ihn Alex aus der Hand zu reißen. Knurrend begann Alex, mit ihm um den Pfannenwender zu ringen. Vor und zurück und mit jeder

Bewegung wurde Francis immer frustrierter. Endlich griff er mit einer Hand nach oben, hinter Alex' Kopf, und drückte mit aller Kraft zu. Alex' Gesicht knallte in die brutzelnde Pfanne. Ein Schrei zerriss Alex förmlich die Kehle und er rannte stolpernd davon. Sein Gesicht stand in Flammen. Er eilte zum Waschbecken und ließ das Wasser eiskalt werden, bevor er seinen Kopf hineinsteckte.

Es half nicht.

Bis seine Mutter, angelockt von den Schreien, ins Zimmer kam, hatte Francis sich schon wieder am Tisch niedergelassen, seelenruhig an seinem Kaffee nippend, den Blick auf die Zeitung gerichtet.

SECHSUNDZWANZIG

Während Shannon und Christian die zwei Stunden zurück nach Callowhill fuhren, um auf ihrem Dachboden nach Trinitys Briefen zu suchen, hatte Josie Lisette zu sich nach Hause gebracht und das Gästezimmer vorbereitet, damit Lisette für den Moment bei ihnen bleiben konnte. Es war zehn Uhr abends und der arme Trout war den ganzen Tag über allein gewesen, also ging Josie mit ihm joggen und gab ihm zu fressen. Dabei warf sie alle paar Minuten einen Blick auf ihr Handy, um zu sehen, ob es Neuigkeiten zu Trinity gab. Es gab keine.

Auf ihrer Rückfahrt zum Polizeirevier rief Mettner sie an, um ihr Bescheid zu geben, dass Special Agent Drake Nally angekommen war. »Ich bin in zehn Minuten da«, sagte sie.

»Wir warten im Besprechungszimmer auf dich.«

Josie vergaß fast, ihr Auto in den Parkmodus zu schalten, als sie endlich den Polizeiparkplatz erreicht hatte. Sie raste durch die Meute an rufenden Reportern hindurch zur Hintertür und in den ersten Stock hinauf. Die Tür zum Besprechungszimmer stand offen. Am Tisch saßen Gretchen, Mettner und Noah neben Drake. Josie registrierte seine dunkelbraunen Augen, den sorgfältig gepflegten Spitzbart am Kinn und den kohlschwarzen

Anzug. Bei Josies Anblick schoss ihm das Rot in die Wangen. Seine Lippen bewegten sich, als wolle er sprechen, aber kein Wort war zu hören. Er stand auf und Josie bemerkte, wie großgewachsen und langgliedrig er war. Der Inbegriff eines imposanten FBI-Agenten, wenn nur sein Gesicht nicht diesen schockierten Ausdruck trüge. Drake ging um den Tisch herum und streckte ihr seine Hand hin. Dabei löste sich endlich seine Zunge.

»Tut mir leid«, sagte er. »Sie sehen nur ... nur genauso aus wie sie. Ohne das ganze Make-up.«

»Danke, dass Sie gekommen sind«, sagte Josie. »Ich nehme an, dass unser Team Sie bereits auf den neuesten Stand gebracht hat. Nicht, dass wir im Moment besonders viel zu sagen hätten. Noch haben wir weitaus mehr Fragen als Antworten.«

Er nickte und deutete auf eine dicke Akte, die dort lag, wo er eben noch gesessen hatte. »In der Tat. Es tut mir leid, dass ich Ihnen das alles nicht am Telefon erzählt habe, aber es gibt hier ... einiges zu besprechen.«

Josie warf Mettner einen vielsagenden Blick zu, um ihn wortlos zu fragen, ob er Drake von den Knochen erzählt hatte. Er schüttelte sacht den Kopf. Mettner wollte dieses Detail noch nicht preisgeben. Da Drake als Zivilist hier war und nicht in seiner Rolle als FBI-Agent, gab es keinen Grund, ihm irgendwelche Details über den Fall zu verraten, die sie als sensibel einschätzten.

»Was steht in dieser Akte?«, fragte Josie und wandte sich wieder Drake zu.

Drake blieb stehen, während Josie sich zwischen Gretchen und Mettner am Tisch niederließ. Noah saß ihr gegenüber, neben Drakes Platz.

Drake zog die Akte zu sich und legte eine seiner großen Hände darauf. »Dazu komme ich gleich«, sagte er.

Mettner entgegnete: »Agent Nally, bei allem Respekt, Sie

sind nicht in offizieller Eigenschaft hier. Wir haben Sie eingeladen, da Sie ein Bekannter einer Person von öffentlichem Interesse sind, die in unserer Stadt entführt worden ist. Wir stellen hier die Fragen.«

Drakes Lippen waren zu einer dünnen Linie verzogen. Josie registrierte die fast unmerkliche Anspannung seines Kiefers, als er die Zähne aufeinanderpresste. Er nahm die Hand von der Akte und schob sie zu Mettner hinüber, dann setzte er sich und richtete dabei seine Anzugjacke und seine Krawatte. Er sagte: »Ich werde all Ihre Fragen beantworten, doch vorher muss ich eines wissen. Aus den Nachrichten habe ich erfahren, dass bei ihrer Entführung eventuell einige persönliche Gegenstände aus Trinitys Auto entwendet wurden. Darf ich wissen, um welche Gegenstände es sich hierbei handelt?«

»Warum?«, fragte Josie. »Warum müssen Sie das wissen?«

»Weil Trinity mir etwas gestohlen hat und ich das Recht habe zu wissen, ob es sich dabei um einen der entwendeten Gegenstände handelt.«

Mettner schlug die Akte nicht auf. Stattdessen schob er sie zu Gretchen hinüber, welche ihre Lesebrille aufsetzte und begann, die Akte durchzublättern. Josie warf einen Blick darauf und erkannte das vertraute Layout eines Autopsieberichts.

Mettner beantwortete Drakes Frage: »Zwei Dokumentenschachteln. Eine davon enthielt die Habseligkeiten einer verstorbenen Nachrichtenmoderatorin, Codie Lash. Trinitys Assistentin hatte ihr diese Schachtel aus New York zugeschickt. Wir wissen nicht, was in der anderen Schachtel war.«

Drake stieß einen langen Seufzer aus und rieb sich sein Gesicht. Er sackte leicht in sich zusammen.

Noah sagte: »Scheint, als wüssten Sie, was in der anderen Schachtel war.«

»Eine Ermittlungsakte. Eine sehr ausführliche Ermittlungsakte. Trinity hatte das alles während der letzten zwei Monate zusammengestellt. Sie war ganz besessen davon. Es ging dabei um eine Story, über die sie berichten wollte. Über einen Serienmörder.«

Gretchen blätterte weitere Seiten der Akte um, bis sie bei dem Foto eines Skeletts ankam – allerdings keines normalen Skeletts. »Mettner«, sagte Gretchen in ungewöhnlich schrillem Tonfall.

Josie musste sich an die Armlehnen ihres Stuhls klammern, um sich davon abzuhalten, wie von der Tarantel gestochen aufzuspringen. Gretchen blätterte die Ansammlung von Fotos durch. Sie waren alle gleich. Brustkorb und Wirbelsäule in der Mitte, umkreist von kleineren Knochen. Die Armknochen nebeneinander auf sechs Uhr, der Beckenknochen und der Schädel zwischen den knorrigen Enden platziert, die Beinknochen auf zwei Uhr. Auf einem der Fotos fanden sich Beckenknochen und Schädel auf zwei Uhr am Ende der Beinknochen statt bei den Armknochen.

»Mett«, sagte Josie.

Sie drückte sich gegen ihre Rückenlehne, damit Mettner sich über sie beugen und die Fotos sehen konnte. Drake öffnete seinen Mund, aber Mettner hielt eine Hand in die Höhe, um ihn zum Schweigen zu bringen. Er warf Noah einen Blick zu, welcher aufstand, um den Tisch herumging und die Fotos anstarrte. Einen Moment später spürte Josie seine Hand auf ihrer Schulter. Noah blickte zu Drake. »Was ist das hier?«

»Die Akte des Serienmörders, den ich erwähnt habe. Der Knochenkünstler.«

Josie sagte: »Warum kommt mir dieser Name bekannt vor?«

Drake erwiderte: »Er war in Pennsylvania aktiv. Der erste Mord war 2008.«

Gretchen sagte: »Eines seiner Opfer wurde in Philadelphia gefunden, aber ich habe nicht an dem Fall gearbeitet. Jemand aus der Tagesschicht hat den damals bekommen, aber dann kam sowieso das FBI hereingeschneit und hat den Fall übernommen. Mehr habe ich nie darüber gehört, ich hatte ja meine eigenen Fälle zu bearbeiten. Ich habe noch mitbekommen, dass sie eine Sondereinheit darauf angesetzt haben, die konnte den Typen aber nicht finden.«

In Drakes Wange zuckte ein Muskel. »Das Opfer aus Philadelphia war ein dreiunddreißigjähriger Mann namens Kenneth Darden. Er hat in einem Vorort der Stadt gelebt. Nach dem Abendessen ist er zu einem späten Arzttermin gefahren. Sein Auto stand auf dem Parkplatz des Arztes, aber er ist nie beim Termin erschienen und kam auch nicht wieder nach Hause.«

»Auf dem Parkplatz gab es keine Kameras?«, fuhr Mettner dazwischen.

»Nein, damals noch nicht. Nicht in einem so ruhigen Vorort. Und genau dreißig Tage nach seinem Verschwinden wurde sein Skelett entdeckt. Seine Knochen waren am Ufer des Schuylkill River in Philadelphia arrangiert worden.«

»Arrangiert?«, fragte Josie. »So wie in den Fotos?«

Drake streckte Gretchen seine Hand hin und sie reichte ihm den Stapel Fotos. Er blätterte durch, bis er ein bestimmtes Farbbild erreichte, welches er Josie gab. Sie starrte auf das abgebildete Knochenarrangement, welches eine erschreckende Kopie dessen war, was Josie an diesem Morgen hinter Trinitys Miethütte gefunden hatte. »In den Nachrichten wurde manchmal über den Fall berichtet, aber das hier ... das haben sie dabei nie gezeigt.«

»Diese Fotos sind nie veröffentlicht worden. Es gab ein paar Zeugen, die die Knochenarrangements gefunden und davon erzählt haben, aber keine Fotos.«

Noah fragte: »Und alle Opfer wurden so gefunden?«

Drake sagte: »Ja, alle. Brustkorb und Wirbelsäule waren immer in der Mitte platziert, mit den kleinen Hand- und Fußknochen sowie den Schlüsselbeinen im Kreis darum herum. Die Armknochen waren immer auf sechs Uhr, die Beinknochen immer auf zwei Uhr. Der einzige Unterschied zwischen den

Arrangements lag darin, dass Beckenknochen und Schädel manchmal bei den Armknochen lagen und manchmal bei den Beinknochen. Außerdem wechseln Beckenknochen und Schädel manchmal ihre Position.«

Josie zog ein anderes Foto aus der Aktenmappe, die vor Gretchen auf dem Tisch lag. Auch dieses zeigte menschliche Knochen, die so arrangiert waren, wie Drake es beschrieben hatte. Es sah so aus, als wären diese auf einem verlassenen Kiesparkplatz zurückgelassen worden. »Was macht diesen Unterschied aus? Warum legt er die Knochen verschieden aus?«

»Das wissen wir nicht«, sagte Drake. »Über die Jahre wurden viele verschiedene Theorien für den Gedankengang dahinter entwickelt, aber keine davon konnte uns helfen, näher an diesen Typen ranzukommen. Wir haben ganze Einheiten darauf angesetzt, diese Knochenarrangements zu studieren, um herauszufinden, was sie bedeuten. Es handelt sich definitiv um eine Art Ritual, aber es ist noch niemandem gelungen, daraus eindeutige Schlüsse zu ziehen. Ich kann Ihnen gerne diese Berichte zuschicken, falls Sie sie lesen möchten, aber ich bin mir nicht sicher, ob uns die Bedeutung dieser Arrangements dabei helfen wird, den Mörder zu finden.«

Mettner warf einen Blick über Josies Schulter. »Wie viele Opfer waren es insgesamt?«

»Vier«, antwortete Drake. »Kenneth Darden aus Philadelphia war das dritte Opfer.«

»Wie hat er seine Opfer umgebracht?«, fragte Gretchen.

Drake erwiderte: »Das wissen wir nicht zu hundert Prozent.«

Mettner fragte: »An den Knochen wurden keine Spuren von Messerstichen oder Schusswunden gefunden? Auch keine anderen Spuren von Gewalteinwirkung?«

»Nein«, sagte Drake. »Wir wissen nur, dass er seine Opfer immer in Jahren mit geraden Zahlen entführt und umgebracht hat. Es begann 2008 mit Anthony Yanetti. 2010 hat er dann Terri Abbott umgebracht, 2012 Kenneth Darden und 2014 Robert Ingram. Alle im Staat Pennsylvania. In jedem einzelnen Fall wurden die Knochen genau dreißig Tage nach Verschwinden des Opfers an einem anderen Ort aufgefunden, immer in so einem Arrangement.«

Josie erinnerte sich an die Post-its in Trinitys Zimmer, auf die sie einen Blick geworfen hatte, bevor Trinity sie alle von den Wänden gerissen hatte. Auf einem dieser Zettel stand etwas von einer Zwangsstörung. Viele Serienmörder befolgten eigene Rituale – zwar musste das nicht heißen, dass sie an einer Zwangsstörung litten, aber ihr schien, dass das im Fall des Knochenkünstlers möglich sein könnte. Jahre mit geraden Zahlen, genau dreißig Tage zwischen Entführung und Auslegen der Knochen – Josie konnte durchaus nachvollziehen, warum Trinity eine Zwangsstörung in Erwägung gezogen hatte.

Noah streckte die Hand aus und tippte auf eines der Fotos, die vor Josie auf dem Tisch lagen. »Dreißig Tage? Unserer Erfahrung nach ist das nicht lange genug, um eine Leiche so stark verwesen zu lassen.«

Drake sagte: »Es gibt da schon Möglichkeiten.«

Einen Moment lang stockte Josies Herz, bevor es seinen normalen Takt wieder aufnahm. Sie dachte an Nicci Webb, die nur siebzehn Tage lang vermisst und dennoch auf ihre Knochen reduziert worden war. Ihr Blick fiel auf den Namen *Abbott, Terri* am oberen Bildrand. Sie fuhr mit dem Finger den Rippenkorb der Frau nach. »Da ist etwas ausgefranstes Gewebe zurückgeblieben, hier an den Rippen.« Sie deutete auf die Oberschenkelknochen. »Und hier genauso. Das deutet normalerweise auf Aasfresser hin, nicht wahr? Wäre es möglich, dass Tiere die Verwesung einer Leiche beschleunigen, wenn sie … Zugriff darauf hätten?«

Sie blickte von den Fotos auf. Drake wechselte einen langen Blick mit ihr. Die Spannung im Raum stieg, bis sie das

Bedürfnis unterdrücken musste, ihren Kragen zu lockern. »Auf einer Body Farm in Texas, einer Einrichtung, auf dem Versuche zum Verwesen von Leichen vorgenommen werden, haben sie Studien dazu unternommen«, sagte er leise. »Wenn aasfressende Vögel, insbesondere Rabengeier, in ausreichend großer Zahl auftreten, also in Schwärmen von etwa zwanzig bis dreißig Tieren, dann können sie eine Leiche innerhalb weniger Stunden bis auf die Knochen abfressen. Die kürzeste gemessene Zeit lag bei vier Stunden.«

Josies Kehle war schmerzhaft ausgetrocknet und als sie zum Sprechen ansetzte, konnte sie nur krächzen. »Er lässt seine Opfer also draußen liegen? Setzt sie den Elementen aus, bis ihre Leichen sauber abgefressen sind?«

»Das vermuten wir jedenfalls. Wir haben vier verschiedene Expertenmeinungen eingeholt. Sie haben die Überreste untersucht und vermuten alle, dass die Opfer innerhalb relativ kurzer Zeit von aasfressenden Vögeln bis auf die Knochen abgepickt wurden. Die einzige Ausnahme ist Anthony Yanetti, das erste Opfer. Bei ihm gab es Anzeichen auf Bearbeitung durch Nagetiere und Hunde.«

Gretchen sagte: »Die Leiche des ersten Opfers wurde also anderen wilden Tieren ausgesetzt.«

»Ja, das denken wir auch.«

»Wir«, sagte Josie. »Wir, das FBI?«

»Ja. Die zuständige Sondereinheit wurde 2018 aufgelöst, nachdem der Knochenkünstler seit vier Jahren niemanden mehr ermordet hatte. Er ist nun schon seit sechs Jahren nicht mehr aktiv.«

Josie wechselte einen Blick mit ihrem Team, was Drake nicht entging. »Was?«, fragte er. »Was ist los?«

»Gibt es Vermutungen, warum er aufgehört hat?«, fragte Noah und ignorierte seine Frage.

»Nein«, sagte Drake. »Früher war die gängige Theorie, dass ein Serienmörder seine Mordserie nur unterbricht, wenn er tot oder in Haft ist. Aber diese Theorie wurde natürlich durch den BTK-Killer komplett auf den Kopf gestellt. Dieser begann seine Mordserie in den Siebzigern und legte dann eine achtjährige Pause ein, bevor er drei weitere Menschen auf genau dieselbe Weise tötete – Bind, Torture, Kill; Fesseln, Foltern, Töten. Sein letzter Mord geschah 1991 und er war bis 2004 inaktiv, doch dann kontaktierte er die Medien erneut. All diese Jahre war er einfach dort draußen und hat ein stinknormales Leben geführt.«

»Hat sich der Knochenkünstler nicht auch an die Medien gewandt?«, fragte Gretchen. »Mir ist, als würde ich mich daran erinnern, das in den Nachrichten gesehen zu haben.«

»Genau«, bestätigte Drake. »Das war unmittelbar bevor sein letztes Opfer gefunden wurde. Die Presse hatte ihn den Knochenkiller getauft, aber das gefiel ihm nicht. Er hat mehreren Fernsehmoderatoren geschrieben und sie dazu aufgefordert, ihn fortan den Knochenkünstler zu nennen. Allerdings ist es uns nie gelungen, seine Identität anhand dieser Nachrichten herauszufinden.«

Josie fragte: »War Codie Lash eine der kontaktierten Moderatorinnen?«

»Nein«, erwiderte Drake.

»Warum war Trinity so besessen von diesem Fall?«, fragte Mettner.

Drake seufzte und schüttelte leicht den Kopf. »Sie dachte, sie könnte mit ihm ›Kontakt aufnehmen‹.«

Josie blickte hinab auf Terri Abbotts Skelett, präsentiert wie in einer obszönen Kunstinstallation. *O Trinity*, dachte sie. *Worauf hast du dich hier nur eingelassen?*

SIEBENUNDZWANZIG

Hanna tauchte ihren Pinsel in den hautfarbenen Puder und fuhr damit über Alex' Gesicht. »Augen schließen, mein Schatz«, wies sie ihn an. Der Make-up-Pinsel kitzelte ihn an der Stirn, an der Nase und am Mundwinkel. »Okay«, sagte sie, als sie damit fertig war.

Er öffnete die Augen und beobachtete ihren Gesichtsausdruck, während sie ihr Werk musterte. »Viel besser so«, versicherte sie ihm, doch er bemerkte die feinen Falten um ihre Augen und die Anspannung ihrer Wangen, als sie die Lippen schürzte.

»Die Narbe ist kaum noch zu sehen«, sagte sie. Kurz darauf fragte sie: »Zandra, Liebling, findest du nicht auch, dass das mit dem Make-up gut funktioniert? Alex' Narbe ist kaum noch sichtbar, nicht wahr?«

Zandra sah ihrer Mutter direkt in die Augen und zuckte mit den Schultern.

Hanna starrte sie an. »Zandra.«

»Was?«

»Es ist wirklich wichtig, dass wir keine weiteren Zwischenfälle mehr haben.«

Zandra sagte: »Das ist nicht dein Ernst, oder?«

Hanna sah aus, als hätte sie jemand geschlagen. Sie warf den Pinsel mit einem Klackern auf den Frisiertisch. »Ich meine es todernst. Du darfst mir nicht mehr wehtun. Alex versucht immer, dich aufzuhalten, aber er kann es nicht und dann wird er dafür bestraft. Deswegen musst du aufhören, verstehst du? Reiß dich zusammen. Ich will nicht, dass Alex wie ein Hund draußen im Schuppen schlafen muss. Ich will nicht, dass du dauernd eingesperrt bleibst.«

Zandra blickte herausfordernd zu Hanna auf. »Dann tu was dagegen.«

Alex sah, wie Hanna ihre zitternden Hände zu Fäusten ballte. Er stand auf.

»Hanna«, tönte eine Stimme aus dem Türrahmen. »Was ist hier los?«

Die Luft im Raum knisterte vor Anspannung, welche sie alle so gründlich umfasste, dass keiner von ihnen gehört hatte, wie Francis das Haus betreten hatte und die Treppe hinaufgekommen war. Er streckte den Kopf ins Schlafzimmer und beobachtete sie.

Hanna legte ihre Hände auf Alex' Schultern und drehte ihn weg vom Spiegel. »Nichts«, sagte sie. »Alles okay. Wir haben nur ein wenig Zeit miteinander verbracht.«

Francis trat einen Schritt ins Zimmer hinein und faltete die Arme vor der Brust. »Du weißt doch, dass wir den Kindern nicht vertrauen können. Sie sollten nicht hier drin sein.«

»Zandra hat mir versprochen, dass sie mir nicht mehr wehtun wird. Sie haben mir beide versprochen, brav zu sein.«

»Sie haben dich angelogen, Hanna.«

Sie nahm ihre Hände von Alex' Schultern und stellte sich vor ihn, wie um ihn vor dieser Anschuldigung abzuschirmen. »Ich bin doch hier, Francis. Ich pass auf sie auf.«

Er verzog seine Lippen zu einer hämischen Grimasse. »So

wie du auf Alex aufgepasst hast, als er sein halbes Gesicht gebraten hat?«

Alex konnte das Beben in Hannas Körper spüren – er wusste nicht, ob vor Kummer oder Wut –, doch sie blieb stumm.

»Zandra«, sagte Francis. »Geh zurück in dein Zimmer.«

ACHTUNDZWANZIG

Grauen legte sich wie Blei um Josies Schultern, während sie Gretchen beim Durchblättern der Knochenkünstlerakte zusah, die Drake mitgebracht hatte. Gretchen verteilte die Informationen zu den vier Opfern in getrennten Stapeln auf dem Tisch. Josie sagte: »Vier Opfer in mehreren Zuständigkeitsbereichen und eine Sondereinheit. Das hier kann unmöglich die vollständige Akte sein.«

»Ist es auch nicht. Das sind nur die Highlights.«

Noah sagte: »Und Trinity hatte auf das alles Zugriff?«

Josie bemerkte die Ader, die auf Drakes Stirn zu pochen begann. »Sie hätten ihr niemals Einblick in geheime FBI-Akten gewährt. Keine Chance«, sagte sie.

»Darüber könnte ich meinen Job verlieren, mich strafbar machen«, stimmte Drake ihr zu.

»Aber sie hat es trotzdem irgendwie geschafft, nicht wahr?«, fuhr Josie fort. »Sie sind eigentlich gar nicht ihretwegen hier, oder?«

Drake antwortete nicht.

»Agent Nally?«, hakte Mettner nach.

»Sie hat es irgendwie geschafft, Dokumente aus diesen FBI-

Akten zu stehlen oder zu kopieren, und Sie wollen nicht, dass die Öffentlichkeit davon erfährt«, warf Josie ihm vor. »Denn falls jemals bekannt würde, dass sie Sie reingelegt oder Ihnen während Ihrer Beziehung Informationen gestohlen hat, dann wäre Ihre Karriere zu Ende.«

Die Ader auf Drakes Stirn drohte inzwischen zu explodieren.

Josie schlug weiter in dieselbe Kerbe. »Sie hatten erwähnt, dass die Fotos nie veröffentlicht wurden. Was noch? Die Expertenmeinungen? Die Autopsieberichte?«

Seine Antwort kam so leise, dass Josie sich anstrengen musste, um ihn überhaupt zu hören. »Alles, alle Informationen, die wir hatten«, sagte er. »Verdächtige mit Alibis, der Ermittlungsverlauf, alles. Vermute ich jedenfalls. Sie hat Dinge erwähnt, die sie nur hätte wissen können, wenn sie sich Zugriff zu den Akten verschafft hat.«

»Darum ging es bei Ihrem Streit mit Trinity«, sagte Josie.

»Woher wussten Sie, dass wir uns gestritten haben?«

»Wegen unseres ersten Telefongesprächs. Sie dachten, ich wäre Trinity, und sagten: ›Ich habe es mir nicht anders überlegt‹. Sie haben nicht gefragt, wie es ihr geht, oder gesagt, dass es schön ist, von ihr zu hören. Was meinten Sie damit? Was haben Sie sich nicht anders überlegt?«

»Sie wollte, dass ich ihr helfe«, sagte Drake. »Sie wollte den Fall lösen.« Er senkte seinen Blick und ein schiefes Lächeln zog sich über sein Gesicht. »Was für eine Frau – sie dachte, sie könnte einen Fall lösen, in dem alle Spuren längst kalt sind, und einen Serienmörder finden, nach dem eine komplette Sondereinheit und das FBI jahrelang vergeblich gesucht haben.«

Josie musste nun ihrerseits ein Lächeln unterdrücken. »Natürlich dachte sie das. So ist Trinity einfach. Aber komplett abwegig ist es ja nicht. Manchmal kann ein neues Paar Augen den entscheidenden Unterschied machen. Denken Sie an die Bloggerin in Minnesota, die siebenundzwanzig Jahre nach seinem Verschwinden den Entführungsfall um Jacob Wetterling lösen konnte. Natürlich hat die zuständige Ermittlungsstelle sie dabei unterstützt, aber letztendlich war es ihre Ermittlungsarbeit, die die Behörden zum Täter geführt hat.«

Mettner fragte: »Wieso dachte Trinity, dass sie den Täter kontaktieren könnte? Was hat sie gesehen, was sonst niemand erkannt hat?«

»Das weiß ich nicht«, sagte Drake. »Sie wollte es mir nicht verraten.«

Typisch Trinity, so viel war klar. Sie hätte Drake nie ihr Geheimnis verraten, ohne irgendeine Art Absicherung, dass man sie nicht aus der Ermittlung ausschließen würde.

»Sie hatte eine Theorie entwickelt«, erklärte Drake. »Aber was das war, weiß ich nicht.«

»Aber sie hat Sie um Hilfe gebeten? Inwiefern?«, fragte Gretchen.

»Sie wollte den Mörder aus seinem Versteck locken und ich hätte ihn dann festnehmen sollen, so hat sie es mir präsentiert.« Er verdrehte die Augen. »Klang für mich nach einem waghalsigen Presse-Stunt, der aller Wahrscheinlichkeit nach komplett nach hinten losgegangen wäre.«

Noah sagte: »Dieses Risiko wollten Sie nicht eingehen.«

Drake drehte sich zu ihm. »So funktioniert das alles nicht. Das wissen Sie doch selbst. Sie hatte eine Spur oder eine Theorie? Dann hätte sie mir davon erzählen und mich den Rest übernehmen lassen sollen.«

Josie sagte: »So arbeitet Trinity aber nicht.«

»Was Sie nicht sagen.«

»Wie kam sie überhaupt dazu, sich so auf diesen Fall zu konzentrieren? Was war an diesem Mörder besonders?«, fragte Gretchen.

Drake rieb sich mit der Hand übers Gesicht. »Direkt nachdem wir zusammengekommen sind, hat sie sich live mit einem ihrer Korrespondenten gestritten. Das muss inzwischen um die vier

Monate her sein. Dieser Korrespondent hatte seine eigene Reihe über ungelöste Kriminalfälle. Jede Woche suchte er sich eine Region aus und gab einen Bericht über die Mörder in dieser Gegend, die nie gefasst worden waren. In der Woche, die ich meine, hat er über Mörder im Nordosten geredet, unter anderem eben über den Knochenkünstler. Seiner Meinung nach waren der Knochenkünstler und ein paar andere Mörder aus dieser Sendung einfach entweder tot oder in Haft und damit basta. Trinity schien das aber eine recht faule Argumentation zu sein. Sie war der Meinung, dass diese Serienmörder durchaus noch eine Bedrohung darstellen könnten, selbst wenn sie eine Zeitlang inaktiv waren. Sie sagte, dass manche dieser Mörder schlau genug sein könnten, um zu erkennen, wann sie eine Pause einlegen müssen, um einer Verhaftung zu entgehen. Na ja, sie war deswegen jedenfalls ganz aufgewühlt. Von Seiten des Senders hat sie deswegen wohl Ärger bekommen, obwohl die Zuschauer das super fanden. Die nannten sie eine ›knallharte Reporterin‹. Trotzdem war sie damals ganz schön durch den Wind. Wir haben beim Abendessen darüber geredet und sie hat mir den Clip aus der Sendung vorgespielt. Ich habe ihr verraten, dass die gängige Theorie derzeit tatsächlich ist, dass der Knochenkünstler entweder tot oder im Gefängnis ist. Sie hat mich gefragt, woher zur Hölle ich das weiß, und ich habe ihr erzählt, dass das mein Fall war.«

Josie hob eine Augenbraue. »Mag ja sein, dass Trinity an Ihnen hing, aber sie wäre doch nicht gar so besessen von der Akte eines Serienmörders geworden, nur weil es Ihr Fall war.«

»Tja, sie wurde aber trotzdem ganz besessen davon. Es ging ihr gegen den Strich, dass ich ihrer Theorie nicht zustimmen wollte. Ich glaube, sie wollte mir beweisen, dass ich falsch lag.«

»Anfangs vielleicht«, räumte Josie ein. »Aber je intensiver sie sich mit dem Fall beschäftigt hat, desto mehr hat sie sich selbst davon überzeugt, dass sie ihn lösen konnte. Und als sie dann nach ihrem Ausrutscher in der Sendung nach Denton verbannt wurde, dachte sie, sie könnte sich mit diesem Fall wieder ins Rampenlicht vorkämpfen.«

Mettner sagte: »Wissen Sie, wie sie mit dem Mörder in Kontakt treten wollte?«

»Keinen blassen Schimmer«, sagte Drake.

Noah fragte: »Auf welche Art hat der Knochenkünstler sich 2014 an die Presse gewandt?«

Drake sagte: »Mit Briefen.«

»Per Post geschickt?«, wollte Noah wissen.

Drake erwiderte: »Nein, sie hatten keine Poststempel. Wir sind uns immer noch nicht sicher, wie er es geschafft hat, seine Briefe in die Posträume der Sender zu schmuggeln, aber dort gehen ständig viel zu viele Menschen ein und aus, um nach geschehener Tat noch Verdächtige festzunageln.«

»Hat er auch Pakete abgeliefert?«, fragte Josie.

»Nein.«

»Aber er hat seine Briefe persönlich abgeliefert, ohne dass ihn irgendwer gesehen oder bemerkt hätte«, konstatierte Josie.

Drake nickte.

Noah sagte: »Der Knochenkünstler hat Trinity entführt.«

Drake lächelte. »Das halte ich für komplett unmöglich. Das Ganze war nur eine abwegige Theorie, der sie hinterhergerannt ist. Darum geht es mir auch gar nicht. Ich bin nur besorgt, weil ihr Entführer nun Zugriff auf eine ganze Menge vertraulicher Informationen hat.«

Gretchen informierte ihn: »Lieutenant Fraley hat recht, Agent Nally. Der Knochenkünstler hat Trinity entführt.«

»Der Knochenkünstler ist tot«, widersprach Drake.

Mettner zog sein Handy aus der Tasche, tippte und scrollte darauf herum und hielt es Drake schließlich unter die Nase. »Dieses Bild wurde heute Morgen aufgenommen, hinter einer Hütte, die Trinity gemietet hatte.«

Drake starrte das Foto an und jegliche Farbe wich aus

seinem Gesicht. »Mein Gott«, murmelte er. »Das ist doch ... das kann nicht wahr sein. Das ist unmöglich.«

»Denken Sie, es handelt sich um einen Nachahmungstäter?«, fragte Noah.

»Nein, ich ... ich ...«, stammelte Drake. »Garantiert nicht. Die Öffentlichkeit hat nie erfahren, wie diese Knochenarrangements genau aussahen. Das wusste außer den Polizisten vor Ort und der Sondereinheit niemand.«

Josie sagte: »Dann hat er sie entführt. Er hat sie in seiner Gewalt.«

Drake rieb sich mit den Händen übers Gesicht und fand wieder etwas Beherrschung. »Womit hat er die Knochen befestigt?«

Mettner sagte: »Zeltheringe und Angelschnur. Unser Spurensicherungsteam hat die Zeltheringe bereits untersucht. Es handelt sich um eine ganz gewöhnliche Marke von Walmart. Kann man im ganzen Land kaufen. Die Angelschnur kann aus jedem beliebigen Angelladen kommen.«

»Mein Gott«, wiederholte Drake. »Ist das ... ist das dort ...«

»Das ist nicht Trinity«, sagte Noah. Er berichtete Drake alles, was sie bereits über Nicci Webb und ihr Verschwinden erfahren hatten.

»Aber das passt nicht«, überlegte Drake. »Siebzehn Tage – er hat noch nie eines seiner Opfer nach nur siebzehn Tagen ausgelegt, immer erst nach dreißig Tagen. Und er soll Trinity *und* Webb entführt haben? Das passt überhaupt nicht zu seinem Muster.«

»So ist es aber passiert«, bestätigte Noah.

»Wir müssen alle Ihre Akten durchgehen«, sagte Gretchen zu Drake. »Wir müssen alle Informationen haben, die Trinity hatte, um herauszufinden, wie sie ihn kontaktiert hat. Wenn wir das herausfinden, können wir vielleicht auch ihn finden.«

»Können Sie uns alles besorgen, was wir brauchen?«, fragte Josie.

Mettner ergänzte: »Wir schicken auch eine offizielle Anfrage raus.«

»Die Knochenkünstlerakte gehört mir. Sie wurde mir als ungelöster Fall zugewiesen, nachdem der zuvor dafür zuständige FBI-Agent in Rente ging. Ich kann Ihnen alle Informationen liefern, die Sie brauchen.«

»Vielen Dank«, sagte Josie.

»Aber eines müssen Sie verstehen«, fügte er hinzu. »Laut Ihrer Aussage ist Trinity vor drei Wochen verschwunden. Wenn er sie entführt hat ... also, sein Muster scheint sowieso komplett durchbrochen zu sein, ganz klar, so wie er mit dieser Nicci Webb umgegangen ist, aber trotzdem, also dieser Typ legt die Überreste seiner Opfer immer nach dreißig Tagen aus. Es kann sein, dass sie schon ...«

»Das wissen wir«, unterbrach Noah ihn. »Doch das ändert überhaupt nichts. Egal was passiert, wir werden all unsere Energie darauf richten, diesen Mann zu finden.«

NEUNUNDZWANZIG

»Erzählen Sie uns alles, Punkt für Punkt«, forderte Mettner Drake auf. »Den kompletten Fall.«

Drake blickte in die Runde. »So viel Zeit haben wir nicht.«

»Dann fassen Sie es zusammen«, sagte Noah. »Am besten beginnen Sie mit dem, was Sie wissen und was Trinity womöglich erfahren haben könnte. Je schneller wir herausfinden, was sie wusste, desto schneller können wir sie und den Knochenkünstler finden.«

Drake blickte zu Noah und zog eine Augenbraue hoch. »Ich will Ihnen ja nicht zu nahe treten, aber wir suchen seit zehn Jahren nach diesem Mann. Haben Sie eine Vorstellung davon, wie viele Ermittler und andere Experten schon über dieser Akte saßen? Und Sie denken, ich muss Ihnen nur einen Vortrag über den Inhalt der Akte halten und dann werden Sie den Fall schon lösen können? Wo das vorher noch sonst niemand geschafft hat?«

Gretchen sagte: »Wieso denn nicht? Trinity scheint ja genug herausgefunden zu haben, um Kontakt mit dem Mörder aufnehmen zu können.«

»Außerdem könnten die Erkenntnisse unserer Spurensicherung zu Trinitys Entführung und dem Mord an Nicci Webb ebenfalls hilfreiche Spuren liefern«, fügte Mettner hinzu.

Drake schüttelte den Kopf. Mit den Fingern seiner rechten Hand trommelte er auf dem Tisch herum. »Sie denken, dass Ihr Team etwas finden könnte, was dem Federal Bureau of Investigation entgangen ist?«

Josie stand auf, sammelte die Überreste der Akte vor Gretchens Platz zusammen, ging zu Drake hinüber und knallte sie vor ihm auf den Tisch. Er zuckte kaum merklich zusammen, doch Josie entging seine Reaktion nicht. Sie lehnte sich zu ihm, bis ihr Gesicht nur wenige Zentimeter von seinem entfernt war. »Ich denke, dass Sie mit jeder Sekunde, die Sie unsere Kompetenz anzweifeln, eine Sekunde verschwenden, in der wir nach meiner Schwester hätten suchen können. Es ist mir völlig egal, wie lange Sie schon nach diesem Mörder suchen, wie viele Leute auf der Suche nach ihm bereits gescheitert sind. Wir haben hier und jetzt einen Fall zu lösen. So einfach ist das. Es gibt Unmengen an Arbeit zu erledigen und wenn Sie uns nicht helfen wollen, dann schlage ich vor, dass Sie jetzt sofort Ihren Mund halten und aus meinem Polizeirevier verschwinden. Ich werde mich an Ihre Vorgesetzte wenden. Sie wäre bestimmt gerne bereit, uns nach allen Möglichkeiten zu unterstützen.«

Josie trat einen Schritt zur Seite und deutete mit ausgestrecktem Arm zur Tür. Drake stand langsam auf und strich den Kragen seiner Anzugjacke glatt. »Sie sind genau wie sie«, sagte er leise.

Er griff nach der Akte und ging an ihr vorüber, allerdings nicht Richtung Tür. Stattdessen ging er um den Tisch herum zu dem großen Whiteboard am anderen Ende des Zimmers. Dort legte er die Akte auf den Tisch und klappte sie auf, um die verschiedenen Dokumente darin zu verteilen. Er deutete auf die vier Stapel, die Gretchen fein säuberlich vor sich aufgetürmt hatte. »Könnte ich die auch haben?«

Sie schob sie zu ihm rüber. Er nahm den Whiteboard-Stift

in die Hand und entfernte die Kappe, dann begann er, Daten, Namen und knappe Notizen aufzulisten und gleichzeitig zu erklären.

»Bis zu seinem dritten Opfer war uns nicht klar, dass es sich um Serienmorde handelte. Die ersten beiden Fälle waren daher von regionalen Polizeirevieren bearbeitet worden. Die Verbindung zwischen diesen Fällen wurde erst direkt vor dem Verschwinden des dritten Opfers entdeckt.«

Mit dem Stift tippte Drake gegen das Whiteboard, wo er Anthony Yanetti, 2008, notiert hatte. »Lkw-Fahrer. Einundvierzig Jahre alt. Verheiratet, ein Kind. Er hat in Newtown, Pennsylvania gelebt.«

»Das ist im Südosten Pennsylvanias, nicht wahr?«, fragte Mettner.

»Genau«, sagte Josie. »Nur ein paar Stunden Autofahrt von hier.«

Drake fuhr fort: »Er hat Möbellieferungen für einen Laden in seiner Region ausgefahren. Er war gerade auf Tour. Um elf Uhr hatte er einen Termin, den er wahrgenommen hat, dann hat er sich auf den Weg zum nächsten Kunden gemacht, dort ist er allerdings nie erschienen. Der Kunde hat im Laden angerufen, um sich zu beschweren, weil seine Lieferung nicht kam. Niemand konnte den Fahrer erreichen und ein paar Stunden später wurde sein Lkw auf einer Landstraße außerhalb Newtowns gefunden. Der Schlüssel steckte im Zündschloss, Geldbeutel, Handy, Mittagessen lagen alle noch im Lkw. Es war, als wäre er einfach rechts rangefahren, ausgestiegen und nicht zurückgekommen. Dreißig Tage später hat ein Mitarbeiter eines Schrottplatzes in King of Prussia in einem der Hinterhöfe seine Knochen gefunden. King of Prussia liegt etwa fünfundfünfzig Kilometer von dort entfernt, wo Anthony Yanetti verschwunden ist und wo der Fall dann auch als Mord untersucht worden ist. Sie konnten sein Skelett anhand zahnärztlicher Unterlagen identifizieren.«

Drake griff nach einem der Fotostapel und reichte die Bilder herum. Darunter waren auch Nahaufnahmen der einzelnen Knochengruppen, Bilder, wie Josie und Noah sie auch an Trinitys Wand hatten hängen sehen.

Noah sagte: »Vorhin haben Sie erwähnt, dass der Mörder immer alle zwei Jahre zuschlug. War das immer auf den Tag genau? Und waren es zwei Jahre ab dem Zeitpunkt der Entführung oder ab Entdeckung des Knochenarrangements?«

Drake zeichnete einen Pfeil zwischen Anthony Yanetti und Terri Abbott. »Die Opfer wurden immer im März entführt und ihre Knochen wurden im April entdeckt, meist Anfang April. Also zwei Jahre auf den Monat genau.«

Josie versuchte, das Schaudern zu unterdrücken, das von ihrem Körper Besitz ergreifen wollte. Es war schon fast April. »Die genauen Daten spielen also keine Rolle?«, fragte sie.

»Es scheint so, ja. Er legt die Knochen nicht immer am fünfzehnten April aus oder so etwas in der Art. Terri Abbott war achtundzwanzig, eine Kindererzieherin aus Pittsburgh. Sie war bei einem Vorbereitungsspiel der Pittsburgh Pirates gewesen und auf dem Weg nach Hause, zu Fuß. Die letzte Person, die mit ihr gesprochen hat, war ihre Mitbewohnerin. Sie hatte sie unterwegs angerufen und dabei erwähnt, dass sie gerade die Roberto-Clemente-Brücke überquert hat.«

Mettner fragte: »Konnten Sie sie auf irgendwelchen Überwachungskameras entdecken?«

Drake schüttelte den Kopf. »Dafür war viel zu viel los. Es waren zu viele Leute unterwegs, wir konnten sie nicht aus der Masse herauspicken. Ihr Handy und ihre Handtasche wurden auf der anderen Seite der Brücke im Rinnstein gefunden, wir vermuten also, dass sie es noch bis ans andere Ufer geschafft hat.«

Josies Kehle war wie ausgedörrt. »Und dreißig Tage später ...«

»Wurden ihre Knochen auf dem Parkplatz einer stillgelegten Stahlfabrik in einem Außenbezirk Pittsburghs gefunden. Irgendeine Organisation hatte das Gelände gekauft und es gab Pläne, dort eine Kunstinstallation aufzustellen. Im Zuge dessen wurden ihre Knochen entdeckt.«

Gretchen runzelte die Stirn. »Wie kann er denn sicherstellen, dass die Knochen genau dreißig Tage später gefunden werden, wenn er sie an solch abgelegenen Orten zurücklässt?«

»Dank persönlich abgelieferter Botschaften.« Drake blätterte in der Akte herum, bis er zwei Fotos darin fand. Auf beiden war ein normales Blatt weißes Papier zu sehen, auf dem eine handschriftliche Nachricht stand, geschrieben in derselben Blockschrift wie auf dem Päckchen, das Trinity erhalten hatte. Auf einem Blatt stand nur:

Bitte gehen Sie sofort in den Hinterhof, es ist dringend.

Die andere Botschaft war etwas ausführlicher:

Bei der Stahlfabrik ist ein Problem aufgetreten. Das mit der Kunstinstallation wird so nicht funktionieren. Bitte überprüfen Sie unverzüglich den Parkplatz der Fabrik.

Josie und ihr Team reichten die Fotos herum, während Drake fortfuhr: »Die erste Nachricht hat er an die Bürotür des Schrottplatzes geklebt, nachts, wahrscheinlich direkt nachdem er die Knochen arrangiert hat. Zu dem Zeitpunkt hatte der Besitzer keine Kameras, die zu den Hinterhöfen zeigten. Die zweite Botschaft hat er dem Künstler in den Briefkasten gesteckt, dessen Installation bei der Fabrik hätte aufgestellt werden sollen.«

Noah fragte: »Sie konnten auf dem Papier keine Fingerabdrücke entdecken?«

»Nein, gar nichts. Wir haben das verwendete Papier analysiert und auch die Tinte. Jedes noch so kleine Detail. Nichts davon hat uns weitergebracht. Das ist eben genau das Problem. Er hinterlässt absolut nichts.«

»Bis auf die Knochen«, sagte Josie.

»Klar. Aber sonst, nichts. Keine einzige Kamera hat ihn je aufgezeichnet. Er hinterlässt keine Fingerabdrücke, keine Schuhabdrücke, keine Reifenspuren, keine DNA. Er ist wie ein Gespenst.«

DREISSIG

»Meine Schwester wurde aber nicht von einem Gespenst entführt«, sagte Josie. »Wir haben da noch etwas. Einen Kamm.«

Drake zog skeptisch eine Augenbraue hoch. »Wie bitte? Einen Kamm? Woher wissen Sie, dass der von ihm ist?«

Noah sagte: »Er hat ihn an Trinity adressiert und in unseren Briefkasten gesteckt.«

Mettner zog wieder sein Handy hervor und suchte nach dem Foto von dem Kamm, welches Josie ihm vorhin geschickt hatte. »Wir vermuten, dass der Kamm aus Knochen gefertigt ist. Es kann einfach kein Zufall sein, dass Trinity bis über beide Ohren in diesen Fall vertieft war und dann dieses anonyme Päckchen erhalten hat.«

Drake starrte das Foto an. »Das kann nicht Ihr Ernst sein.«

»Wo soll dieser Kamm denn sonst herkommen?«, fragte Josie.

Mettner suchte nun das Foto des Päckchens heraus.

Drake fragte: »Haben Sie das alles ins Labor geschickt?«

»Selbstverständlich haben wir das«, entgegnete Gretchen.

»Sie werden darauf nichts finden. Er ist einfach zu vorsichtig. Auf dem Kamm werden Sie auch nichts finden.«

Josie sagte: »Wenn unsere Vermutung stimmt und der Kamm aus Knochen gefertigt ist, müssen wir wissen, wessen Knochen das sind. Wir können DNA-Tests durchführen und die Ergebnisse durch die CODIS-Datenbank des FBI jagen.«

»Das wird Ihnen auch nicht dabei helfen, diesen Mann zu finden«, sagte Drake ablehnend.

Josie stellte sich seinem Blick. »Haben bei den vier Opfern in dieser Akte irgendwelche Knochen gefehlt?«

»Nein, aber ...«

»Das heißt, dass dieser Mann noch andere Opfer ermordet haben könnte, Opfer, von denen wir noch nicht mal wissen. Außerdem haben wir nun ein neues Opfer. Der Mord an Nicci Webb und Trinitys Entführung könnten uns genug Hinweise liefern, um diesen Mörder endlich zu finden.«

»Er hinterlässt nie Hinweise«, hielt Drake dagegen.

»Und doch können wir diese Möglichkeit nicht ignorieren«, sagte Josie.

Drake blieb ihr eine Antwort schuldig und schließlich sagte Mettner: »Sie hatten das dritte Opfer erwähnt, Kenneth Darden. Er ist 2012 aus Paoli verschwunden und dreißig Tage später wurden seine Knochen in Philadelphia entdeckt.«

»Genau«, erwiderte Drake und wandte seinen Blick von Josie ab, um sich wieder der Zusammenfassung der Knochenkünstlerakte zu widmen. »Er hat die Knochen an einem recht öffentlichen Ort zurückgelassen, deshalb gab es diesmal keine Nachricht.«

»Stimmt«, sagte Gretchen und tippte auf ein Foto, das Dardens Knochen am Ufer eines Flusses zeigte. »In dieser Gegend am Ufer des Schuylkill River ist immer viel los. Jogger, Fahrradfahrer, Spaziergänger, Kajakfahrer, Obdachlose. Alle möglichen Leute. Und damals gab es da auch noch keine Kameras, der Ort war also schlau gewählt.«

Drake sagte: »Jemand hat die Polizei deswegen schon um fünf Uhr dreißig morgens angerufen.«

Die Tür zum Besprechungszimmer öffnete sich und sie drehten sich alle um. Hummel stand im Türrahmen, mit einem Laptop in der Hand. »Boss«, sagte er, an Josie gewandt. »Ich dachte mir, den hättest du bestimmt gern. Trinitys Laptop.«

»Danke, Hummel«, sagte Josie. Sie nahm den Laptop entgegen und setzte sich wieder. An Mettner und Gretchen gewandt fragte sie: »Habt ihr unter ihren Daten irgendwelche Dokumente zum Knochenkünstlerfall gefunden?«

»Nein«, erwiderte Mettner. »Keine große Überraschung, nach dem, was uns ihre Assistentin erzählt hat. Wenn Trinity sich solche Sorgen gemacht hat, dass ihr jemand ihre Story wegnehmen könnte, hätte sie bestimmt keine Notizen auf ihrem Laptop zurückgelassen.«

»Ich guck mal in ihre E-Mails«, sagte Josie, öffnete den Laptop und schaltete ihn ein.

»Entschuldigen Sie die Unterbrechung«, sagte Mettner zu Drake. »Bitte, erzählen Sie uns doch, was Sie über das vierte Opfer wissen.«

Drake nickte und fuhr fort: »Das vierte Opfer war Robert Ingram, ein siebenunddreißigjähriger Börsenmakler aus East Stroudsburg. Das liegt ganz oben im Osten Pennsylvanias. Seine Frau hat ihn zum Bahnhof gefahren, er musste für ein Meeting am selben Tag nach New York City. Er hat es allerdings nie ins Innere des Bahnhofgebäudes geschafft. Dreißig Tage später wurden seine Knochen auf dem Messegelände in Bloomsburg entdeckt.«

Der Bildschirm des Laptops sprang an und zeigte ein Bild einer Villa im französischen Stil. Die Kamera des Laptops begann, für die Anmeldung per Gesichtserkennung nach Trinity zu suchen. Josie lehnte sich vor und hielt ganz still. Die Kamera zoomte an ihr Gesicht heran, dann verschwand das

Anmeldungsfenster. Stattdessen stand dort *Herzlich willkommen, Trinity Payne,* bevor der Startbildschirm erschien.

Mettner sagte: »East Stroudsburg? Das ist ja fast hundertsechzig Kilometer von Bloomsburg entfernt. Warum ist er so weit gereist?«

»Das wissen wir nicht«, gab Drake zu. »Wir konnten kein Muster darin erkennen, an welchen Orten er die Knochen zurücklässt.«

»Nur, dass es sich immer um Orte ohne Kameras handelt«, sagte Noah. »Ich war mal auf dem Messegelände in Bloomsburg. Wenn dort kein Event ist, ist das Gebiet wie ausgestorben. Es gibt dort keine Kameras und das Gelände ist ziemlich groß. Wurde hier auch wieder eine Nachricht hinterlassen, damit jemand die Knochen finden konnte?«

»Nein. Er hat sie in einem Teil des Messegeländes ausgelegt, der von Route 11 beziehungsweise der Überführung zu Route 42 gut sichtbar war. Jemand hat die Knochen entdeckt, kaum dass die Sonne aufgegangen war.«

Trinitys Bildschirmhintergrund zeigte ein Foto der Payne-Familie vor dem Weihnachtsbaum. Josie erkannte das Foto als eines, das sie alle zusammen im vorigen Jahr aufgenommen hatten, vor nur etwa vier Monaten. Der Anblick des Fotos versetzte ihr einen Stich. Sie hielt es ebenfalls in Ehren, es hing eingerahmt in ihrem und Noahs Wohnzimmer. Sie öffnete Trinitys E-Mail-Programm und ging ihren Posteingang durch, wobei sie weiterhin der Diskussion zwischen ihrem Team und Drake zum Thema Knochenkünstler lauschte.

Gretchen sagte: »Okay, also das heißt, dieser Typ ist vorsichtig genug, um sich nicht von Kameras aufzeichnen zu lassen, wenn er Leute entführt, und ihre Überreste legt er mit Bedacht dort aus, wo es keine Kameras gibt. Aber dann geht er das Risiko ein, Nachrichten abzuliefern. Er legt die Knochen immer im April aus, genau dreißig Tage, nachdem er seine Opfer entführt hat, aber die Orte, an denen er die Knochen auslegt, scheinen komplett willkürlich ausgewählt zu sein. Schließlich hat man die ersten drei Opfer mehr oder weniger in der Nähe ihres Entführungsorts gefunden, aber das letzte Opfer war sehr weit davon entfernt.«

»Und was ist mit den Opfern selbst?«, fragte Noah. »Irgendwelche Gemeinsamkeiten? Kannten sie sich untereinander, hatten sie gemeinsame Freunde oder Bekannte?«

Drake schüttelte den Kopf. »Nein, nichts davon.« Er blätterte weitere Fotos der Akte durch, bis er Fotos von jedem der Mordopfer gefunden hatte. Alle davon sahen so aus, als wären sie von Profilen der Opfer in den sozialen Medien heruntergeladen worden. »Sie hatten nichts gemeinsam, keine Freunde, Familie, Bekannten. Beruflich auch nicht. Sie sehen sich nicht mal ähnlich, abgesehen davon, dass sie alle Weiße sind. Wir haben sogar ihre medizinischen Vorgeschichten miteinander verglichen. Nichts. Wir vermuten, dass er seine Opfer danach auswählt, wie leicht er an sie rankommt. Wenn er eine Chance sieht, jemanden ohne Kameras oder Zeugen mitzunehmen, dann schlägt er zu. Oder wie in Terri Abbotts Fall, wenn so viele Menschen unterwegs sind, dass niemand es merkt, wenn sie mit ihm davonläuft.«

»Heißt also, er ist nicht wählerisch«, sagte Mettner. »Er hat keinen bestimmten Opfertyp.«

In Trinitys E-Mails wies nichts darauf hin, dass sie Nicci Webb gekannt haben könnte oder jemals mit ihr in Kontakt getreten war. Auch sonst fand Josie in den E-Mails nichts Ungewöhnliches, nichts Alarmierendes. Alles drehte sich nur um die Arbeit. Es gab da drei E-Mails, die vor drei Monaten zwischen Trinity und ihrer Assistentin hin und her gegangen waren. Sie hatte Jaime gefragt, ob der Sender jemals über ungelöste Serienmorde berichtet hatte. Jaime hatte ihr daraufhin Links geschickt zu Berichten über den Zodiac-Killer, den Alphabet-Killer, die Tylenol-Morde und den Mörder, den alle als Freeway-Phantom bezeichneten. Es sah so aus, als hätte

Trinity von diesen Links nur den zum Alphabet-Killer ange-klickt, also klickte Josie diesen Link ebenfalls an. Das Video des Sendeausschnitts schaltete sie sofort stumm, aber sie überflog schnell die ebenfalls verfügbare Mitschrift des gezeigten Berichts. Diese Morde hatten in den Siebzigerjahren in Rochester im Bundesstaat New York stattgefunden. Vor- und Nachnamen der drei Opfer begannen jeweils mit demselben Buchstaben. Josie konnte sehen, dass Trinity diese Website nur ein einziges Mal besucht hatte. In ihrem Suchverlauf fand sie keine weiteren Links zum Alphabet-Killer, nur ein paar zum Knochenkünstlerfall und noch einige zu Artikeln über den Mord an Codie Lash. Josie setzte ihre blinde Suche in Trinitys E-Mail-Fach fort. Die E-Mails zwischen ihr und ihrer Assis-tentin bezüglich der persönlichen Gegenstände von Codie Lash waren genau so, wie Jaime sie ihnen beschrieben hatte. Kein Hinweis darauf, warum Trinity Interesse an diesen Gegen-ständen gehabt hatte.

Josie seufzte und klappte den Laptop wieder zu. Sie hatten absolut nichts in der Hand.

Josie wandte ihre Aufmerksamkeit wieder voll Drake und ihrem Team zu, welche immer noch dabei waren, die Akte des Knochenkünstlers durchzugehen. Noah sagte: »Außerdem hat er sein Muster auch geografisch aufgebrochen. Drei seiner Opfer stammen aus dem Osten Pennsylvanias, eines aus dem Westen. Was könnte der Grund dafür sein?«

Drake sagte: »Das wissen wir einfach nicht.«

Josie dachte an die Post-it-Zettel, die sie im Gästezimmer erspäht hatte, bevor Trinity sie alle von den Wänden reißen konnte. *Zwangsstörung? Symmetrie? Gespiegelte Morde?* Sie sagte: »Sind Sie absolut sicher, dass es im Westen Pennsylvanias nicht noch weitere Morde des Knochenkünstlers gab?«

»Ganz sicher«, erwiderte Drake.

Trinity hatte in den Informationen nach Mustern gesucht, genau wie sie es jetzt taten. Als ob er ihre Gedanken gelesen hätte, fragte Noah: »Dieser Mord in Pittsburgh, das war eine Ausnahme, eine Frau. Die anderen drei Opfer sind männlich. Unser Opfer von heute war wieder eine Frau. Ist es nicht normalerweise so, dass Serienmörder bei einem bestimmten Typ Opfer bleiben?«

»Es gibt immer Ausnahmen zur Regel, aber ja, normalerweise haben Serienmörder einen ganz bestimmten Opfertyp.«

»Also dann, warum?«, fragte Josie. »Warum ist er bis ans andere Ende des Staates gefahren, um sich sein nächstes Opfer auszusuchen, und warum hat er dann eine Frau ausgewählt? Zu dem Zeitpunkt kann es ja nicht mal ein Nachahmungstäter gewesen sein, da Sie noch gar nicht wussten, dass es sich um einen Serienmörder handelt.«

Drake sagte: »Das stimmt. Terri Abbott war sein zweites Opfer. Wir vermuten, dass er vielleicht vorhatte, sich im Zick-Zack durch den Bundesstaat vorzuarbeiten und zwischen Männern und Frauen zu wechseln, aber aus irgendeinem Grund hat er als viertes Opfer Robert Ingram gewählt, also einen Mann statt einer Frau.«

»Was könnte ihn dazu verleitet haben, von seinem Muster abzuweichen?«, hakte Josie nach.

»Vielleicht privater Stress«, schlug Drake vor. »Oder vielleicht musste er seinen Plan ändern, um sicherzustellen, dass er nicht erwischt wurde. Vielleicht war Ingram ein leichteres Opfer. Vielleicht hatte er vor, wieder in den Westen zu fahren, aber irgendetwas hielt ihn davon ab und er musste hier im Osten nach einem Opfer suchen. Wir haben keine Möglichkeit, mit Sicherheit herauszufinden, warum er von seinem Muster abgewichen ist. Falls sein Muster denn tatsächlich darin lag, abwechselnd Männer und Frauen zu ermorden, abwechselnd aus dem Osten und dem Westen.«

»Wir gehen nur davon aus, dass er einem Muster folgt, weil er sich so starr an das mit den dreißig Tagen hält«, warf Mettner ein. »Aber alterstechnisch sind die Opfer ganz unterschiedlich. Sie kommen aus unterschiedlichen sozialen Schichten. Manche haben Kinder, manche nicht.«

»Völlig richtig«, sagte Drake. »Für jedes Muster, das wir in seinem Verhalten erkennen, gibt es wiederum andere Dinge, die überhaupt keinem Muster folgen. Die einzigen Gemeinsamkeiten zwischen den Fällen liegen darin, wie die Opfer sich bei ihrer Entführung förmlich in Luft auflösen und dass ihre Knochen dann auf diese Art arrangiert genau dreißig Tage später gefunden werden.«

Mettner sagte: »Die Tatsache, dass er auch dieses Muster mit dem Mord an Nicci Webb durchbrochen hat, könnte ein Versuch sein, uns in die Irre zu führen.«

Noah fragte: »Gab es je irgendwelche brauchbaren Tatverdächtigen?«

Drake zog einen weiteren Bericht aus der Akte. »Kurz gesagt: Nein.«

»Wie kann das denn überhaupt möglich sein?«, fragte Mettner.

Drake antwortete nicht. Stattdessen sagte er: »Wir haben uns bei der Suche auf folgende Berufsgruppen konzentriert: Bestatter, orthopädische Chirurgen, Jäger, Tierpräparatoren, Anthropologen, Archäologen, Orthetiker, Prothetiker, Künstler und Kunststudenten im Osten des Bundesstaates. Wir haben sogar einen Blick auf verschiedene Rechtsmediziner geworfen. Dabei haben wir natürlich einige komische Vögel gefunden, aber niemanden, der für diese Morde tatverdächtig schien.«

»Was ist mit Ornithologen?«, fragte Josie.

»Wie bitte?«, sagte Drake.

»Ornithologen. Vogelexperten.«

Drake starrte sie an.

Noah sagte: »Sie haben erwähnt, dass der Mörder aasfressende Vögel einsetzt, um den Verwesungsprozess zu beschleunigen. Würde doch Sinn ergeben, wenn es jemand wäre, der sich mit Vögeln auskennt.«

»Aasfressende Vögel gibt es hier überall«, wendete Drake ein. »Allein auf dem Weg hierher habe ich bestimmt zwei Dutzend Schwärme davon gesehen, die sich an irgendwelchen überfahrenen Tieren sattgefressen haben. Man muss kein Vogelexperte sein, um zu verstehen, wie aasfressende Vögel funktionieren.«

»Wäre trotzdem einen Versuch wert«, sagte Gretchen.

»Haben Sie auch Tierärzte oder Tierarztassistenten überprüft?«, fuhr Josie fort.

»Wieso das denn?«, fragte Drake.

»Na, offensichtlich haben Sie das mit dem Bezug zu Knochen überprüft, was ja Sinn ergibt. Sie haben nach Leuten gesucht, die mit Knochen arbeiten, mit ihnen in Berührung kommen oder die einfach ein Interesse an Knochen haben könnten. Sie haben Künstler überprüft, weil dieser Typ denkt, er sei Künstler. Aber dabei kamen keine Verdächtigen ans Licht. Nun wissen Sie aber auch, dass er Tiere einsetzt, um den Verwesungsprozess zu beschleunigen, also wäre der nächste logische Ansatzpunkt, Leute zu überprüfen, die mit Tieren arbeiten.«

»Wir haben Jäger und Tierpräparatoren überprüft«, wiederholte Drake.

Josie sagte: »Sehr sinnvoll. Was ist mit Zoomitarbeitern? Oder Leuten im Forstamt? Das sind schließlich diejenigen, die für den Umgang mit Wildunfällen zuständig sind und für die Beseitigung der Kadaver.«

Drake antwortete nicht.

Mettner machte sich auf seinem Handy eine Notiz. »Wir werden auch diese Gruppen untersuchen.«

»Was ist mit ausgedehntem Grundbesitz?«, fragte Josie. »Er braucht ein großes Grundstück, auf dem er eine Leiche tagelang, vielleicht sogar wochenlang draußen liegen lassen kann, damit die Geier sich daran zu schaffen machen können, ohne dass es Aufmerksamkeit erregt.«

Drake zog einen Stapel Dokumente aus der Akte und schob sie über den Tisch. »Das sind Unterlagen zu all den Grundbesitzern, die wir überprüft haben. Wir sind den halben Staat durchgegangen. Nichts Verdächtiges dabei.«

Josie erinnerte sich an eines der Dokumente, das sie bei Trinitys Unterlagen gesehen hatte, während diese das Gästezimmer ausräumte. »Wie steht es mit einem psychologischen Profil?«

Drake blätterte die verbliebenen Dokumente in der Mappe durch, bis er den entsprechenden Bericht fand. »Weiß, männlich, Mitte bis Ende dreißig. Basierend darauf, mit welcher Raffinesse er seine Morde durchgeführt hat. Er war in der Lage, erwachsene Menschen zu entführen, ohne Spuren zu hinterlassen oder von Kameras aufgezeichnet zu werden; er war in der Lage, den Verwesungsprozess der Leichen mithilfe von Aasfressern zu beschleunigen, ohne Aufmerksamkeit zu erregen; und nicht zuletzt konnte er ihre Überreste aufwendig arrangieren, ohne dabei erwischt zu werden. Wir sind zudem der Meinung, dass er höhere Bildung irgendeiner Art genossen hat. Denn wir sollten uns keinen Illusionen hingeben, dieser Kerl ist schlau. Wahrscheinlich liegt sein IQ über dem Durchschnitt. Vermutlich kann er sich sozial völlig unauffällig verhalten, aber er ist ein Einzelgänger. Andere Menschen gehen ihm vermutlich auf die Nerven.«

»Wieso das?«, fragte Noah.

»Er hat ein überaus aufgeblähtes Ego«, merkte Josie an.

Drake nickte. »Ganz genau.«

»Woran machst du das fest?«, fragte Mettner sie.

Josie sagte: »Weil er sich unbedingt an die Presse wenden musste. Das Morden allein war ihm nicht genug. Er wollte, dass die Leute verstehen, wie schlau, wie gerissen er ist, wie raffiniert. Er wollte, dass alle wissen, dass er damit durchgekommen ist.«

»Das ist genau, was unsere Profilerstellerin auch vermutet hat«, bestätigte Drake.

Gretchen sagte: »Diese Nachrichten, die er den Reportern geschickt hat, zeigen, dass er kontrollieren will, wie seine Geschichte erzählt wird. Vor allem die Tatsache, dass er auf dem Namen Knochenkünstler bestanden hat, anstelle von Knochenkiller.«

»Dass er sich selbst als eine Art Künstler sieht, passt definitiv zu einem aufgeblähten Ego«, stimmte Mettner zu.

Noah fragte: »An welche Journalisten hat er sich genau gewandt?«

Drake antwortete: »An eine Handvoll Moderatoren der Morgenshows verschiedener Sender.«

»Also an Leute mit demselben Job wie Trinity«, meinte Gretchen. »Zumindest bis zu ihrem Fauxpas.«

»Genau«, sagte Drake. Er durchsuchte die Akte erneut, bis er ein großes, farbiges Foto fand. Er schob es über den Tisch, damit sie es alle sehen konnten. Schwarze Buchstaben in Blockschrift auf einem Blatt Kopierpapier, die Handschrift dieselbe wie auf Trinitys Päckchen und den Botschaften, mit denen der Killer Zeugen zur Stahlfabrik und auf den Schrottplatz gelockt hatte. Gretchen rückte ihre Lesebrille zurecht und las laut vor:

Meine Damen und Herren,

hier spricht der Mörder, den Sie als Knochenkiller bezeichnen. Ich kann nicht abstreiten, dass ich Böses getan habe. Der Teufel, der in mir lebt, ist unendlich stark geworden. Nicht mal ich selbst kann ihn noch aufhalten. Die Polizei kann ihn nicht aufhalten. Sie haben mich nicht gefunden, sie werden mich nie finden. Es gibt niemanden, der intelligent genug ist, um dem Ganzen ein Ende zu setzen. Mein Teufel langweilt sich inzwischen. Er sucht nach einem neuen Spiel. Ich lade Sie ein, mit ihm zu spielen. Möchten Sie ein Leben retten? Dann geben Sie mir in einer Live-Sendung ein Signal. Das nächste Opfer ist bereit. Werden Sie es retten?

Auf Ihre Entscheidung zwischen Leben und Tod wartet gespannt der Knochenkünstler

Mettner stieß ein langgezogenes Pfeifen aus. »Will der Kerl uns damit mitteilen, dass er nicht mehr alle Tassen im Schrank hat?«

»Das wohl kaum«, sagte Drake. »Männer wie dieser stellen es gerne so dar, als hätten sie die Kontrolle verloren oder als hätte irgendeine Art übernatürliche Kraft von ihnen Besitz ergriffen. Es ist, wie Detective Palmer es gesagt hat, sie wollen kontrollieren, wie wir ihre Geschichte erzählen. Sie tun so, als wären all die abscheulichen Dinge, die sie anderen antun, das Werk irgendeines Monsters, einer bösen Kraft, um selbst sympathischer zu wirken, vielleicht sogar unschuldig. ›Ich habe das nicht getan, es war der Teufel.‹ H. H. Holmes, ein Serienmörder im Chicago der Achtzigerjahre, behauptete, er hätte den Teufel in sich – genau wie dieser Kerl hier auch. Dennis Rader, der BTK-Killer aus Kansas, sprach von einem inneren Monster. All das soll beeinflussen, wie wir sie wahrnehmen. Diese Mörder wissen ganz genau, was sie tun, und sie haben Spaß daran.«

»Seit Jahren kam er schon damit durch und dann wollte er ein Spiel spielen?«, wunderte sich Noah.

Josie sagte: »Weil er denkt, dass er schlauer ist als alle anderen. Das bringt ihm Genugtuung. All die Jahre hat er die Polizei an der Nase herumgeführt. Sie ist kein würdiger Gegenspieler für ihn. Seine Nachrichten an die Presse und dieses ›Spiel‹, das er spielen will – das sind nur weitere Möglichkeiten, wie er mit seiner vermeintlich so überragenden Intelligenz protzen kann.«

Drake nickte. »Ja, genau so ist es. Allerdings wollte niemand bei den Medien mitspielen. Alle Moderatoren, die diesen Brief erhalten haben, haben sich damit sofort beim FBI gemeldet.«

Gretchen zeigte auf den oberen Rand des Briefs, wo

jemand – vermutlich ein FBI-Agent – eine handschriftliche Notiz hinzugefügt hatte:

Adressiert an Moderator (männlich), erhalten am 3. April 2014. Sender: CBS.

Sie fragte: »Haben Sie nicht überlegt, ob Sie das Opfer wirklich hätten retten können? Indem Sie zuließen, dass einer der Reporter so tat, als würde er das Spiel mitspielen?«

Drake seufzte. »Sowohl das FBI als auch die Fernsehsender waren der Meinung, es sei zu riskant, so auf ihn einzugehen. Er hätte alle Karten in der Hand gehabt und alle Regeln diktiert. Bei der Sondereinheit glaubte sowieso niemand daran, dass er ein Opfer gehen lassen würde. Und fünf Tage später wurde diese Vermutung bestätigt, als wir die Überreste von Robert Ingram gefunden haben. Er hatte nie die Absicht, Ingram freizulassen. Tatsächlich gehen wir davon aus, dass Ingram bereits tot war, als er diese Briefe verschickt hat.«

Mettner hob eine Augenbraue. »Was für ein Signal wollte er überhaupt sehen? Er hat dazu nichts erwähnt.«

»Eben«, sagte Drake. »Das Ganze war nur zur Show, um die Medien miteinzubeziehen. Bei den Medien ging niemand auf seinen Versuch ein und er hat aufgehört zu morden. Bis jetzt zumindest.«

»Warum hat er wieder angefangen?«, fragte Mettner in die Runde.

Drake antwortete: »Weil Trinity ihn aus seinem Versteck gelockt hat.«

»Trinity mag ihn angelockt haben«, sagte Gretchen, »aber er hat schon lange vor dem ersten Kontakt mit ihr Morde begangen und hätte wahrscheinlich wieder damit angefangen, selbst wenn sie ihn nie kontaktiert hätte. Es kann doch sogar sein, dass er seit 2014 ohne Unterbrechung weiter gemordet, aber keines seiner Opfer ausgelegt hat, sodass wir einfach nichts davon mitbekommen haben.«

In Drakes Gesicht konnte Josie lesen, dass dieser Gedanke ihm überhaupt nicht gefiel. Er sah aus, als hätte ihm jemand eine Ohrfeige verpasst – denn was Gretchen sagte, entsprach höchstwahrscheinlich der Wahrheit.

»Was verrät uns das psychologische Profil sonst noch?«, fragte sie. »Davon abgesehen, dass er männlich, weiß, fast vierzig, intelligent und gebildet ist. Wird dort auch erwähnt, ob er einen Job haben könnte, im Zuge dessen er viel herumfährt? Muss er ja fast, oder? Seine Opfer kommen schließlich von überall her.«

»Ja«, sagte Drake und wandte Josie wieder seine Aufmerksamkeit zu. »Wir gehen davon aus, dass er von Berufs wegen viel herumfährt, aber kaum überwacht wird. Das wird ihm wichtig sein, denn er wird mit Vorgesetzten nicht gut klarkommen. Er denkt, dass er schlauer und kompetenter ist als alle anderen. Wahrscheinlich ist sein Fahrzeug recht unauffällig, aber groß genug, um Raum für all seine Aktivitäten zu bieten. Ein Van oder ein Pick-up, allerdings ein älteres Modell, nichts, was groß Aufmerksamkeit auf sich zieht. Und er ist jemand, der sich draußen in der Natur und im Umgang mit Tieren wohlfühlt.«

Drake schob das Profil über den Tisch zu Josie. »Hier, sehen Sie, das können Sie alles selbst nachlesen. Nichts davon hat uns allerdings je geholfen, diesen Mann zu finden.«

Josies Handy klingelte. Alle starrten sie an, als sie es aus ihrer Tasche zog. »Das ist Shannon«, sagte sie und war sich der eindringlichen Blicke der anderen unangenehm bewusst, als sie das Gespräch annahm.

»Josie?«, sagte Shannon. »Kannst du mich hören?«

»Ja. Was gibt's? Seid ihr noch in Callowhill?«

»Ja, sind wir. Gibt es irgendwelche Neuigkeiten?«

Die auf dem Tisch verteilten Fotos zogen Josies Blick

magisch an. All die grässlichen Bilder dessen, was dieser Mörder für Kunst hielt. Ihr drehte sich der Magen um. »Bislang noch nicht«, sagte Josie. »Mein Team geht gerade verschiedenen Spuren nach. Habt ihr die Briefe gefunden?«

»Nein, tut mir leid. Wir haben den Dachboden komplett auseinandergenommen, aber keine Spur davon gefunden. Christian ist sogar unsere alten Sachen durchgegangen, falls einer von uns sie vielleicht aufbewahrt hätte, weil das doch Teil ihrer Therapie war, aber da waren sie auch nicht.«

»Was ist mit ihrer Therapeutin?«, fragte Josie. »Vielleicht kann sie uns weiterhelfen.«

Kurz herrschte Schweigen. Dann sagte Shannon: »Das geht nicht. Den Gedanken hatten wir auch, darum hat Christian sie gegoogelt. Eigentlich wollten wir nur ihre Telefonnummer finden, damit wir anrufen könnten, sobald sie wieder im Büro ist. Stattdessen haben wir ihre Todesanzeige gefunden.«

»O nein.«

»Es tut mir so leid, Josie. Als Trinity bei ihr war, war sie noch recht jung, aber anscheinend hatte sie ALS und ist Jahre später an den entsprechenden Komplikationen gestorben. Was können wir denn jetzt tun?«

»Hm, dann wird es wohl am besten sein, ihr kommt einfach wieder her. Ihr könnt bei mir schlafen. Lisette habe ich im Gästezimmer einquartiert, aber wir finden schon eine Lösung. Ich ...«

Sie hielt inne. Lisettes Ratschlag von vorhin ging ihr durch den Kopf. *Du kennst sie gut genug, Josie ... Sie wollte dir etwas sagen, Liebes. Sie wollte dir die Richtung weisen.*

»Josie?«, fragte Shannon mit schriller Stimme.

»Bin noch da«, erwiderte sie rasch. »Shannon, diese Briefe, die Trinity mir im Zuge ihrer Therapie geschrieben hat – hat sie die in Kurzschrift verfasst?«

»Nein, sicher nicht. Ihre Therapeutin hat diese Briefe gelesen, sie waren im Prinzip sowas wie Hausaufgaben.«

»Habt ihr sie auch gelesen?«

»Nein. Trinity hat ihre Therapeutin darum gebeten, dass die Briefe zwischen ihnen beiden blieben. Uns hat sie gesagt, dass es schon schlimm genug war, dass sie sie ihrer Therapeutin zeigen musste. Weder Trinity noch ihre Therapeutin haben uns die Briefe je gezeigt, aber wir dachten immer, dass Trinity sie behalten hätte. Warum fragst du?«

»Ich muss nach Callowhill fahren.«

»Josie«, sagte Noah. »Es ist kurz vor Mitternacht.«

Sie ignorierte seine Bemerkung und sagte zu Shannon: »Bleibt einfach dort, okay? Ich mache mich gleich auf den Weg. Ruht euch in der Zwischenzeit ein bisschen aus. Schaut, ob ihr ein paar Stunden Schlaf kriegen könnt. Bis bald.«

»Boss«, sagte Gretchen, nachdem Josie aufgelegt hatte. »Du könntest auch etwas Schlaf vertragen.«

Josie stand auf. »Ich leg mich hin, wenn ich bei ihnen angekommen bin, okay? Versprochen. Aber es gibt da was, was ich tun muss.«

»Möchte mir vielleicht jemand erklären, von was für Briefen da die Rede war?«, fragte Drake.

Josie sagte: »Mett kann Sie auf den neuesten Stand bringen. Ich komme zurück, so schnell ich kann.«

»Josie«, sagte Noah. »Ich komme mit.«

»Nein«, wehrte sie ab, obwohl sie sich nichts sehnlicher wünschte, als ihn bei sich zu haben. »Du musst hierbleiben, mit meiner Großmutter, und mit Trout.« Sie sah zu Mettner hinüber. »Ich muss Shannon und Christian über die Verbindung zum Knochenkünstler informieren.«

Mettner hielt ihrem Blick stand. »Die Entscheidung überlasse ich dir, aber du musst unbedingt verhindern, dass die Medien etwas davon mitbekommen.«

Gretchen sagte: »Mett und ich bleiben am Ball. Wir werden all den Spuren nachgehen, die wir gerade besprochen haben.«

Mettner blickte zu Noah. »Du solltest auch heimgehen und dich etwas hinlegen. Wir rufen euch beide an, falls wir irgendwas herausfinden.«

Josie wollte nicht gehen. Sie brannte darauf, auf eigene Faust all den neuen Spuren hinterherzujagen, gleichzeitig wusste sie aber auch, dass das nicht möglich war. Und eines wusste sie mit absoluter Sicherheit: Ihr Team würde sie und Trinity nicht im Stich lassen. Für den Moment blieb ihr nichts anderes übrig, als den Hinweisen nachzugehen, die Trinity ihr gegeben hatte. Sie deutete auf die Knochenkünstlerakte, die inzwischen über den kompletten Tisch verteilt lag. »Eines noch: Ich würde gerne eine Kopie dieser Akte mitnehmen.«

Alex klopfte sich den Schnee von den Stiefeln und pochte dann dreimal an der Hintertür. Lächelnd öffnete Hanna die Tür und heiße Luft legte sich um ihn wie eine Decke. Sofort fühlte er sich verschwitzt und unbehaglich. Inzwischen hatte er sich so daran gewöhnt, draußen in der Kälte zu leben, dass die erstickende Hitze des Hauses ihm unangenehm war. Aber auf die Mahlzeiten konnte er schließlich nicht verzichten. Er setzte sich an den Tisch und griff nach dem Teller, den Hanna für ihn vorbereitet hatte.

»Mom«, wagte er einen Vorstoß. »Wir hatten schon lange keine Zwischenfälle mehr. Ich hab dir mit Zandra geholfen und dafür gesorgt, dass sie dir nicht mehr wehtut. Alles läuft doch ganz gut. Außerdem ist sie jetzt ja schon zwölf Jahre alt. Sie ist jetzt viel erwachsener. Da dachte ich mir, also vielleicht ... vielleicht könnten die Dinge jetzt anders werden?«

»Ich weiß, aber dein Vater ...« Sie beendete ihren Satz nicht und in diesem Moment hasste Alex sie dafür, dass sie Francis nie die Stirn bot.

Knarzend öffnete sich die Haustür. Alex konnte hören, wie

Francis im Treppenhaus den Schnee von seinen Stiefeln klopfte und Jacke, Hut und Handschuhe auszog. Er stapfte in die Küche und funkelte Alex kurz an, bevor er sich am Esstisch niederließ. Hanna servierte ihm sein Essen und er erzählte ihr inzwischen von seinem Tag, vom Wetter, von den Idioten, mit denen er sich bei der Arbeit herumschlagen musste. Als er damit fertig war, brachte sie ihm eine Tasse Kaffee, dann ging sie ins andere Zimmer und kam mit einem Stapel Dokumente zurück, den sie vor ihm hinlegte.

»Was ist das?«, fragte Francis.

»Ein Kaufvertrag für das Grundstück hinter diesem hier. Das sind über vierhunderttausend Quadratmeter! Ich möchte es kaufen.«

Er blätterte den Vertrag durch. »Warum das denn?«

»Weil wir uns immer ein eigenes Grundstück gewünscht haben. Jetzt ist die Gelegenheit gekommen!«

»Du erwartest von mir, dass ich mich um vierhunderttausend Quadratmeter Grund kümmere?«

»Nein, ich ...«

»Es steht ja noch nicht mal ein Haus auf diesem Grundstück!«

»Na ja, wir könnten ja eines bauen ...«

»Nein«, sagte er. »Die Idee ist absoluter Schwachsinn.«

Er schob den Stapel Dokumente von sich und stand auf. Als er den Türrahmen erreicht hatte, sagte Hanna: »Ich habe dich nicht um Erlaubnis gebeten. Das Geld gehört mir. Ich kann das Grundstück kaufen, wenn mir danach ist. Wir sind nicht verheiratet und ich kann das ohne deine Zustimmung tun.«

Genauso gut hätte ein Erdbeben durchs Zimmer fegen können. Francis wirbelte herum und deutete mit dem Finger auf sie. »Du weißt ganz genau, warum ich dich nie habe heiraten können. Diese Kinder ...«

Sie schnitt ihm das Wort ab. »Die Kinder brauchen ein

anständiges Erbe. Ein Sicherheitspolster, wenn ich nicht mehr hier bin.«

Er ging zum Tisch hinüber, griff nach der Kaufvereinbarung und riss sie entzwei. »Wenn du deine lieben kleinen Kinder behalten willst, erwähnst du das hier nie wieder.«

Callowhill war eine Kleinstadt östlich von Denton, etwa zwei Stunden Autofahrt entfernt. Und Kleinstadt war schon eine großzügige Beschreibung, dachte Josie bei ihrer Fahrt durch die nächtlichen Straßen des Ortes. Es gab eine einzige Hauptstraße, auf der alle notwendigen Einrichtungen aufgereiht waren: Polizeirevier, Postfiliale, Bibliothek, Tankstelle, Feuerwehrhaus, Apotheke und eine kleine Notaufnahme. Die restliche Ortschaft lag über fünf Quadratkilometer verteilt und bedeckte die sanfte Hügel- und Berglandschaft um das Stadtzentrum herum. Das große, luxuriöse Familienhaus der Paynes mit seiner eleganten Ziegelsteinoptik war von über anderthalb Hektar Land umgeben. Eine schmale, einspurige Straße führte zu ihrer Einfahrt hinauf. Josie war bewusst, dass es entlang dieser Straße noch andere Häuser gab, aber bei ihren Besuchen begegnete sie nur selten irgendwelchen Nachbarn.

Sie parkte neben Shannons SUV vor der dreitürigen Garage und ging zur Haustür hinauf. Die Paynes hatten ihr gleich bei ihrem ersten Besuch einen Haustürschlüssel überreicht, aber sie konnte sich einfach nicht überwinden und klingelte trotzdem jedes Mal. Wie bei jedem ihrer Besuche hielt sie vor der Haustür kurz inne und sah sich um. Hier hätte sie aufwachsen können. Hier hätte sie aufwachsen *sollen*. Wie wäre ihr Leben wohl verlaufen, wenn man sie nicht kurz nach ihrer Geburt ihrer Familie entrissen hätte? Was für ein Mensch wäre sie nun?

Was für ein Mensch wäre Trinity nun?

Während all diese Gedanken noch in ihrem Kopf herumwirbelten, öffnete Christian die Tür. »Alles okay?«

Josie schenkte ihm ein schwaches Lächeln und trat ins Haus. »Sorry«, sagte sie. »Ich bin nur ... müde.«

Er bedeutete ihr, ihm über die Marmorfliesen des riesigen Eingangsbereichs in die Küche zu folgen. Dort saß Shannon bereits vor der Arbeitsplatte ihrer Kücheninsel, eine Kaffeetasse in der Hand. Josie musterte ihre Eltern. Es war offensichtlich, dass keiner von beiden ein Auge zugetan hatte. Christians graumeliertes Haar war fettig und verstrubbelt. Bartstoppeln bedeckten sein Gesicht und unter seinen rot angelaufenen Augen färbten dunkle Ringe seine Haut. In Jogginghose und T-Shirt wirkte er kleiner als sonst. Josie war es gewöhnt, ihn im Anzug zu sehen. Shannon trug einen Baumwollschlafanzug und dieselben Augenringe wie ihr Mann. Ihr Haar hatte sie zu einem Pferdeschwanz hochgebunden und ihre Nase war gerötet vom Weinen. Josie kam es vor, als sei sie innerhalb weniger Stunden um mehrere Jahre gealtert.

Und nun stand sie hier, um ihnen mit ihren Neuigkeiten weitere Schmerzen zuzufügen.

Shannon sah ihr in die Augen, stellte ihre Tasse auf der Arbeitsplatte ab und flüsterte: »Sag's uns einfach.«

Josie stand wie festgenagelt da, die Füße schwer wie Blei. »Wir vermuten, dass Trinity von einem Serienmörder entführt worden ist.«

Einige Sekunden lang hing der Satz zwischen ihnen in der

Luft. Dann entfuhr Shannon ein leiser Schrei. Sie schlug beide Hände über den Mund, als wollte sie jedes weitere Geräusch ersticken. Christian stellte sich hinter sie, schlang seine Arme um sie und vergrub sein Gesicht in ihren Haaren.

Josie trat einen Schritt auf die beiden zu und bemühte sich um so viel professionelle Gefasstheit wie nur möglich, während sie kurz zusammenfasste, aus welchen Gründen ihr Team vermutete, dass der Knochenkünstler Trinity entführt hatte. Sie gab ihnen einen knappen Überblick über seine Akte und war dabei vorsichtig darauf bedacht, keine Informationen preiszugeben, die die beiden noch mehr erschüttern könnten. Ihr war sowieso klar, dass die beiden den Knochenkünstler später googeln und dabei genug Grausiges erfahren würden, um ihre Angst bis ins Unermessliche zu steigern.

Shannon weinte stumm, während Josie sprach. Christian blieb gefasst, bis Josie ihren Vortrag beendet hatte. Dann lehnte er sich an seine Frau und begann zu schluchzen. Josie sah ihnen zu, wie sie sich in ihrem Schmerz auflösten. Ein Teil von ihr wollte zu ihnen treten, sich in ihre Umarmung fallen lassen und all ihre eigene Trauer, ihre Angst herausschreien. Das hier waren schließlich ihre Eltern. Aber das konnte sie nicht tun. Sobald sie diesen erdrückenden Gefühlen die Oberhand gab, sobald sie aufhörte, die Ermittlungen voranzutreiben, wäre alles verloren. Trinity brauchte sie. Ob sie nun Josies Schwester sein wollte oder nicht, Josie würde alles Menschenmögliche tun, um sie zu finden.

Nach ein paar Minuten versiegten Shannons und Christians Tränen. Shannon schnappte sich eine Serviette aus dem Halter, der auf der Arbeitsplatte stand, und reichte sie ihrem Mann, bevor sie sich selbst eine nahm. Sie tupfte ihre Tränen ab und sagte: »Bist du hergekommen, um uns das zu erzählen?«

»Nicht nur deswegen«, sagte Josie. »Ich muss selbst einen Blick auf Trinitys Sachen werfen.«

Christian sagte: »Josie, glaub mir, wenn diese Briefe hier irgendwo wären, hätten wir sie gefunden.«

»Es geht mir nicht um die Briefe. Sie hat ein Tagebuch geführt. So stand das in ihrer Botschaft. *Lies mein Tagebuch.* Von Briefen keine Rede. Und sie hat die Botschaft in Kurzschrift verfasst. Nicht nur, weil sie nach dem Auftauchen dieses Mannes nur wenige Sekunden Zeit hatte, bevor er ihr Auto erreicht hat, nein, sie wollte mir damit auch etwas mitteilen. Dieses Tagebuch, wo auch immer es ist, ist in Kurzschrift geschrieben. Sie wollte nicht, dass irgendwer lesen konnte, was sie dort geschrieben hat.«

»Schätzchen«, sagte Shannon. »Hier ist aber auch kein Tagebuch. Wir hätten dich doch sofort angerufen, wenn wir ein Tagebuch in Kurzschrift gefunden hätten.«

»Sie muss es versteckt haben«, sagte Josie.

»Aber wo?«

An einem Ort, den nur ich finden würde, dachte Josie. Noch während der Gedanke sich formte, wurde ihr bewusst, wie absurd er war – schließlich hatte Trinity ihr bei ihrem letzten Gespräch vorgeworfen, sie würde sie überhaupt nicht richtig kennen. Warum sollte Trinity also denken, dass Josie, und nur Josie, herausfinden könnte, wo sie ein Tagebuch aus ihrer Schulzeit versteckt hatte?

»Ich weiß nicht, wo«, sagte Josie. »Ich weiß nur, dass ich es suchen muss.«

Christian führte sie nach oben. Die Lukentür, die über eine Klappleiter zum Dachboden führte, stand bereits offen. Über den kompletten Gang lagen Kisten verteilt. Manche davon waren auf dem Boden ausgeleert worden. Andere waren aufgeklappt, der Inhalt offensichtlich komplett durchwühlt. Christian trat über Stapel an Klamotten, CDs, Taschenbüchern, VHS-Kassetten, Schuhen und verschiedenen anderen Gegenständen hinweg. Er deutete auf die Tür zu Trinitys Schlafzimmer. Josie wusste, dass sie das Zimmer vor vielen Jahren ausgeräumt und in eine Art Gästezimmer umgewandelt hatten, nachdem Trinity ausgezogen war. Trotzdem schlief Trinity bei jedem Besuch weiterhin in diesem Zimmer. »Du kannst gerne reingucken«, sagte Christian.

Josie trat in Trinitys Zimmer und erkannte, dass Shannon und Christian wirklich jeden Winkel abgesucht hatten. Die Matratze lag schief auf dem Lattenrost, die Schubladen des Nachtkästchens waren vorgezogen, die Schranktür stand offen, die Bettlaken und Handtücher im Inneren waren zerknüllt.

»Brauchst du Hilfe?«, fragte Christian.

»Nein«, sagte Josie. »Aber danke.«

Er ging zurück ins Erdgeschoss. Sie verbrachte mehrere Minuten damit, jede Ecke des Zimmers zu mustern und zu überlegen, wo Trinity wohl ein Tagebuch versteckt haben würde. Sie suchte das komplette Zimmer sorgfältig ab, betastete sogar die Kanten des Teppichs, um sicherzugehen, dass er sich nirgends umklappen ließ, bevor ihr klar wurde, dass eine erwachsene Trinity in diesem Zimmer wohl sowieso nichts versteckt hätte. Wahrscheinlich hatte Trinity ihr Tagebuch das letzte Mal während ihrer Schulzeit in den Händen gehalten. Von dieser Vermutung ausgehend ging Josie zurück in den Gang und begann, die Kisten systematisch zu durchsuchen und auch all die Gegenstände durchzugehen, die Shannon und Christian bereits im Gang verteilt hatten. Sie öffnete jedes Geheimfach jeder Schmuckschatulle, ging alle Taschen jedes Kosmetikbeutels und jeder Handtasche durch, sie tastete sogar alle Schuhe ab. Kein Gegenstand, der ein Fach, eine Schublade oder eine Tasche hatte, egal wie klein, entging ihrer Suche.

Und sie fand absolut nichts.

Von der Erkenntnis mal abgesehen, dass Trinity und sie als Teenager einen sehr ähnlichen Geschmack gehabt hatten, trotz der Tatsache, dass sie an verschiedenen Orten unter extrem gegensätzlichen Umständen aufgewachsen und nun als Erwachsene so unterschiedlich waren. Trinity hatte viele der CDs, Filme, Bücher und sogar Kleidungsstücke, die Josie als Teenager ebenfalls toll fand. Zwar hatte Josie sich nicht annähernd so viele Dinge leisten können, wie Trinity angesammelt hatte, aber sie hatten auf jeden Fall viele derselben Dinge bewundert und gemocht.

Sie hatten beide Skinny Jeans getragen und musikalisch eine wilde Mischung verschiedener Künstler gehört, darunter Nelly Furtado, Jennifer Lopez, Matchbox 20, Leanne Womack und die Rascal Flatts. Tränen brannten in Josies Augen, als sie sich fragte, ob Trinity beim Soundtrack von Josies Jugend auch lauthals mitgesungen hatte, ob Nelly Furtados *I'm Like a Bird* ihr dasselbe Gefühl kompromissloser Freiheit gegeben hatte und Jennifer Lopez' *I'm Gonna Be Alright* dasselbe bestärkte Selbstvertrauen. Sie hatten sogar dasselbe pink-türkise Schminkkästchen besessen, nach dem Teenager in ihrem Alter damals Anfang der 2000er-Jahre so verrückt gewesen waren. Josie hatte ihr eigenes Exemplar schon vor Jahren verschenkt. Nostalgie überkam sie, als sie Trinitys Kästchen öffnete und trotz der derzeitigen Situation musste sie lachen, als sie die zwei ausgetrockneten Tuben Body-Glitter entdeckte. Zwar war sie selbst von den Trends ihrer Teenagerzeit begeistert gewesen, aber Body-Glitter hätte sie niemals getragen, nur über ihre Leiche. Sie durchsuchte die Fächer des Kästchens, aber sie waren leer.

Sie fand ein versilbertes Schmuckkästchen und darin ein Gliederarmband von Tiffany mit Anhängern. Sie berührte es voll Bewunderung. Die silbernen Kettenglieder wirkten nun so grob und riesig, genau wie der herzförmige Anhänger mit der Aufschrift *Please return to Tiffany & Co.* Viele der wohlhabenderen Mädchen in Josies Klasse hatten solche Armbänder getragen. Während ihrer gesamten Schulzeit hatte sie davon geträumt, selbst mal eines zu besitzen, aber ihr war klar gewesen, wie teuer diese Armbänder waren und dass Lisette sich so etwas nicht leisten konnte. Sie legte das Kästchen beiseite und zog eine weitere Kiste mit Trinitys Besitztümern heran. Diese war voller Filme, die Trinity während ihrer Schulzeit gesammelt hatte.

Shannons Stimme riss sie aus ihren Gedanken. »Heutzutage kann niemand mehr was mit VHS-Kassetten anfangen«, sagte sie und deutete auf die Filme aus den frühen 2000ern, die sich in Josies Schoß stapelten. »Ich glaube, die kann man nicht mal mehr auf Ebay verkaufen. Ich sollte sie wahrscheinlich bitten, sie einfach wegzuschmeißen, wenn sie ...«

Sie stockte und legte eine Hand über ihre Augen. Josie schob die Filme weg und stand auf. Sanft zog sie Shannons Hand von ihrem Gesicht. »Wenn sie wieder da ist«, vollendete sie Shannons Satz. »Wenn sie wieder da ist, kann sie das ganze Zeug hier mal durchgehen. Schau dir nur all diese Filme an – das waren auch genau meine Lieblingsfilme in ihrem Alter: *Miss Undercover, Zurück zu Dir, Erin Brockovich, Notting Hill, Shakespeare in Love*.«

Shannon lächelte. »Sie hat Filme geliebt. Stundenlang saß sie in ihrem Zimmer und hat einen Film nach dem anderen geguckt. Ich glaube, das hat sie von ihren Problemen abgelenkt.«

Josie hielt eine der VHS-Kassetten in die Höhe. »Das hier war mein Lieblingsfilm. *Frequency*. Kannst du dich daran erinnern?«

»Ich glaube, ja«, sagte Shannon.

»Es geht um einen Polizisten, der durch ein Funkgerät mit seinem verstorbenen Vater sprechen kann, wegen der Polarlichter. Auf diese Weise können sie miteinander sprechen, trotz der dreißig Jahre, die zwischen ihnen liegen, und so ändern sie die Zukunft. Ich habe den Film geliebt, weil mein Dad ...«

Der Rest ihres Satzes blieb ihr in der Kehle stecken, erstickt von unaufhaltsamem Schluchzen.

Shannon nahm ihr den Film ab und legte ihn auf den Stapel am Boden. Sie strich Josie übers Haar. »Weil dein Dad gestorben ist, als du sechs Jahre alt warst, und du dir gewünscht hast, du könntest es ändern?«

Die Worte wollten nicht kommen, also konnte Josie nur nicken. Die Frau, die sie im Alter von drei Wochen aus dem Haus der Paynes entführt hatte, hatte eine sporadische Beziehung mit Lisettes Sohn, Eli Matson, geführt. Zum Zeitpunkt der Entführung hatten sie sich mal wieder für längere Zeit getrennt gehabt und als sie zu Eli zurückkam, erzählte sie ihm, Josie sei seine Tochter. Er hatte Josie großgezogen, bis er umgebracht wurde, als Josie sechs Jahre alt war. Eli war ein wunderbarer Vater gewesen, der einzige Vater, den Josie je gekannt hatte, und Josie hatte ihn ihr ganzes restliches Leben lang schrecklich vermisst. Erst Jahrzehnte nach Elis Tod hatte Josie erfahren, dass eigentlich Christian Payne ihr Vater war. Trotzdem konnte sie in Eli nie etwas anderes sehen als ihren Vater.

Shannon deutete auf eine andere VHS-Kassette. »Trinitys Lieblingsfilm war *Erin Brockovich*.«

Unwillkürlich musste Josie lachen. »Das überrascht mich nicht.«

»Josie«, sagte Shannon. »Es ist schon fast acht Uhr morgens und du hast noch nicht geschlafen. Noah hat mich angerufen.«

»Er will, dass ich mich ausruhe.«

Shannon lächelte. »Und dass du was isst.«

»Das passt zu ihm.« Josie war klar, dass er sie deswegen gar nicht erst angerufen hatte, weil er wusste, dass sie nicht auf ihn hören würde.

»Ich mach dir Frühstück und dann kannst du dich hinlegen. Hast du gefunden, wonach du gesucht hast?«

Josie musterte das Chaos um sie herum. Es sah aus, als wäre ein Kaufhaus der frühen 2000er im Gang ihrer Eltern explodiert. »Nein«, sagte sie mit brüchiger Stimme. »Ich glaube, es ist nicht hier.«

Sie starrte noch ein paar Sekunden auf das Durcheinander vor sich, bis Shannon ihren Ellbogen umfasste. »Lass es einfach liegen«, sagte sie. »Komm, lass uns runtergehen.«

VIERUNDDREISSIG

Josie ließ sich an der Kücheninsel nieder und sah Shannon dabei zu, wie sie ein Omelett zubereitete. Christian saß Josie gegenüber, den Laptop vor sich. Er las Onlineartikel zum Knochenkünstlerfall und sein Gesicht hatte einen grünlichen Farbton angenommen. »Ich weiß nicht, ob das so eine gute Idee ist ... Dad«, sagte Josie.

Er blickte zu ihr auf und ein breites Lächeln ließ sein Gesicht plötzlich erstrahlen. Genau wie mit dem »Mom« bei Shannon hatte sie Christian erst ein- oder zweimal »Dad« genannt. Die unbändige Freude und verzweifelte Hoffnung, die die Gesichter der beiden erfüllte, wenn Josie sie Mom oder Dad nannte, gab ihr immer ein etwas unbehagliches Gefühl. Das würde die Vergangenheit nicht ungeschehen machen und konnte die Lücke nicht füllen, die sich während ihrer dreißigjährigen Abwesenheit geöffnet hatte, so viel war Josie klar. Ihr Leben war eine endlose Reihe an knallharten Offenbarungen und ein ewiges Auf und Ab noch härterer Erfahrungen gewesen. Sie war sich nur nicht sicher, ob das den Paynes bewusst war. Sie wollte die beiden nicht enttäuschen.

Anscheinend konnte Christian ihr Unbehagen spüren,

denn er wandte den Blick von ihr ab und als er wieder zu ihr sah, hatte er einen neutraleren Gesichtsausdruck aufgesetzt. »Ich weiß schon«, stimmte er ihr zu. »Aber ich muss es einfach wissen. Ich kann mir nicht helfen. Je mehr ich weiß, desto besser. Also, eigentlich nicht ... bestimmt nicht besser für meinen emotionalen Zustand, aber normalerweise fühle ich mich sicherer, je mehr ich über ein bestimmtes Thema erfahren kann.«

»Das geht mir im Prinzip genauso«, sagte Josie. Tatsächlich brachte ihr inneres Bedürfnis, Dinge zu wissen, Geheimnisse aufzudecken und Rätsel zu lösen, sie oft in Gefahr.

»Genau wie Trinity«, merkte Shannon über ihre Schulter hinweg an. »Als ihre Großmutter krank wurde, hat sie alles gelesen, was sie zum Thema Lungenkrebs finden konnte. Wir fanden das eher besorgniserregend, aber da war sie nicht aufzuhalten.«

Christian gab ein leises, trauriges Lachen von sich. »Weißt du noch, wie sie dachte, du könntest eine Medizin entwickeln, um sie zu heilen?«, fragte er an seine Frau gewandt.

Shannon schaltete den Herd aus und wischte sich eine Träne von der Wange. »Ach Gott, ja. Das war für mich als Mutter ein echter Tiefpunkt – als sie erkennen musste, dass ich ihre Großmutter nicht retten konnte, obwohl ich Chemikerin bei einem großen Pharmaunternehmen war.«

»Ja, die Erkenntnis, dass ihre Eltern ihr in dieser schrecklichen Sache nicht helfen konnten, das war das Schlimme daran«, sagte Christian.

»Immerhin wart ihr für sie da«, sagte Josie. »Ihr habt ihr einen sicheren Hafen geboten und Trost, als ihr das Herz gebrochen wurde.«

»Ich glaube eigentlich nicht, dass wir ihr groß helfen konnten«, sagte Shannon seufzend. Sie hob das Omelett mit dem Pfannenwender aus der Pfanne und legte es auf einen Teller, welchen sie vor Josie abstellte. Josie hatte seit dem vorigen

Abend nichts mehr gegessen und eigentlich immer noch keinen Hunger, aber sie nahm Shannon trotzdem die angebotene Gabel ab und schlug zu. Bei der Suche nach ihrer Schwester würde sie all ihre Kraft brauchen.

»Die Jahre nach Moms Tod waren wirklich schrecklich«, sagte Christian zustimmend.

»Ja, das habt ihr erwähnt«, sagte Josie. »Aber im Endeffekt hat sie sich doch gut davon erholt.«

»Na, ich weiß nicht«, sagte Shannon. »Sie hat immer noch keine Freunde. Die letzten paar Monate waren die schlimmste Zeit, noch schlimmer als damals, als sie wegen dieser falschen Informationen zu einer Story, die ihr eine Quelle zugespielt hatte, aus dem Sender gekickt wurde. Sie hat niemanden außer uns. Wir dachten eigentlich, sie hätte das mit dem Mobbing und ihre Probleme, Beziehungen zu anderen aufzubauen, nach der Schule hinter sich gelassen, aber vielleicht stimmt das ja gar nicht.«

»Das ist jetzt auch nicht so wichtig«, sagte Christian. »Im Moment kommt es ja nur darauf an, sie lebend wiederzufinden.«

Josie fragte: »Sie hatte niemanden während ihrer Schulzeit, auch keine beste Freundin?«

»Nein«, sagte Shannon. »Das war immer richtig traurig. Wir haben Ausflüge gemacht und vorgeschlagen, dass sie eine Freundin mitbringen soll, aber es gab da einfach niemanden. All die anderen Mädchen waren in Gruppen unterwegs, aber sie war einfach immer allein. Jedes Mal, wenn sie versucht hat, sich mit jemandem anzufreunden, ist es irgendwie im Sande verlaufen.«

»Weißt du noch, dieses eine Mädchen damals?«, fragte Christian. »Die, deren Familie gleichzeitig mit uns Urlaub am Meer gemacht hat? In dem Sommer, bevor Trinity vierzehn wurde und auf die Highschool gekommen ist?«

»Die vom Parasailing? Oh, natürlich erinnere ich mich an

sie. Diese grässliche kleine Zicke.« Shannon sah zu Josie. »Sie war schon in der Mittelstufe in Trinitys Klasse und kam dann auch an dieselbe Highschool. Die ganze Woche, die wir da am Strand waren, hat sie mit Trinity rumgehangen. Wir haben die beiden zum Parasailing mitgenommen und sie hatten so viel Spaß dabei. Ich dachte noch, wie sehr diese Erfahrung die beiden miteinander verbunden hat, weil das eine wirklich intensive Zeit war. Trinity war außer sich vor Freude. Zum ersten Mal seit ein paar Jahren hatte ich wieder Hoffnung gefasst. Endlich hatte sie eine Freundin gefunden, ein Mädchen in ihrem Alter, mit dem sie Sachen unternehmen konnte. Und kaum waren wir wieder in Callowhill, hat dieses Mädchen so getan, als wäre Trinity unsichtbar.«

»Heute nennt man das, glaube ich, ›ghosten‹«, sagte Christian.

»Heute wie damals nennt man das ›ein schlechter Mensch sein‹«, fauchte Shannon. »Ich habe sogar versucht, ihre Mutter anzurufen, um ein Treffen zwischen den beiden zu arrangieren, aber die hat mich ebenfalls abblitzen lassen. Das ganze restliche Jahr über hat Trinity sich dauernd gefragt, was sie nur Falsches getan oder gesagt haben könnte.«

Josies Herz schmerzte vor Mitleid mit ihrer Zwillingsschwester. »Mein Gott, wie schrecklich.«

Christian schüttelte den Kopf. »Nein, so schrecklich war das nicht. Nicht im Vergleich mit dem, was ihr in diesem ersten Jahr in der Highschool noch zugestoßen ist.«

Shannon wischte sich neue Tränen von der Wange. »Man könnte meinen, dass mir dieses dumme Highschoolzeug nach all den Jahren nicht mehr so wehtun würde, aber der Gedanke daran schmerzt auch heute noch.«

»Was ist denn passiert?«, fragte Josie.

Shannon ging zur Spüle und durchstöberte den Hängeschrank darüber auf der Suche nach Teebeuteln. Dann schaltete sie den Wasserkocher ein, während sie antwortete. »Das fing damit an, dass sie in einem Secondhandladen so eine Handtasche aus den Achtzigern gefunden hat. Patchworkstil, so mit verschiedenen Farben und Mustern. Sie hat diese Tasche geliebt. Keine Ahnung, wieso genau, aber sie fand sie toll. Das war ganz anders als das, was alle anderen hatten, meinte sie damals.«

»Es stammte ja auch aus einer Zeit zwanzig Jahre vor ihrer Geburt«, sagte Christian.

Shannon schüttelte den Kopf. »Das hätte doch egal sein sollen. Sie mochte den Stil und es war nur eine Tasche. Jedenfalls hat sie die Tasche mit in die Schule genommen und es war, als hätten diese bösen Kinder Blut gerochen. Sie haben sofort angefangen, sich über sie lustig zu machen. Sie haben so getan, als würde sie nach Mottenkugeln stinken und haben sie eine ›alte Taschenoma‹ genannt.«

»Unglaublich kreativ«, sagte Josie.

»Tja, na ja, besonders schlau waren diese Kinder nie«, sagte Shannon. »Und dann haben sie gesagt, sie könne sich einfach keine echte Handtasche leisten und haben sie ›Pleite-Payne‹ genannt und in dem Ton ging es dann das ganze Schuljahr weiter.«

Christian sagte: »Trinity hat einfach nicht verstanden, warum sie sie dafür aufgezogen haben, dass sie arm war, wo das doch so offensichtlich gar nicht stimmte. Wir haben versucht, ihr zu erklären, dass das gar keine Rolle spielte und dass diese Kinder einfach aus reiner Bosheit gemein sein wollten.«

Shannon fügte hinzu: »Wir haben ihr außerdem erklärt, dass es nicht okay ist, sich über jemanden lustig zu machen, ganz gleich wie wohlhabend oder auch nicht. Und auch, dass diese Kinder immer irgendeinen Grund finden würden, sich über sie lustig zu machen, Pleite-Payne hin oder her.«

In Gedanken ging Josie die Handtaschen durch, die sie oben in Trinitys Kisten gesehen hatte. »Was ist aus der Handtasche geworden?«

Shannon goss heißes Wasser in eine Tasse und tauchte einen Teebeutel hinein. »Sie hat sie weggeschmissen, noch bevor der Schultag vorbei war. Sie war so entsetzt über die Reaktion ihrer Klassenkameraden. Ich bin dann später schnurstracks mit ihr zur Schule zurückmarschiert, um die Tasche wieder aus dem Müll zu holen. Ich wollte, dass sie sie weiterhin mit zur Schule nimmt, einfach aus Prinzip.«

Christian lächelte. »Und um diesen Kindern zu zeigen, dass sie sich ihre Beleidigungen in den Arsch stecken können, obwohl ich glaube, dass du das damals noch krasser ausgedrückt hast.«

Shannon fuhr fort: »Aber als wir bei der Schule ankamen, hatten sie die Mülleimer schon alle ausgeleert und es lagen um die hundert Müllsäcke im Container. Trinitys Tag war sowieso schon so grässlich gewesen, da wollte ich sie nicht auch noch dazu zwingen, im Müll herumzuwühlen, um die Tasche zu finden, die ihr all diesen Spott überhaupt erst eingebracht hatte.«

Josie konnte sich lebhaft vorstellen, was passiert wäre, wenn jemand aus der Schule das mitbekommen hätte. Pleite-Payne, die mit ihrer Mutter im Müll herumwühlt? Dann hätten die Gerüchte und Spötteleien nie wieder aufgehört. »Ja, gute Entscheidung«, sagte sie zu Shannon.

»Wir haben ihr gesagt, dass sie sie erhobenen Hauptes ignorieren und sich nicht unterkriegen lassen soll, dass das alles nicht so wichtig sei. Dass diese anderen Kinder einfach ohne Grund gemein sein wollten und dass das ja sowieso nicht die Art Menschen wären, mit denen man befreundet sein will.«

Also all die gutgemeinten Dinge, die die Eltern von Mobbingopfern immer zu ihnen sagten. Aber Josie wusste, dass sowas nur selten helfen konnte, egal in welcher Situation. Allerdings stellte sich die Frage, was man denn auch sonst groß sagen oder gar tun konnte.

»Am nächsten Tag«, setzte Shannon ihre Geschichte fort,

»hat sie, ohne zu fragen, eine meiner teuren Handtaschen aus dem Schrank geholt und mit in die Schule genommen.«

Josie verzog ihr Gesicht. Zwar hatten Trinity und sie während der Schulzeit einen recht ähnlichen Geschmack gehabt, aber ihre Persönlichkeiten hätten unterschiedlicher nicht sein können. Wenn die vierzehnjährige Josie an Trinitys Stelle gewesen und wegen einer altmodischen Handtasche verspottet worden wäre, hätte sie dem lautesten und nervigsten der Quälgeister die Tasche bis zum Ende des Tages übergestülpt gehabt. Dann hätte sie ihn oder sie mit der Tasche auf dem Kopf all ihren Klassenkameraden vorgeführt, damit alle wüssten, dass mit ihr nicht zu spaßen war. Danach hätte sie all ihr Geld gespart, sich eine ganze Sammlung an Achtzigerjahre-Taschen gekauft und an jedem Wochentag eine andere mit in die Schule genommen, als Herausforderung an alle, dass sie nur versuchen sollten, sich noch mal über sie lustig zu machen.

Sie konnte sich den Gedanken nicht verkneifen, ob das wohl daran lag, dass sie nicht von Shannon und Christian großgezogen worden war. Hatte ihre beschissene Kindheit ihr mehr Mumm verliehen, als sie sonst gehabt hätte? Sie schüttelte den Gedanken ab und konzentrierte sich wieder auf das Gespräch mit ihren Eltern. »Was ist dann passiert?«

Shannon stellte die Tasse Tee vor Josie hin. »Kamillentee«, sagte sie. »Der wird dir beim Einschlafen helfen.«

Christian sagte: »Ihre Klassenkameraden haben behauptet, sie hätte die Tasche gestohlen. Irgendjemand nahm ihr die Tasche ab und dann meinten sie, sie sollten damit zum Direktor gehen und Trinity wegen Diebstahl anschwärzen. Trinity hat ihnen gesagt, dass die Tasche ihrer Mutter gehört und dann haben vier von den Kindern sie sich geschnappt und sie zerstört.«

»Sie haben sie in Stücke gerissen«, sagte Shannon.

»Mein Gott.«

»Ja, das war schlimm«, sagte Christian. »Da haben wir

beschlossen, dass das nun wirklich zu weit gegangen war und haben uns damit an den Direktor gewendet. Shannon hat sogar die Polizei gerufen.«

»Wegen einer Handtasche?« Die Frage konnte Josie sich nicht verkneifen.

Shannon schüttelte den Kopf. »Nein, nicht wegen der Handtasche, die war mir sowas von egal. Aber diese Kinder haben Trinity eine Tasche aus den Händen gerissen und sie zerstört. Ich meine, stell dir mal vor, du läufst einfach die Straße hinunter und plötzlich kommt jemand, greift nach der Tasche in deinen Händen und reißt sie vor deinen Augen in Stücke. Das ist völlig inakzeptabel. So ein Verhalten würde zwischen Erwachsenen auf jeden Fall Folgen nach sich ziehen, das wäre schlicht und ergreifend nicht okay. Warum sollten Teenager also einfach damit durchkommen?«

»Da hast du recht«, gab Josie zu.

»Und jetzt stell dir mal vor, diese Kinder werden erwachsen und denken immer noch, sie könnten sich so verhalten? Sie könnten tun und lassen, was auch immer sie wollen, ohne irgendwelche gottverdammten Konsequenzen? Könnten die Leute einfach angreifen, körperlich und verbal, einfach den Besitz anderer zerstören? Wir Erwachsenen müssen uns an die Regeln einer zivilisierten Gesellschaft halten, warum sollte dasselbe also nicht auch für Schüler gelten?«

»Shan«, sagte Christian.

Sie wedelte mit der Hand in der Luft herum. »Okay, okay, ich reg mich ja schon wieder ab. Tut mir leid.«

»Alles gut«, sagte Josie. »Wie ging es dann weiter?«

Christian sagte: »Na ja. Also die beteiligten Schüler und Schülerinnen wurden bestraft und danach haben sie Trinity in Ruhe gelassen – zumindest physisch –, aber sie haben alle anderen gegen sie aufgewiegelt. Halt dich von Pleite-Payne fern, sonst ruft sie die Polizei und behauptet, du hättest ihr was getan. Solche Sachen eben. Ihre Probleme haben damit nicht aufgehört. Da gab es noch einige Zwischenfälle, zum Beispiel, dass sie sich während eines Schulausflugs mit einem Mädchen aus einer anderen Schule geprügelt hat. So kam dann das mit den Sozialstunden.«

»Jedenfalls hat sie während der gesamten Schulzeit nie ihre Nische gefunden«, sagte Shannon. »Das war die reine Hölle für sie, von Anfang bis Ende. Ich frage mich ja immer noch, ob wir sie nicht lieber zu Hause unterrichten hätten sollen. Ob es falsch von uns war, sie dazu zu zwingen, jeden Tag wieder dort hinzugehen.«

»Ich weiß nicht«, sagte Josie. »Mag sein, dass das eine gute Vorbereitung für ihren heutigen Job war. Die Medienbranche ist ganz schön halsabschneiderisch und sie ist wirklich außergewöhnlich gut in ihrem Job.«

»Gut möglich«, sagte Shannon. »Im Leben weiß man einfach nie, ob man gerade das Richtige tut.«

FÜNFUNDDREISSIG

Alex sah die Rabengeier zum ersten Mal während eines der Abenteuer mit seinem Vater. Wenn sie hoch am Himmel flogen, verwechselte er sie häufig mit Habichten. Erst wenn sie näherkamen und er die schwarze Unterseite ihrer großen Flügel sehen konnte, erkannte er, dass es Geier waren. Sein Vater wies ihn immer wieder an, sie zu ignorieren. Er nannte sie »dreckige Aasfresser« und erklärte: »Die bauen nicht mal ihre eigenen Nester. Stattdessen nisten sie auf dem Boden oder in verlassenen Gebäuden.«

Alex verstand nicht, was daran falsch sein sollte. Ihm schien, als seien Geier die schlaueren Tiere. Sie verschwendeten nichts. Sie ernährten sich von Tieren, die sowieso schon tot waren. Und sie waren doppelt so groß wie die meisten der Raubvögel, die sein Vater so anbetungswürdig fand.

Francis nannte die Aasfresser »hässliche, dumme Viecher«. Er verwandte viel Energie darauf, sie vom Gelände fernzuhalten, aber es gab dort einfach zu viele Wildtiere. Früher oder später starb unweigerlich irgendwo ein Reh oder ein Präriehund, und sogar kleinere Tiere wie Hasen oder Waschbären

lockten Scharen von Aasfressern an, die die Knochen des jeweiligen Tiers mit wilder Effizienz abpickten.

Alex schien das absolut bewundernswert.

Er machte es sich zur Angewohnheit, zu den großen Felsen
zu laufen und ihnen Geschenke zu hinterlassen. Im Wald fand
er stets ganz problemlos passende Tierleichen. Dann wartete er
auf die Geier. Zeit hatte er schließlich ohne Ende, seit er bis auf
die Essenszeiten aus dem Haus verbannt worden war. Eines
Tages beobachtete er die Vögel dabei, wie sie einen Fuchska-
daver dezimierten, als er hinter sich ein Geräusch hörte. Er
wirbelte herum, erwartete, Francis zu sehen und wappnete sich
bereits für die Beleidigungen, die Aufforderung, von den »dummen, dreckigen Aasfressern« wegzugehen – aber es war nicht
Francis. Es war Zandra.

»Was machst du denn hier?«, fragte er.

»Ich guck mich nur ein bisschen um.«

»Nein«, sagte er. »Wie bist du entwischt?«

»Ich hab ihr gesagt, was er in diesem Zimmer alles tut.«

Alex spürte, wie ein überwältigendes Ekelgefühl in ihm
aufstieg. Er schluckte es hinunter. »In welchem Zimmer?«

»Hör auf, ich weiß, dass du nicht so dumm sein kannst«,
sagte sie. »In meinem Schlafzimmer.«

Er sagte nichts.

Sie hob ein paar Zweige auf, die zwischen den Felsen
herumlagen, und warf sie in Richtung der Geier, die sich davon
aber nicht stören ließen. Sie blieben absolut konzentriert.
Sobald sie sich einmal an die Arbeit gemacht hatten, gab es fast
nichts, was sie wieder davon abbringen konnte. Das war etwas,
was Alex besonders an ihnen schätzte.

Zandra sagte: »Das ist total ekelhaft.«

»Nein, ist es nicht.«

»Ist es wohl. Voll zum Kotzen.«

Sie konnte die Schönheit darin nicht erkennen. Nicht nur
die Schönheit der majestätischen schwarzen Vögel, auch die

Schönheit der kunstvollen Art, wie sie in dem, was andere für Abfall hielten, Wertvolles finden konnten. Er antwortete nicht.

Kurze Zeit später fuhr sie fort: »Ich möchte hier draußen bleiben, mit dir.«

»Das geht nicht«, sagte er. »Du hast Mom wehgetan. Ich bin dafür verantwortlich, dich aufzuhalten. Manchmal will ich das aber gar nicht. Manchmal will ich einfach zulassen, dass du ... schlimme Dinge tust.«

»Echt?«, fragte sie.

Er zuckte mit den Schultern. »Manchmal denke ich schlimme Sachen.«

»Über Mom?«

»Über alle«, flüsterte er.

»Sogar über mich?«, fragte sie.

»Ja.«

»Was denn zum Beispiel?«

Er wandte den Blick von dem Schauspiel vor ihnen ab. Einer der Geier hatte gerade einen kleinen Knochen herausgerissen und flog nun damit davon. Alex sagte: »Ich würde gern wissen, wie du ohne Haut aussiehst.«

SECHSUNDDREISSIG

Josie war sich sicher, dass sie nicht würde einschlafen können. Vor allem nicht nach all dem, was sie gerade über Trinitys Schulzeit erfahren hatte. Kein Wunder, dass Trinity so war, wie sie sie kannte – ehrgeizig, vom Erfolg besessen, auf der Suche nach ihrer nächsten Story fast schon kaltherzig. Allem Anschein nach und angesichts der Fotoalben, die Josie noch vor Kurzem durchgeblättert hatte, war Trinitys frühe Kindheit absolut idyllisch gewesen, während Josie im selben Alter durch die Hölle gehen musste. Doch dann kam die Highschool und damit die Wende in Josies Leben, als sie zu Lisette ziehen und endlich ein normales Leben führen durfte. Zur selben Zeit begann nun wiederum für Trinity eine höllische Zeit. Als Josie im abgedunkelten Gästezimmer lag, fragte sie sich, warum Trinity ihr nie irgendetwas von dieser Zeit erzählt hatte. Doch dann wurde ihr klar, dass der Grund dafür derselbe sein musste, aus dem Josie nie freiwillig über die Frau sprach, die sie entführt und großgezogen hatte. All diese schrecklichen Zeiten lagen hinter ihr und dort gehörten sie auch hin. Josie hatte nicht das geringste Interesse daran, das alles noch mal durchzukauen, egal mit wem. Trotzdem lagen ihr all die Gespräche, die sie nie mit ihrer Schwester geführt hatte, schwer im Magen, während sie endlich langsam eindämmerte.

Als sie drei Stunden später wieder aufwachte, blickte sie auf ihr Handy und sah, dass es inzwischen dreizehn Uhr war und dass sie zwei Anrufe von Noah verpasst hatte. Noch bevor sie sich den Schlaf aus den Augen reiben konnte, hatte sie schon die Rückruftaste gedrückt. »Was gibt's?«, fragte sie, als er sich meldete. »Gibt's schon Neuigkeiten?«

»Noch nicht«, sagte er. »Tut mir leid. Aber Drake hat ein paar Leute angerufen und dafür gesorgt, dass alles Beweismaterial von der Miethütte an ein FBI-Labor weitergeleitet und als extrem dringlich markiert wurde, weil es sich nun um die Ermittlung zu einem Serienmörder handelt. Keine Ahnung, wie viele Gefallen er dafür einfordern musste, aber es kann bestimmt nicht schaden, wenn wir das ganze Zeug schneller analysiert kriegen.«

»Was ist mit den Fingerabdrücken aus der Hütte und aus Trinitys Auto und von ihrem Handy?«, fragte Josie. »Habt ihr die schon mit der AFIS-Datenbank abgeglichen?«

»Haben wir, aber nichts gefunden. Es gibt da ein paar unbekannte Fingerabdrücke aus dem Auto und der Hütte, aber wir können nicht mit letzter Sicherheit sagen, dass sie dem Mörder gehören. Auf dem Päckchen mit dem Kamm sind nur meine und Trinitys Abdrücke. Den Rest des Verpackungsmaterials und den Kamm selbst untersuchen sie noch, das wird allerdings ein bisschen länger dauern. Außerdem hat Drake einige FBI-Agenten darauf angesetzt, die Berufsgruppen zu untersuchen, die du vorgeschlagen hast, Ornithologen, Tierärzte, Mitarbeiter beim Forstamt. Mettner hat ihnen eine Liste geschickt.«

»Hast du zwischendurch mal geschlafen?«, fragte Josie.

»Ein paar Stunden, ja.«

Sie stand auf und warf einen Blick in den Gang hinaus. Aus der Küche flogen ihr verschiedene Essensgerüche zu. »Ich habe das Gefühl, dass Shannon noch mal versuchen wird, mich zu füttern, bevor ich zu euch zurückfahren kann.«

»Sehr gut, soll sie nur machen. Wir gehen nirgendwo hin.«

Josie legte auf, ging ins Bad und machte sich dann auf den Weg nach unten. In der Küche wartete nicht Shannon am Herd auf sie, sondern Christian. »Deine Mutter räumt gerade den Dachboden auf«, erklärte er. »Wundert mich eigentlich, dass du sie nicht gehört hast.«

»Ich war ganz schön müde«, sagte Josie.

Kurz darauf stellte Christian einen Teller voll Nudeln und gebratenem Gemüse vor ihr ab. »Iss«, sagte er. »Ich muss noch ein paar Leute anrufen, weil ich fürs Erste nicht zur Arbeit gehen werde. Hast du alles, was du brauchst?«

Josie nickte. Kaum dass er das Zimmer verlassen hatte, ging sie zu ihrer Tasche und zog die Kopie der Knochenkünstlerakte heraus, die sie mitgebracht hatte. Als Erstes nahm sie alle Kopien der Fotos heraus und steckte sie ganz hinten in die Mappe. Wenn Shannon oder Christian wieder ins Zimmer kamen, wollte sie nicht, dass sie diese Fotos sehen konnten. Beim Essen blätterte sie durch Autopsieberichte, DNA-Ergebnisse, Opferprofile und versuchte zu erkennen, was davon Trinity verraten haben könnte, wie sie den Killer kontaktieren konnte. Um das zu schaffen, musste sie etwas wirklich Bahnbrechendes gefunden haben, vor allem, da die Polizei ja schon seit über einem Jahrzehnt erfolglos nach dem Mörder gesucht hatte.

Doch nichts stach ihr ins Auge.

Sie nahm das psychologische Profil zur Hand und las es erneut, diesmal noch sorgfältiger. Irgendjemand – wahrscheinlich Drake – hatte sich an den Seitenrändern und am Ende des Profils Notizen gemacht:

möchte Aufmerksamkeit schinden und für Intelligenz bewundert werden; möchte sich wichtig fühlen; Zeit für Supercop-Strategie?

Josie nahm sich vor, Drake später nach dieser Strategie zu fragen. Sie las das Profil noch einmal, versuchte, es mit Trinitys Augen zu sehen. Ohne Erfolg. Sie aß den Rest ihrer Nudeln auf und spülte den Teller im Spülbecken ab. Dann setzte sie sich wieder, ganz leise, und lauschte im Haus nach Shannon und Christian. Aus Christians Büro im Erdgeschoss hörte sie ihn sprechen, er war immer noch am Telefon. Ein dumpfes Poltern aus dem oberen Stockwerk verriet ihr, dass Shannon noch mit Aufräumen beschäftigt war. Nachdem sie sich so versichert hatte, dass ihre Eltern zumindest noch ein paar Minuten beschäftigt sein würden, holte Josie tief Luft und zog die Fotos, die sie vorhin versteckt hatte, aus der Mappe. Sie wappnete sich gegen den grausigen Anblick und erkannte zu spät, dass es keine gute Idee gewesen war, direkt vorher etwas zu essen. Sie atmete noch einmal tief ein und zwang sich dazu, ihren Blick auf die Knochen zu richten, die als die Überreste Robert Ingrams ausgewiesen waren. Sie bemühte sich, die Bilder mit wissenschaftlicher Distanz zu betrachten und ihre Emotionen dabei nicht ins Spiel zu bringen. Sie musste versuchen, das abgebildete Arrangement nicht mit Abscheu anzusehen, sondern zu denken wie der Killer. Er verspürte keine Abscheu bei dem, was er tat. Die meisten Serienmörder hatten Freude an ihren Morden. Und dieser spezielle Mörder hatte nicht nur Freude daran, sondern versuchte auch noch, damit etwas auszusagen. Nur was? Er sah sich selbst als Künstler. Diese grausigen Arrangements waren in seinen Augen Kunstwerke. Symbolisch aufgeladen. Josie griff nach ihrer Tasche und fand darin Notizbuch und Stift.

Sie begann, die Form des Knochenarrangements nachzuzeichnen. Zunächst malte sie einen Kreis, wie bei einer Uhr. Innerhalb dieses Kreises zeichnete sie einen weiteren, der den Oberkörper darstellte. Dort, wo auf einer Uhr die Sechs wäre, zeichnete sie die Armknochen als Linie ein und an deren Ende Schädel und Beckenknochen. Dann setzte sie bei zwei Uhr an, um mit einer weiteren Linie die Position der Beinknochen nachzuzeichnen, als sie plötzlich innehielt.

»Was zur Hölle ...?«

Sie blätterte zur nächsten Seite in ihrem Notizbuch und begann erneut zu zeichnen, ein Kreis, eine Linie nach unten bei sechs Uhr und dann eine kürzere Linie, die die erste kreuzte.

Sie blätterte den Stapel Fotos durch, bis sie ein Bild von Terri Abbotts Knochen fand. In diesem Arrangement lagen Beckenknochen und Schädel am anderen Ende des Kreises, am Ende der Beinknochen auf zwei Uhr. Josie schlug eine neue Seite in ihrem Notizbuch auf und zeichnete einen neuen Kreis, diesmal mit einer Linie auf zwei Uhr und einer kürzeren Linie an deren Ende – nein, sie erkannte es jetzt, keine Linie. Ein Pfeil.

Sie lehnte sich in ihrem Stuhl zurück und starrte auf ihre hingekritzelten Zeichnungen. Symbole. Weiblich und männlich.

Sie klappte die Akte zu, holte ihr Handy aus der Tasche und rief Noah an.

Er ging schon nach dem zweiten Klingeln ran. »Alles okay?«, fragte er. »Bist du schon auf dem Rückweg?«

»Ich werde bald losfahren«, erwiderte Josie. »Wo bist du? Sind die anderen bei dir?«

»Gretchen ist nach Hause gefahren, um ein bisschen zu schlafen, aber Mettner und Drake sind gerade angekommen, sie haben sich schon heute Morgen kurz hingelegt. Was ist los? Hast du das Tagebuch gefunden?«

»Nein, das noch nicht«, sagte Josie. »Aber ich glaube, ich habe kapiert, was es mit den Knochenarrangements auf sich hat. Hol mal die Fotos.«

»Okay, Moment.«

Sie konnte hören, wie er herumlief, mit den anderen redete und Drake und Mettner herbeiholte. Dann hörte sie Schritte die Treppe hinunterpoltern, eine quietschende Tür, raschelndes Papier. Dann war Noah wieder da. »Okay, jetzt haben wir die Fotos vor uns liegen. Ich stell dich auf Lautsprecher.«

Es piepste und Mettner und Drake begrüßten sie. Sie stürzte sich direkt hinein in ihre Erklärung. »Schaut euch die

Fotos der männlichen Opfer an. Schädel und Beckenknochen liegen bei ihnen unten, auf sechs Uhr.«

»Ja, können wir sehen«, sagte Mettner.

»Jetzt deckt die Beinknochen auf zwei Uhr zu. Tut so, als ob sie nicht da wären. Damit habt ihr nur noch einen Kreis mit einer Linie nach unten und einer anderen Linie, die sie kreuzt.«

Jemand stieß ein leises Pfeifen aus. Dann sagte Drake: »Das ist das Venussymbol. Weiblich.«

»Genau«, sagte Josie. »Und jetzt schaut euch Terri Abbott an, das einzige weibliche Opfer. Bei ihr liegen Beckenknochen und Schädel weiter oben, auf zwei Uhr.«

»Verstanden«, sagte Noah. »Wenn wir jetzt die Knochen auf sechs Uhr zudecken, ergibt das das Zeichen für männlich. Ach du heilige Scheiße.«

»Genau, es sind Symbole. Männlich und weiblich«, sagte Josie.

Mettner fragte: »Aber warum stellt das weibliche Opfer das männliche Symbol dar und die männlichen Opfer das weibliche Symbol?«

Josie dachte an Trinitys Post-it-Notizen. Symmetrie. Irgendwas mit Symmetrie. Aber was genau? Würde es nicht mehr Sinn ergeben, wenn die Männer das männliche Symbol darstellten und die Frau das weibliche Symbol?

»Das weiß ich nicht«, sagte Josie. »Aber ist doch schon mal besser als nichts.«

Langes Schweigen. Dann sagte Drake: »Das ist absolut genial, Detective Quinn. Und höchstwahrscheinlich haben Sie damit völlig recht, es sind tatsächlich die Symbole für männlich und weiblich. Leider hilft uns das aber nicht dabei, diesen Mann zu finden.«

Josie sackte in ihrem Stuhl zusammen. Da hatte er recht.

»Allerdings«, fügte Drake hinzu, »kann ich mich damit an meine Kontaktperson bei der Verhaltensanalyse wenden. Vielleicht kann deren Abteilung sich ja einen Reim darauf machen und darin etwas erkennen, was uns bei der Ermittlung weiterhilft.«

»Danke«, sagte Josie, immer noch niedergeschlagen. »Ich werde mich bald auf den Weg zu euch machen. Bis später.«

Sie packte ihre Sachen zusammen und verabschiedete sich von Shannon und Christian, die ihr versprachen, später ebenfalls wieder nach Denton zu fahren. Während sie den mit Bäumen gesäumten Landstraßen Richtung Denton folgte, kaute ihr erschöpftes Gehirn erneut durch, was sie gerade herausgefunden hatte. Hatte Trinity dieselbe Erkenntnis gehabt? Bestimmt. Und wenn ja, wohin war sie dieser Spur gefolgt? Wie war es ihr gelungen, aus der Bedeutung der Symbole zu schließen, wie sie den Killer nach so vielen Jahren aus der Reserve locken konnte?

Sie umklammerte ihr Lenkrad. Die Straße vor ihr wurde enger. Auf ihrer rechten Seite war ein Abhang und darunter eine Schlucht, links erstreckte sich der Wald, soweit das Auge reichte. Kurz darauf kam auf ihrer linken Seite ein Pick-up in Sicht. Er stand rückwärts geparkt auf dem Seitenstreifen in einer kleinen Baumlücke. Die weiße Vorderseite stach zwischen den Bäumen hervor. Die Unterseite der Tür war mit Schlamm bedeckt und jemand hatte mit der Fingerspitze eine Botschaft in den Schmutz gezeichnet – *Wasch mich!* Josie musste beim Vorbeifahren lachen. Aus dem Augenwinkel heraus konnte sie unterhalb dieser Botschaft noch etwas anderes erkennen. Eine Art Symbol.

Sie war bereits ein ganzes Stück an dem Pick-up vorbeigezogen, als ihr endlich dessen Bedeutung bewusst wurde.

Wahrscheinlich ist sein Fahrzeug recht unauffällig, aber groß genug, um Raum für all seine Aktivitäten zu bieten. Ein Van oder ein Pick-up, allerdings ein älteres Modell, nichts, was groß Aufmerksamkeit auf sich zieht.

Rasend schnell ging sie in Gedanken alle Möglichkeiten durch. Konnte das sein? Waren es nicht doch eher der Stress und der Schlafmangel, die sie in den Wahnsinn trieben? Josie schüttelte den Kopf, als könne sie so Ordnung in ihre Gedanken bringen. Das hier konnte einfach kein Zufall sein, entschied sie. Was als Nächstes passierte, fühlte sich an wie die Erlebnisse mehrerer Stunden, obwohl es nur wenige Sekunden dauerte. Sie riss ihr Steuer herum, in Richtung Pick-up, und drückte auf das Gaspedal. Mithilfe der Sprachsteuerung ihres Ford Escape rief sie Noah an. Bevor er noch irgendetwas sagen konnte, unterbrach sie ihn: »Noah, ich glaub, ich hab ihn. Den Knochenkünstler.«

»Was? Josie, wovon redest ...«

»Hör zu, ich hab nicht viel Zeit.« Sie erklärte ihm rasch, wo sie gerade war, so gut sie es einschätzen konnte. »Sein Auto scheint ein weißer Chevrolet-Pick-up zu sein. Älteres Modell.«

Bevor sie noch mehr sagen konnte, sah sie einen Mann aus dem Wald heraustreten und in den Pick-up hinters Steuer steigen. Er hatte sie nicht gesehen. Er war groß, etwa ein Meter achtzig, gekleidet in Jeans und Flanellhemd. Unter der Basecap, die er tief ins Gesicht gezogen hatte, blitzten braune Haarsträhnen hervor. Er sah auf, unmittelbar bevor sie ihn erreichte, und blickte ihr in die Augen.

»Er ist hier«, sagte Josie. »Und ... irgendwas ist mit seinem Gesicht ...«

Der Mann gab Gas, sein Pick-up sprang vorwärts und versprühte Gras- und Erdklumpen im Wald hinter sich. Er hielt direkt auf ihr Auto zu und die Vorderseite des Pick-ups grub sich in Josies Vordertür auf der Beifahrerseite. Der Aufprall erschütterte Josie und warf ihren Körper von einer Seite auf die andere. Ihr Kopf knallte gegen das Fenster und Sterne kreisten vor ihren Augen. Sie klammerte sich an ihr Lenkrad, versuchte, ihren SUV irgendwie wieder unter Kontrolle zu kriegen, aber es wollte ihr nicht gelingen. Der Mann beschleunigte immer weiter, sein Pick-up schob ihren SUV die Straße hinunter bis zur anderen Seite. Josie registrierte schwach den Aufprall, mit dem ihr Auto gegen die Leitplanke gequetscht wurde. Kreischend traf Metall auf Metall. Der Pick-up ließ einfach nicht nach. Ihr Auto kippte und rollte den Abhang hinunter. Um sie herum zersplitterten und zersprangen alle Fenster. Ihr Sitzgurt schlang sich um ihren Brustkorb und schnürte ihr die Luft ab. Schließlich kam das Auto kopfüber zum Stehen, über dem Waldboden zwischen zwei großen Bäumen festgeklemmt.

Um sie herum schien alles wie von Nebel bedeckt. Ihre Windschutzscheibe war zersprungen. Überall lagen Glassplitter. Sie versuchte, sich zu bewegen. Sie tastete nach ihrem Sitzgurt, suchte nach dem Knopf, um sich zu befreien, aber er funktionierte nicht.

Von irgendwoher schwebte Noahs Stimme zu ihr und steigerte ihre Orientierungslosigkeit nur noch weiter. »Josie!«, schrie er. »Josie! Ist alles okay? Josie!«

»Un…Unfall«, krächzte sie.

Nun wurde seine Stimme leiser, aber sie konnte hören, wie er im Hintergrund mit jemand anderem sprach und Anweisungen in die Runde rief. Dann sprach er wieder mit ihr: »Bleib, wo du bist! Hilfe ist unterwegs.«

Durch den Nebel ihrer Verwirrung hindurch erklang ein Gedanke. Ein wichtiger Gedanke. Er war hier. Er war ganz in ihrer Nähe. *Er hat versucht, dich umzubringen.* Sie schnappte nach Luft und blinzelte heftig, was ein Feuer in ihren Augen entfachte. Schmerzhafte Nadelstiche wie Säure auf ihrer Hornhaut.

»Nicht anfassen«, sagte eine männliche Stimme, als ihre Hände zu ihren Augen fuhren.

Panik durchflutete ihren Körper und all ihre Muskeln spannten sich an. Sie konnte die Augen nicht öffnen. Der Schmerz war einfach unerträglich. Sie streckte die Hände aus, als könne sie ihn damit von sich fernhalten. Mit angespannt hoher Stimme sagte sie: »Bleiben Sie weg. Fassen Sie mich nicht an.«

Sie konnte spüren, wie er näherkam. Er grunzte und sie konnte sowohl fühlen als auch hören, dass er ihre Tür aufstemmte. Sie prallte zurück, aber die Stimme des Mannes blieb unverändert ruhig. »Sie haben Glassplitter in den Augen«, sagte er. »Sie dürfen sie nicht reiben und auch nicht blinzeln.«

Ein Schrei explodierte in ihrem Körper und sie schlug wild mit Armen und Beinen um sich, als sie seine Hände zerrend und reißend auf sich spürte. Dann hörte sie ein Klicken und fiel ins Leere. Den Bruchteil einer Sekunde später knallte sie auf den Waldboden. Hände schoben sich unter ihre Knie und Schultern und dann wurde sie hochgehoben. Ihr Körper schlackerte beim Tragen gegen seinen. Als Noahs blecherne Stimme über ihren Köpfen aus dem Lautsprecher des Autos erklang, erstarrte er. »Josie! Josie! Red mit mir!«

Er beugte sich nach unten und dann spürte sie wieder den Boden unter ihrem Körper. Trotz der Schmerzen öffnete sie ganz langsam ein Auge, aber sie konnte nur vage Umrisse eines Mannes sehen, der sich von ihr entfernte. Sie versuchte, sich aufzurichten, aber der Schwindel war überwältigend und sie fiel auf die Knie.

»Halt«, sagte sie keuchend. »Halt. Meine Schwester.«

Er hielt inne, drehte sich aber nicht zu ihr. Sie tastete nach ihrem Schulterholster und versuchte, ihre Waffe zu ziehen, aber die verdammten Knöpfe des Holsters gaben nicht nach. Vielleicht zitterten auch einfach ihre Hände zu sehr. »Wo ist sie?«, fragte sie ihn. »Wo ist Trinity?«

Keine Antwort. Keine Bewegung. Ihre Augen brannten.

»Lebt sie noch?«, fragte Josie. »Bitte, sagen Sie mir, ob sie noch lebt.«

Er ging weiter. Josie kroch verzweifelt hinter ihm her, während sich der einzige Verbindungspunkt zu ihrer Schwester immer weiter entfernte. »Halt!«, schrie sie, Tränen rannen in

Bächen über ihre Wangen, das Brennen in ihren Augen nun ein Höllenfeuer, ihr Blickfeld nichts als ein Kaleidoskop seltsamer, missgebildeter Formen. »Nimm mich mit! Nimm mich mit!«

Die Schritte verstummten. Sein Umriss ragte vor ihr auf, nur eine weitere verschwommene Form auf dem steilen Abhang der Schlucht. Seine Antwort wehte über die scheinbar endlose Weite zwischen ihnen zu ihr herüber. Er sagte: »Heute noch nicht.«

ACHTUNDDREISSIG

Josie kroch den Abhang hinauf bis zum Straßenrand, wobei sie sich rein vom Gefühl ihrer Hände leiten ließ und versuchte, nicht zu blinzeln oder auch nur an das Brennen in ihren Augen zu denken. Es schien Stunden zu dauern, bis sie ein Fahrzeug herbeirasen hörte. Sie wollte ihre Augen öffnen, sehen, wer ihr entgegenkam. Endlich Hilfe? Oder war er zurückgekommen? Würde er sie diesmal mitnehmen? Mit zu Trinity? Wenige Sekunden später hörte sie Stimmen aus dem Polizeifunk quaken und spürte eine Woge der Erleichterung. Hände griffen nach ihr und hoben sie hoch. Man stellte ihr Fragen. Sie beantwortete sie, so gut sie konnte, aber die Schmerzen waren so allumfassend, dass sie sich kaum konzentrieren konnte. Jeder einzelne Teil ihres Körpers schmerzte, vor allem ihr Nacken. Dennoch tat sie ihr Möglichstes, um das Fahrzeug und den Mann zu beschreiben.

»Sein Gesicht«, sagte sie. »Irgendwas stimmt nicht mit seinem Gesicht.«

Eine männliche Stimme fragte: »Wie meinen Sie das? Hat er eine Narbe?«

»Nein. Ja. Sowas in der Art.« Was war es, was sie gesehen

hatte? Es war alles so schnell geschehen. War es vielleicht nur ein Schatten gewesen, oder die Tatsache, dass sie sein Gesicht aus einem bestimmten Winkel gesehen hatte, als er zum ersten Mal aufgesehen und zu ihr geschaut hatte? »Ich glaube ... ein Brandmal, auf der linken Seite seines Gesichts. Rot.«

»Verstanden. Wir fahren jetzt.«

Sie brachten sie ins Krankenhaus. Neue Hände untersuchten sie. Man rollte sie auf ihrer Liege hin und her. Röntgenaufnahmen, CT-Scans. Eine freundliche Krankenschwester spülte ihre Augen aus, wieder und wieder, das Wasser ergoss sich wie eine kalte, schmerzhafte Taufe über ihren ganzen Kopf. Schließlich vernahm sie vertraute Stimmen. Noah, Gretchen, Shannon und Christian. Sie wollte mit ihnen sprechen, nach ihnen greifen, aber die Ärzte hielten sie auf Abstand. Als Nächstes kamen eine großzügige Menge Augentropfen und eine Ärztin, die ihre Augenlider aufklappte und mit der Pinzette winzige Glassplitter entfernte. Dann fand sie sich in einem Bett wieder, eine Infusionsnadel in der Armbeuge. Sie hörte Noahs Stimme erneut und dann eine unbekannte Stimme, die sagte: »Sie hat eine Gehirnerschütterung und ein paar Prellungen. Wir konnten alle Glassplitter aus ihren Augen entfernen. Sie hatte großes Glück, die Splitter haben lediglich Hornhautabschürfungen verursacht, welche bei guter Pflege problemlos heilen sollten. Allerdings waren die Ereignisse recht traumatisch, wir sollten ihr also etwas Ruhe gönnen.«

Kurz darauf schob sich Noahs vertraute Hand in ihre. Sie wollte gegen die überwältigende Müdigkeit ankämpfen, die jeden Zentimeter ihres Körpers erfasst hatte, aber sie war einfach nicht aufzuhalten. Sie drückte sanft Noahs Hand und sank in einen tiefen Schlaf.

Als sie wieder aufwachte, war draußen vor dem Fenster die Nacht heraufgezogen. Noah döste in einem Stuhl neben ihrem

Bett. Sie blinzelte im gedämpften Licht des Raumes und versuchte, sich aufzusetzen. Ihr Körper war so verkatert, als hätte sie gerade einen Triathlon absolviert. Vor allem ihre Nacken- und Rückenmuskeln waren steinhart und schmerzten. »Noah«, sagte sie, ihre Stimme nur ein brüchiges Flüstern.

Mit einem Ruck wachte er auf, sprang hoch und beugte sich über sie. »Ich bin hier. Du hast mich zu Tode erschreckt. Wie fühlst du dich?«

Sie blinzelte mehrmals und bemerkte voll Erleichterung, wie sein Gesicht in ihrem Blickfeld langsam schärfer wurde. »Alles okay. Meine Augen fühlen sich an, als hätte jemand Sand hineingeschüttet.«

»Ja, anscheinend wird das noch eine Weile so bleiben«, sagte er. »Sie haben mir Augentropfen für dich gegeben, die du die nächsten zwei Wochen nehmen kannst – die sollten helfen.«

»Habt ihr … habt ihr ihn erwischt?«

Sie konnte an seinen Augen ablesen, dass sie es nicht geschafft hatten. »Nein … es tut mir leid. Callowhill ist so klein. Sie hatten einfach nicht genug Leute, um dir zu helfen und gleichzeitig eine groß angelegte Suche nach diesem Typen auf die Beine zu stellen. Wir haben uns an die Staatspolizei gewendet, aber die haben noch nichts gefunden. Wir haben einen Fahndungsaufruf im ganzen Bundesstaat rausgegeben, wegen des Pick-ups – älteres Modell, weiß, Chevrolet.«

»Mit Frontschaden«, sagte Josie. »Er ist direkt in mich reingefahren.«

Noah hob ruckartig seinen Kopf. »*Er* hat dir das angetan?«

Sie setzte zu einem Nicken an, was einen schmerzhaften Blitz in ihrem Nacken und Kopf explodieren ließ. Sie keuchte und schloss die Augen, bis der pulsierende Schmerz etwas nachließ. Als sie wieder zu ihm aufblickte, sah sie gespannte Neugierde in Noahs Blick.

»Er hatte den Pick-up zwischen den Bäumen geparkt, ich

konnte sein Nummernschild leider nicht sehen. Mir war aber so, als hätte ich auf der Beifahrertür etwas gesehen. Es sah aus, wie ... wie ...«

»Wie was?«, fragte Noah.

Ihre Gedanken waren wie mit Watte umhüllt und auf der Suche nach dem entscheidenden Bild griff sie immer wieder ins Leere. »Steno«, sagte sie schließlich. »So wie in Trinitys Auto.«

»Vielleicht sollte ich deine Ärztin rufen«, sagte er, die Stirn in Sorgenfalten gelegt.

»Nein«, sagte Josie. »Hör einfach zu.« Sie beschrieb die Kritzelei im Schmutz der Autotür – *Wasch mich!* – und wie sie darunter etwas entdeckt hatte, was wie ein Kurzschriftsymbol aussah. Sie war bereits ein ganzes Stück an dem Pick-up vorbeigezogen, als ihr endlich klar wurde, welche Bedeutung dieses Symbol und der unauffällige, ältere Pick-up hatten.

»Was er wohl in Callowhill zu suchen hatte? Sieht aus, als würde er dich verfolgen«, überlegte Noah.

»Entweder mich oder Shannon und Christian«, sagte sie. »Schwer zu sagen. Ist Patrick noch in der Uni, in Denton?«

»Er übernachtet bei uns im Haus, aber ja, er ist in Denton und in Sicherheit. Lisette ist bei ihm.«

»Ich weiß nicht, warum der Knochenkünstler hier in Callowhill war«, meinte Josie. »Aber er wusste, wer ich bin. Ich habe gewendet und bin wieder zu ihm zurückgefahren und sobald er mich gesehen hat ...«

»Na ja, wenn der Typ in letzter Zeit mal ins Fernsehen oder ins Internet geguckt hat, wird er wohl wissen, dass Trinity Payne eine Zwillingsschwester hat«, sagte Noah. »Also, ja, wahrscheinlich hat er dich sofort erkannt.«

»Er hat sich sofort auf mich gestürzt, ohne Zögern. Hat mich von der Straße gedrängt und dann ... Mein Auto«, sagte Josie. »War der Sitzgurt durchgeschnitten?«

»Ja«, antwortete Noah. »Womit hast du dich eigentlich freigesäbelt?«

»Das war ich nicht«, erklärte sie. »*Er* hat mich aus dem Auto befreit.«

»Josie, ich mache mir langsam wirklich Sorgen. Dein Kopf ...«

»Ich weiß, ich weiß. Ich habe eine Gehirnerschütterung. Aber glaub mir, so ist es wirklich passiert. Er ist zum Auto runtergelaufen. Er hat den Sitzgurt durchgeschnitten. Er hat mich weggetragen und dann hat er deine Stimme gehört ... die Freisprechanlage lief noch. Als er dich gehört hat, hat er mich auf dem Boden abgelegt und ist weggegangen. Ich habe ihn gefragt, wo Trinity ist, ob sie noch am Leben ist, aber er wollte mir nichts verraten.«

»Aber er hat mit dir geredet?«

»Ja«, sagte Josie und ein Zittern ließ ihren Körper von Kopf bis Fuß erbeben. »Aber dann hat er dich gehört und muss wohl gedacht haben, dass die Rettungskräfte zu schnell da sein würden. Das Risiko wollte er nicht eingehen und hat sich aus dem Staub gemacht.«

Noah blieb mehrere Sekunden lang stumm. Dann sagte er: »Dir ist hoffentlich klar, dass wir dich nach dem Tag heute nicht mehr alleine rumfahren lassen können. Nicht, bis wir den Kerl gefasst haben.«

»Ich bin doch okay«, widersprach Josie, obwohl sich in diesem Moment ein pochender Schmerz in ihrem Kopf bemerkbar machte.

Noah lächelte und strich ihr eine Haarsträhne aus dem Gesicht. »Ich weiß, du bist immer okay. Was denkst du, warum er dich mitnehmen wollte? Hat er irgendwas gesagt?«

»Ich weiß nicht«, gab Josie zu. »Er hat nichts gesagt.«

»Das passt überhaupt nicht zu seinem Muster«, sagte Noah. »Zwei Leute so kurz hintereinander zu entführen. Drei sogar, wenn man Nicci Webb mitzählt.«

»Ich weiß.« Sie brauchte mehr Zeit zum Nachdenken. Im Moment waren ihre Gedanken einfach zu vernebelt. Sie sah sich im Zimmer um. »Müssen sie mich über Nacht hierbehalten? Wann kann ich gehen?«

»Morgen. Sie wollen dich noch im Auge behalten. Und, ehrlich gesagt, halte ich das für genau richtig.«

Sie ließ ihren Blick erneut durchs Zimmer schweifen. An der gegenüberliegenden Wand hing ein Fernseher. Darauf zwei Nachrichtensprecher in der Redaktion. Ein Bildschirm hinter ihnen zeigte ein Foto von Trinity. Darunter stand:

Morgenshow-Moderatorin entführt.

Die Lautstärke war heruntergedreht, aber Josie konnte gerade noch hören, wie sie über Trinitys Fall sprachen.

»Bin ich in Callowhill?«

»Nein, etwa dreißig Kilometer entfernt. Dieses Krankenhaus lag am nächsten. Morgen wirst du entlassen und dann nehmen Gretchen, Shannon, Christian und ich dich wieder mit nach Denton.«

Sie wusste, dass jede Diskussion zwecklos war. Zum einen hätte sie eindeutig die schlechteren Gewinnchancen, zum anderen tat ihr immer noch alles weh und sie war komplett erledigt. In der Nachrichtensendung schnitten sie nun zu Hayden Keating, der vor dem Dentoner Polizeirevier mit extrem besorgter Miene in ein Mikrofon sprach. Er nannte Trinity immer wieder »meine Co-Moderatorin«, obwohl sie schon seit zwei Monaten nicht mehr gemeinsam in der Show gewesen waren. Josie schüttelte den Kopf und ließ damit erneut Schmerzensblitze vor ihren Augen explodieren. Sie wandte sich an Noah.

»Habt ihr schon mit Hayden Keating geredet?«

»Ja«, erwiderte Noah. »Er ist ins Revier gekommen, konnte uns aber nichts Nützliches sagen. Er hatte sogar noch mehr offene Fragen als wir.«

»Mettner ist immer noch an dem Fall dran?«

»Ja, mit Unterstützung vom FBI. Gretchen ist unterwegs, um die Leute von der Polizei in Callowhill und der Staatspolizei auf der Suche nach diesem Typen beziehungsweise seinem Pick-up zu koordinieren.« Er zog sein Handy aus der Tasche und tippte schnell eine SMS. »Ich sag ihr wegen des Frontschadens Bescheid. Und du meintest, er hat ein Brandmal im Gesicht?«

»Ich glaube, ja. Es ging einfach alles so schnell. Er hatte eine Basecap ins Gesicht gezogen, aber auf der linken Seite seines Gesichts hat irgendwas nicht gepasst. Da war eine dunkelrote Fläche oder sowas in der Art. Bis ich ihn aber genauer angucken konnte, war er schon dabei, wie ein Verrückter mein Auto zu rammen. Und als er danach zu mir runterkam, hatte ich Glassplitter in den Augen und konnte nichts sehen. Tut mir leid.«

»Muss es nicht. Du hast dich wirklich tapfer geschlagen. Jetzt ruh dich erst mal aus. Ich weck dich auf, wenn es Neuigkeiten gibt.«

Sie schlenderten zum Haus zurück. In der Küche war alles dunkel und kalt. Keine Spur von Hanna. Kein Essen auf dem Herd. Als sie im Eingangsbereich ankamen, sah Alex auch, wieso. Am unteren Ende der Treppe lag Francis, sein Körper verdreht und verknotet. Eins seiner Beine stand in einem unnatürlichen Winkel ab. Kurz dachte Alex, er wäre tot. Eine Blutlache umgab seinen Kopf wie ein Heiligenschein und er lag völlig bewegungslos da. Angestrengt starrte Alex ihn an, versuchte zu erkennen, ob seine Brust sich hob und senkte, aber es war unmöglich zu sehen. Dann blinzelte Francis und Alex sprang erschrocken zurück. Zandra kicherte. Mehrere Minuten lang lachte sie ausgelassen. Alex blickte die Treppe hinauf und sah Hanna barfuß auf den Stufen sitzen. Sie hatte die Ellbogen auf die Knie gestützt und hielt locker eine Metallstange umfasst, die Alex als eins der Beine ihrer Staffelei erkannte.

Als Zandra aufhörte zu lachen, sah Hanna auf, als habe sie Alex jetzt erst bemerkt. Ihre Augen waren weit aufgerissen, größer, als Alex sie je gesehen hatte. Mit der Stange deutete sie auf Francis. »Er war nicht wie wir«, sagte sie.

Alex ging zu ihr und versuchte, ihr die Stange abzunehmen,

aber sie klammerte sich fest daran. »Nein«, sagte sie. »Dann denken sie, du warst das. Das gibt Ärger. Dann würden sie dich wegholen. Ich habe das deinetwegen getan, weißt du?«

»Ha, von wegen, du egoistische Schlampe«, sagte Zandra, ging zu Francis hinüber und starrte auf ihn hinab. Sie ließ einen langen Spuckefaden in eins seiner Augen fallen und begann wieder zu kichern.

Hanna ignorierte sie. Stattdessen warf sie Alex einen flehenden Blick zu. »Er war nicht wie wir. Verstehst du, was ich meine?«

»Nein«, murmelte Alex.

Zandra trat Francis zwischen die Rippen. »Er ist nicht unser Vater, du Idiot. Das will sie uns damit sagen. Er wollte sie nicht heiraten, weil sie zwei Bastarde auf die Welt gebracht hat.«

Alex sah zu Hanna, um Bestätigung heischend. Sie nickte. Er versuchte, sich an eine Zeit zu erinnern, in der Francis noch nicht Teil ihres Lebens gewesen war, aber es gelang ihm nicht. Francis war schon immer ihr Vater gewesen.

»Es tut mir leid«, flüsterte Hanna.

»Heb dir das für die Polizei auf«, sagte Zandra, inzwischen gelangweilt. »Ich hol mir jetzt was zu essen.«

VIERZIG

Wie versprochen wurde Josie am nächsten Tag aus dem Krankenhaus entlassen. Noah und Gretchen fuhren sie nach Denton zurück, mit Shannon und Christian im Schlepptau. Josie wollte unbedingt zurück ins Revier, aber alle anderen waren dagegen. Sie solle sich ausruhen, sagten sie. Ausruhen? Ausruhen! Als ob sie Trinity wiederfinden könnte, indem sie sich ausruhte. Noah setzte sie zu Hause ab und fuhr dann zurück ins Revier, um sich mit dem Rest des Teams zu treffen. Josie saß inzwischen im Wohnzimmer auf der Couch, Lisette auf der einen Seite, Trout auf der anderen, und versuchte stundenlang, das Kurzschriftsymbol nachzuzeichnen, das sie auf dem Auto des Knochenkünstlers entdeckt hatte. Nach jedem Versuch musterte Lisette ihre Kritzelei, runzelte die Stirn und murmelte: »Ich weiß nicht, Schätzchen.« Schließlich wurden Josies Kopfschmerzen zu überwältigend, um die Augen weiter offenzuhalten, also gab sie Shannon und Christian ihren Bibliotheksausweis und bat sie, in Dentons Bibliothek nach einem Buch über die Gregg-Kurzschrift zu suchen.

Dann schluckte sie ein paar Tabletten Ibuprofen ohne Wasser hinunter, streckte sich auf ihrem Bett aus und schloss die Augen. Aber Schlaf blieb ihr verwehrt, in ihrem Kopf kreisten zu viele Gedanken, um Trinity und die Ermittlung. Gedanklich ging sie die Knochenkünstlerakte durch, immer und immer wieder. Was hatte Trinity darin entdeckt, das Josie entgangen war? Welches Puzzlestück fehlte ihr?

Symmetrie. Männlich. Weiblich. Symbole. Spiele.

Plötzlich riss sie die Augen auf. Sie hatte einen enormen Bereich dessen übersehen, was Trinity untersucht hatte. Sie schlich die Treppe nach unten, vorbei an Trout und Lisette, die auf der Couch eingekuschelt waren. Shannon und Christian waren noch unterwegs. Sie schaffte es ungehört bis in die Küche, um sich die Tasche zu schnappen, die Gretchen aus Josies verstümmeltem Autowrack gezogen hatte, bevor sie Callowhill verlassen hatten. Damit ging sie wieder nach oben ins Schlafzimmer. Sie zog die Knochenkünstlerakte aus der Tasche und verteilte die Dokumente auf ihrem Bett, auf der Suche nach den Briefen, die der Knochenkünstler 2014 an die Fernsehmoderatoren geschickt hatte, kurz bevor sein letztes Opfer aufgefunden wurde und er vom Radar verschwand.

Sie reihte die Briefe nebeneinander auf. Sie waren alle innerhalb derselben Woche abgeliefert worden und an verschiedene Journalisten adressiert. Allesamt Moderatoren beliebter Morgenshows, in den drei größten Nachrichtensendern der USA. In jedem der drei Sender hatte der Knochenkünstler sich jeweils an einen Mann und an eine Frau gewandt. Bis auf den Sender, bei dem Trinity gearbeitet hatte. Dort hatte ein Mann einen Brief erhalten, aber keine Frau. Josie suchte nach dem Foto des Umschlags, in dem der entsprechende Brief abgeliefert worden war, und fand den Namen dieses Mannes: *Hayden Keating*.

Trinitys Co-Moderator.

Das Eudora war Dentons schickstes Hotel, weswegen Josie annahm, dass er bestimmt dort ein Zimmer gebucht hatte. Eine schnelle SMS an Trinitys Assistentin bestätigte ihre Vermutung. Josie zog sich an, tauschte Jogginghose gegen Jeans und ihr T-Shirt gegen ein Poloshirt mit dem Dentoner Polizeilogo. Sie legte ihr Schulterholster an und kramte in ihrem Schrank nach einer dünnen Jacke. Als sie sich bückte, um ihre Schuhe anzuziehen, warf sie das überwältigende Schwindelgefühl fast zu Boden, was sie geflissentlich ignorierte. Sie steckte ihr Handy ein und suchte bestimmt zehn Minuten lang nach ihrem Autoschlüssel, bis ihr endlich einfiel, dass sie ja kein Auto mehr hatte. Ihr Ford Escape hatte den gestrigen Unfall nicht überlebt. Sie würde warten müssen, bis die Versicherung ihren Fall bearbeitet hatte, und dann würde sie sich mit der Versicherungssumme ein neues Auto kaufen müssen.

Stöhnend ließ sie sich auf ihr Bett sinken. Dann rief sie Gretchen an und erklärte ihr leise, was sie vorhatte. »Boss«, sagte Gretchen und begann zu flüstern. »Du weißt ganz genau, dass ich am Ende den Ärger kriegen werde, wenn ich dich in der Stadt rumfahre. Du hast uns alle zu Tode erschreckt. Noah bringt mich um, wenn er das herausfindet.«

»Ich bitte dich ja gar nicht darum, mich in der Stadt herumzufahren«, sagte Josie. »Ich will ja nur, dass du mich zu einem einzigen Gespräch mitnimmst. Du bist Teil der Ermittlungsleitung in dem Fall, du musst also sowieso die Fragen stellen. Ich bitte dich nur darum, mitfahren zu dürfen.«

Gelächter am anderen Ende der Leitung. »Jaja, klar, und wenn ich dich nicht mitfahren lasse?«

Josie seufzte. »Gretchen, bitte zwing mich nicht dazu, zum Eudora zu laufen. Das sind von hier aus mehrere Kilometer.«

Nun war Gretchen an der Reihe, zu seufzen. »Na fein. Ich hole dich in fünfzehn Minuten vor dem Haus ab.«

»Lieber eine Straße weiter hinten«, sagte Josie. »Wenn meine Eltern vor dir ankommen, kriege ich sonst Ärger.«

Gretchen hielt Wort und stand fünfzehn Minuten später an der Straßenecke. Josie stieg ein und dankte ihr. Gretchen deutete nur auf den großen Kaffeebecher vom Komorrah's, der in ihrer Mittelkonsole stand. »Trink das. Das wird gegen die Kopfschmerzen helfen.«

»Woher wusstest du, dass ich Kopfschmerzen habe?«, fragte Josie und griff nach dem Becher.

»Weil du eine Gehirnerschütterung hast, du Genie«, sagte Gretchen. »Jetzt trink schon. Sobald wir mit dem Gespräch durch sind, bringe ich dich wieder nach Hause.«

»Danke«, sagte Josie. Sie nahm einen Schluck Kaffee und der vertraute Geschmack und Geruch richteten sie einigermaßen wieder auf.

»Bist du sicher, dass du auf was gestoßen bist?«, fragte Gretchen.

»Codie Lash war zu der Zeit, als der Knochenkünstler seine Briefe an die Sender geschickt hat, Hayden Keatings Co-Moderatorin. Er hat sich Morgenshow-Moderatoren der wichtigsten landesweiten Sender gesucht und jeweils an einen Mann und eine Frau geschrieben – nur bei Trinitys Sender nicht. Dort hat nur Hayden Keating einen Brief bekommen. Eine ungerade Anzahl an Briefen. Ich glaube nicht, dass er ungerade Zahlen mag.«

»Weil er immer in Jahren mit geraden Zahlen jemanden umgebracht hat?«

»Genau.«

»Aber dann hat er fünf Briefe an die Sender verschickt statt sechs?«

»Ja. Das passt nicht. Das fällt aus seinem Muster heraus.«

»Meinst du? Schließlich hat er Nicci Webb und Trinity entführt und es dann mit dir probiert. Das sind drei Leute. Eine ungerade Zahl. Passt auch nicht ins Muster. Wie sollen wir wissen, wie sein Muster inzwischen überhaupt aussieht?«

»Aber nur, weil Trinity ihn herausgefordert hat«, sagte Josie. »Ihretwegen hat sich sein Muster verändert.«

»Nicci Webbs Überreste hast du siebzehn Tage nach ihrem

Verschwinden gefunden, nicht dreißig Tage wie sonst. Auch wieder aus dem Muster gefallen«, argumentierte Gretchen.

Josie seufzte und rieb sich die Schläfen. »Stimmt, inzwischen hält er sich nicht mehr an sein Muster. Aber mir geht es um die Zeit vor sechs Jahren, als er voll in seinem Element und öffentlich aktiv war. Damals hatte er ein strenges Muster. Gerade Zahlen waren ihm wichtig, also warum sollte er bei den anderen Sendern einen Mann und eine Frau wählen, beim dritten aber nur einen Mann?«

»Codie Lash hat auch einen Brief bekommen.«

»Genau das ist meine Vermutung«, stimmte Josie zu. »Warum sollte Trinity sich sonst für sie interessieren?«

»Und du denkst, Hayden Keating wusste, dass Codie Lash einen Brief bekommen und der Polizei nichts davon erzählt hat?«

»Das weiß ich nicht«, sagte Josie. »Scheint unwahrscheinlich, aber andererseits ist sie ja nur wenige Wochen nach Erhalt der Briefe in einem vermurksten Raubüberfall ermordet worden. Vielleicht dachte er, das wäre nicht so wichtig gewesen. Oder vielleicht wusste er nichts davon. Das werden wir herausfinden.«

»Wir müssen im Gespräch mit ihm vorsichtig sein«, sagte Gretchen. »Mettner will immer noch nicht, dass die Presse das mit dem Knochenkünstler spitzkriegt. Wenn wir Keating Grund zur Annahme geben, dass eine Verbindung zwischen Trinity und dem Knochenkünstler besteht, wird er definitiv eine Story daraus machen.«

»Verstanden«, sagte Josie.

EINUNDVIERZIG

Im Eudora ließ Josie Gretchen für sie beide sprechen. Der Portier rief in Hayden Keatings Zimmer an, redete kurz mit ihm und wies dann einen seiner Kollegen an, sie in den zehnten Stock zu führen. Hayden Keating war Ende fünfzig und breit gebaut. Sein dichtes graues Haar war gewellt und seine Zähne waren so makellos gerade und weiß, wie Josie es noch nie in echt gesehen hatte. Unzählige Male hatte sie ihn im Fernsehen gesehen, gekleidet in maßgeschneiderte Anzüge. Jetzt stand er in einer ausgebleichten Jeans und einem lachsfarbenen Hemd vor ihnen, welches leicht offenstand und einen Blick auf sein graues, lockiges Brusthaar ermöglichte. Er schenkte ihnen beiden einen ernsten Blick. Denselben Blick, mit dem er im Fernsehen Meldungen über Naturkatastrophen und andere Tragödien vom Teleprompter ablas. »Meine Damen«, sagte er. »Herzlich willkommen. Kommen Sie doch rein, setzen Sie sich.«

In seinem Zimmer stand ein kleiner Tisch mit Stühlen. Sie ließen sich am Tisch nieder. Josie war so, als hörte sie im Hintergrund Wasser rauschen. Die Tür zum Bad war geschlossen. War da jemand bei ihm? Oder war das nur ihr erschüttertes Gehirn, das ihr etwas vorgaukelte?

Hayden fragte: »Gibt es schon Neuigkeiten zu Trinity?«

Josie wandte ihm ihre Aufmerksamkeit zu und faltete die Hände vor sich auf dem Tisch. »Leider nein. Noch nicht.«

Er sah enttäuscht aus. Josie fragte sich, ob es daran lag, dass er sich aufrichtig Sorgen um Trinity machte, oder eher daran, dass es für ihn tolle Publicity wäre, über Neuigkeiten im Fall berichten zu können. Vermutlich letzteres.

Nun hörte Josie eindeutig, wie der Wasserhahn im Bad zugedreht wurde. Dann hörte sie jemanden hinter der geschlossenen Tür herumwuseln. Definitiv doch keine Einbildung. Sie wechselte zur Bestätigung einen schnellen Blick mit Gretchen. Falls Hayden es bemerkt haben sollte, ließ er es sich zumindest nicht anmerken.

Gretchen zog Notizbuch und Stift aus der Tasche, setzte ihre Lesebrille auf und blickte zu ihm hinüber. »Mr Keating, wir untersuchen derzeit alle Storys, an denen Trinity vor ihrer Entführung gearbeitet hat.«

Er lachte. »Storys, an denen sie gearbeitet hat? Trinity hat an gar keiner Story gearbeitet. Hören Sie, ich weiß nicht genau, wie ich Ihnen das sagen soll, wahrscheinlich sollte ich gar nichts sagen, die Information ist vertraulich.« Er warf Josie einen bedeutungsschwangeren Blick zu. »Ich hoffe, dass ich Sie damit nicht schockiere, aber ...«

»Der Sender ist dabei, Trinity durch Mila Kates zu ersetzen«, vollendete Josie seinen Satz.

Er machte ein überraschtes Gesicht.

Josie lächelte. »Es ist unser Job, Dinge herauszufinden, Mr Keating. Trinity hat an etwas gearbeitet, aber nicht im Auftrag des Senders. Wir vermuten, dass sie versucht hat, eine große Story zu finden, etwas, das die Zuschauer ansprechen würde, damit sie sie dem Sender präsentieren könnte, um ihren

Job zu retten. Oder um sich eine Stelle bei einem anderen Sender zu ergattern.«

Er lächelte. »Ja, das klingt ganz nach ihr.« Er warf über seine Schulter einen Blick zur Badtür. »Nun, wenn Sie es ja sowieso schon wissen, wird es Sie wahrscheinlich nicht stören ...«

»Was wird uns nicht stören?«, fragte Josie.

Er rief: »Schätzchen, komm und setz dich zu uns!«

Die Badtür öffnete sich und gab die Sicht frei auf eine Frau in einem dicken, flauschig weißen Bademantel, die sich gerade ihr kurzes blondes Haar trockenrubbelte. Sie schlenderte mit bloßen Füßen zu ihnen hinüber, die blauen Augen starr auf Josie gerichtet. »Wow«, sagte sie. »Sie sehen ihr ja echt total ähnlich!«

Josie wurde bewusst, dass ihr Mund offenstand.

Hayden sagte: »Darf ich vorstellen ...«

»Nicht nötig, ich weiß, wer sie ist«, fauchte Josie.

Die Frau streckte Gretchen eine Hand hin. »Mila Kates«, sagte sie. »Und Sie sind?«

»Detective Palmer. Wir sind hergekommen, um mit Mr Keating zu sprechen.«

Mila lehnte sich mit der Hüfte an Haydens Schulter und legte ihren Arm locker um seinen Hals. »Haben Sie schon eine Idee, was passiert ist?«

Josie konnte spüren, wie ihr die Röte ins Gesicht schoss. Sie hielt die Armlehnen ihres Stuhls umklammert, bereit, aufzuspringen, zu explodieren. Gretchen legte ihr eine Hand auf den Arm, eine sanfte Erinnerung, ihre Wut im Zaum zu halten, und verzog ihre Lippen zu einem angespannten Lächeln. »Tut mir leid, Ms Kates, aber wir sind nicht berechtigt, die Details einer laufenden Ermittlung preiszugeben. Kennen Sie Trinity persönlich?«

»Ach, nicht besonders gut. Wir sind uns halt hin und wieder bei irgendwelchen Events begegnet.«

Josie fragte: »Hayden hat Sie einander also nicht vorgestellt?«

Die beiden warfen einander einen Blick zu und lächelten. Als sie sich wieder an Josie und Gretchen wandten, trugen beide einen peinlich berührten Gesichtsausdruck. »Wir sind mit unserer Beziehung noch nicht an die Öffentlichkeit gegangen«, sagte Hayden.

Gretchen sagte: »Das ist bestimmt nicht einfach für Sie.«

Sie nickten beide.

Josie gab acht, es nicht als Vorwurf zu formulieren, und bemühte sich um einen Ton tiefer Besorgnis, als sie sagte: »Die Zeit, nachdem Ms Kates' Stalker sie vor laufender Kamera bedroht hat, muss besonders schwierig für Sie beide gewesen sein.«

Hayden sah zu Mila hoch. Tränen glänzten in seinen Augen. »Das war extrem schwierig«, gab er zu. »Ich wollte nichts als bei ihr sein, aber natürlich war der Presserummel danach so intensiv, dass ich Abstand halten musste.«

Mila berührte seine Wange und sah so verliebt zu ihm hinab, dass es Josie den Magen umdrehte. »Und ich habe mir nichts sehnlicher gewünscht, als dich zu sehen, aber es ging einfach nicht. Nicht, bis sich alles wieder beruhigt hatte.«

Mila Kates' Stalkerstory hatte die Pressewelt schon lange vor Trinitys beruflicher Unsicherheit erschüttert. Gretchen verstand, worauf Josie hinauswollte, und haute mit perfekt gespielter Unschuld in dieselbe Kerbe: »War es Haydens Idee, Sie mit in seinen Sender zu holen? Damit Sie beide nicht mehr voneinander getrennt sein müssen?«

Die Bewegung war kaum wahrnehmbar, aber Josie bemerkte sie trotzdem: Hayden schob Mila ganz leicht von sich weg. Dann räusperte er sich. »Wie wär's, wenn du dich fertigmachst, während ich schnell die restlichen Fragen beantworte?«

Sie zog eine Augenbraue hoch. »Ich würde eigentlich gern

hören, was die Polizei in Trinitys Fall bisher herausgefunden hat.«

Hayden lächelte. »Aber Schätzchen, sie haben doch schon erklärt, dass sie dazu nichts sagen dürfen.«

Sie faltete die Arme vor der Brust und funkelte ihn an.

Er fuhr fort: »Trinity war doch jahrelang meine Co-Moderatorin. Ich denke mal, dass ich in der Lage sein sollte, sämtliche Fragen allein zu beantworten.«

Ohne ein weiteres Wort wirbelte Mila herum, stolzierte zum Badezimmer und knallte die Tür hinter sich zu. Hayden seufzte und schenkte den Polizistinnen eins dieser strahlenden Lächeln, mit denen er sonst im Fernsehen zu sehen war. »Sie müssen das verstehen«, sagte er leise. »Ich arbeite nun schon seit Jahrzehnten für diesen Sender. Viel länger als Trinity. Sie hat Talent. Sie kann überall eine neue Moderatorenstelle finden. Wenn ich mir nicht sicher gewesen wäre, dass Trinity sich auf jeden Fall wieder fangen würde, hätte ich nie darum gebeten, dass der Sender Mila mit ins Boot holt.«

Josies Herz hämmerte in ihrer Brust und es kostete sie all ihre Anstrengung, um nicht über den Tisch hinweg auf Hayden loszugehen und mit den Händen um seinen Hals sein pompöses Geschwätz abzuwürgen. Sie spürte den Druck von Gretchens Fingern auf ihrem Arm. Ganz ruhig. Sie musste ruhig bleiben. Diesen hinterhältigen Bastard zu erwürgen würde ihr Trinity nicht zurückbringen. Sie brauchten ihn. Sie mussten herausfinden, was er wusste. Sie holte tief Luft und kurz darauf ließ Gretchen ihren Arm wieder los.

Ohne auf Haydens Geständnis einzugehen, sagte Gretchen: »Wie wir bereits erwähnt haben, hat Trinity an etwas gearbeitet, bevor sie entführt wurde. Wir glauben, dass es bei einer ihrer Storys um den Mord an Codie Lash ging.«

Da blieb ihm offensichtlich kurz die Spucke weg. »Codie Lash. Wow. Ja, also eine Story über Codie wäre auf jeden Fall

Gold wert. Erfolgreich, beliebt und tragisch ermordet. Wussten Sie, dass die Polizei den Fall nie lösen konnte?«

»Dessen sind wir uns bewusst«, sagte Gretchen. »Standen Codie und Sie sich nahe? Aus Trinitys Notizen geht hervor, dass sie besonderes Interesse an den Wochen vor Codies Tod hatte. Haben Sie eine Vorstellung, warum gerade dieser Zeitraum sie interessieren könnte?«

»Also ich weiß noch, dass Codie auf der Liste für irgendeinen humanitären Preis stand. An dem Abend, an dem ihr Mann und sie umgebracht wurden, waren sie sogar unterwegs zu einer Wohltätigkeitsgala. Vor ihrem Tod habe ich sie nicht oft gesehen, obwohl wir damals gemeinsam auf Sendung waren. Es gab da ...« Er unterbrach sich selbst. »Ich weiß nicht, ob ich das erwähnen sollte.«

Josie hatte sich soweit wieder gefasst, wie es ihr unter den Umständen möglich war, und lehnte sich nun auf eine Weise nach vorn, um Haydens Hand zu berühren, wie sie es unzählige Male während ihrer Livesendungen bei Trinity beobachtet hatte. »Was auch immer Sie hier zu uns sagen, bleibt unter uns. Wir möchten einfach alles nur Erdenkliche tun, um Trinity zu finden.«

Er betrachtete ihre Finger auf seiner Hand. Mit der anderen Hand tätschelte er sie sanft. Josie bemühte sich, nicht vor seiner Berührung zurückzuzucken. »Selbstverständlich«, sagte er. »Und letztendlich hat es ja auch gar nichts mit Trinity zu tun. Das ist jetzt schon so lange her. Damals war so ein Serienmörder unterwegs. Ich gehe jetzt mal nicht ins Detail, sie haben mir damals eingebläut, dass ich nicht darüber reden soll. Jedenfalls hat er beim Sender einen Brief für mich abgegeben. Er wollte, dass ich in der Sendung irgendein krankes Spiel mit ihm spiele. Natürlich habe ich den Brief sofort ans FBI weitergeleitet.«

Gretchen sagte: »Wow, das muss wirklich furchteinflößend gewesen sein.«

»Es war definitiv beunruhigend, ja. Wie dem auch sei, danach wurden ganz viele Meetings einberufen, mit den Chefs vom Sender und dem FBI.«

»Hat Codie ebenfalls einen Brief erhalten?«, fragte Josie.

»Nein. Sie hätte das auch sofort gemeldet.«

Gretchen sagte: »Hatten Sie beide Angestellte, die Ihre Post durchgegangen sind, bevor sie auf Ihrem Tisch landete?«

»Nein«, sagte Keating. »Wir haben all unsere Post selber geöffnet. Es kamen eh nur ganz selten Briefe oder Pakete, genau wie heute. Das läuft alles über E-Mail oder die sozialen Medien.«

»Wusste Codie über Ihren Brief Bescheid?«

»Natürlich. Sie war meine Co-Moderatorin. Wir haben das alles gemeinsam gemacht. Sie war auch bei all den Meetings dabei.«

»Und in diesen Meetings ...?«, ermutigte Gretchen ihn.

»Nun, da haben sie überlegt, ob ich vielleicht versuchen soll, das Spiel dieses ... Killers mitzuspielen, wie in seinem Brief beschrieben. Es gab da ein paar FBI-Agenten, die meinten, damit könnten sie ihn ohne Risiko aus der Reserve locken. Aber letztendlich haben die Anwälte vom Sender und auch mein persönlicher Anwalt beschlossen, dass das einfach zu riskant für mich wäre. Und da sich nicht alle einig waren, wurde nichts aus dem Plan.«

Josie fragte: »Was hielt Codie von der Idee? Schließlich wäre sie ebenfalls Teil der Sendung gewesen, wenn Sie den Plan durchgeführt hätten.«

»Sie fand, das könne nicht schaden. Sie meinte sogar, dass ich es versuchen soll, weil das viele Leben retten könnte.«

»Aber Sie dachten nicht, dass das Leben retten würde?«, fragte Gretchen.

»Es war nicht meine Entscheidung. Letztendlich haben die Anwälte entschieden und die Leute vom Sender. Und im Endeffekt war das eh alles nur ein Witz. Kurz darauf hat der

Mörder trotzdem wieder jemanden umgebracht. Dann ist Codie gestorben und, na ja, das Leben geht weiter, nicht wahr?«

Josie biss sich auf die Unterlippe, um eine schnippische Bemerkung zurückzuhalten. Dieser Mann vor ihr hatte seinen Einfluss beim Sender ausgenutzt, um Trinity loszuwerden, hatte sich auf einen kleinen Fehler gestürzt, um ihren Untergang zu besiegeln, damit er seiner viel jüngeren Freundin einen Job verschaffen konnte, den sie sich noch nicht mal verdient hatte. Er hatte den ersten Dominostein in einer langen Reihe umgestoßen, die letztendlich dazu geführt hatte, dass Trinity verzweifelt nach einer Story gesucht hatte, um sich wieder nach oben zu arbeiten. Sie hatte eine gefunden, über den Knochenkünstler. Und nun war sie verschwunden und Josie wusste nicht, ob sie sie je wiedersehen würde.

Das Leben würde weitergehen, sicher, für ihn und für Mila Kates, aber was war mit Trinity? Was war mit Josie, Shannon, Christian und Patrick? Was war mit Nicci Webb, mit ihrer Tochter, ihrer Enkeltochter? Hatte der Knochenkünstler sie nur entführt, weil Trinity ihn aus seinem Versteck gelockt hatte? Josie sah die Gesichter von Monica Webb und der kleinen Annabelle vor sich. Doch dann erinnerte sie sich daran, dass sie einen Job zu erledigen hatte. Egal, wie wütend sie auf Hayden Keating war, daran hatte sich nichts geändert. Sie schluckte all ihre Wut hinunter und fragte: »Kennen Sie eine Nicci Webb?«

Er schüttelte den Kopf und kniff erstaunt die Augen zusammen. »Nein, bestimmt nicht. Wer ist das?«

Josie zog ihr Handy aus der Tasche und zeigte ihm ein Foto von Nicci Webb. Noch hatte die Presse nichts von ihrem Mord mitbekommen, sie konzentrierten sich ausschließlich auf Trinity. Kein Risiko also, dass sie dieser Ratte gerade einen Hinweis auf eine Story lieferte. Sie ignorierte seine Frage. »Kennen Sie diese Frau?«

Er starrte auf das Foto. »Nein, tut mir leid, sie kommt mir nicht bekannt vor.«

Josie steckte ihr Handy weg und stand auf. Gretchen tat es ihr nach. »Mr Keating, vielen Dank, dass Sie sich Zeit für unsere Fragen genommen haben«, sagte Josie. »Wir werden uns bei Ihnen melden, falls noch etwas aufkommt.«

Hayden sprang auf und schmiss vor lauter Eile seinen Stuhl um. Er warf beide Hände in die Höhe. »Moment, Moment«, sagte er. »Wer ist diese Frau? Hat sie etwas mit Trinitys Entführung zu tun?«

Gretchen sagte: »Wir hatten darüber nachgedacht, aber offensichtlich ist dies nicht der Fall. Wie gesagt, Trinity hat an verschiedenen Dingen gearbeitet, bevor sie entführt wurde; sie wollte eine Story finden, aber es hat sich dabei nicht immer etwas ergeben.«

»Ach so. Okay«, sagte Hayden. Er wuselte um den Tisch herum und folgte ihnen zur Tür. »Bitte, lassen Sie es mich sofort wissen, falls Sie etwas herausfinden«, bat er sie inständig. »Ich habe schließlich drei Jahre lang intensiv mit Trinity gearbeitet. Was auch immer Sie mir sagen können, bitte, um meine angespannten Nerven zu beruhigen.« Er lächelte sie an und Josie erkannte das Lächeln wieder. Er setzte es sonst immer für den Teil der Sendung auf, in dem sie über Kochtipps sprachen.

ZWEIUNDVIERZIG

Erst im Auto ließ Josie ihrer Wut freien Lauf. »Dieser verfluchte Hurensohn. Er hat meiner Schwester das Leben versaut.«

»Tut mir leid, Boss«, sagte Gretchen und drehte den Schlüssel im Zündschloss. »Aber Respekt, wie gut du dich da drinnen zusammengerissen hast.«

Josie ballte in ihrem Schoss die Hände zu Fäusten. Durch zusammengebissene Zähne hindurch sagte sie: »Er denkt, dass Trinity nicht zurückkommen wird. Deswegen war es ihm egal, ob wir das mit ihm und Mila Kates erfahren.«

Gretchen sagte: »Dann sollten wir wohl weiter alles daransetzen, sie zu finden. Entführte Reporterin lebend wiedergefunden? Eine Hammernachricht. Danach interessiert sich keiner mehr für Mila Kates.«

Josie sah zu Gretchen hinüber und lächelte. Langsam verebbte ihre Wut. »Stimmt«, sagte sie und versuchte, ihre Kiefermuskeln zu lockern. »Da müssen wir uns ranhalten.«

»Codie Lash hat einen Brief vom Knochenkünstler bekommen«, stellte Gretchen ihre Vermutung in den Raum.

»Definitiv«, stimmte Josie zu. »Ich glaube, sie hat Hayden nichts davon erzählt, oder sonst irgendjemandem.«

»Warum hat sie das nicht gemeldet?«

»Vielleicht kam ihr Brief später als Haydens oder vielleicht hat sie ihn erst später geöffnet. In der Akte steht, dass die Moderatoren der anderen Sender ihre Briefe zwar in derselben Woche, aber an unterschiedlichen Tagen erhalten haben«, gab Josie zu bedenken.

Gretchen fuhr von dem Hotelparkplatz herunter, zurück zu Josies Haus. »Wahrscheinlich war es so, dass Keating seinen Brief bekommen und das sofort gemeldet hat. Dann kamen all die Meetings mit dem FBI. Sie haben ewig rumdiskutiert, was sie tun sollen – bei dem Spiel mitmachen und den Typen aus der Reserve locken oder das Ganze ignorieren.«

Josie griff nach dem Kaffeebecher von Komorrah's, der in der Mittelkonsole steckte, und nippte an dem bisschen Restkaffee. Sie freute sich, als sie feststellte, dass er immer noch lauwarm war. Sie war erschüttert, wie unnatürlich müde sie sich nach diesem kurzen Gespräch fühlte. Es hatte sie ungemein viel Energie gekostet, Hayden Keating nicht sein selbstgefälliges Lächeln aus dem Gesicht zu schlagen. »Bei diesen Meetings wurde Codie klar, dass der Sender nie zulassen würde, dass sie sich auf den Vorschlag des Knochenkünstlers einlässt«, sagte sie. »Sie hat sich die Mühe gespart, ihren Brief zu melden. Sie meinte bestimmt, es würde ja keinen Unterschied machen, ob sie ihren Brief meldet, da Keating und sie genau denselben Brief bekommen haben.«

»Wenn man davon absieht, dass der Brief ein Beweisstück war«, sagte Gretchen. »Sie hätte ihn unbedingt ans FBI geben müssen, damit sie ihn zumindest hätten untersuchen können.«

»Absolut richtig«, sagte Josie. »Es war unverantwortlich von Codie, dass sie den Brief nicht gemeldet hat. Aber schließlich war sie Reporterin und keine Polizistin. Also entweder dachte sie sich das so oder sie wollte eine Heldin sein und dann würde es ja keine Rolle spielen, ob sie den Brief gemeldet hatte oder nicht.«

»Ja, das glaube ich eher, dass sie eine Heldin sein wollte«, sagte Gretchen. »Wahrscheinlich hat sie gehofft, dass sie dabei helfen könnte, den Fall zu lösen oder den Kerl aus seinem Versteck zu locken, genau wie Trinity. Aber so oder so können wir nicht beweisen, dass sie einen Brief bekommen hat. Glaubst du, der war bei den persönlichen Gegenständen dabei, die Trinitys Assistentin für sie gefunden hat?«

»Nein«, sagte Josie. »Ich glaube, wenn sowas nach Codies Tod bei ihr rumgelegen hätte, hätten wir davon gehört. Wahrscheinlich hat sie ihn entsorgt. Ist aber auch egal.«

Gretchen wandte ihren Blick gerade lang genug von der Straße ab, um Josie mit hochgezogener Augenbraue zu mustern. »Ach?«

»Ja, wirklich. Alles, was wir wissen müssen, ist, ob sie versucht hat, auf seine Forderungen einzugehen oder nicht. Und dafür brauchen wir nichts weiter als Aufzeichnungen ihrer Sendung anzusehen; von dem Zeitpunkt, an dem Keating seinen Brief erhalten hat, bis zu dem Tag, an dem Codie Lash ermordet wurde. Wir müssen nur darauf achten, ob sie etwas gesagt oder getan hat, das ein Signal für den Knochenkünstler hätte sein können. Etwas, was Trinity gesehen haben könnte.«

Sie hatten Josies Haus inzwischen erreicht und Gretchen begleitete sie mit nach drinnen, begrüßte Lisette und verwuschelte Trouts Fell. Shannon und Christian waren immer noch in der Bibliothek. Hinter Josies Augen brauten sich Kopfschmerzen zusammen. Sie wollte nichts als schlafen, aber der Gedanke, dass sie ihrem Ziel und damit Trinity näherkommen könnte, trieb sie an. In der Küche schaltete sie ihren Laptop an und dann durchforsteten Gretchen und sie YouTube auf der Suche nach Aufzeichnungen von Codie Lashs Sendung innerhalb der relevanten zwei Wochen im Jahr 2014. Lisette schlurfte in die Küche, um ihnen Kaffee zu kochen, doch dann setzte sie sich wieder zu Trout vor den Fernseher.

Shannon und Christian kamen nach Hause, ein Wörterbuch für Gregg-Stenografie im Gepäck und Patrick im Schlepptau. Sie bestellten Pizza und gesellten sich dann zu Lisette und Trout. Shannon tigerte auf der einen Seite des Wohnzimmers umher, Christian drehte auf der anderen seine Runden. Patrick verzog sich ins obere Stockwerk. Nach zwei Stunden voll YouTube-Videos brannten Josies Augen schmerzhaft. Ihr Kopf pochte ohne Unterlass und ihre Glieder fühlten sich an wie mit Blei gefüllt. Auf dem Bildschirm plauderte Codie Lash unbeirrt weiter. Das Video zeigte einen Bericht über eine neue Technologie, die Polizeibeamten die Identifizierung betrunkener Autofahrer erleichtern konnte. Danach schwenkte die Kamera wieder zu Codie und Hayden Keating. Beide hatten das Gesicht zu einem einnehmenden Lächeln verzogen und gaben Kommentare zum eben gespielten Beitrag ab.

»Da, ich glaube, das ist es«, sagte Gretchen.

»Was?«, fragte Josie.

Gretchen griff nach der Maus, um das Video zurückzuspulen. Der Beitrag endete, die Kamera schwenkte zu den Moderatoren und Hayden Keating sagte: »Unglaublich, was Technologie heutzutage alles tun kann, nicht wahr, Codie?«

Codie strahlte in die Kamera. »Unglaublich, in der Tat, Hayden. Und schau nur, was die Polizei damit alles erreichen kann! Für sie ist das alles wirklich mehr als ein Spiel!«

Er warf ihr einen konsternierten Blick zu, fasste sich aber sofort wieder und ging auf ihre seltsame Aussage ein. »Natürlich, sie nehmen ihre Aufgabe sehr ernst«, sagte er zustimmend. »Und nun ...«

Codie schnitt ihm das Wort ab. »Sie nehmen ihre Aufgabe ernst und lassen nicht zu, dass Kriminelle die Oberhand erlangen. Sie lassen sich einfach nicht auf Spiele mit Verdächtigen ein, egal unter welchen Umständen. Das ist völlig unmöglich.«

Keatings Gesichtsausdruck mäanderte zwischen verwirrt und schockiert. »Ja ... genau«, sagte er steif. »Nun, wie ich sagen wollte, als Nächstes haben wir eine wirklich herzerwärmende Geschichte aus Iowa für Sie ...«

Sie spielten das Video wieder und wieder ab, sechs oder sieben Mal. Josie sagte: »Ich glaube, du hast recht. Das war ihr erstes Signal. Sie lässt ihn wissen, dass die Polizei seinen Brief in den Händen hat und dass sie sich nicht ›auf Spiele einlassen‹ und sein Spiel nicht mitspielen werden.«

Gretchen nickte. »Ja, es geht dabei bestimmt nicht um den vorherigen Beitrag zu betrunkenen Autofahrern.«

»Definitiv«, bekräftigte Josie. »Ihre Aussage passt ja nicht wirklich zum Kontext. Deswegen guckt Keating sie auch so schräg an. Außerdem reitet sie wirklich auf der Aussage herum.«

Gretchen speicherte das Video ab. Sie notierte das Datum in ihrem Notizbuch. »Wenn das hier also das erste Signal war, war es eine Woche, nachdem Hayden den Brief erhalten hat, und eine Woche, bevor sie ermordet wurde ...«

»Und bevor sie Robert Ingrams Überreste gefunden haben«, warf Josie ein.

»Vielleicht hat er sie noch einmal kontaktiert.«

»Und vielleicht hat sie ihm ein weiteres Signal gegeben«, stimmte Josie zu.

»Aber was für ein Signal? Das hier haben wir nur erkannt, weil wir wussten, was in dem Brief stand. Wenn er sie erneut kontaktiert und sie sein Spiel weitergespielt hat, wie sollen wir dann die späteren Signale erkennen?«

»Werden wir wahrscheinlich nicht können«, sagte Josie. »Aber kann ja sein, dass es uns trotzdem was bringt, die Aufzeichnungen aus der zweiten Woche anzuschauen. Vielleicht sticht uns ja was ins Auge.«

Sie kämpften sich durch noch mehr Videomaterial. Es fiel Josie schwer, während all der verschiedenen Beiträge wachzubleiben. Als Co-Moderatorin war Codie Lash jeden Tag mehrere Stunden lang vor der Kamera gewesen. Nach Tag drei und dem dritten Kochbeitrag begann Josie, sich nach der Packung Ibuprofen in ihrem Nachtschränkchen zu sehnen. Sie rieb sich die Augen und rutschte auf ihrem Stuhl herum, um sich irgendwie wachzuhalten. Im Video gingen sie nun zum letzten Beitrag des Tages über, in dem es um billige Reiseziele ging.

Gretchen sagte: »Ich schaff das auch allein, Boss, wenn du dich ein bisschen hinlegen willst.«

Der Beitrag zu Reisezielen endete und das nächste Video begann damit, dass Hayden und Codie die Show einleiteten, indem sie die wichtigsten Themen des Tages vorlasen. Josie unterdrückte ein Gähnen und sagte: »Nein, ich schaff das schon. Ich muss sehen, was Trinity gesehen hat – wie sie es geschafft hat, die Verbindung zu Codie Lash zu erkennen. Wir haben jetzt die Aufzeichnungen von drei Tagen durchgesehen, seit sie dem Knochenkünstler das erste Signal gegeben hat. Wenn es hier noch etwas zu sehen gibt, muss es ...« Sie stürzte sich auf den Laptop und schlug auf die Leertaste, um das Video anzuhalten.

»Oh, mein Gott«, sagte Josie. »Das ist es. Ganz eindeutig, das ist es.«

Codies Gesicht füllte den Bildschirm aus. Sie trug einen betrübten, ernsthaften Gesichtsausdruck. Ihre kurzen braunen Haare wurden auf der rechten Seite von einem großen, knochenfarbenen Kamm im französischen Stil zurückgehalten.

Josies Herz raste, als sie darauf deutete. »Da, schau«, sagte sie.

Kurz starrten sie beide sprachlos auf den Bildschirm. Schließlich sagte Gretchen: »Wow.«

Sie machte einen Screenshot und versuchte, das Bild zu vergrößern, um den Kamm genauer betrachten zu können. Je größer das Bild wurde, desto verschwommener wurden die

Details, aber Josie konnte trotzdem sehen, dass er dem Kamm unglaublich ähnlich sah, den Trinity erhalten hatte. Gretchen notierte auch dieses Datum in ihrem Notizbuch. »Das war zwei Tage, bevor sie Robert Ingrams Überreste gefunden haben, drei Tage, bevor Codie und ihr Mann umgebracht wurden. Sie hat sein Spiel gespielt und er hat Robert Ingram trotzdem umgebracht. Sie war bestimmt ganz am Boden zerstört deswegen.«

»Aber guck mal, wie die Daten zusammenhängen«, sagte Josie. »Wahrscheinlich war Robert Ingram schon tot, als der Knochenkünstler seine Briefe in den Sendern verteilt hat. Er hatte nie vor, jemanden gehen zu lassen, genau, wie Drake es gesagt hat.«

»Aber dann hat der Knochenkünstler einfach aufgehört«, sagte Gretchen. »Er hat eine Journalistin dazu gebracht, sein Spiel mitzuspielen. Klar, sie hat nicht explizit im Fernsehen über den Fall gesprochen, aber sie hat mitgemacht. Er hat bekommen, was er wollte. Warum sollte er danach aufhören?«

»Eigentlich hat er nicht bekommen, was er wollte«, sagte Josie. »Nicht wirklich. Er wollte Aufmerksamkeit, Ruhm, und dafür sollte die Presse über ihn berichten. Ja, Codie hat mitgespielt, aber nicht so, wie er wollte. Die Einzigen, die überhaupt von ihrem Spiel wussten, waren sie beide. Ohne die öffentliche Aufmerksamkeit konnte er nicht damit angeben, wie intelligent er seiner Meinung nach ist.«

»Vielleicht hätten sie das Spiel weitergeführt, wenn sie nicht gestorben wäre«, überlegte Gretchen.

»Vielleicht. Oder vielleicht war er wütend auf sie, weil sie ihr Spiel nicht öffentlich bekannt gemacht hat, und er hat sich an ihr gerächt.«

Gretchen zog eine Augenbraue hoch. »Das scheint mir ein bisschen weit hergeholt, Boss. Sie und ihr Mann wurden schließlich bei einem Raubüberfall getötet.«

»Bei einem Raubüberfall, der nie geklärt werden konnte«, ergänzte Josie. »Ist doch eine Überlegung wert. Vielleicht kann

Drake uns Zugriff auf die Akte zu diesem Überfall geben. Findest du es denn wirklich so weit hergeholt? Eine Journalistin nimmt Kontakt zu einem Mörder auf und wenige Tage später ist sie tot? Allerdings ist das wohl kein gutes Zeichen für Trinity ...«

Gretchen tippte ihre Schulter sanft gegen Josies. »Wir werden sie finden, Boss. Wir geben nicht auf.«

Josie starrte auf den Bildschirm, wo Codie Lash immer noch eingefroren in Profilansicht zu sehen war, den Kamm ordentlich ins Haar gesteckt. »Warte kurz«, sagte sie zu Gretchen.

Sie ging ins Treppenhaus und rief nach Patrick, was letztendlich alle derzeitigen Bewohner des Hauses herbeilockte. Patrick kam die Treppe hinuntergetrabt und schob sich seine braunen Haare aus den Augen. »Was gibt's?«

Josie sagte: »Könntest du bitte kurz mit in die Küche kommen und dir was angucken?«

Er folgte ihr; Lisette, Christian und Shannon ebenso. Sogar Trout kam herbeigetrottet, neugierig, was die Menschen wohl am Küchentisch so interessant fanden. Gretchen spielte das Video von Codie Lash ab und pausierte es so, dass der Kamm möglichst deutlich zu sehen war. Josie fragte: »Patrick, kam dir der Kamm deswegen so bekannt vor? Hast du ihn mal im Fernsehen gesehen?«

Alle drehten sich zu ihm, aber er starrte nur gebannt auf den Bildschirm, wie festgefroren.

Christian sagte: »Patrick ...«, aber Shannon packte ihn am Arm und brachte ihn zum Schweigen, bevor er noch mehr sagen konnte.

Plötzlich spannten sich die Muskeln in Patricks Gesicht an und er wurde vor Schreck kreidebleich. »Oh, mein Gott«, keuchte er.

»Was denn?«, fragte Josie.

Er deutete auf den Bildschirm. »Nein, da hab ich das nicht gesehen!«

»Wo dann?«, fragte Josie.

Er zog sein Handy aus der Tasche, tippte darauf herum und scrollte über den Bildschirm.

»Junge«, setzte Christian wieder an, aber Shannon brachte ihn erneut zum Schweigen.

Als Patrick gefunden hatte, was er suchte, zeigte er ihnen allen den Bildschirm. »Das ist Trinitys Facebook-Seite«, erklärte er. »Das ist ein Bericht, den sie für den Sender aufgenommen hat, als sie vor sechs Wochen hier angekommen ist. Da hat sie gerade hier bei euch gewohnt und die Crew war noch vor Ort.«

Sie versammelten sich um den winzigen Bildschirm. Trinity hatte sich mit einem Mikrofon in der Hand vor dem Dentoner Polizeirevier aufgestellt. Ihr Gesichtsausdruck war ernst und professionell. »Vor fünf Jahren nahm unsere Geschichte in dieser kleinen Stadt ihren Lauf, ausgelöst vom Verschwinden der siebzehnjährigen Isabelle Coleman ...«

Den Rest des Satzes hörte Josie schon gar nicht mehr. Stattdessen starrte sie mit offenem Mund auf das Bild, als sie erkannte, was Patrick so aus der Bahn geworfen hatte. In Trinitys Haaren steckte ein Kamm, der genauso aussah wie der, den Codie Lash vor sechs Jahren in ihrer Sendung getragen hatte, und genauso wie der, den Hummel nach Trinitys Entführung in ihrem Koffer gefunden hatte.

»Wann, meintest du, wurde das hier aufgezeichnet?«, fragte Gretchen.

»Vor sechs Wochen«, sagte Patrick. »Ein paar Tage, nachdem sie in Denton angekommen war. Der Sender hatte sie gebeten, über das Jubiläum des Falls mit den vermissten Mädchen zu berichten und darüber, welchen Einfluss das Ganze auf die Stadt hatte. Habt ihr euch das denn nicht angeschaut?«

Josie starrte ihn an. Ganz leise erwiderte sie: »Patrick, ich habe das am eigenen Leib miterlebt und es war eine der schrecklichsten Erfahrungen in meinem Leben. Ich weiß, dass es Trinitys Job ist, solche Geschichten wieder aufleben zu lassen, aber ich selber kann das einfach nicht. Es tut mir zwar leid, aber nein, ich habe es mir nicht angeschaut.«

Gretchen sagte: »Das war also, als sie gerade erst nach Denton gekommen war. Bevor sie in die Miethütte gezogen ist. Josie, das war noch *bevor* sie den Kamm bekommen hat, den wir in ihrem Koffer gefunden haben.«

»Wo hatte sie denn dann diesen Kamm her?«, fragte Shannon und deutete auf Patricks Handy.

»Aus der Kiste mit Codies Sachen«, sagte Josie. Sie ging zum Küchentisch hinüber und griff nach ihrem Handy, um schnell eine Nachricht an Jaime Pestrak zu tippen.

Können Sie sich erinnern, ob bei den Sachen von Codie Lash ein weißer Haarkamm im französischen Stil dabei war?

Wenige Minuten später kam Jaimes Antwort:

Ich glaube schon. In der Schachtel waren mehrere ziemlich hässliche Sachen.

Josie warf einen Blick in die Runde. »Trinitys Assistentin meint, dass bei Codie Lashs Sachen wohl auch so ein Kamm dabei war.«

Gretchen sagte: »Dann mal los, Boss. Das sollten wir mit dem Team besprechen.«

DREIUNDVIERZIG

Zwei Stunden darauf saß Josie an ihrem Schreibtisch im Polizeirevier und blätterte das Kurzschriftwörterbuch durch, das die Paynes aus der Bibliothek geholt hatten. Sie suchte nach dem Zeichen, das auf den Pick-up des Knochenkünstlers gekritzelt gewesen war. Seite um Seite an Wörtern und den entsprechenden Kurzschriftsymbolen in der Spalte daneben. Wirbel, Kreise, Linien, Haken und Kurven ... Josie verstand nicht, wie irgendjemand dieses chaotische Gekritzel entziffern konnte. In ihren Augen sahen alle Wörter in Kurzschrift genau gleich aus. Wenn sie wieder zu Hause war, würde sie Lisette darum bitten müssen, ihr schnell ein paar Grundlagen beizubringen. In der Zwischenzeit aber kreuzte sie mit ihrem Bleistift vorsichtig alle Symbole an, die ihr irgendwie bekannt vorkamen.

»Na, wie läuft's?«, fragte Noah, als er das Zimmer betrat.

»Ich glaube, der erste Buchstabe ist ein F. Meine Großmutter meinte, dass das, was ich versucht habe zu zeichnen, wahrscheinlich mit einem F anfing. Ich werde einfach weitersuchen müssen.«

Kurz darauf kamen Drake, Gretchen und Mettner ebenfalls ins Zimmer. Drake hatte einen Laptop unter den Arm geklemmt. »Es gibt ein Video von dem Angriff auf Codie Lash und ihren Mann. Auf der anderen Straßenseite stand ein Geldautomat, dessen Überwachungskamera das Ganze aufgezeichnet hat.«

»Ich weiß«, sagte Josie. »Das Video habe ich in Trinitys Suchverlauf gefunden.«

»Okay, aber ich habe ein paar Leute kontaktiert, um an das ganze Video ranzukommen – sogar an den Teil, der nie veröffentlicht wurde.«

»Aber wir versuchen, Trinitys Fußstapfen zu folgen«, sagte Josie. »Ich möchte sehen, was sie gesehen hat, und herausfinden, wie sie es geschafft hat, von null Vorwissen zu dem Fall bis zu einem Punkt zu kommen, an dem sie den Typen kontaktieren konnte.«

Drake lächelte. »Aber denken Sie denn wirklich, dass Trinity nicht auch das ganze Video gesehen hat?«

Josie erwiderte sein Lächeln. »Ah. Wen konnte sie denn bei der New Yorker Polizei davon überzeugen, ihr das Video zu zeigen?«

»Das kann ich nicht sagen«, entgegnete Drake. »Ich will ja nicht, dass der arme Kerl deswegen Ärger kriegt. Jedenfalls hatte sie keine Kopie des Videos, sie durfte es nur unter seiner Aufsicht anschauen. Ihre Schwester kann nun mal sehr ... überzeugungskräftig sein.«

»Ich hätte sie eher verbissen genannt«, sagte Josie.

»Oder hartnäckig«, gab Gretchen ihren Senf dazu.

»Eine sture Nervensäge«, sagte Noah.

Josie und Drake nickten. Josie sagte: »All das und mehr. Sie wird wohl irgendwas gewusst haben, was sie einsetzen konnte, um diesen Kerl beim NYPD dazu zu bringen, ihr das Video zu zeigen.«

»In der Tat«, gab Drake zu. »Eine Affäre, die er lieber geheim halten wollte.«

»Und woher wissen Sie davon?«, fragte Gretchen.

Drake warf einen Blick in die Runde. »Trinity hat ihre Methoden und ich habe meine.«

Noah, Gretchen und Mettner versammelten sich um Josies Schreibtisch und Drake setzte den Laptop vor ihr ab, klappte ihn auf und öffnete ein schwarzweißes Video. Die Kamera war über Kopfhöhe angebracht und zeigte eine schmale Straße. Straßenlaternen beleuchteten den Gehsteig. Codie Lash und ihr Mann kamen Arm in Arm die Straße hinuntergeschlendert. Codies Rock wippte beim Gehen. Sie trug Stiefel mit hohen Absätzen. Ihr Mann trug einen Trenchcoat und darunter allem Anschein nach einen Anzug. Sie waren gerade vor einem geschlossenen Geschäft angekommen, dessen Eingangstür mit einem Gitter versperrt war, als ihnen ein Mann entgegenkam. Zunächst sahen weder Codie noch ihr Mann zu ihm hinüber. Sie waren ganz in ihr Gespräch vertieft, sie hatte ihr Gesicht nach rechts zu ihm gedreht und er lächelte auf sie hinab. Der Mann, der auf sie zukam, trug Jeans, Stiefel und einen dunklen Hoodie, unter der Kapuze eine Basecap. Die Basecap hatte er tief ins Gesicht gezogen und unter der Kapuze war sein Profil nicht zu erkennen. Er hob eine Hand und sagte anscheinend etwas zu den beiden, denn nun blieben sie stehen.

Mit Blick auf den Zeitstempel am oberen linken Rand des Videos zählte Josie mit, wie viele Sekunden vergingen. Vier Sekunden, bis einer der drei sich wieder bewegte. Sie fragte sich, ob sie wohl miteinander sprachen. Der fremde Mann musste wohl etwas zu ihnen gesagt haben. Aber aus diesem Winkel war es schwer, ihre Gesichter zu erkennen. Dann trat der Mann näher an das Paar heran. Codies Mann machte einen Schritt nach vorn und hob beide Hände in die Höhe. An seinen Gesten und den Bewegungen seines Kopfes konnte Josie sehen, dass er etwas zu dem anderen Mann sagte. Ob dieser etwas erwiderte, konnte sie jedoch nicht erkennen, da seine Basecap und die Kapuze sein Gesicht so gründlich verdeckten. Codies Mann schob seine Frau sanft hinter sich, aber Codie klammerte sich an seinen Arm. Dann streckte der Angreifer beide Hände in Richtung des Paars aus. Codies Mann drehte sich so, dass sein Rücken gegen das Sicherheitsgitter des Ladens stieß und zog Codie mit sich. Sie pressten ihre Körper gegen das Gitter, machten aber keinerlei Anstalten, wegzurennen. Codies Mann hob die Hände in die Höhe, als wolle er sich ergeben. Soweit war das Video auch veröffentlicht worden, wie Josie wusste, da sie es gestern erst gesehen hatte.

An den Rest des Teams gewandt erklärte Drake: »Jetzt kommt der Teil, der nicht veröffentlicht wurde.«

Der Angreifer stand mit dem Rücken zur Kamera, aber sie konnten sehen, dass er seine Basecap hochschob. Codie sah ihm ins Gesicht und zuckte zurück. Sie riss sich von ihrem Mann los, aber da sich ihr kein Fluchtweg bot, presste sie sich nur immer stärker gegen das Gitter, bis es unter dem Druck leicht nachgab. Ihr Mann riss die Augen vor Schock weit auf, dann wandte er den Blick ab und sah zu Boden. Josie ging davon aus, dass der Angreifer wieder zu ihnen sprach, da Codie ihn weiterhin wie gebannt anstarrte, den Mund zu einer Grimasse des Entsetzens verzerrt.

»Ich kann keine Waffe sehen«, sagte Mettner. »Was zum Teufel ist da bloß los? Warum rennen sie nicht davon?«

»Der Schock ist zu groß«, sagte Josie.

Gretchen sagte: »Genau, in solchen Situationen bleiben viele Menschen vor Angst wie erstarrt stehen.«

»Nein, das ist es nicht«, sagte Josie. »Er ist noch keine Bedrohung für die beiden. Keine Waffe in Sicht. Er allein gegen sie beide. Sie haben genug Platz, um von ihm wegzukommen. Nein, es ist sein Gesicht. Schaut nur, wie sie ihn anstarren.«

»Was meinen Sie damit?«, fragte Drake.

»Spulen Sie bitte zurück zu dem Moment, in dem er seine Kappe hochschiebt und sie sein Gesicht zum ersten Mal sehen können. Das erschreckt sie.«

Noah sagte: »Weil mit seinem Gesicht irgendwas nicht stimmt. Er ist entstellt.«

Josie warf ihm einen Blick zu. »Ja, genau das denke ich.«

Drake spulte zurück und sie beobachteten die Szene gemeinsam.

»Ich sehe, was du meinst«, sagte Gretchen.

Drake sagte: »Entstellt? So wie der Mann, der Sie von der Straße abgedrängt hat? Sie denken, *das da* ist der Knochenkünstler?«

Josie hielt seinem Blick stand. »Ja, ich denke, das könnte er sein. Ich vermute, dass er neben Hayden Keating auch Codie Lash einen Brief geschickt hat. Sie hat das nicht gemeldet, weil sie wusste, dass der Sender und das FBI nicht auf die Forderungen eingehen würden. Sie dachte, sie könnte sein Spiel mitspielen und damit Leben retten. Wir wissen natürlich, dass sie damit niemanden gerettet hat, weil Robert Ingrams Überreste direkt vor den Geschehnissen dieses Abends gefunden wurden. Wahrscheinlich deshalb, weil der Knochenkünstler nicht die öffentliche Aufmerksamkeit erhalten hat, die er wollte. Er wollte nicht, dass ihr Spiel ein Geheimnis bleibt. Er wollte, dass die ganze Welt erfährt, wie schlau er ist – schlauer als die Presse und schlauer als die Polizei.«

Im Video war zu sehen, wie still das Paar dastand, die Arme ineinander verschränkt, Nerven offensichtlich zum Zerreißen gespannt. Codies Ehemann sah langsam auf und starrte in das Gesicht des Angreifers. Dann begann Codie, wütend zu gestikulieren und mit dem Finger in Richtung seiner Brust zu stechen. Der Angreifer wich vor dem Ansturm ihrer Worte zurück. »Was sagt sie da?«, fragte Mettner.

Diesmal war es Josie, die zurückspulte. »Noah?«, sagte sie fragend. Er lehnte sich nach vorne und sie spielte das Video erneut ab. Noah sagte: »Das sieht aus wie ›Sie sind doch gemein... gemeingefährlich‹ und ... spiel das bitte noch mal ab.«

Nach drei weiteren Versuchen sagte Noah: »Sie sagt, er sei gemeingefährlich und ein Lügner.«

Drake griff über ihre Oberkörper hinweg nach dem Laptop und spulte das Video erneut zurück. »Woher zum Teufel wissen Sie das?«

»Meine Exfreundin ist taub. Sie kann Lippen lesen und ich habe es von ihr gelernt.«

»Er ist ziemlich gut darin«, sagte Josie.

Gretchen fragte: »Wurde diese Aufnahme beim NYPD denn nicht untersucht? Haben sie keinen Lippenleser angefordert? Das war doch schließlich ein aufsehenerregender Fall.«

»Moment«, sagte Drake. Beim Weggehen zog er sein Handy aus der Tasche, tippte darauf herum und hielt es sich ans Ohr.

»Lasst uns den Rest auch noch angucken«, sagte Mettner und startete das Video erneut.

Die Geschehnisse dieses Abends nahmen wieder ihren Lauf. Der Angreifer schien zu sprechen, jedenfalls starrte Codie ihn wie gebannt an. Ihr Gesicht fiel in sich zusammen. Sie gab eine Antwort, die Josie nicht klar erkennen konnte. »Was sagt sie da? Ist das Wort da ... Hobby? ›Was soll das heißen, Ihr Hobby?‹«

Diesen Abschnitt musste Noah mehrmals ansehen, bis er das Video wieder pausierte. »Nein«, sagte er. »Ich glaube, sie sagt ›Bobby? Was soll das heißen, Bobby?‹«

»Das ergibt doch keinen Sinn«, sagte Mettner.

»Doch, schon, falls sie den Typen kannte«, warf Gretchen ein. »Sie nennt ihn einen Lügner, also muss sie ihn ja gekannt haben.«

»Aber wenn sie ihn gekannt hat«, sagte Noah, »warum ist sie dann so geschockt, als sie sein Gesicht sieht?«

»Weil sie ihn noch nie persönlich getroffen hat«, sagte Josie. »Das ist der Knochenkünstler, ich schwör's euch. Er hat sie angesprochen, sie sind zurückgewichen und als er ihnen sein

Gesicht gezeigt hat, waren sie schockiert. Dann hat er angefangen, mit ihnen zu reden, und durch das, was er gesagt hat, hat sie erkannt, dass er der Knochenkünstler ist. Robert Ingrams Überreste waren gerade erst aufgefunden worden. Sie nennt ihn einen Lügner, weil er versprochen hatte, ein Opfer gehen zu lassen, wenn sie sein Spiel mitspielt, es aber nicht getan hat.«

Mettner sagte: »Also meint sie mit Bobby Robert Ingram?«

»Scheint so«, sagte Gretchen. Sie drückte auf Play und alle konnten sehen, wie Codie mit dem Rücken am Gitter in sich zusammensank. Sie sagte etwas, was alle klar erkennen konnten: »Oh, mein Gott.« Mit einer Hand griff sie sich an die Stirn und begann, sich mit Daumen und Zeigefinger die Schläfen zu massieren.

Und dann ging alles den Bach hinunter.

Codies Mann riss sich von seiner Frau los und sprang auf den Knochenkünstler zu. Er schloss beide Hände um die Kehle des Mannes. Ihre Körper schlangen sich umeinander und in einem chaotischen Gewühl herumschlagender Arme und Beine fielen sie auf den Boden, rollten umher und kämpften beide darum, die Oberhand zu gewinnen. Neben ihnen schrie Codie und auch dieses Wort war unmissverständlich: »Nein!« Sie versuchte, mal den einen, dann den anderen Mann fortzuzerren, aber im Gefecht wurde sie selbst zu Boden geschlagen. Dann erschlaffte einer der herumrollenden Körper und einer der Männer stand auf. Josie sah, dass es der Angreifer war, der den Kampf gewonnen hatte.

»Hat er ein Messer in der Hand?«, fragte Gretchen.

Noah hielt das Video an und vergrößerte das Bild. »Ja, ich glaube schon. Nur ein kleines zwar, aber darum nicht weniger tödlich.«

Er drückte wieder auf Play und sie sahen, wie der Angreifer zu Codie hinüberging. Sie lag auf dem Rücken und versuchte, vor ihm wegzukriechen, aber er war zu schnell. Jodie konnte sieben Messerstiche zählen, jeder davon schnell und effizient.

Dann war es vorbei. Der Angreifer rannte davon, aber das Video lief weiter. Sechzehn Sekunden später sahen sie auch, wieso. Er kam zurück, klopfte die Hosentaschen des Ehemannes ab und zog eine Brieftasche heraus. Dann riss er Codie die kleine Handtasche vom Körper und rannte wieder davon.

»Das war kein Raubüberfall«, sagte Mettner. »Er ist nur zurückgekommen und hat die Sachen geklaut, damit es aussieht wie ein Raubüberfall.«

»Deswegen hat er mit dem Morden aufgehört«, sagte Gretchen. »Er wurde von einer Kamera aufgezeichnet. Ein Teil dieser Aufnahme wurde in den Nachrichten veröffentlicht, direkt nach Codies Tod. Das wurde überall ausgestrahlt.«

»Ja«, stimmte Josie zu. »Vorher war er noch nie von einer Kamera erwischt worden, schon allein aus Prinzip, und darauf war er stolz.«

»Das hat ihn erschüttert«, sagte Noah. »Und zwar massiv. Dabei kann man ihn nicht mal richtig sehen. Das Einzige, was man in dem Video erkennen kann, zumindest in dem veröffentlichten Teil, ist sein ungefährer Körperbau, Größe und Gewicht. Sonst gibt es hier keine identifizierbaren Merkmale.«

»Darum geht es nicht«, sagte Josie. »Das war sein erster Fehler und es passt überhaupt nicht ...« Der Rest des Satzes blieb ihr in der Kehle stecken. Allein der Gedanke drehte ihr schon den Magen um.

»Passt nicht wozu?«, ermutigte Mettner sie.

»Zum Rest seines Werks«, sagte sie mit zugeschnürter Kehle. »Er sieht sich selbst als Künstler. Wahrscheinlich würde er sich selbst gar nicht mal als Mörder bezeichnen.«

»Bestimmt nicht«, sagte Gretchen zustimmend. »Schließlich hat er extra einen Brief an die Nachrichtensender geschickt, dass sie ihn den Knochenkünstler nennen sollen und nicht den Knochenkiller.«

»Mit diesem Vorfall hier will er niemals in Verbindung

gebracht werden«, sagte Josie. »Das hier war ein Fiasko. Absolut unter seiner Würde. Ich glaube, er stand da wie neben sich. Er hat die Kontrolle verloren, vor allem, als Codies Ehemann auf ihn losgegangen ist.«

Sie sahen sich das ganze Video nochmals an, ohne Unterbrechungen, während sie darauf warteten, dass Drake zurückkam. Das tat er dann auch ein paar Minuten später, mit einem offenen Notizbuch in der Hand. Er las ihnen aus seinen hingekritzelten Notizen vor. »Das NYPD hat tatsächlich einen Lippenleser kommen lassen, der meinte, Codie hätte den Mann als gemein, nicht ehrlich und als einen Lügner bezeichnet. Und dass sie ihn Bobby genannt hat. Die Polizei ging deshalb davon aus, dass der Angreifer jemand war, den Codie Lash und ihr Mann bereits kannten. Sie haben alle Freunde und Bekannten der beiden befragt. Darunter waren fünf mit dem Namen Robert, aber die hatten am fraglichen Abend alle ein Alibi. Am Tatort haben sie weder DNA-Spuren noch Fingerabdrücke gefunden, das war also die einzige Spur, die sie hatten.«

»Sie sagt nicht ›gemein und nicht ehrlich‹, sondern ›gemeingefährlich‹«, berichtigte Josie. »Und sie nennt ihn nicht Bobby, sondern redet über jemanden namens Bobby.«

»Robert Ingram«, sagte Mettner.

»Damals hatte das NYPD ja nichts außer diesem Video«, sagte Josie. »Da ergibt es Sinn, dass sie nach jemandem gesucht haben, den die beiden kannten und der diesen Namen trug. Hätte ich genauso gemacht. Aber jetzt, da wir über Codies Verbindung zum Knochenkünstler Bescheid wissen, setzt das das Ganze in einen völlig anderen Kontext.«

Drake kratzte sich am Kopf. »Okay, gehen wir also mal von Ihrer Theorie aus. Codie Lash hat sich auf diesen Killer eingelassen und wurde ermordet. Trinity hat das alles herausgefunden. Deswegen wollte sie Codies Sachen haben, weil sie nach einer weiteren Verbindung gesucht hat.«

»Und die hat sie auch gefunden«, sagte Josie. »Der Kamm.

Damit hat sie ihn aus seinem Versteck gelockt. Sie hat ihn während einer Sendung getragen und voilà, kurz darauf hat er ihr einen zweiten Kamm geschickt.«

Noah fragte: »Aber wie zur Hölle hat sie überhaupt erst seine Aufmerksamkeit erregt? Der Kerl war schließlich schon seit sechs Jahren nicht mehr aktiv, er wird ihr also wohl kaum eine Nachricht geschickt und gesagt haben, dass sie ihn irgendwie kontaktieren soll. Woher wusste sie, dass er ihr zusehen würde? Sie muss seine Aufmerksamkeit schon vorher erregt haben, bevor sie Codies Kamm getragen hat, meint ihr nicht auch? Sie hat den Kamm ja nur während eines einzigen Berichts getragen. Die Wahrscheinlichkeit, dass er einfach rein zufällig genau zur richtigen Zeit genau den richtigen Sender gesehen hat, scheint mir ziemlich gering.«

Josie sagte: »Sie hat seine Aufmerksamkeit schon vor Monaten erregt. Eigentlich ihr ganzer Sender. Weißt du noch, was Drake erzählt hat? Der Sender hat über ungelöste Serienmorde in den verschiedenen Regionen des Landes berichtet. Jetzt gehen wir mal davon aus, dass unser Mörder Nachrichtensendungen und vor allem Morgenshows verfolgt. Das ist nicht unwahrscheinlich, schließlich hat er 2014 die Morgenshowmoderatoren dreier großer Sender kontaktiert. In dem Fall wäre er bestimmt irgendwann über diese fortlaufende Reihe zu Serienmördern gestolpert. Danach hätte er bestimmt jede Woche wieder eingeschaltet, in der Hoffnung, seine eigenen Morde auf einer dieser Listen zu sehen. Wenn sie ihn nicht mit auf die Liste der ungelösten Fälle im Nordosten geschrieben hätten, wäre er bestimmt zutiefst beleidigt gewesen.«

»Da gebe ich Ihnen recht«, sagte Drake. »Das passt perfekt zu seinem Profil und dazu, wie sehr er sich nach Aufmerksamkeit sehnt und dafür bewundert und geschätzt werden will, wie schlau er vorgeht und dass er nach all den Jahren immer noch nicht gefasst worden ist. Da hat Trinity ihm voll in die Karten gespielt, als sie sich auf diese Diskussion mit dem Korrespondenten eingelassen hat. In ihrer Argumentation hat sie sogar davon geredet, wie schlau die Mörder sein könnten. Das hätte auf jeden Fall seine Aufmerksamkeit erregt.«

»Ab da war er wahrscheinlich auf sie fixiert«, sagte Josie. »Und kurz darauf hat sie angefangen, sich Hals über Kopf in diesen Fall zu stürzen und über mehrere Umwege ist sie schließlich bei Codie Lash und ihrem Kamm gelandet.«

Noah führte den Gedanken weiter: »Sie hat den Kamm vor der Kamera getragen, kurz nachdem sie nach Denton gekommen ist. Wahrscheinlich hat sie gehofft, ihn damit auf sich aufmerksam machen zu können, aber dann ist eine Woche vergangen, ohne dass er reagiert hat. Wisst ihr noch, dass Patrick von ihrem gemeinsamen Essen erzählt hat und davon, wie enttäuscht sie war, weil aus einer vermeintlich großen Story nichts geworden ist?«

»Aber dann wurde doch was daraus«, sagte Josie. »Denn kurz darauf kam genau dieselbe Art Kamm bei uns an.«

Drake fasste zusammen: »Heißt also, sie findet heraus, dass Codie Lash in den Fall verwickelt war und dass Codie zufällig ihren widerlichen Serienmörderkamm im Büro gelassen hat, den dann jemand einfach eingepackt und verstaut hat. Sie trägt den widerlichen Kamm und wird entführt. Und zwischendrin entführt der Typ irgendeine andere Frau aus der Mitte Pennsylvanias, bringt sie um und lässt sie dort zurück, wo er Trinity entführt hat.«

Josie sagte: »Er musste ein Knochenarrangement zurücklassen, damit wir wissen, wem wir das alles zuschreiben können.«

Drake nickte. »Das leuchtet mir ein.«

»Aber warum ist er von seinem Muster abgewichen?«, fragte Mettner. »Nicci Webb war erst seit siebzehn Tagen verschwunden, als wir ihre Überreste hinter Trinitys Hütte gefunden haben. Warum hat er nicht seine üblichen dreißig Tage gewartet?«

Josie sagte: »Weil Trinitys Mietvertrag fast abgelaufen war.

Sie hat die Hütte für dreißig Tage gemietet, obwohl sie nur sieben Tage lang dort war. Es waren also nur noch einundzwanzig Tage übrig, bis der Vermieter oder die nächsten Mieter aufgetaucht wären und ihr verlassenes Auto gefunden hätten.«

Noah ergänzte: »Und er wollte nicht, dass man nur Trinitys verlassenes Auto findet. Er wollte, dass alle Welt weiß, dass der Knochenkünstler dort war.«

»Ja«, sagte Josie. »Indem er Nicci Webbs Überreste dort arrangiert hat, hat er uns wissen lassen, dass er am Leben, bei voller Gesundheit und immer noch am Werk ist.«

»Das war seine Visitenkarte«, stimmte Drake zu.

»Genau«, sagte Josie. »Aber er hat Nicci Webb erst nach Trinity entführt. Wenn er also die vollen dreißig Tage zwischen Nicci Webbs Verschwinden bis zum Auffinden ihrer Knochen abgewartet hätte, hätte er das Datum verpasst, an dem Trinitys Mietvertrag ablief und damit seine Chance, dass jemand sein grausiges Kunstwerk zusammen mit Trinitys Auto finden würde.«

»Aber der Knochenkünstler wusste doch nicht, dass die Hütte nur gemietet war, und erst recht nicht, wie lang der Mietvertrag laufen würde«, warf Gretchen ein.

»Stimmt«, sagte Josie. »Aber es hätte ihn wahrscheinlich wenig Mühe und Recherche gekostet, das herauszufinden. Bevor er sich Trinity genähert hat, hat er wahrscheinlich so viel über sie herausgefunden, wie er konnte. Er wusste immerhin, dass ihre Familie in Callowhill lebt. Sicherlich wusste er auch, dass sie in New York City gewohnt hat. Er bildet sich schließlich viel auf seine Intelligenz ein. Er plant alles im Voraus, er ist vorsichtig. Er hat garantiert gründlich recherchiert, bevor er zur Hütte gefahren ist. Wahrscheinlich ist es gar nicht so schwer, die Grundbesitzer hier in der Gegend zu ermitteln, vielleicht sogar einfach im Internet. Damit hätte er herausfinden können, dass die Hütten in Whispering Oaks alle Mietobjekte sind.«

Noah sagte: »So hat er also erfahren, dass sie die Hütte

gemietet hat. Er hat das Gelände vorher erkundet und wusste, dass sie dort allein war. Er hat sie dort entführt. Entweder wusste er vorher schon, dass sie die Hütte nur für einen Monat gemietet hatte, oder er hat es nach der Entführung herausgefunden.«

»Genau«, sagte Josie. »Also musste er Nicci Webbs Überreste früher als sonst auslegen, weil er diesmal keine dreißig Tage Zeit hatte.«

Drake nickte. »Kann ich ebenfalls so akzeptieren. Nun gut. Dann wissen wir jetzt also, was passiert ist und wieso. Aber wie zur Hölle hilft uns das jetzt, sie oder den Killer zu finden?«

Gretchen sagte: »Und warum hat Trinity in ihrem Auto den Namen *Vanessa* geschrieben?«

Mettner sagte: »Warum wollte sie, dass du ihr Tagebuch liest? Und noch dazu ein Tagebuch, das sie höchstwahrscheinlich während ihrer Schulzeit geschrieben hat, wenn alles stimmt, was du bisher herausfinden konntest?«

Josie klappte Drakes Laptop zu und ließ ihren Kopf in ihre Hände sinken. »Ich weiß nicht«, gab sie zu. »Ich weiß es einfach nicht.«

VIERUNDVIERZIG

Hanna saß im Gerichtssaal neben Alex. Während sie dort mit seinem Anwalt saßen und warteten, griff sie unter dem Tisch nach seiner Hand und drückte sie. Der Anwalt stand auf und ging zum Richterpult hinüber, um letzte Punkte der Verständigung in Alex' Strafverfahren zu klären. Hanna flüsterte Alex ins Ohr: »Bist du sicher, dass du das tun möchtest?«

Er nickte.

»Du wirst Sozialstunden ableisten müssen. Ich weiß nicht, was du dafür machen musst. Der Anwalt meinte, sie würden nach einer Beschäftigung suchen, die zu dir passt. Vielleicht irgendwas draußen in der Natur.«

»Alles klar«, murmelte er.

Der Anwalt trat wieder an ihren Tisch, ein Dokument in den Händen. Er wies Alex an, aufzustehen. Von der anderen Seite des Zimmers her sprach der Richter zu ihm: »Alex, das hier ist eine wirklich ernste Angelegenheit.«

»Ja, euer Ehren«, sagte Alex.

»Dein Vater ist schwer verletzt und wird für den Rest seines Lebens Pflege benötigen. Mir wurde berichtet, dass er aufgrund der Kopfverletzung, die du ihm zugefügt hast, körperlich und mental für immer enorm eingeschränkt sein wird.«

»Ja, euer Ehren«, wiederholte Alex.

»Allerdings bist du erst sechzehn Jahre alt. Die Möglichkeit besteht, dass du von jetzt an einen besseren Weg einschlagen wirst. Sobald du achtzehn wirst, wird dieser Eintrag im Strafregister getilgt. Du wirst also keine Vorstrafen mehr haben. Außerdem wurde mir gesagt, dass die Dinge bei euch zu Hause alles andere als gut liefen.«

»Ja, euer Ehren.«

»Und zudem, dass du ein äußerst liebevoller Sohn bist.«

»Ja, euer Ehren.«

»Möchtest du noch etwas sagen, bevor ich entscheide, ob ich dieser Verständigung im Strafverfahren zustimmen soll, die dein Anwalt und die Staatsanwaltschaft ausgehandelt haben?«

Alex rief sich die Worte ins Gedächtnis, die Hanna und er in der vorigen Woche zurechtgelegt hatten. Er sagte das auswendig gelernte Mantra auf. »Ich wollte meinem Dad nicht wehtun.«

Sie hatten beschlossen, dass Alex »meinem Dad« sagen sollte und nicht »meinem Vater«, um es so klingen zu lassen, als hinge Alex an Francis. Das hatte er schließlich auch, vor langer, langer Zeit. Bevor er herausgefunden hatte, was für ein Mensch Francis wirklich war.

»Er hat uns misshandelt«, erklärte Alex.

Der Richter runzelte die Stirn. »In der Tat«, sagte er. »Deine Mutter hat Narben, die das bestätigen.«

»Meine Mom hat versucht, ihn davon abzuhalten. Ich dachte, er würde ihr wehtun. Ich liebe meine Mom so sehr. Ich hatte Angst, er würde sie umbringen, also habe ich eingegriffen. Ich wollte sie nur beschützen. Meinem Dad wollte ich dabei nicht wehtun. Wenn ich die Zeit umkehren könnte, würde ich stattdessen einfach die Polizei rufen, aber in dem Moment hatte ich solche Angst und es ging alles so schnell. Ich habe mich ganz falsch entschieden und es tut mir schrecklich leid.«

Er konnte den Druck von Hannas Hand auf seinem Arm spüren. Der Richter musterte ihn eine Weile lang. Dann seufzte er und sagte: »In Ordnung. Ich stimme der Verständigung im Strafverfahren zu. Du wirst einhundertzwanzig Sozialstunden ableisten müssen. Ich habe mich dafür entschieden, dich nicht in eine Jugendstrafanstalt und stattdessen auf Bewährung nach Hause zu schicken, damit du deine Mutter bei der Pflege deines Vaters unterstützen kannst. Sie wird deine Hilfe brauchen, jetzt mehr als je zuvor.«

»Vielen Dank, euer Ehren.«

FÜNFUNDVIERZIG

Sie waren in einer Sackgasse gelandet. Josies Körper schrie nach Ruhe, obwohl es das Letzte war, was sie gerade wollte. Als sie den Schwindel und die pochenden Kopfschmerzen einfach nicht mehr aushalten konnte, bat sie Noah, sie nach Hause zu fahren. Sie ließ sich ein heißes Bad ein und danach kroch sie ins Bett. Trout kletterte zu ihr hoch und kuschelte sich an sie. Sie streichelte sein seidenes Fell und sank irgendwann in einen tiefen Schlaf, aus dem sie erst wieder erwachte, als das Sonnenlicht des nächsten Tages schon hell durch ihr Schlafzimmerfenster strahlte. Sie streckte sich. Neben ihr schnarchte Trout und schlief den Schlaf der Gerechten. Josie überlegte, ob sie aufstehen sollte, fühlte sich aber noch nicht bereit dazu. Stattdessen schloss sie ihre Augen erneut und ließ ihre Gedanken frei um all die Dinge kreisen, die sie und ihr Team in dem Fall bisher herausgefunden hatten. Sie versuchte, eine Verbindung zwischen all den losen Puzzlestückchen zu finden und zu sehen, was Trinity gesehen hatte. Sie war Trinitys Spur bis hierher gefolgt, angefangen von dem Moment, in dem sie sich auf einen Fall fixiert hatte, bei dem ihr Liebhaber der Hauptermittler war, über die Verbindung zu Codie Lash bis hin zu ... tja, wozu nur? Was war es, was Josie nicht sehen konnte?

Drake hatte erwähnt, dass Trinity irgendeine Theorie entwickelt hatte.

Aber welche? Und was konnte das alles mit einem alten Tagebuch zu tun haben, das Trinity während ihrer Schulzeit geführt hatte? Was hatte das alles mit ihrer Vergangenheit zu tun? War der Killer vielleicht ein Schulkamerad gewesen? Josie öffnete die Augen und schnappte sich ihr Handy, um Mettner per SMS darum zu bitten, dieser Idee nachzugehen. Ohne das Tagebuch zu sehen, hatte Josie keine Ahnung, worauf Trinity sie damit hatte hinweisen wollen. Sie ließ ihre Gedanken weiterwandern und begann zu dösen, während verschiedene Details in ihrem Kopf hin und her huschten. Die Post-its.

Zwangsstörung? Symmetrie? Gespiegelte Morde?

Die Kämme, einer für Codie, einer für Trinity. Trinitys Suchverlauf, der Alphabetkiller. Codie, die auf dem Video fragte: *Bobby? Was soll das heißen, Bobby?* Die Symbole, männlich und weiblich.

Gespiegelte Morde. Symmetrie. Männlich. Weiblich. Bobby.

Nein, nicht Bobby. Bobbi.

Josies Oberkörper schoss nach oben. Damit weckte sie Trout, welcher aufjaulte und ihr einen vorwurfsvollen Blick zuwarf. »Sorry, Kumpel«, sagte sie. Sie schwang ihre Füße über die Bettkante, aber als sie versuchte, aufzustehen, wankte ihr Körper unsicher hin und her. Schnell setzte sie sich wieder. Trout sprang vom Bett und streckte sich ausgiebig vor ihren Füßen. Dann lief er zur Schlafzimmertür, stupste sie mit der Nase auf und wartete darauf, dass sie aufstand. Ein paar Minuten später klopfte jemand leise an die halb geöffnete Tür. Trouts hintere Hälfte begann zu vibrieren. Patrick streckte seinen Kopf ins Zimmer. »Alles okay?«

Josie lächelte. »Alles prima. Nur ein bisschen wacklig auf den Beinen.«

»Kann ich dir was bringen? Kaffee? Saft?«

»Ja, meinen Laptop«, sagte Josie.

Er verdrehte die Augen, lachte dabei aber amüsiert. »Ah, ja richtig, ich vergaß. Eine Payne durch und durch. Hätte wissen müssen, dass du zuerst den Laptop und dann erst Verpflegung haben wollen würdest.«

»Na ja, weißt du, ich hab da ...«, setzte Josie zu einer Erklärung an.

Er winkte ab. »Josie, ich verarsch dich doch nur. Nur ein Scherz. Weißt du was? Ich bring dir deinen Laptop *und* einen Kaffee.«

Sie grinste ihn an. »Perfekt, danke dir.«

Fünf Minuten später saß Josie an das Kopfende ihres Betts gelehnt, den Laptop auf den Knien und eine dampfende Tasse Kaffee auf dem Nachttisch neben ihr. Patrick ging mit Trout Gassi, Noah war noch im Revier und Lisette, Shannon und Christian waren unten »damit beschäftigt, sich Sorgen zu machen«, wie Patrick ihr berichtet hatte.

Vier Datenbanken und eine Googlesuche später hatte sie gefunden, wonach sie gesucht hatte. Sie lud einen Artikel der Regionalzeitung *Pocono Record* herunter, welcher zwei Wochen nach dem Auffinden von Robert Ingrams Überresten erschienen war. Die Überschrift lautete:

Immer noch keine Spur im Fall der vermissten Frau, die lebend am Straßenrand der Route 209 aufgefunden wurde.

Dann durchstöberte sie die NamUs-Datenbank und verbrachte eine Stunde damit, verschiedene Berichte zu suchen, um ihre Theorie zu bestätigen. Sie schickte einen

Haufen Dokumente an ihren Drucker. Dann rief sie Noah an. »Einer von euch muss mich abholen kommen«, sagte sie. »Sind alle im Revier?«

»Momentan nur ich«, erwiderte er. »Mett und Gretchen sind nach Hause gefahren, um ein bisschen zu schlafen. Drake ist im Hotel und schläft vermutlich auch.«

»Weck sie auf«, sagte Josie. »Das hier ist wichtig.«

Eine halbe Stunde später hatten das Team und Drake sich im Besprechungszimmer des Polizeireviers versammelt. Drake warf Josie böse Blicke zu, während Mettner sich wieder und wieder die Augen rieb. Gretchen nippte gelassen an ihrem Kaffee und wartete auf das, was Josie ihnen zu sagen hatte. Noah setzte sich neben Josie, die Kopien in der Hand, um die sie ihn gebeten hatte. Josie nickte und er begann, dem Rest des Teams je einen Stapel Kopien auszuhändigen.

Dann setzte sie zu einer Erklärung an. »Ich glaube, ich weiß jetzt, welcher Theorie Trinity nachgegangen ist. Wir wissen, dass unser Mörder Symmetrie mag. Er arbeitet innerhalb bestimmter Muster, auch wenn wir noch nicht alle davon verstanden haben. Inzwischen wissen wir, dass er in seinen Arrangements die Symbole für männlich und weiblich kombiniert. Ich konnte zwar nur einen kurzen Blick auf Trinitys Notizen werfen, bevor sie sie weggepackt hat, aber ich habe irgendetwas von gespiegelten Morden gelesen. Bisher hatte ich nicht verstanden, was sie damit meinte. Aber dann dachte ich an das, was Codie Lash kurz vor ihrem Tod zu dem Knochenkünstler gesagt hat. ›Bobby, was soll das heißen, Bobby?‹ Über den Mord an Robert Ingram war sie doch bereits informiert. Warum also sah sie so überrascht aus? Vermutlich, weil sie mit Bobby nicht Robert Ingram meinte. Bobbi kann auch ein Frauenname sein.«

Gretchen sagte: »Du meinst, sie sprach von einer Bobbi mit ›i‹?«

»Ja«, sagte Josie. Sie zog einen der ausgedruckten Berichte herbei. »Roberta Ingram, siebenundzwanzig Jahre alt, Zahnhygienikerin aus Bloomsburg. Verschwunden einen Tag bevor Robert Ingram in East Stroudsburg entführt wurde.«

Mettner starrte fassungslos auf den NamUs-Bericht in seiner Hand. »Ach du heilige Scheiße«, sagte er.

Josie wedelte mit dem Zeitungsartikel der *Pocono Record* in der Luft herum. »Dreißig Tage später wurde Roberta Ingram, auch Bobbi genannt, in East Stroudsburg am Straßenrand der Route 209 aufgefunden. Sie wanderte nackt im Wald umher, war enorm dehydriert und äußerst verwirrt und wies Verletzungen auf, die von den Nachrichten lediglich als ›schwerwiegend‹ beschrieben wurden. Bei einer Befragung gab sie an, von einem Mann mit ›Narben im Gesicht‹ entführt worden zu sein.«

Drake sagte: »Mein Gott.«

Noah ergänzte: »Wir haben im Polizeirevier von East Stroudsburg angerufen. Die haben das Ganze bestätigt. Sie haben außerdem gesagt, dass sie den Fall zwar intensiv bearbeitet haben, aber nie irgendwelche nützlichen Spuren finden konnten.«

Gretchen fragte: »Hat sie sich von den Verletzungen erholt?«

»Körperlich gesehen, ja«, entgegnete Josie.

Noah sagte: »Die Polizei von East Stroudsburg hat uns ihre Adresse gegeben. Sie denken, dass sie kein Problem damit haben sollte, mit uns zu sprechen, und haben angeboten, sie anzurufen und zu informieren, dass wir bei ihr vorbeischauen könnten.«

Mettner erhob sich. »Dann nichts wie los. Wo wohnt sie denn?«

»Inzwischen wohnt sie in Danville«, sagte Noah. »Etwa sechzehn Kilometer von Bloomsburg entfernt.«

»Eines noch«, fügte Josie hinzu. »Alle seine Opfer haben ein Gegenstück.« Sie breitete die Berichte aus der NamUs-Datenbank auf dem Tisch aus. »2008. Ein paar Tage vor der Entführung des ersten Opfers, Anthony Yanetti, aus einem Vorort von Newtown, Pennsylvania, wurde eine Frau namens Antonia Yanetti, auch Toni genannt, aus King of Prussia entführt.«

»King of Prussia ist der Ort, in dem der Knochenkünstler Anthony Yanettis Überreste zurückgelassen hat«, sagte Drake.

»Lass mich raten«, sagte Mettner. »Etwa zur gleichen Zeit, als Terri Abbott aus Pittsburgh verschwunden ist, wurde ein Mann namens Terrence Abbott in einem Außenbezirk Pittsburghs entführt.«

»Ganz genau«, bestätigte Josie.

Gretchen führte den Gedanken fort: »Und ein oder zwei Tage vor oder nach der Entführung von Kenneth Darden in Paoli ist eine Frau namens ...«, sie beugte sich über einen der NamUs-Berichte, »Kendra Darden in Philadelphia verschwunden.«

»Ja«, sagte Josie. »Keines dieser anderen Opfer wurde je gefunden, weder Antonia Yanetti noch Terrence Abbott oder Kendra Darden. Das einzige Opfer, das der Knochenkünstler jemals hat gehen lassen, war Roberta ›Bobbi‹ Ingram.«

Noah sagte: »Er hat sie freigelassen, weil Codie Lash sein Spiel gespielt hat. Sie hat den Kamm im Fernsehen getragen, genau wie er es wollte.«

»Und trotzdem hat er sie umgebracht«, sagte Drake.

»Ihr Mann ist auf ihn losgegangen«, sagte Josie. »Er hat die Kontrolle verloren. Nachdem er ihren Mann vor ihren Augen umgebracht hatte, war alles vorbei. Sie hatte sein Gesicht gesehen, er konnte sie also schlecht einfach gehen lassen.«

»Was bedeutet das alles für Nicci Webb?«, fragte Mettner.

»Wird irgendwo da draußen ein Nicholas Webb vermisst, von dem wir nichts wissen?«

Josie schüttelte den Kopf. »Daran habe ich auch gedacht. Ich bin alle Datenbanken und Nachrichtenmeldungen durchgegangen, die mir nur eingefallen sind. Nichts. In Pennsylvania gibt es insgesamt drei Männer mit dem Namen Nicholas Webb.«

Noah fügte hinzu: »Allen dreien geht es gut. Bevor ihr alle hier angekommen seid, habe ich schnell die Polizeireviere in ihren Wohnorten angerufen und veranlasst, dass sie mal bei ihnen vorbeischauen.«

Drake fragte: »Nicci hat also als einzige kein Gegenstück? Warum sollte er sowas tun?«

»Um uns durcheinander zu bringen?«, schlug Noah vor.

Mettner sagte: »Wir haben ja schon mehrmals darüber geredet, wie ungewöhnlich der Mord an Nicci Webb ist. Wir haben es hier mit einem Serienmörder zu tun. Was könnte so jemanden dazu veranlassen, seine Vorgehensweise zu ändern?«

»Vielleicht irgendwelche Stressfaktoren?«, meinte Noah.

Drake nickte. »Ja, erhöhter Stress wäre eine Erklärung. Hey, was ist eigentlich mit Trinity? Sie hat kein Gegenstück. Oder doch? Gibt es ein männliches Pendant zu Trinity?«

Josie spürte einen kalten Schauer über ihre Haut rieseln. »Nein. Aber sie hat trotzdem ein Gegenstück. So ähnlich wie ihr eigenes Spiegelbild.«

Drake lief rot an. »Oh. Natürlich.«

»Deswegen hat er also versucht, dich zu entführen«, sagte Noah mit einem Blick zu Josie. »Das Timing passt nicht in sein Muster, weil er nach Trinitys Entführung so lange damit gewartet hat, aber er hat es trotzdem versucht.«

»Das macht Nicci Webbs Fall aber noch ungewöhnlicher«, warf Gretchen ein. »Sie hat als einzige kein Gegenstück.«

Mettner sagte: »Vielleicht hat sie etwas gesehen, das sie

nicht hätte sehen sollen. Wir sollten uns noch ausgiebiger mit ihr beschäftigen.«

»Ich bin die Akte der Staatspolizei bereits durchgegangen«, berichtete Noah. »Sie haben sich wirklich ausgiebig mit ihr beschäftigt und all ihre Aktivitäten in den Tagen vor ihrem Verschwinden untersucht. Dabei kam überhaupt nichts heraus.«

Drake sah Josie in die Augen. »Manchmal kann ein zweites Paar Augen einen riesigen Unterschied machen. Ich werde jemanden in meinem Team darauf ansetzen, sich nochmals mit Nicci Webb zu beschäftigen.«

»Danke«, sagten Mettner und Josie im Chor.

Gretchen nippte erneut an ihrem Kaffee und fragte: »Was macht er mit all den Opfern, die er nicht zur Schau stellt? Du glaubst doch nicht etwa, dass sie noch am Leben sein könnten?«

Josie schüttelte den Kopf. »Ich denke nicht, nein. Wenn wir die DNA der Kämme analysiert haben, werden wir vielleicht feststellen, dass sie zu der DNA eines oder zweier dieser Opfer passt.«

Der Gedanke ließ ein sichtbares Schaudern durch Gretchens Körper laufen und sie stellte ihren Kaffee auf dem Tisch ab.

Mettner sah aus, als wolle er sich gleich übergeben. Trotzdem richtete er sich auf und atmete tief ein. »Okay. Wir können nicht alle zu Bobbi Ingram fahren und mit ihr reden. Wir müssen die arme Frau ja nicht zu Tode erschrecken, indem wir zu fünft bei ihr antanzen. Boss, wie wär's, wenn du und ich zu ihr gehen? Jetzt, wo wir über die anderen Opfer Bescheid wissen, müssen wir ihre Akten durchgehen und uns intensiv mit ihrem Verschwinden beschäftigen. Vielleicht hat der Knochenkünstler ja in diesen Fällen irgendwelche Spuren oder Beweismittel zurückgelassen, die uns bei der Suche helfen können. Palmer und Fraley, das könnt ihr beide machen.«

Drake sagte: »Ich kann hierbleiben und dabei helfen,

außerdem hänge ich mich an die Untersuchung von Nicci Webb ran. Es wird bestimmt nicht schaden, wenn Sie sich bei Ihren Nachforschungen in den verschiedenen Zuständigkeitsgebieten der jeweiligen Entführungsfälle auf die Autorität des FBI stützen können.«

»Na dann, an die Arbeit«, sagte Mettner.

SECHSUNDVIERZIG

Auf der Fahrt nach Danville bekam Mettner einen Anruf von der Polizei in East Stroudsburg mit der Information, dass Bobbi Ingram nachmittags zu Hause sein würde und bereit war, mit ihnen zu sprechen. Eineinhalb Stunden später kamen sie in Danville an. Der kleine Ort lag am Ufer des Flusses Susquehanna und wurde vor allem durch das ausgedehnte Krankenhausgelände des Geisinger Medical Center geprägt. Bobbi hatte eine Eigentumswohnung in einem Wohngebiet nahe der örtlichen Highschool. Überall spielten Kinder und fuhren mit ihren Fahrrädern die Straße entlang. Apartmentblocks säumten die eine Seite der Straße und Einfamilienhäuser die andere. Ein wirklich schönes, idyllisches Stadtviertel. Als Bobbi ihnen die Tür öffnete, trug sie immer noch ihren Arbeitskittel und trocknete sich gerade die Hände an einem Geschirrtuch ab. Sie war etwa gleich groß wie Josie, aber kurviger gebaut, mit breiten Hüften und üppigem Busen. Ihre langen braunen Haare hatte sie zu einem Zopf geflochten.

»Kommen Sie nur rein«, sagte sie und führte sie durch den schmalen Flur zu einer Küche mit Essecke. Ihre Wohnung war sehr ordentlich und in erdigen Holztönen gehalten. Als Josie und Mettner sich am Küchentisch niederließen, wurden sie eindringlich von einer getigerten Katze gemustert, die auf dem Kühlschrank saß. Bobbi bot ihnen etwas zu trinken an, was sie dankend ablehnten.

»Mir wurde gesagt, dass Sie wegen dem hier sind, was mir damals passiert ist.«

»So ist es«, sagte Mettner.

Bobbi ging zum Kühlschrank hinüber und wisperte auf die Katze ein, bis sie zur Kante gekrochen kam. Dann streckte sie ihre Arme hoch und hob sie vom Kühlschrank, bevor sie sich an die andere Seite des Tisches setzte. Die Katze in ihrem Schoß genoss die nun einsetzenden Streicheleinheiten und begann zu schnurren.

»Die Polizei in East Stroudsburg war sehr freundlich«, sagte sie. »Aber sie konnten nichts Nützliches finden.«

»Genauso haben sie es uns auch berichtet«, erwiderte Mettner. »Es tut uns wirklich leid, das zu hören.«

Josie sagte: »Wir ermitteln gerade im Fall einer anderen vermissten Frau. Wir vermuten, dass es etwas mit Ihrer Entführung zu tun haben könnte. Alles, was Sie uns darüber erzählen können, könnte uns weiterhelfen.«

Bobbis Gesicht fiel in sich zusammen und sie vergrub es im Fell ihrer Katze. Diese ließ sich davon nicht irritieren und zuckte gelassen mit dem Schwanz. Einen Moment später sah Bobbi wieder auf. Tränen rannen in kleinen Bächen über ihr Gesicht, aber das schien sie nicht zu kümmern. Sie starrte blicklos ins Leere, atmete bebend ein und begann zu erzählen. »Ich bin früher immer vor der Arbeit auf dem Messegelände in Bloomsburg spazieren gegangen. Wenn keine Messe läuft, ist es da wie ausgestorben. Manchmal bringen Leute ihre Hunde hin und lassen sie dort herumtoben. Jedenfalls war es damals März und eiskalt. Ich glaube, sogar unter null Grad. Ich war echt versucht, nicht rauszugehen, aber ich wollte damals abnehmen und hatte ja nicht vor, lange draußen zu bleiben. Also hab ich mich warm eingepackt und bin losgegangen.«

Mettner fragte: »War da draußen sonst noch jemand unterwegs?«

Bobbi lachte voll Bitterkeit. »Nein. So dumm war außer mir keiner. Ich hab nur ein paar Straßen entfernt von dem Gelände gewohnt, aber bis ich dort angekommen war, wusste ich schon, dass es ein Fehler gewesen war. Also bin ich wieder umgedreht und die Route 11 raufgelaufen, kurz bevor sie in die Hauptstraße mündet. Ganz in der Nähe ist die Überfahrt zur Route 42 und zur Mall. Und dort stand eben dieser Pick-up.«

»Was für ein Pick-up?«, fragte Josie.

»Ich glaub, ein Chevy. Also, am Anfang ist mir der Wagen ja kaum aufgefallen. Es war halt ein weißer Pick-up. Später hat die Polizei mir bestimmt zwei Dutzend Fotos von verschiedenen Pick-ups gezeigt und der Chevy kam dem am nächsten, aber sicher war ich mir nicht. Und, bevor Sie fragen, nein, das Nummernschild weiß ich nicht. Ich hab's mir nicht mal angeschaut. Nicht einen Moment lang habe ich gedacht, dass ich mich irgendwann an irgendwelche Details über den blöden Pick-up oder seinen Fahrer würde erinnern müssen.«

Josie sagte: »Es sollte auch niemals notwendig sein müssen, sich an solche Details zu erinnern. Die Menschen sollten einander niemals so schreckliche Dinge antun. Was ist danach passiert?«

»Na ja, mir war sowas von arschkalt. Als ich an dem Wagen vorbeigelaufen bin, hab ich die Abgaswolke aus dem Auspuff kommen sehen und mir noch gedacht, *Mensch, wie gern ich jetzt in dem Auto sitzen würde.* Dann hat der Fahrer das Fenster geöffnet und sich über den Beifahrersitz rüber zu mir gelehnt. Er hat irgendwas gesagt von wegen: ›Entschuldigen Sie, ich hoffe, ich habe Sie nicht erschreckt.‹«

»Wieso hätte er Sie denn erschrecken sollen?«, fragte Mettner.

»Er hatte so eine Skimaske auf, wobei mir das eigentlich gar nicht so komisch vorkam, sowas tragen viele Jäger bei kaltem Wetter. Im Winter sieht man die hier immer wieder mal. Seine Augen konnte ich sehen, die waren braun, und er hatte so einen roten Fleck im Gesicht, von der Stirn bis zur Nase. Das hab ich aber erst bemerkt, als ich näher rangetreten bin. Sah aus wie ein Brandmal oder eine Narbe oder sowas in der Art. Er hat darauf gedeutet und gesagt, dass er dort als Kind heißes Öl ins Gesicht bekommen hat. Er sagte, ihm ist die Narbe peinlich und dass er deswegen im Winter manchmal eine Skimaske trägt. Eigentlich hätte ich ihm gern gesagt, dass er sie mit ein bisschen Make-up auch überdecken könnte, aber das schien mir nicht der richtige Zeitpunkt dafür.«

Mettner tippte wie wild in der Notiz-App seines Handys herum. »Hat er seinen Namen erwähnt, seinen Wohnort, irgendetwas in der Art?«

Bobbi schüttelte den Kopf. »Nein. Er hat nur gesagt, er kommt von weiter her und sucht nach dem Krankenhaus, um einen Freund zu besuchen. Auf dem Sitz neben ihm lagen Blumen. Ich hab ihm gesagt, wie er fahren soll, und er hat sich bedankt. Dann bin ich weitergelaufen. Ein paar Sekunden später kam er neben mir rangefahren und meinte, es täte ihm leid, dass er mir nicht angeboten habe, mich mitzunehmen, wo ich ihm doch eben noch geholfen habe. Wenn es nicht so kalt gewesen wäre, hätte ich Nein gesagt.«

Ihre Finger gruben sich in das dicke Fell ihrer Katze und ihr Blick schweifte wieder in weite Ferne ab. »Aber ich hab Ja gesagt«, sagte sie, als wäre sie nicht mehr Teil des Gesprächs, sondern Erzählerin eines Films in ihrem Kopf. »Ich bin eingestiegen. Hab ihm gesagt, wie er fahren soll. Er ist zu meinem Haus gefahren – und dann daran vorbei. Da hab ich Panik bekommen und er hat gesagt: ›Immer mit der Ruhe, Bobbi‹, und da wusste ich, dass ich wirklich in Schwierigkeiten steckte, denn meinen Namen hatte ich ihm nicht verraten. Dann ging alles ganz schnell, ich hab losgeschrien und er hat mir eine Nadel in den Oberschenkel gerammt. Ich hab noch versucht, wach zu bleiben, aber es ging einfach nicht.«

»Er hat Ihnen eine intramuskuläre Injektion verpasst«, sagte Josie.

»Ja«, sagte Bobbi zustimmend. »Danach hab ich im Halbschlaf vor mich hingedämmert. Er ist immer weiter und weiter gefahren. Dann ist er abgebogen, in einen langen Kiesweg. Schien endlos weiterzugehen. Ich hab ihm so viele Fragen gestellt, aber er hat keine einzige davon beantwortet. Er ist bis zu einem alten Container gefahren.«

»Ein Frachtcontainer?«, fragte Mettner. »So einer aus Metall, den Schiffe transportieren?«

Sie nickte. »Ja, oder Güterzüge. Groß und aus Metall.«

»Mit Fenstern?«, fragte Josie.

»Nein. Aber so schlimm war es da drin gar nicht. Immerhin war er beheizt. Da waren eine Matratze, eine Decke, ein bisschen Wasser, eine Taschenlampe und eine Campingtoilette, die ich benutzen konnte. Und dann hat er mich dort einfach zurückgelassen. Ich hab mir die Seele aus dem Leib geschrien, gefühlt tagelang, aber er kam einfach nicht zurück. Und auch sonst niemand. Er hat mich dort einfach sitzenlassen, bis das ganze Wasser weg war. Und ich hatte solchen Hunger.«

»Was ist passiert, als er zurückkam?«, fragte Mettner.

»Ich dachte, er würde mir wehtun oder so, aber daran schien er gar kein Interesse zu haben. Er hat mir ein bisschen Essen mitgebracht, Snacks und so abgepacktes Zeug von der Tankstelle, und Wasser. Ich hab ihm Fragen gestellt, aber er hat gar nichts gesagt. Dann war irgendwann die Batterie meiner Taschenlampe leer. Das war die schlimmste Zeit.«

Josie musste ein Gefühl von Klaustrophobie unterdrücken, als sie sich die allumfassende Dunkelheit und die schreckliche Isolation vorstellte, die Bobbi in diesem engen Raum ausgestanden haben musste. »Ich kann mir kaum vorstellen, wie schlimm das gewesen sein muss«, murmelte sie.

»Danke«, sagte Bobbi.

»Hat er Ihnen je wehgetan?«, fragte Mettner. »Hat er sie geschlagen?«

»Nein«, erwiderte Bobbi. »Er hat mich höchstens mal weggeschubst, wenn ich versucht hab, auf ihn loszugehen. Ich war so schwach, da hat es also nicht viel gebraucht. Er konnte mich abschütteln wie einen Käfer von seinem Ärmel.«

»Hat er Sie weiterhin unter Drogen gesetzt?«, fragte Josie.

»Nicht so wie am Anfang im Auto. Eines Tages, als es fast vorbei war, kam er mal rein und meinte, er muss mich wo mit hin nehmen. Ich hab gesagt, dass ich nur nach Hause möchte, und er hat gemeint, dass er mich gehen lassen wird. Ich hab's ihm nicht geglaubt, nicht wirklich. Ich meine, wenn er nicht vorhatte, mich umzubringen, warum hätte er mich denn dann überhaupt entführen sollen? Er hat gesagt, er braucht aber vorher noch was von mir. Er hat mir die Augen verbunden und die Hände hinter dem Rücken gefesselt, dann hat er mich in die Kälte rausgeschoben. Ewig sind wir einfach nur gelaufen. Ich war so geschwächt, dass er mich ein paar Mal sogar tragen musste. Er hat mich einfach über seine Schulter gelegt, als würde ich nichts wiegen. Dann kamen wir irgendwo rein, wo es warm war. Durch meine Augenbinde hindurch konnte ich auch sehen, dass es dort hell war. Ich glaube, wir waren in einem Haus. Ich hab gehört, wie Türen geöffnet und geschlossen wurden. Dann hat er mich irgendwo hingelegt, ich glaub, auf ein Bett, und hat meine Arme und Beine daran festgebunden.«

Ein Zittern ergriff ihren Körper.

Josie sagte: »Bobbi, wir können jederzeit eine Pause einlegen, wenn Sie möchten.«

Bobbi schüttelte den Kopf. Ihre Katze stupste mit ihrem Kopf gegen ihr Kinn und sie begann erneut, sie zu streicheln. »Nein, ich muss das jetzt zu Ende bringen. Ist schon okay, viel gibt es eh nicht mehr zu erzählen. Er hat mir eine Infusion gelegt.« Sie deutete auf ihre linke Armbeuge. »Da. Ich glaube zumindest, dass er das war. Ich bin das Gefühl einfach nicht losgeworden, dass da noch jemand im Zimmer war, auch wenn ich sonst niemanden gehört habe. Das war einfach ... so ein Bauchgefühl. Jedenfalls hat es sich so angefühlt, als ob das mit der Infusion er war, wegen der Hornhaut auf seinen Fingern. Die hab ich auch gefühlt, als er mir im Container die Hände gefesselt hat. Und, na ja, das ist auch das Letzte, woran ich mich erinnere. Als ich wieder zu mir kam, war ich splitternackt in einem Wald. Es war immer noch verdammt kalt, aber Gott sei Dank nicht ganz so kalt wie an dem Tag, an dem er mich entführt hat. Aber die Schmerzen, oh ...« Sie setzte die Katze auf dem Boden ab, welche mit hoch erhobenem Schwanz davonstolzierte. Bobbi deutete auf die linke Seite ihres Oberkörpers, wo der Rippenkorb endete. »Da. Unerträglich. Und mit jedem Schritt wurde es nur schlimmer. Jede Bewegung war die reine Folter. Da war so eine Naht wie von Doktor Frankenstein selbst und sie hat geblutet.«

Josie musste schlucken, als Bobbi ihren Krankenhauskittel hochschob und ihnen eine große, krumme Narbe von etwa fünfzehn Zentimetern zeigte. Mettner wurde kreidebleich und wandte sich schnell wieder seiner Notiz-App zu. Bobbi zog ihren Kittel wieder zurecht, aber das Bild hatte sich in Josies Erinnerung eingebrannt. Bobbi sagte: »Ist schon okay. Ich weiß selbst, wie grässlich das aussieht. Als sie mich damals gefunden und ins Krankenhaus gebracht haben, meinten die Ärzte, dass derjenige, der das angerichtet hatte, absolut keine Ahnung hatte, was er tat. Sie meinten, ich kann von Glück reden, dass ich noch am Leben bin. Ich hab eine Blutvergiftung bekommen und wäre wirklich fast gestorben. Er hat mich mit normalem Nähgarn zugenäht!«

»Was wollte er? Warum hat er das getan?«, fragte Josie.

»Eine Rippe«, sagte Bobbi. »Er hat meine unterste Rippe

entfernt. Hat sie einfach abgebrochen. Sie mussten mich operieren, um die Schweinerei aufzuräumen, die er da drinnen angerichtet hat. Sie sagten noch, es wäre ein reines Wunder, dass er dabei keines meiner Organe verletzt hat und so.«

Mettner sagte: »Dürfte ich mal Ihre Toilette benutzen?«

»Na klar«, sagte Bobbi. »Einfach die Treppe rauf, zweite Tür rechts.«

Sie beobachteten, wie er ging. Bobbi sagte: »Männer stecken das irgendwie nicht so gut weg. Frauen scheint das nicht ganz so umzuhauen.«

»Detective Mettner fängt sich gleich wieder«, sagte Josie. »Ich kann Ihnen gar nicht sagen, wie leid es mir tut, dass Sie das durchstehen mussten. Ich bin so froh, dass Sie überlebt haben. Ein paar Fragen noch. Können Sie sich an weitere Details seines Aussehens erinnern? Wurde je eine Phantomzeichnung von ihm angefertigt?«

»Nein, leider nicht. Jedes Mal, wenn ich ihn gesehen hab, hat er seine Skimaske getragen. Ich hab immer nur seine Augen gesehen und einen Teil seiner Stirn.«

Josie hatte sein Gesicht nur ein paar Sekunden lang sehen können. Nicht lange genug, um so weit ins Detail gehen zu können, dass ein Phantomzeichner etwas damit anfangen könnte. Was sie aber mit Sicherheit sagen konnte, war, dass die rote Narbe, die auch Bobbi gesehen hatte, in der Mitte seiner Stirn ansetzte und sich über die linke Seite seines Gesichts erstreckte, über die Nase bis zum Mundwinkel.

Bobbi fuhr mit ihrer Erzählung fort: »Die Polizei dachte, dass er bestimmt irgendwo dort draußen lebt, wo sie mich gefunden haben. Sie haben so viele Grundstücke abgesucht, aber nirgends einen Frachtcontainer gefunden. Sie haben auch viele Grundstücke entlang der Bahnlinien kontrolliert, aber auch da nichts gefunden.«

»Wieso Bahnlinien? Wegen des Frachtcontainers? Oder

konnten Sie während Ihrer Zeit im Container Züge fahren hören?«

»Nein, keine Züge«, sagte Bobbi. »Aber da war so ein … ein hallendes Klingen. Nicht direkt wie ein Gong, aber so ähnlich. Nicht die ganze Zeit, nur manchmal. Mal war das Geräusch ganz lange zu hören und dann wieder tagelang gar nicht. Es klang ein bisschen wie Metall auf Metall, aber irgendwie auch wieder nicht. Es ist so schwer zu beschreiben. Das Einzige, was dem irgendwie nahe kam, war das Geräusch von Arbeitern, die an diese großen Schrauben an den Bahngleisen klopfen.«

Mettner kam wieder ins Zimmer und setzte sich mit einer gemurmelten Entschuldigung zu ihnen. Josie fasste zusammen, was er verpasst hatte, und seine Daumen huschten über den Bildschirm seines Handys, als er sich neue Notizen machte.

Als er damit fertig war, fragte er: »Haben Sie während Ihrer Zeit in diesem Container noch irgendwelche anderen Geräusche gehört?«

Bobbis Augen wurden glasig und ihr Blick schien durch Josie und Mettner hindurchzugehen. »Vögel«, sagte sie. »Unmengen an Vögeln.«

SIEBENUNDVIERZIG

Ein Speichelfaden tropfte aus Francis' Mund hinab auf den bereits völlig durchtränkten Brustlatz. Sein Körper hing schief in seinem Rollstuhl, ein Arm baumelte über dem Boden. Zandra hatte den Stuhl wieder mal so gedreht, dass er mit dem Gesicht zur Wohnzimmerwand dasaß. Sie selbst saß auf der Couch, blätterte in einem Magazin und aß aus einer Schüssel Popcorn. Alex' Anwesenheit ignorierte sie komplett. Aber Francis wusste, dass er da war.

»Ahhhmmaax«, heulte er. »Ahhhmmmaax.«

Alex durchquerte das Zimmer und packte die Griffe des Rollstuhls. »Lass das«, sagte Zandra. »Er guckt doch gerne an die Wand. Nicht wahr, Francis? Du guckst doch so gerne den ganzen Tag über an die Wand? Macht Spaß, nicht wahr? So unterhaltsam?«

Francis gab dieses Geräusch von sich, das er immer machte, wenn er anfing zu weinen. Das tat er inzwischen oft.

»Ahhmmaax«, versuchte er es erneut. »M...m...max.«

Zandra lachte. »Er versucht, Alex zu sagen, aber es wird immer wieder nur Max draus. So nenn ich dich ab heute auch. Max.«

Hanna kam von draußen ins Zimmer geflogen, mit einem breiten Grinsen im Gesicht und knallroten Wangen. In den Händen hielt sie einen Briefumschlag.

»Mutter«, rief Zandra. »Wir haben beschlossen, Alex ab heute ›Max‹ zu nennen.«

Francis trug ein ersticktes »Aahhmmmaax« zum Gespräch bei und Hanna und Zandra lachten herzlich.

Hanna ließ sich auf die Couch fallen. Sie tätschelte den Platz neben sich. »Also komm, ›Max‹. Setz dich auch her.«

Alex setzte sich neben sie. »Was hast du denn da?«, fragte er.

Sie zog einige Papiere aus dem Umschlag. »Das ist eine Besitzurkunde für das Grundstück hinter unserem Haus. Vierhunderttausend Quadratmeter! Ich habe es einfach gekauft. Für euch. Nach meinem Tod wird es ganz euch gehören.«

Zandra zog eine Grimasse. »Mir wär das Geld lieber gewesen. Was sollen wir denn mit einem Grundstück mit nichts drauf?«

»Es ist ein Neubeginn, Zandra.« Hanna legte eine Hand auf Alex' Wange und warf ihm einen bedeutungsschwangeren Blick zu. In ihren Augen glänzten Tränen. »Eine leere Leinwand, mein Schatz. Nur für euch.«

ACHTUNDVIERZIG

Als sie ins Polizeirevier zurückkamen, versammelten sie sich wieder im Besprechungszimmer. Drake sprach zuerst. »Im März 2014 wurden in der Gegend um East Stroudsburg keine Bahnlinien gebaut oder renoviert.«

Josie sagte: »Wir wissen ja auch nicht, ob das, was sie gehört hat, etwas mit Bahnlinien zu tun hatte. Züge hat sie ja keine gehört.«

»Was könnte es denn sonst sein?«, fragte Drake.

»Das weiß ich leider nicht«, entgegnete Josie.

Noah sagte: »Wir wissen ja auch noch nicht mit letzter Sicherheit, dass er sie in der Nähe von East Stroudsburg gefangen gehalten hat. Dort hat er sie freigelassen, sicher, aber er hat sie eben in der Stadt freigelassen, wo er Robert Ingram entführt hat. Das ist Teil seines Musters und muss nicht heißen, dass er auch irgendwo dort lebt, wo er Leute entführt oder ihre Überreste ausgelegt hat.«

»Noah hat recht«, sagte Josie. »Wenn wir weiter nach Bahnlinien suchen wollen, müssen wir unser Suchgebiet ausweiten.«

Drake ließ den Kopf hängen. »Haben Sie eine Ahnung, wie viele Kilometer an Bahnlinien es in diesem Bundesstaat gibt?

Wenn wir die alle absuchen wollen, sind wir jahrelang beschäftigt.«

Mettner sagte: »Wir können am östlichen Rand des Staats anfangen. Da scheint der Kerl am aktivsten zu sein. Wie weit seid ihr mit den Akten der neuen Opfer gekommen? Was habt ihr rausgefunden?«

Gretchen schlug ihr Notizbuch auf. »Es ist genau wie mit all den anderen Opfern. Jede einzelne Person hat sich einfach in Luft aufgelöst und alle ihre Habseligkeiten zurückgelassen. Keine Spuren, keine Videoaufnahmen, nichts. 2008 ist die fünfunddreißigjährige Antonia Yanetti aus King of Prussia frühmorgens joggen gegangen, in einem Park in der Nähe ihrer Wohnung, und nicht nach Hause gekommen. Ihr Lebensgefährte hat sie als vermisst gemeldet. Unter einem Busch im Park haben sie ihren Ausweis und ihr Handy gefunden. Es gab keine Zeugen und niemand hat je wieder von ihr gehört. 2010 hat der dreiundfünfzigjährige Terrence Abbott um dreiundzwanzig Uhr dreißig seine Schicht in dem Restaurant in der Innenstadt beendet, wo er als Hilfskraft gearbeitet hat. Er hat sich auf den Heimweg gemacht, ist aber nie dort angekommen. Im Hinterhof seines Wohnkomplexes haben sie seinen Geldbeutel, seine Uhr, sein Handy und seine Zigaretten gefunden. Keine Kameras im Hinterhof. Er war vorbestraft und hatte nur noch mit seiner Mutter regelmäßigen Kontakt. Sie hat die Polizei alarmiert, nachdem sie eine Woche lang nichts mehr von ihm gehört hatte. 2012 machte die sechsundzwanzigjährige Kendra Darden einen Spaziergang im Fairmount Park und wurde danach nie wieder gesehen. Ihre Handtasche und ihr Handy wurden in der Nähe des Wissahickon Creek gefunden. Sie hat in einem Feinkostladen gearbeitet und lebte bei ihrer Großmutter, welche sie dann auch als vermisst gemeldet hat.«

»Tolle Arbeit, Leute. Schade nur, dass uns das nicht helfen wird, den Typen zu finden«, nörgelte Mettner.

»Stimmt«, sagte Josie. »Aber wir sind ihm in einigen

Punkten auf die Schliche gekommen. Er ist doch nicht so clever und gerissen, wie er denkt. Das müssen wir irgendwie ausnutzen.« Sie wandte sich an Drake. »Als ich in Callowhill war, habe ich mir die Akte noch einmal angeschaut. In seinem psychologischen Profil war eine handschriftliche Notiz zu einer Supercop-Strategie. Was hat es damit auf sich?«

Drake seufzte. »Mein Ansprechpartner bei der Verhaltensanalyse hat das vorgeschlagen. Diese Strategie wurde in den Achtzigern von John Douglas und der Verhaltensanalyseeinheit des FBI entwickelt und erstmals eingesetzt. Sie wollten damit bestimmte Kriminelle finden, bei denen ihnen diese Methode besonders geeignet schien. Vor allem Serientäter. Das funktioniert so: Das Team sucht einen bestimmten Polizisten oder eine Polizistin aus und diese Person stellt sich vor die Kameras, spricht den Mörder direkt an und versucht, ihn aus der Fassung zu bringen. Diese Person soll jemand sein, mit dem sich der Killer identifizieren kann, jemand, den er danach als Hauptkontaktperson bei der Polizei ansieht. Dieser Supercop soll versuchen, eine Beziehung zu dem Mörder aufzubauen, bis dieser Kontakt aufnimmt und dadurch irgendwann anfängt, Fehler zu machen.«

»Eine Beziehung aufbauen?«, fragte Noah. »Wie baut man denn eine Beziehung zu einem Mörder auf, und dann auch noch vor laufender Kamera?«

Josie sagte: »Du lässt ihn wissen, dass du ihn für schlau hältst – dass du weißt, wie schlau er ist –, aber dass du selbst genauso schlau bist. Du lässt ihn wissen, dass du einige seiner Geheimnisse aufgedeckt hast und ihm auf den Fersen bist, damit er denkt, du bist ein würdiger Gegenspieler. Dann kann er einfach nicht widerstehen, eines seiner kleinen Spiele zu spielen. Und dann macht er irgendeinen dummen Fehler und geht in die Falle.«

»Das kann doch niemand garantieren«, sagte Mettner.

»Schau doch, was mit Codie passiert ist und – tut mir leid, das zu sagen, Boss – auch mit Trinity.«

Josie sagte: »Dabei entgeht dir aber was ganz Entscheidendes, Mett. Codie Lash war eine einzelne Person, die im Geheimen mit diesem Typen kommuniziert hat. Trinity war eine einzelne Person, die versucht hat, ihn aus seinem Versteck hervorzulocken. Wir aber sind ein Team und uns stehen endlos viele Möglichkeiten zur Verfügung. Je mehr wir mit ihm kommunizieren, desto höher die Wahrscheinlichkeit, dass er irgendwas verbockt und uns endlich einen Blick hinter die Kulissen gibt. Oder hat einer von euch eine bessere Idee? Wenn ja, dann bitte jetzt raus damit, schließlich ist es das Leben meiner Schwester, das hier auf dem Spiel steht.«

Das Schweigen im Raum dehnte sich unangenehm aus.

Dann sagte Noah: »Willst du damit vorschlagen, dass wir, was, dich als Köder benutzen?«

»Er hat bereits versucht, mich zu entführen«, sagte Josie. »Ich bin Trinitys Gegenstück, ihr buchstäbliches Spiegelbild. Warum hätte er sonst versuchen sollen, mich zu entführen? Ich sag's euch, es ergibt einfach Sinn – beruft eine Pressekonferenz ein. Stellt mich vor die Kameras und lasst mich mit dem Kerl reden.«

»Was würden Sie denn zu ihm sagen?«, fragte Drake.

»Dass dieser Fall für mich eine persönliche Angelegenheit ist. Dass ich weiß, dass er meine Schwester hat und dass ich ihn finden werde, und wenn ich den ganzen Rest meines Lebens nach ihm suchen muss. Das wird seinem aufgeblähten Ego schmeicheln, dass ich bereit wäre, ihm den Rest meines Lebens zu widmen. Aber das, was ich sage, wäre hier gar nicht so wichtig wie das, was wir ihm zeigen werden.«

»Du wirst Requisiten brauchen«, sagte Noah. »Sowas wie den Kamm.«

»Trinitys Kamm haben wir bereits ins Labor geschickt«, sagte Gretchen. »Da kommen wir jetzt nicht mehr ran.«

»Es ist auch nicht zwingend notwendig, dass wir einen der Kämme haben«, sagte Josie. »Bei der Pressekonferenz werdet ihr alle hinter mir stehen, dann sieht er gleich, dass ein ganzes Team hinter ihm her ist. Da fühlt er sich wichtig und im Zentrum der Aufmerksamkeit. Dann werden wir noch Bobbi Ingram bitten, sich zu uns zu stellen – natürlich nur, wenn sie damit einverstanden ist.«

Drake sagte: »Ich würde vorschlagen, dass wir auch Hayden Keating bitten, sich dort hinzustellen, vielleicht mit irgendeinem Accessoire, das an Codie Lash erinnert.«

»Ja«, sagte Josie, obwohl ihr der Gedanke, neben Hayden Keating stehen zu müssen, gleich wieder den Magen umdrehte. »Wir sollten ihn wissen lassen, dass wir weit mehr herausgefunden haben, als wir preisgeben. Die Presse wird damit nichts anfangen können, aber er wird wissen, was es bedeutet. So sieht er, dass wir ihn ernst nehmen und nun genau das Spiel spielen, das er von Anfang an spielen wollte. Wir schenken ihm all die Aufmerksamkeit, nach der er sich so sehnt.«

»Wie wär's, wenn wir auch noch Monica Webb dazubitten?«, schlug Mettner vor.

»Ja«, stimmte Josie zu. »Wir werden sie herbitten und ihr erklären müssen, was vor sich geht. Ich bin mir sicher, dass sie damit einverstanden wäre.«

Noah fragte: »Und was dann?«

»Dann heißt es warten«, sagte Drake. »Er wird auf uns zukommen. Auf irgendeine Art wird er Kontakt zu uns aufnehmen.«

»Mir gefällt der Gedanke nicht, Detective Quinn als Köder einzusetzen«, sagte Noah. »Ich denke kaum, dass irgendwer hier damit einverstanden ist.«

Gretchen und Mettner nickten.

»Nicht wirklich als *Köder*«, sagte Josie. »Es ist ja nicht so, als würde ich dann herumsitzen und darauf warten, dass er mich entführen kommt. Wir wollen doch nur, dass er uns kontaktiert. Wir wollen, dass er uns irgendwas gibt – einen Brief, ein Päckchen.«

»Ich glaube nicht, dass irgendwer sich noch eins dieser grausigen Päckchen wünschen sollte«, warf Gretchen ein.

Drake sagte: »Klar, aber im Moment haben wir sonst nichts. Wir müssen ihn in Zugzwang bringen. Ein bisschen zumindest.«

Josie wandte sich an Mettner. »Du leitest die Ermittlung, Mett. Was sagst du dazu?«

Mettner rieb sich mit der Hand übers Kinn. »Das müsste ich mit dem Chief abklären, für sowas Gewagtes brauche ich seine Einwilligung. Damit würden wir außerdem der ganzen Welt mitteilen, dass der Knochenkünstler Trinity hat. Wenn die Katze einmal aus dem Sack ist, kriegen wir sie nicht wieder rein. Wir müssen uns darauf vorbereiten, was für Wogen das schlagen könnte.«

»Klingt vernünftig«, sagte Josie.

Mettner warf einen Blick in die Runde. »Wie wär's, wenn ihr euch jetzt alle erst mal hinlegt? Noah, du kannst mich in vier Stunden ablösen kommen. Dann ist Gretchen an der Reihe, wir wechseln uns ab. Ich bespreche das mit dem Chief und morgen können wir noch mal darüber reden.«

NEUNUNDVIERZIG

Am darauffolgenden Tag summte das Polizeirevier und die Luft knisterte vor angespannter Energie. Polizeibeamte wuselten hin und her, stellten Rednerpulte auf, installierten Mikrofone und bereiteten sich darauf vor, die geplante Pressekonferenz draußen vor dem Revier abzuhalten. Mettner hatte Chief Chitwood seine Zustimmung abgerungen und frühmorgens bereits die Presse informiert, dass sie Neuigkeiten über das Verschwinden von Trinity Payne bekanntgeben würden. Er hatte außerdem Bobbi Ingram kontaktiert, welche sich bereit erklärt hatte, vor der Kamera zu erscheinen. Ein Streifenpolizist hatte sie abgeholt und hergebracht. Am vorigen Abend hatte Josie lange mit Shannon, Christian und Patrick eine gemeinsame Strategie entwickelt. Sie hatten ebenfalls zugestimmt, im Hintergrund vor der Kamera zu stehen, während Josie ihre Ansprache hielt.

Nun stand Josie in Chitwoods Büro im ersten Stock des Polizeireviers und beobachtete mit einem nervösen Flattern im Bauch, wie sich die Journalisten unten versammelten. Sie hörte Schritte hinter sich und spannte sich in Erwartung einer Standpauke von Seiten Chitwoods an, was sie denn in seinem Büro zu suchen habe. Aber stattdessen hörte sie Noahs Stimme. »Denkst du, du bist bald soweit?«

Josie drehte sich zu ihm und schenkte ihm ein schmallippiges Lächeln. »Bin schon so bereit, wie es eben geht.«

Er trat noch einen Schritt auf sie zu. »Es geht gleich los.«

Er bot ihr seinen Arm an und sie hakte sich bei ihm unter. So gingen sie gemeinsam in den Eingangsbereich hinunter. Chief Chitwood, Mettner, Gretchen, Drake, Shannon, Christian und Bobbi Ingram standen schon alle dort versammelt. Hayden Keating hatte sich in einiger Entfernung zum Rest der Gruppe aufgestellt und tippte auf seinem Handy herum. Er trug einen schlichten grauen Anzug und darauf eine glänzende Reversnadel mit den Initialen CL. Josie ging zu ihm hinüber, begrüßte ihn und ergriff dabei die Chance, die Nadel noch genauer zu mustern. Er deutete darauf und sagte: »Der Sender hat diese Nadeln nach dem Mord an Codie machen lassen. Wir haben sie alle nach ihrem Tod ein Jahr lang getragen. Meinen Sie, das reicht aus?«

»Das passt perfekt«, sagte Josie. »Vielen Dank.«

Sie spürte, wie ihr jemand auf die Schulter tippte – eine willkommene Unterbrechung. Sie hatte kein Interesse daran, auch nur eine Sekunde länger als notwendig mit Hayden zu sprechen. Als sie sich umdrehte, sah sie Monica Webb, schick herausgeputzt in einer frisch gebügelten Stoffhose, High Heels und einer körperbetonten lila Bluse. Unter ihren Augen sah Josie die schwarzen Flecken von Wimperntusche, die von Tränen verschmiert und dann hastig weggewischt worden war. Schon vor mehreren Stunden hatte Heather Loughlin von der Staatspolizei Monica hergebracht. Ihre kleine Tochter Annabelle blieb für den Tag bei einer Freundin. Josie und Gretchen hatten sich vorhin zu ihr gesetzt und ihr in möglichst schonenden Worten erklärt, dass der Knochenkünstler vermutlich für den Mord an ihrer Mutter verantwortlich war. Genau wie bei ihrem ersten Treffen in

Keller Hollow hatte Monica sich kurz entschuldigt, um sich im Bad auszuweinen, dann war sie mit entschlossen zusammengebissenen Zähnen und hoch erhobenem Kopf zurückgekehrt. »Ich werde tun, was auch immer ich kann, um Ihnen zu helfen, diesem Bastard das Handwerk zu legen«, hatte sie gesagt.

Jetzt, wo sie so vor Josie stand, sah sie viel älter aus als einundzwanzig. »Wie fühlen Sie sich?«, fragte Josie.

Monica senkte den Blick. »Nicht besonders gut«, gab sie zu. »Aber es hilft, dass ich hier sein kann.« Sie deutete mit der Hand vage in die Menschenmenge hinein. »Hier sind alle so beschäftigt. Das gibt mir das Gefühl, dass wirklich etwas dafür getan wird, den Mörder meiner Mutter zu finden.«

Josie legte die Hand auf Monicas Arm. »So ist es auch«, sagte sie. »Wir tun alles, was wir können, und es ist uns eine große Hilfe, dass Sie hier sind.«

Monica blickte zu Josie auf. Sie streckte die Hand aus und öffnete ihre geballte Faust, um Josie eine große Brosche zu zeigen. Sie bestand aus einem ovalen, dunkelblauen Stein mit einem lebendigen Streifenmuster. Um den auf Hochglanz polierten Stein herum wand sich in abenteuerlichen Wirbeln ein dünner Kupferdraht, der Josie stark an die großen Drahtkunstwerke erinnerte, die sie in Nicci Webbs Garten gesehen hatte. »Die hat meine Mom gemacht«, sagte Monica.

»Sie ist wunderschön«, hauchte Josie und lehnte sich nach vorn, um die Brosche genauer betrachten zu können.

»Ich dachte mir, vielleicht könnten Sie die tragen«, erklärte Monica. »Während der Pressekonferenz.«

»Oh«, sagte Josie, richtete sich auf und legte gerührt eine Hand aufs Herz. »Das wäre mir eine Ehre.«

Monica steckte Josie die Brosche ans Revers. Noah trat zu ihnen. »Weißt du, wo Patrick ist?«, fragte er.

Josie ließ ihren Blick durchs Zimmer schweifen. »Hat jemand Patrick gesehen?«, fragte sie.

Jetzt blickten auch alle anderen suchend um sich. Shannon sagte: »Ist er denn noch nicht hier?«

Christian zog sein Handy aus der Tasche. »Irgendwann erwürg ich den Jungen noch, also wirklich.« Er war gerade dabei, seine PIN einzutippen, als die Vordertür aufflog. Ein Luftschwall rauschte ins Zimmer und mit ihm das Stimmengewirr der Reporter, die draußen ungeduldig auf Josie warteten. In der Tür stand Patrick, mit einer kakifarbenen Hose und einem marineblauen Polohemd statt seiner üblichen Kluft aus Jeans und Sweatshirt. Auch sein sonst so wirres Haar hatte er ordentlich gescheitelt und gekämmt. Bei seinem Anblick konnte Josie beinahe Trinitys Stimme hören, wie sie sich über ihn lustig machte und fragte, wann denn heute der Schulfotograf käme. Er hielt einen Karton in den Händen.

»Wo bist du verdammt noch mal gewesen?«, fragte Christian herausfordernd.

Patrick ignorierte seinen Vater und ging zu Josie, um ihr den Karton in die Hand zu drücken. »Ich hab was für dich gemacht. Ich hab darüber nachgedacht, was du uns gestern erklärt hast, und über euren Plan, und da dachte ich, das könnte dir vielleicht helfen.«

Sie öffnete den Karton und als sie sah, was darin lag, keuchte sie laut auf und ließ ihn beinahe fallen. »Scheiße, Patrick, wo hast du den denn her?«

Noah nahm ihr den Karton aus den Händen und starrte auf den weißgelben Haarkamm im französischen Stil, der dort lag.

Patrick grinste. »Keine Sorge, Leute, der ist nicht echt, aber eurer Reaktion nach zu schließen scheint er euch wohl echt genug vorzukommen. Sorry, ich hätte euch vorwarnen sollen, aber ich wollte eure ungekünstelte Reaktion sehen. Wenn ihr hier vor Ort dachtet, der ist echt, dann denkt das der Knochenkünstler garantiert auch, wenn er ihn im Fernsehen sieht.«

Noah reichte den Karton herum und jeder warf einen Blick hinein.

Mit zitternder Hand reichte Shannon den Karton an Drake weiter und fragte: »Pat, wo hast du dieses Ding bloß her?«

»Ich hab's selber gemacht«, sagte er voll Stolz.

Josie wurde ganz flau im Magen. »Du ... hast das gemacht?«

Als ihm klar wurde, dass alle hier Versammelten ihn nun entsetzt anstarrten, warf Patrick die Hände in die Luft. »Mit einem 3D-Drucker!«, rief er. »Mannomann. Hier, ich zeig's euch.« Er zog sein Handy heraus und startete ein selbst aufgenommenes Video. Josie bemerkte, dass er das Video bereits so geschnitten hatte, dass es nur die Highlights zeigte. Zuerst sahen sie Patrick am Computer sitzen und mit irgendeiner Software ein virtuelles Modell des Kamms entwerfen. »Die Software, die ich da benutze, heißt Maya«, erklärte er. »Bis das Modell dann beim Drucker landet, sind noch ein paar Zwischenschritte nötig, ist aber nicht so wichtig. Hier seht ihr, wie der Drucker Plastikfilament schmilzt, um mein Design zu formen.«

Auf dem Bildschirm sahen sie im Zeitraffer, wie ein Gerät den Kamm Lage um Lage druckte. Zunächst war nur ein Umriss aus einer dünnen Schicht Filament auf der Unterlage zu sehen, welcher ausgefüllt und mit weiteren Lagen überdeckt wurde, bis tatsächlich ein Kamm daraus wurde. »Deswegen bin ich so spät dran«, erklärte Patrick. »Es dauert Stunden, bis so ein Druck fertig ist. Und dann musste ich noch einen Kumpel drum bitten, den Kamm anzumalen, damit er echt aussieht und nicht wie aus Plastik. Und dann musste das Ganze noch trocknen.«

Zum Ende des Videos hin erschien ein weiterer Student im Bild, der den Kamm in der einen Hand hielt und in der anderen einen Pinsel. Erneut beobachteten sie im Zeitraffer, wie er verschiedene Pinsel und Farben einsetzte, bis der Kamm irgendwann täuschend echt wirkte.

Josie zog Patrick in eine feste Umarmung. »Patrick, das ist ja genial!«

Sie ließ ihn los und nahm Mettner die Box aus der Hand, um den Kamm herauszuholen und staunend zu bewundern. »Am besten stecke ich damit mein Haar auf der rechten Seite zurück, sodass meine Narbe sichtbar ist. Damit werde ich gewissermaßen auch zu seinem Gegenstück.«

Sie sah auf und bemerkte, dass Christian seinen Sohn mit einem Blick anstarrte, den man nur als ehrfürchtig bezeichnen konnte. In seiner Stimme schwangen unterdrückte Emotionen mit, als er sagte: »Gut gemacht, mein Junge.«

Mit vor Tränen glänzenden Augen schloss Shannon Patrick in ihre Arme. Gretchen half Josie dabei, den Kamm so festzustecken, dass ihre Narbe sichtbar war. Punkt fünfzehn Uhr verließen sie alle gemeinsam das Revier und versammelten sich gemäß Mettners und Josies Anweisungen hinter dem Rednerpult, alle in einer Reihe aufgestellt, eine geschlossene Mauer der Unterstützung für Trinity. Ein paar uniformierte Polizisten folgten ihnen nach draußen und stellten sich dann jeweils an beiden Seiten auf, um das Arrangement noch weiter zu verstärken. Familie, Kollegen und die Polizei. Nur Monica Webb und Bobbi Ingram passten nicht ganz ins Bild. Allerdings würden sie gleich eine Erklärung für Monicas Anwesenheit liefern, und mit ihrem eleganten kaffeefarbenen Hosenanzug sah Bobbi einfach aus wie eine Produzentin aus Trinitys Sender. Um diesen Eindruck zu verstärken, hatten sie sie neben Hayden gestellt. Sie könnte auch als Pressesprecherin der Polizei durchgehen oder sogar noch als Praktikantin. Außerdem war Josie sich ziemlich sicher, dass es den Journalisten egal sein würde, wer alles hinter ihr stand, allerspätestens sobald sie ihre Ansprache gehört hatten. Die Moderatorin einer landesweiten Morgenshow, entführt von einem Serienmörder? Die Einschaltquoten würden durch die Decke gehen.

Josie trat an das schmale Rednerpult heran und beugte sich zu der Ansammlung von Mikrofonen, die verschiedene Sender dort aufgestellt hatten. Im grellen Licht der Scheinwerfer begann sie sofort zu schwitzen. Bevor sie noch ein Wort herausbringen konnte, warfen die Journalisten ihr schon aus allen Richtungen Fragen entgegen, doch sie räusperte sich nur und wartete, bis alle wieder verstummt waren.

»Mein Name ist Detective Josie Quinn«, verkündete sie. »Ich gehöre zur Polizei von Denton. Anfang dieser Woche wurden in Denton die menschlichen Überreste einer fünfundvierzigjährigen Lehrerin aus Keller Hollow gefunden, mit dem Namen Nicci Webb. Genauer gesagt wurden ihre Überreste in der Nähe einer Hütte gefunden, welche meine Zwillingsschwester, Trinity Payne, zu diesem Zeitpunkt gemietet hatte. Die meisten von Ihnen kennen Trinity als Co-Moderatorin einer landesweiten Morgenshow oder sogar als Kollegin. Etwa zur selben Zeit, als die Überreste von Mrs Webb aufgefunden wurden, wurde ebenfalls festgestellt, dass meine Schwester verschwunden war. Wie in unseren früheren Berichten erwähnt, waren ihr Wagen, ihre Handtasche und ihr Handy in der Nähe der Miethütte zurückgelassen worden. Andere persönliche Gegenstände waren allerdings entwendet worden. Heute können wir Ihnen zusätzliche Informationen geben und verraten, dass diese persönlichen Gegenstände Notizen und Dokumente waren; Teil eines Falls, zu dem Trinity zu dieser Zeit recherchiert hat. Der Fall des Knochenkünstlers.

Für diejenigen unter Ihnen, die sich nicht mehr an diesen Fall erinnern oder noch nicht davon gehört haben, hier eine kurze Zusammenfassung. Der Knochenkünstler ist ein Serienmörder aus Pennsylvania, welcher zwischen 2008 und 2014 aktiv war. Soweit wir wissen, hat er während der vergangenen sechs Jahre seitdem keine Morde mehr begangen. Nun vermuten wir allerdings, dass Trinitys Arbeit an einer Story über den Knochenkünstler sie in Kontakt mit dem Mörder gebracht hat.«

Die Reporter keuchten fast gleichzeitig auf, als hätten sie es einstudiert. Josie sah unbeirrt mit gehobenem Kopf geradeaus, direkt in die Kameras. »Außerdem vermuten wir, dass es der Knochenkünstler war, der Mrs Webbs Überreste in der Nähe der von Trinity gemieteten Hütte zurückgelassen hat. Unserer Ansicht nach ist er für ihren Tod verantwortlich. Unsere Ermittlungen haben zudem ergeben, dass der Knochenkünstler Trinity Payne entführt hat. Es handelt sich bei diesem Mann um einen Weißen zwischen dreißig und vierzig Jahren. Er ist etwa einen Meter achtzig groß und hat braune Haare, braune Augen und eine rote Narbe entlang seiner linken Gesichtshälfte.«

Langsam fuhr Josie mit den Fingern ihr eigenes Gesicht entlang. Sie setzte in der Mitte ihrer Stirn an und strich dann über ihre Nase und linke Wange bis hinunter zum Mund. »Es kann sein, dass er mit einem weißen Pick-up mit Frontschaden unterwegs ist, Marke Chevrolet. Wir vermuten, dass er Trinity im Osten Pennsylvanias gefangen hält. Wir arbeiten eng mit dem FBI zusammen, um ihn zu finden und dingfest zu machen.«

Josie blickte hinter sich und winkte Drake heran. Sie stellte ihn vor und er gab weitere Informationen über den Fall bekannt, bevor er das Mikrofon an Josie zurückreichte. Sie trat wieder ans Rednerpult und lehnte sich zu den aufgestellten Mikrofonen, während sie mit einem Ausdruck grimmiger Entschlossenheit in die Kameras starrte. »Zuletzt noch eine Nachricht an den Knochenkünstler selbst. Eines verspreche ich dir. Ich werde dich finden und mir meine Schwester zurückholen, und wenn es mich den Rest meines Lebens kostet. Ich werde nicht eher ruhen, bis ich dich gefangen habe. Ich werde niemals aufhören. In meinem Leben gibt es fortan nichts anderes mehr, ist das klar? Ich werde Trinity zurückholen und ich werde dich hinter Gitter bringen.« Sie legte eine kleine dramatische Pause ein und konnte förmlich hören, wie die versammelten Journalisten die Luft anhielten. Dann lehnte sie sich noch ein bisschen weiter vor, damit ihre Worte überdeutlich und laut zu hören waren. »Möge das Spiel beginnen.«

Sie drehte sich zackig auf dem Absatz herum und marschierte ins Revier zurück, mit ihrem Team im Schlepptau, eine ernste, aber stolze Prozession, unbeirrt von den unzähligen Fragen, die auf sie einprasselten.

FÜNFZIG

Die Pressekonferenz hatte Josie ausgelaugt. Zu Hause angekommen schluckte sie drei Ibuprofen hinunter und kuschelte sich dann mit Trout auf der Couch ein. Sie schloss die Augen und lauschte den Geräuschen ihrer Familienmitglieder, die durchs Haus zogen. Lisette, Shannon, Christian, Patrick, Noah. Trinitys Gesicht tauchte vor ihrem inneren Auge auf. *Bitte, sei noch am Leben*, dachte sie. *Bitte, bitte, sei noch am Leben. Ich bring dich wieder nach Hause.*

»Josie«, sagte Noah. Sie öffnete ihre Augen und er setzte sich neben sie auf die Couch. Er griff nach der Fernbedienung, um den Fernseher einzuschalten. »Hayden Keating wird gerade überall interviewt. Er hält sich exakt an das, was wir ihm eingebläut haben.«

Der Fernseher flackerte und dann füllte Hayden Keatings Gesicht den Bildschirm. Mit seinem bekümmertsten Gesichtsausdruck redete er darüber, dass die Polizei viele Spuren habe, die sie allerdings nicht preisgeben könne, aber dass er wüsste, wie nah dran sie waren, den Fall zu lösen. Die CL-Nadel funkelte an seinem Revers, während er über die hochkarätigen Fälle sprach, die Josie im Laufe ihrer Karriere bereits gelöst hatte. Er pries ihr Talent und nannte sie die bestmögliche Person für diesen Fall. Sein Gesicht erfüllte Josie mit tiefer Abscheu und sie hasste es, ihn Trinitys Namen sagen zu hören, aber gleichzeitig war ihr klar, dass er bei ihrer Manipulation des Knochenkünstlers eine wichtige Rolle spielte. Der Zweck heiligt die Mittel, sagte sie sich selbst. Und schließlich war der Zweck des ganzen Spektakels, ihre Schwester zurückzuholen.

Eine Reporterin von CNN fragte Hayden: »Gibt es beim FBI keine Bedenken, dass Detective Quinns persönliches Interesse an diesem Fall die Ermittlungen behindern könnte?«

»In der Regel ist es tatsächlich so, dass Ermittler nicht an einem Fall arbeiten dürften, dem sie so nahestehen. In diesem Fall allerdings ist das FBI der Meinung, dass jeglicher negative Effekt, der durch Detective Quinns emotionale Verwicklung entstehen könnte, mehr als ausgeglichen wird. Sie bringt einzigartige Einblicke in das Verhalten ihrer Schwester mit und außerdem Erfahrung mit einigen der bedeutendsten Kriminalfälle Pennsylvanias.«

Kompletter Schwachsinn, aber Hayden wusste ihn richtig zu präsentieren.

»Geht die Polizei davon aus, dass Ms Payne noch am Leben ist?«, fragte die Reporterin.

»Darüber wurde nicht gesprochen«, erwiderte Hayden. »Doch natürlich hoffen und beten wir alle, dass dies der Fall ist. Allerdings haben Sie Detective Quinn ja gehört. Sie wird so oder so kein Auge zutun, bis dieser Killer festgenommen wurde.«

Der Bericht lief immer weiter. Noah schaltete von einem Sender zum anderen und fast alle davon zeigten Hayden. »Was glaubst du, wie viele Interviews der in den letzten paar Stunden gegeben hat?«, fragte Josie.

»Ein Dutzend mindestens. Aber immerhin hält er sich an unsere Vorgaben. Glaubst du, es wird funktionieren?«

»Keine Ahnung, aber es war die beste Option.«

Trouts Kopf schoss in die Höhe, als Lisette ins Zimmer geschlurft kam, auf ihre Gehhilfe gestützt. Er sprang hoch und rannte zu ihr hinüber, um aufgeregt ihre Füße zu beschnüffeln. Sie gab ihm ein paar Streicheleinheiten und setzte sich auf den nun freien Platz neben Josie. Aus der vorn an ihrem Rollator hängenden Tasche zog sie das Stenografiewörterbuch, das Shannon und Christian in der Bibliothek ausgeliehen hatten. Zwischen den Seiten ragten mehrere gelbe Haftnotizzettel hervor. »Ich glaube, ich habe herausgefunden, was du da gezeichnet hast, mein Schatz«, sagte sie.

Sie klappte das Buch auf ihrem Schoß auf, blätterte bis zum Buchstaben F und dann vorsichtig weiter bis zu Seite dreiundachtzig. Das erste Wort der ersten Spalte war »Formaldehyd«. Lisette fuhr mit ihrem Finger die dritte Spalte der Seite hinunter, bis sie das Wort »frei« erreichte. »Da, schau«, sagte sie. »Vielleicht hat sie versucht, irgendwas mit ›frei‹ zu schreiben? ›Freiheit‹ zum Beispiel?«

Josie musterte dieses Kurzschriftsymbol und alle Variationen davon. »Nein«, sagte sie. »›Frei‹ war es nicht.«

»Ganz sicher?«, fragte Lisette. »Was du mir da vorgezeichnet hast, sah schon sehr wie das Wort ›Freiheit‹ aus.«

Josie musterte das Wort. Ja, es sah tatsächlich so aus. Aber schließlich hatte sie das Zeichen nur einen kurzen Moment lang gesehen, bevor sie einen Autounfall hatte, eine Gehirnerschütterung abbekam und fast von einem Serienmörder entführt wurde. Als sie versucht hatte, das Symbol nachzuzeichnen, war sie verständlicherweise recht benebelt gewesen. Und außerdem, warum hätte Trinity das Wort »Freiheit« schreiben sollen? Ihr wäre doch so oder so klar gewesen, dass Josie ihrer Spur nachgehen und versuchen würde, sie zu befreien. Diese Botschaft wäre also völlig unnötig. Trinity hatte bestimmt nur ein paar Sekunden Zeit gehabt, um dieses eine Zeichen auf die Beifahrertür des Trucks zu zeichnen. *Wie* sie das getan hatte, war leicht nachzuvollziehen. Alles, was dafür nötig gewesen wäre, wäre ein vorgetäuschtes Stolpern, als der Killer sie aus dem Auto gezerrt hatte, und dann ein schnelles Festklammern am Pick-up, um wieder aufzustehen. Aber *warum* sie das getan hatte – der Teil verwirrte Josie immer noch. Wie hatte sie wissen können, dass Josie das Symbol sehen würde?

Weil sie gewusst hatte, dass er Josie suchen würde. Sie wusste von den gespiegelten Morden. Sie wusste mehr über den Knochenkünstler als jeder andere Mensch bis dahin. Josie hatte keine Ahnung, ob Trinity noch am Leben war. Doch eines war ihr klar: Ihre Schwester hätte ihr ganzes Wissen eingesetzt, um den Mörder davon zu überzeugen, sie nicht umzubringen. Sie hätte ohne Unterlass mit ihm geredet – nein, auf ihn eingeredet. Sie hätte alles Menschenmögliche getan, um ihn aus der Reserve zu locken, einen Bezug aufzubauen und ihn zum Reden zu bringen.

»Sie wusste, dass er mich finden würde«, sagte Josie. »Entweder, weil ihr klar war, dass ich ihr Gegenstück sein würde, oder weil er ihr gesagt hat, dass er mich suchen würde, jedenfalls wusste sie Bescheid. Er hat sie entweder von einem Ort zum anderen transportiert und ihr damit eine Gelegenheit gegeben, dieses Symbol auf das Auto zu zeichnen, oder sie hat ihn irgendwie dazu überredet, sie aus irgendeinem Grund wieder zum Pick-up zu bringen.«

»Du denkst also, sie hat dir eine Warnung hinterlassen?«, fragte Lisette.

»Ich weiß nicht«, sagte Josie.

Noah ließ seinen Blick über die benachbarten Spalten schweifen und deutete auf ein anderes Wort. »Fracht?«, schlug er vor. »Bobbi meinte doch, dass er sie in einem Frachtcontainer festgehalten hat. Vielleicht wollte sie dir das sagen, dass du nach einem Frachtcontainer suchen sollst?«

Josie schüttelte den Kopf. »Nein, das war es auch nicht.«

Dann fiel ihr Blick auf ein Wortpaar weiter unten. »Frequentieren« und »Frequenz«.

Als ihr die Bedeutung dieser Worte klar wurde, sprang ihr fast das Herz aus der Brust. »Oh, mein Gott«, sagte sie. »Das ist es.«

Sie sprang hoch. »Shannon!«, schrie sie.

Lisette und Noah starrten sie an. »Josie?«, sagte Lisette fragend.

Josie rannte ins Treppenhaus. »Mom!«, brüllte sie. »Dad!«

Shannon kam aus der Küche herbeigeschossen und Christian raste die Treppe hinunter. Er sagte: »Josie, was ist? Was ist passiert?«

»Ich weiß, wo ihr Tagebuch ist«, sagte sie. »Wir müssen zu euch zurückfahren, nach Callowhill. Ich brauche was vom Dachboden.«

»Jetzt gleich?«, fragte Shannon. »Es ist doch schon fünf. Ich wollte gerade Abendessen kochen.«

»Dann holen wir uns auf dem Weg eine Pizza oder irgendwas«, sagte Josie. »Aber jetzt müssen wir sofort nach Callowhill.«

EINUNDFÜNFZIG

Zwei Stunden später hatten Josie, Noah, Shannon und Christian sich tief in den Dachboden der Payne-Familie vorgegraben und wühlten in den Kisten herum, die Shannon erst wenige Tage zuvor so sorgfältig aufgeräumt hatte.

Noah wischte sich mit dem Arm die Schweißperlen von der Stirn. Dann öffnete er den nächsten Karton. »Erklär mir doch noch mal, was wir hier suchen.«

»Einen Film«, sagte Josie. »Mit dem Titel *Frequency*. Wir suchen Trinitys Sammlung an VHS-Kassetten, da wird er sein.«

»Ich verstehe nicht, was du jetzt mit diesem Film willst«, erklang Christians Stimme hinter einem Stapel alter Klamotten und Handtaschen. »Kannst du ihn nicht woanders angucken? Bestimmt kann man den heute irgendwo streamen.«

»Darum geht es doch nicht«, sagte Josie. »Da hat sie ihr Tagebuch versteckt. Ich bin mir ganz sicher.«

»Mir ist unklar, was eine Videokassette mit ihrem Tagebuch zu tun haben soll«, sagte Christian mit einem frustrierten Unterton in der Stimme.

»Jetzt such einfach den verdammten Film«, schnauzte Shannon ihn an.

»Du brauchst mich gar nicht anzufahren«, gab Christian zurück. »Ich sage nur, was sich sonst keiner traut: Das hier ist absurd. Wir drehen uns nur im Kreis.«

Shannon hatte sich über eine Kiste gebeugt und deren Inhalt durchwühlt, aber nun richtete sie sich auf und funkelte ihren Mann an. »Halt die Klappe. Christian, halt einfach mal die Klappe und tu, was wir dir sagen.«

Er erstarrte, ein Make-up-Täschchen in der Hand, und funkelte genauso aufgebracht zurück. »Shan, das ist so lächerlich. Josie, ich meine es nicht böse, aber das hier bringt uns doch nicht weiter.«

So hatte Josie Christian noch nie erlebt, so frustriert, dass er verbal um sich schlug. Allerdings konnte sie jetzt besser verstehen, wie die angespannte Stimmung zwischen ihm und Patrick entstanden war. Außerdem erkannte sie, woher Trinity und sie ihre stachligeren Seiten hatten. Sie sagte: »Das darfst du gerne denken. Trotzdem bitte ich dich darum, weiter mit uns zu suchen.«

Shannon legte ihre Hand aufs Herz und sagte: »Ich vertraue unseren Kindern, Christian. Wenn Josie sagt, dass sie diese Kassette braucht, dann braucht sie sie auch.«

Wortlos senkte er seinen Kopf und machte sich wieder an die Suche. Nach fünf Minuten rief Noah plötzlich: »Ich hab sie!«

Er streckte die VHS-Kassette in die Höhe. Josie sprang auf und rannte durch den Dachboden auf ihn zu, wobei sie über die Stapel an losen Gegenständen springen musste, die ihre Eltern auf dem Fußboden verteilt hatten. Sie riss Noah die Hülle aus den Händen und drehte sie um, zu der Seite, wo man normalerweise die Kassette herauszog. Hier sah sie das übliche Stück schwarzes Plastik, genau wie bei allen anderen VHS-Kassetten, nur dass sie hier keine Kassette herausziehen konnte. Egal, was sie tat, es bewegte sich nichts. Dann fuhr sie mit ihrem Fingernagel die Kante der Hülle entlang und löste das Plastikstück davon. Nun klappte es auf und gab nicht wie normalerweise den Blick auf die Innereien einer Kassette frei, sondern nur auf die Innenseite der Hülle, an der das Plastik befestigt gewesen war. Josie riss es weg und schüttelte die Hülle, bis ein kleines braunes Büchlein herausfiel.

»Ach du heilige Scheiße«, sagte Noah.

Josie klappte das Buch auf und stellte fest, dass der Einband sich fast vollständig von den Seiten gelöst hatte. Innen im Buch sah sie linierte Seiten, auf denen in schwarzer Tinte ein Kurzschriftsymbol nach dem anderen gekritzelt war. Josie blätterte darin herum und sagte: »Wow.«

Noah sagte: »Das dauert ja Ewigkeiten, bis wir da durch sind.«

Christian trat zu ihnen und hob die weggeworfene Hülle auf, um die Rückseite zu betrachten. Dann sah er zu Josie auf. »Woher hast du das gewusst?«

Josie presste das Tagebuch an ihre Brust. »Wenn du die Chance hättest, die Uhr zurückzudrehen und die Vergangenheit zu ändern, würdest du es tun?«

Tränen schossen ihm in die Augen. Er streckte seine Hand nach Shannon aus und sie kam herbei, um sie zu ergreifen. »Du weißt ganz genau, was wir ändern würden, Josie. Wir würden dafür sorgen, dass du bei uns bleiben könntest und dass unsere Familie nie auseinandergerissen werden würde.«

Und in diesem Moment wurde Josie klar, was das Schlimmste war, was ihrer Schwester je passiert war. Sie hielt das Tagebuch fest im Arm und sagte: »Ich muss das hier zu meiner Großmutter bringen.«

Sie fuhren nach Denton zurück, wo Lisette bereits Kaffee gekocht und den Küchentisch vorbereitet hatte. Und dann saßen Josie und sie Seite an Seite dort, Josie mit einem leeren

Notizbuch vor sich und Lisette in das Tagebuch versunken. Hin und wieder musste sie etwas im Wörterbuch nachschlagen. Langsam begann sie, die Einträge laut vorzulesen.

Liebe Vanessa,

Mom und Dad zwingen mich dazu, zu dieser blöden Therapeutin zu gehen. Sie denken, ich hab sie nicht mehr alle, nur weil ich ein paar Mädchen in der Schule erzählt hab, dass es dich wirklich gibt. Es hat dich ja auch wirklich gegeben! Du bist eben nur gestorben, genau wie Nana. Aber es ist doch nicht so, als ob du nie existiert hättest. Ich stell mir gerne vor, dass du irgendwo dort draußen bist und auf mich aufpasst, genau wie Nana es mir auch versprochen hat. Vielleicht seid ihr zwei ja jetzt beieinander. Egal, jedenfalls hat die dumme Therapeutin mich dazu gezwungen, dir Briefe zu schreiben – die sie dann lesen will. Hallo? Schon mal was von Privatsphäre gehört? Ich hab die Briefe schon geschrieben, aber da hab ich nicht gesagt, was ich wirklich denke oder was ich gern zu dir sagen würde. Wenn du jetzt hier wärst, würde ich dir alles erzählen. Dann könnten wir lange wachbleiben und über alles Mögliche reden. Dann wären wir immer zusammen und alles wäre viel besser. Das ist es eben, was Mom und Dad und Doktor Mir-egal-wie-sie-heißt nicht verstehen. Die denken, dass mit mir was nicht stimmt. Die sagen, ich bin von dir besessen und dass das total ungesund ist. Aber soll ich denn wirklich so tun, als ob mein Leben so scheiße wäre, wenn du noch hier wärst? Keine Chance. Wenn du hier wärst, dann hätte ich doch zumindest eine Freundin. Manchmal muss ich mir einfach vorstellen, dass du noch hier bist oder dass du noch irgendwo existierst, als Geist oder in einer anderen Dimension oder was auch immer. Manchmal muss ich mir vorstellen, dass du mich hören kannst, damit ich nicht wirklich durchdrehe. Keiner versteht, wie es sich anfühlt, nicht wirklich. Wie das ist, wenn man dauernd nur allein ist. Dauernd verarscht und fertig gemacht wird.

»Hör auf«, krächzte Josie. Ein Schluchzen kroch ihre Kehle hinauf. Wie gern würde sie ihrer vierzehnjährigen Schwester zurufen: *Ich war doch die ganze Zeit hier!*

Shannon stand im Türrahmen und Tränen liefen ihr in kleinen Bächen übers Gesicht. Lisette rückte ihre Lesebrille zurecht und blätterte ein paar Seiten weiter. »Lass mich doch einfach erst mal weitergucken«, sagte sie. »Vielleicht komme ich darauf, was sie dir zeigen wollte.«

»Nein«, sagte Josie. »Ich möchte es hören. Bitte. Lies weiter.«

Shannon kam zu ihnen und setzte sich neben Josie. Während Lisette weiter vorlas, rückte Shannon ihren Stuhl näher an Josies heran, bis die Sitzflächen aneinander stießen. Josie lehnte sich an ihre Mutter und ließ ihren Kopf auf ihre Schulter sinken. So blieben sie sitzen und hörten Lisette bis spät in die Nacht hinein zu. Die Details waren herzzerreißend. Trinitys Schulzeit war um Einiges schlimmer gewesen, als sogar Shannon und Christian klar gewesen war. Die anderen Kinder piesackten sie so unerbittlich, dass Trinity irgendwann begann, sich zum Mittagessen im Klo einzuschließen. Fast täglich verschandelte jemand ihr Schließfach und meistens mit irgendwelchen stinkenden Sachen, sodass sie den ganzen Tag mit mindestens einem Buch herumlaufen musste, das nach Katzen- oder Hundepisse stank. Sogar während der Unterrichtszeiten ging es weiter und sie fand nie einen Arbeitspartner für Gruppenprojekte. Den Biologieunterricht, wo alle in Zweierpärchen arbeiten mussten, schwänzte sie, weil es ihr so peinlich war, alleine arbeiten zu müssen. Jedes weitere Detail ihrer Qual schürte das Feuer der Wut in Josies Herzen noch höher.

Schließlich folgte ein Eintrag, der zumindest etwas zuversichtlicher klang.

Liebe Vanessa,

heute habe ich dich getroffen! Natürlich nicht wirklich dich, aber ein Mädchen, das so aussah, wie ich mir dich immer vorstelle. Sie hat mir tatsächlich ziemlich ähnlich gesehen, allerdings hatte sie so einen hellen blaugrünen Schal um, der überhaupt nicht zu ihrem Outfit gepasst hat. Also ich würde so einen Schal jedenfalls nicht zu einem korallenroten T-Shirt anziehen, aber ist ja auch egal. Was ich eigentlich sagen will, ist, dass ich mir vorgestellt hab, das wärst du. Ich konnte einfach nicht anders. Manchmal stelle ich mir vor, dass du gar nicht in dem Feuer gestorben bist, sondern dass wir einfach bei der Geburt getrennt worden sind. Und wenn wir bei der Geburt getrennt worden wären und du noch am Leben wärst, dann wärst du eindeutig wie dieses Mädchen, das ich heute kennengelernt hab. Übrigens hab ich richtig Ärger bekommen, aber das ist mir total egal. Ich hab nicht mitbekommen, wie das Mädchen hieß, das fand ich aber okay. So kann ich mir vorstellen, dass das eben einfach du warst. Das war bei diesem Schulausflug, von dem ich dir erzählt hab, der, auf den ich gar keine Lust hatte. Wir sind zu einem Rehgehege gefahren und zu einer Kürbisplantage. Wie dumm ist das denn bitte? Sind wir etwa im Kindergarten? Natürlich hat sich im Bus keiner neben mich gesetzt und diese blöde Zicke Melanie hat mich die ganze Zeit genervt. Sie hat sogar ihren abgelutschten Kaugummi nach mir geworfen und natürlich ist er direkt in meinen Haaren gelandet. Fanden alle irre witzig. Längste Busfahrt meines Lebens, ich schwör's dir. Jedenfalls haben sich dann alle aufgeteilt, als wir endlich bei dem Bauernhof waren. Da fand ich es dann ausnahmsweise auch voll okay, allein zu sein. Ich wollte den Kaugummi aus meinen Haaren rauskriegen, aber die hatten da nur Dixiklos. Widerlich.

Jedenfalls waren da auch voll viele Schüler aus anderen Schulen. Später am Nachmittag war ich gerade auf dem Weg zurück zum Bus, als ich Melanie und ihre Zickenclique hinter mir hab tuscheln hören. Am Anfang dachte ich noch, sie hätten mich gar nicht bemerkt. Dann kam eine Gruppe Mädchen von einer anderen Schule an mir vorbeigelaufen und da spürte ich plötzlich Melanies Arm im Rücken – sie hat mich volle Kanne in die anderen Mädchen reingeschubst. Ich weiß hundertprozentig, dass sie das war. Ich bin auf eins der Mädchen draufgefallen und hab sie umgeworfen. Sie war mega angepisst. Ist total durchgedreht. Sie ist aufgestanden und hat angefangen, mich anzubrüllen. Bevor ich es ihr erklären konnte, hat sie mich einfach weggestoßen. Ich konnte Melanie und ihre Freunde lachen hören und da ist mir eine Sicherung durchgebrannt. Ich hab das andere Mädchen zurückgeschubst und bevor ich michs versehen konnte, lagen wir wieder auf dem Boden und sind wie wild rumgerollt. Ich hab versucht, ihr eine reinzuhauen, und sie hat mich an den Haaren gezogen. Hat verdammt wehgetan. Dann saß sie plötzlich auf mir drauf und Melanie hat sich hinter sie gestellt und gerufen, dass sie genau gesehen hat, wie ich sie umgeschmissen hab, und dass sie mich gründlich vermöbeln soll. Das hat sie sich auch nicht zweimal sagen lassen. Ganz schön peinlich, das zuzugeben, aber wenn ich sage ›mir ist eine Sicherung durchgebrannt‹, dann heißt das echt nicht viel. Offen gestanden – und das ist was, was ich wirklich nur dir erzählen könnte und sonst niemandem – bin ich ein totaler Waschlappen. Das Schlimmste war, dass ich dann auch noch zu heulen angefangen habe.

Und dann, wie aus dem Nichts, standst plötzlich du vor mir! Ich dachte echt, ich hab Wahnvorstellungen. Klar, das warst natürlich nicht wirklich du, sondern dieses Mädchen, von dem ich dir erzählt hab, die mit dem komischen blaugrünen Schal. Keine Ahnung, wer sie ist oder in welche Schule sie geht. Jedenfalls hat sie dieses verrückte Biest von mir runtergekickt. Anscheinend kannten die beiden sich, weil sie hat sie Beverly genannt. Sie hat gesagt: »Beverly, verzieh dich.« Und dann hat sie Melanie mit dem Ellbogen direkt ins Gesicht geschlagen. Der Hammer. Schade, dass sie Melanies Nase dabei nicht gebrochen hat. Es hat schon geblutet, aber anscheinend ist sie nicht gebrochen. Dann hat sie Beverly an den Haaren gepackt und hochgezerrt und gesagt, dass sie mich verdammt noch mal in Ruhe lassen soll. Beverly hat gesagt, dass sie sich da raushalten soll, aber dann hat sie gesagt: »Es gibt hier nichts mehr, wo ich mich raushalten kann, weil du sie jetzt in Ruhe lassen wirst, sonst sorg ich dafür, dass du es bereust, heute überhaupt aus dem Bett gestiegen zu sein.« Dann hat sie Beverly einen total abgedrehten Blick zugeworfen, echt der Wahnsinn. Sowas hab ich noch nie gesehen. Beverly hat ausgesehen, als ob sie sich gleich in die Hose macht. Melanie, die dumme Ziege, hat inzwischen natürlich angefangen, ihre Krokodilstränen zu vergießen und die Lehrer auf sich aufmerksam zu machen. Die kamen schon zu uns rübergerannt und mir war klar, dass ich jetzt richtig Ärger kriegen würde, war mir aber egal. Dir war's auch egal. Du hast Beverly einfach weggestoßen, bist ganz nah an Melanie ran und hast mit dem Finger nach ihr gestochen. Sie ist richtig vor dir weggesprungen. Du hast gesagt, dass du sie auch fertigmachen würdest. Und wenn sie ihre Zähne behalten will, dann soll sie aufhören, mich zu nerven. Bis dahin waren die Lehrer schon bei uns und ich hab dir gesagt, dass du abhauen sollst, damit du keinen Ärger kriegst. Schien dich aber eh kaum zu interessieren. Du hast Beverly und Melanie so einen warnenden Blick zugeworfen und dann bist du weggegangen, ganz langsam, als wüsstest du genau, dass keine von beiden dich verpetzen würde – und das haben sie auch nicht. Wir haben alle Ärger bekommen, aber keiner hat dich mit einem Wort erwähnt. Und das Beste war, dass Melanie mich auf der Rückfahrt komplett in Ruhe gelassen hat. Kann es kaum erwarten, ihr Gesicht morgen früh zu sehen!

Josies Herz arbeitete wie ein Presslufthammer in ihrer Brust.

Als Lisette aufhörte zu lesen, sagte Shannon: »Das hat sie mir nie erzählt. Sie hat immer nur gesagt, dass sie sich mit einem Mädchen aus einer anderen Schule geschlagen hat und dass sie dabei aus Versehen Melanie erwischt hat. Sie haben alle drei Ärger dafür bekommen.«

»Und deswegen musste sie dann Sozialstunden ableisten«, flüsterte Josie.

»Genau.«

Josie konnte Lisettes Blick auf ihrer Haut spüren. Lisette wusste Bescheid. Irgendwie hatte sie es erraten. Natürlich hatte sie das. Während ihrer Zeit auf der Highschool hatte Josie ja schon bei Lisette gelebt. Sie sagte: »Josie.«

»Später, Gram.«

»Was denn?«, fragte Shannon und blickte zwischen Josie und Lisette hin und her.

»Nichts, nichts«, sagte Josie. »Ich muss nur daran denken, Trinity etwas zu sagen, wenn wir sie finden.«

Lisette lächelte. Sie blätterte um und begann wieder vorzulesen, wurde aber bald darauf von Noah unterbrochen, der plötzlich im Türrahmen stand. »Josie«, sagte er. Sie sah auf und bemerkte, dass seine Wangen rot angelaufen waren. Sie sprang auf. »Was ist los?«

»Der Knochenkünstler hat sich gemeldet.«

ZWEIUNDFÜNFZIG

Die Morgendämmerung zog in hellroten und violetten Streifen über den Himmel. Lisette und Shannon hatten versprochen, sich weiter durch das Tagebuch zu arbeiten, während Noah und Josie zum Polizeirevier fuhren. Dort warteten Gretchen, Mettner und Drake bereits auf sie. Alle sahen so aus, als hätten sie seit einer Woche nicht mehr geschlafen. Und so war es im Prinzip ja auch. Sie versammelten sich im Großraumbüro um die Schreibtische herum. Chief Chitwood stand ebenfalls dort, die Arme vor seiner schmächtigen Brust verschränkt.

»Was ist passiert?«, fragte Josie.

Gretchen erwiderte: »Der Knochenkünstler hat ein Päckchen für dich in der Wohnwagensiedlung Moss Gardens zurückgelassen.«

Josie starrte sie einige Sekunden lang an und fragte sich, ob sie Gretchen richtig verstanden hatte.

»Dort gibt es keine Kameras, was diesem Typen natürlich direkt ins Händchen spielt, aber Ihr Team hat mir verraten, dass die Siedlung außerdem eine besondere Bedeutung für Sie hat«, sagte Drake.

Langsam nickte Josie, während ihre Gedanken rasten. »Dort bin ich aufgewachsen. Und dort haben Trinity und ich zum ersten Mal darüber geredet, dass wir Schwestern sein könnten.«

»Aber dass diese Siedlung euch so wichtig ist, hätte der Knochenkünstler ja nur wissen können, wenn ...« Mitten im Satz unterbrach Mettner sich. Keiner von ihnen wollte es laut aussprechen, als könnten sie es damit verschreien. Aber Josie wusste genau, was alle dachten: Vielleicht war Trinity noch am Leben.

Josie sagte: »Fahrt mich zu der Siedlung.«

In einer Reihe unmarkierter Autos fuhren sie los. In diesen frühen Morgenstunden brauchten sie ihr Blaulicht nicht, da noch kaum jemand unterwegs war. Auf einem Hügel hinter dem Stadtpark lag Moss Gardens; eine Ansammlung von etwa zwei Dutzend Wohnwagen. An der Einfahrt prangte der Name der Siedlung in großen, verschnörkelten Buchstaben auf einem gusseisernen Tor. Dahinter waren ordentliche, saubere Wohnwagen in knallbunten Farben zu sehen, jeder davon mit einem kleinen, aber liebevoll verzierten Garten. Von der grauen Trostlosigkeit ihrer Kindheit war hier nichts mehr zu spüren. Die Autokarawane fuhr an der Stelle vorbei, wo ihr früheres Zuhause gestanden hatte. Der Trailer, in dem sie von den Menschen großgezogen worden war, die sie für ihre Eltern gehalten hatte, war schon vor langer Zeit abgerissen worden, nachdem ein Feuer ihn zum größten Teil zerstört hatte. Bei Josies letztem Besuch war an der Stelle nichts zu sehen gewesen außer ein paar Abflussrohren, die aus dem vergilbten Gras herausstachen. Nun stand dort ein neuer Wohnwagen mit cremefarbenem Anstrich und burgunderroten Akzenten an den Fenstern. Die Zufahrt war frisch geteert und der kleine Garten vor dem Wagen war ein einziges Blumenmeer in lebendig leuchtenden Farben.

Josie sah den Wohnwagen im Rückspiegel verschwinden, als die Karawane bis zum Ende der Siedlung weiterfuhr, wo eine gepflasterte einspurige Straße durch den Wald hindurch zu einer von Dentons Arbeitersiedlungen führte. Am Waldrand parkten sie ihre Autos in einer Reihe und stiegen aus.

Josie fragte Mettner: »Lebt die Familie Price immer noch hier?«

Er nickte und schenkte ihr ein grimmiges Lächeln. »Sie sind diejenigen, die uns angerufen haben.«

Vor drei Jahren waren Maureen Price und ihre zwei Söhne, Kyle und Troy, während der Ermittlung zu einem anderen Fall eine große Hilfe für Josie und ihr Team gewesen. Als Josie die Price-Jungen zuletzt gesehen hatte, war Kyle zwölf gewesen und Troy elf. Als sie auf den Wohnwagen der Familie zugingen, hätte Josie den nun fünfzehnjährigen Kyle fast nicht erkannt, der ihr inzwischen schon über den Kopf gewachsen war. Dünn war er immer noch und sein dichtes braunes Haar fiel ihm in die Augen, aber er sah viel älter aus. Eher wie ein Student als ein Schüler. Er stand an der Einfahrt und Josie bemerkte, dass er Jeans und ein graues T-Shirt trug, auf dem das Periodensystem der Elemente zu sehen war, und darunter stand: »Dies ist ein elementares T-Shirt.« Als er sie sah, lächelte er. »Detective Quinn.«

»Für dich einfach nur Josie, Kyle«, begrüßte sie ihn. »Wie geht's dir? Und deiner Mom und Troy?«

»Alles gut soweit«, erwiderte er und wippte mit dem Kopf auf und ab. Er deutete auf den Bereich zwischen seinem Garten und der Straße, den er mit mehreren Hockeyschlägern abgesperrt hatte. Dort, etwa in der Mitte, lag ein Karton, ein kleines bisschen größer als das Päckchen, das Trinity erhalten hatte, als sie bei Josie und Noah gewohnt hatte. Darauf stand in großen Blockbuchstaben Josies Name geschrieben. Kyle sagte: »Ich habe Sie gestern im Fernsehen gesehen. Das mit Ihrer Schwester tut mir echt leid.«

»Danke«, sagte Josie und drehte sich dann zu Mettner: »Ruf Hummel an.«

»Schon geschehen«, sagte er. »Die Spurensicherung ist unterwegs.«

»Und Dr. Feist auch«, sagte Josie.

»Wieso?«, fragte Mettner.

Josie drehte sich um und bemerkte, dass ihr ganzes Team und auch Drake sie anstarrten. »Es steht wohl außer Frage, was in diesem Karton drin ist«, sagte sie. »Knochen. Wir können nur hoffen, dass es nicht Trinitys sind.«

Niemand sagte ein Wort.

Sie wandte sich wieder an Kyle. »Hast du gesehen, wer das da hingelegt hat?«

Er schüttelte den Kopf. »Nein, tut mir leid. Mein Schlafzimmer ist auf dieser Seite vom Wohnwagen, in der Nähe der Straße, und ich bin von einem Geräusch aufgewacht. So ein dumpfes Grollen. Hab ein paar Minuten gebraucht, bis ich draufgekommen bin, dass da ein Auto oder ein Truck im Leerlauf war. Klang eher nach einem Truck. Bis ich dann aufgestanden bin und aus dem Fenster geguckt habe, habe ich ein lautes Kreischen gehört, als hätte jemand die Reifen durchdrehen lassen, weil er so schnell wegfahren wollte.«

»Wir sollten die anderen Leute in der Siedlung befragen«, sagte Gretchen. Sie machte sich gemeinsam mit Noah und Drake auf den Weg.

Kyle fuhr fort: »Ich habe Bremslichter gesehen, irgendwo da hinten, aber ich konnte kein Nummernschild erkennen oder so. Sah aus wie ein weißer Pick-up-Truck, aber es war einfach zu dunkel. Tut mir leid.«

»Alles gut«, sagte Josie. »Du hast das super gemacht.«

»Ich habe mir eine Taschenlampe geholt, um rauszugehen und mich umzusehen. Ich wollte gucken, ob unsere Fahrräder noch da sind. Das dachte ich nämlich am Anfang, dass da jemand unsere Fahrräder klauen wollte, aber die waren noch da. Dann habe ich nach Moms Auto geguckt, weil vielleicht war ja jemand hier unterwegs, um Sachen kaputt zu machen oder Graffiti zu sprayen, sowas passiert hier ja leider immer wieder. Das Auto war aber okay. Ich habe einfach ein bisschen rumgeleuchtet, um zu sehen, ob sonst was kaputt war, und da habe ich den Karton entdeckt. Als ich gesehen habe, dass Ihr Name drauf stand, war mir gleich ganz komisch zumute. Da wusste ich, dass irgendwas nicht stimmt, weil wie gesagt, ich habe Sie ja gestern im Fernsehen gesehen.«

»Ich weiß es wirklich zu schätzen, dass du uns angerufen hast«, sagte Josie. »Hast du auch die Hockeyschläger aufgestellt?«

»Ja, ich wollte nicht, dass irgendwer vorbeiläuft und auf den Karton drauftritt oder ihn anfasst oder so. Seitdem steh ich hier draußen. Meine Mom ist schon aufgestanden und vorhin ein bisschen rumgefahren, um nach dem Pick-up zu suchen, aber sie hat ihn nicht gefunden. Dann musste sie meinen Bruder zur Schule bringen und zur Arbeit fahren. Aber ich dachte mir, es ist bestimmt okay, wenn ich wegen sowas hier zu spät zur Schule komme.«

Josie lächelte. »Ich bin mir sicher, dass ich das mit deinem Schuldirektor klären kann. Das war sehr klug, was du hier gemacht hast.«

Bis Hummel und sein Team zu ihnen stießen, blitzten die ersten Sonnenstrahlen schon über den Horizont. Sie machten sich an die Arbeit, während Josie und Mettner mit Noah, Gretchen und Drake Rücksprache hielten. Leider hatte sonst niemand in der Siedlung einen weißen Pick-up gesehen oder sonst irgendetwas Ungewöhnliches bemerkt. Der Knochenkünstler war ohne eine Spur in der Nacht verschwunden, wie ein Gespenst. Schon wieder.

»Boss«, rief Hummel.

Josie ging zu dem Stück Erde hinüber, das Kyle abgesperrt

hatte. Nun kniete Hummel dort und hielt in seinen behand-schuhten Händen den inzwischen geöffneten Karton. Darin lag auf einem Nest aus Küchenpapier ein kleiner, geschwungener Knochen von etwa acht Zentimetern Länge. Josie war sofort klar, worum es sich hierbei handelte, und bittere Galle stieg ihr die Kehle hoch. Sie dachte an Bobbi Ingrams grausige Narbe und hoffte inständig, dass diese Rippe dort unten nicht Trinity gehörte.

»Dr. Feist soll den Knochen untersuchen und schauen, ob sie daraus irgendwelche Schlüsse ziehen kann. Dann müssen wir ihn sofort ans FBI-Labor weiterschicken, damit er dort möglichst schnell analysiert werden kann«, sagte Josie und bemühte sich um einen neutralen Tonfall. »War kein Brief dabei?«

»Nur das hier«, sagte Hummel. Er klappte eine der Seiten des Kartons vollständig auf, sodass drei Worte in schwarzem Edding sichtbar wurden. »Du bist dran.«

Josie konnte eine Traube an Menschen hinter sich spüren und trat zur Seite, damit der Rest des Teams auch einen Blick darauf werfen konnte. Sie ging in Richtung der Straße, wo Jenny Chan, ein noch recht neues Mitglied des Spurensiche-rungsteams, am Boden kniete. »Detective Quinn«, sagte sie. »Sieht so aus, als hätte der Mörder diesmal etwas zurück-gelassen.«

Josie traute sich nicht, Freude über diese Bemerkung zuzu-lassen, als sie zu Chan hinüberging und einen Blick auf den Asphalt vor ihr warf. »Da«, sagte Chan und deutete auf eine kleine Schlammpfütze auf der ansonsten makellosen Straße. »Schau, was er dort zurückgelassen hat.«

Josie spürte ein schwaches Flattern in der Brust. »Eine Reifenspur.«

Chan nickte. »Der Größe nach zu urteilen von einem Pick-up-Truck. Wir schicken einen Abdruck ins Labor und untersuchen die Erde darum herum nach Hinweisen darauf, wo dieser Kerl herkommt.«

Josie war bewusst, dass Erfolg dabei recht unwahrscheinlich war, aber es war trotzdem mehr, als der Mörder jemals an irgendeinem anderen Tatort zurückgelassen hatte. »Vielen Dank, Officer Chan.«

DREIUNDFÜNFZIG

»Ich glaube, ich weiß jetzt, was Trinity dir zeigen wollte«, sagte Lisette, als Josie und Noah wieder zurückkamen. »Setzt euch.«

Erschöpfung vernebelte Josies Gedanken, aber sie setzte sich trotzdem an den Küchentisch. Ihr Kopf pochte schlimmer als je zuvor. Ihr war klar, dass sie eine Ruhepause bitter nötig hatte, aber zuerst musste sie hören, was in dem Tagebuch zu finden war. Noah kochte ihnen eine weitere Kanne Kaffee. Shannon hatte sich hingelegt, Christian und Patrick saßen im Wohnzimmer. Christian war eingedöst, Patrick scrollte auf seinem Handy herum. Sobald Noah sowohl Josie als auch Lisette mit duftendem Kaffee versorgt hatte, begann Lisette wieder zu lesen.

Liebe Vanessa,

oh, Mann, hab ich vielleicht Ärger bekommen. Weil ich die Frechheit besaß, in jemanden reingeschubst und dann von ihr vermöbelt zu werden! Fair ist anders, aber sei's drum. Die gute Nachricht ist aber, dass Melanie auch Ärger bekommen hat, und zwar gewaltig. Wir sind beide suspendiert worden. Mich haben sie allerdings härter bestraft als sie, weil sie allen erzählt hat, dass ich ihr den Ellbogen ins Gesicht geschlagen hab. Ich hab ja versprochen, dass ich dich nicht verpetzen würde – also beziehungsweise dieses Mädchen, das Melanie wirklich geschlagen hat – und deswegen hab ich es nicht abgestritten. Ihre Mutter hat Anzeige gegen mich erstattet. Ist das nicht unfassbar?! Ich frag mich, ob sie weiß, was für eine gemeine, manipulative Ziege Melanie wirklich ist. Mom und Dad haben mir einen Anwalt besorgt und er hat irgendwas mit dem Richter oder dem Staatsanwalt oder so ausgehandelt, deswegen muss ich jetzt nur Sozialstunden ableisten. Ich dachte, sie zwingen mich dazu, neben der Autobahn Müll aufzusammeln oder sowas in der Art, aber stattdessen muss ich in einem Naturschutzpark aushelfen. Ist hauptsächlich auch nur Müll aufsammeln und Tiergehege saubermachen. Mag ja toll klingen, Mom findet, das ist »bestimmt faszinierend«, aber tatsächlich ist es einfach nur widerlich. Ich wusste gar nicht, wie viele verschiedene Arten von Kackhaufen es gibt. (Kotz)

Aber das Schöne an dem Ganzen ist, dass hier noch ein paar andere Leute in meinem Alter sind, die auch aushelfen, und die sind alle ziemlich nett. Teenager, die mich nicht wie Dreck behandeln! Kaum vorstellbar, oder? Ich glaub aber nicht, dass die anderen auch gezwungenermaßen hier sind, die interessieren sich alle total für Natur und Tiere und so. Die dürfen alle ganz interessante Sachen machen, zum Beispiel Besucher rumführen und mit den Kindern was basteln, die Ausflüge hierher machen, so von der Schule her oder aus Tagesstätten und so. Ein Junge ist hier, Max, der könnte allerdings auch wegen Sozialstunden da sein. Er ist ein bisschen komisch, aber vielleicht wirkt das auch nur so wegen seines Aussehens. Er hat so eine riesige rote Narbe übers halbe Gesicht. Wenn die Leute an seiner Schule so fies sind wie die

*bei mir, dann ziehen sie ihm wahrscheinlich die Haut in
Fetzen vom Leib.*

»Oh, mein Gott«, sagte Josie.

»Wissen wir, wo dieser Naturschutzpark ist und wie er
heißt?«, fragte Noah.

»Hol Christian und schau, ob er das noch weiß. Wenn
nicht, dann weck Shannon auf und frag sie.«

Noah raste ins Wohnzimmer hinüber.

»Lies weiter«, wies Josie Lisette an.

Lisette sagte: »In vielen der nächsten Einträge geht es nur
darum, wie eklig die Arbeit ist, die sie da machen muss. Sie
erwähnt Max zwar, sagt aber hauptsächlich nur, wie geheimnis-
voll er ihr vorkommt und dass er nie mit irgendjemandem redet.
Aber dann kommt das hier ... ja, genau, hör dir das an.«

Liebe Vanessa,

*heute hab ich Max endlich dazu gebracht, mit mir zu reden. Er
ist sechzehn. Er behauptet, er wäre nicht wegen Sozialstunden
hier. Als er rausgefunden hat, dass ich deswegen hier bin, hat
er gelacht. Zuerst war ich ein bisschen beleidigt, aber er hat
gesagt, er kann sich kaum vorstellen, dass jemand wie ich
genug Ärger kriegen könnte, um Sozialstunden aufgebrummt
zu kriegen. Ich wollte ihn noch fragen, was er damit gemeint
hat, »jemand wie ich«, aber das konnte ich dann nicht mehr,
weil sie uns zu den Käfigen geschickt haben, wo die großen
Raubvögel sich von Verletzungen erholen. Die sollten wir
saubermachen. Sie hatten da gerade einen Rotschwanzbussard
und zwei Eulen. Ziemlich cool. Max schien die Vögel nicht zu
mögen, aber er wusste viel über sie. Anscheinend ist sein Dad
professioneller Vogelbeobachter oder sowas. Er arbeitet an
einer Hochschule. Oder vielleicht hat er mal dort gearbeitet. So*

wie Max von ihm redet, ist mir nicht ganz klar, ob sein Dad noch lebt oder nicht. Als ich ihn nach seiner Familie gefragt hab, hat er ganz seltsam reagiert, also hab ich nicht nachgehakt.

»Ein Ornithologe«, murmelte Josie. »Oder ein Biologe. Moment, ich sag kurz dem Team Bescheid, dass sie das nachprüfen sollen.« Sie tippte eine schnelle SMS an den Rest des Teams.

Shannon, Christian und Noah kamen in die Küche. Shannon rieb sich etwas verschlafen über die Augen. »Noah hat uns erzählt, was passiert ist. An den Namen können wir uns nicht erinnern, aber der Park war ungefähr eine Stunde Autofahrt von Callowhill entfernt.«

»Gibt es den Park heute noch?«, fragte Josie.

»Das weiß ich nicht«, erwiderte Christian.

Josie klappte ihren Laptop auf und drehte den Bildschirm zu ihnen. »Glaubt ihr, ihr könntet das über Google Maps herausfinden?«

»Wir können es auf jeden Fall versuchen«, sagte Shannon. Seite an Seite setzten sie sich vor den Laptop, während Lisette weiter aus dem Tagebuch vorlas.

Liebe Vanessa,

bald ist meine Zeit hier im Naturschutzpark schon wieder vorbei. Bin irgendwie traurig deswegen. Ist das nicht komisch? Die Arbeit ist scheiße, aber hier sind alle nett zu mir und lassen mich in Ruhe. Sogar Max mit seiner unheimlichen Art. Nachdem ich ihn nach seinem Dad gefragt hab, hat er mehr oder weniger aufgehört, mit mir zu reden. Ich würde so gern wissen, wo er diese Narbe her hat. Letzte Woche hab ich gehört, wie eins der anderen Mädchen ihn sogar danach gefragt hat. Sie hat einfach drauflos gefragt. Er hat ein bisschen genervt ausgesehen und irgendwas gemurmelt von wegen

Kochen und heißes Öl oder so. Konnte ich aus der Entfernung nicht gut hören. Als er weggegangen ist, hätte ich sie gerne danach gefragt, aber naja, so jemand will man ja nicht sein. Ich hab noch mal versucht, mit ihm zu reden, aber er ist nie dort, wo ich gerade arbeite. In letzter Zeit ist er dauernd nur im Wald. Ich weiß nicht mal, was er dort draußen eigentlich macht.

Lisette hörte auf zu lesen und blätterte ein paar Seiten weiter. Gegenüber von Lisette und Josie stand Noah zwischen den Paynes und sah ebenfalls auf den Bildschirm.

Josie fragte: »Noch irgendwas Wichtiges da drin, Gram?«

Lisette warf ihr über den Rand ihrer Lesebrille hinweg einen Blick zu und sagte: »Oh, etwas gäbe es da noch, das dich interessieren könnte.«

Liebe Vanessa,

heute hab ich Max im Wald gesehen. Ich weiß nicht, ob ich das der Leitung des Naturschutzgebiets erzählen soll. Es war so komisch. Aber so richtig falsch gemacht hat er ja eigentlich auch nichts. Ich war beim Müll aufsammeln und hab ihn auf einem der anderen Waldpfade stehen sehen. Er hat mit dem Leichnam eines toten Tiers rumgespielt. Also, dass man tote Tiere im Wald findet, ist nicht das Komische daran. Bei meiner Arbeit hier in dem blöden Naturschutzgebiet hab ich schon mehr tote Tiere gesehen, als du dir vorstellen kannst. Darum ging's aber gar nicht. Das Tier war klein, vielleicht war's ein Hase oder so, aber es waren nur noch die Knochen übrig. Das ist auch nicht ungewöhnlich, weil jedes tote Tier im Wald sofort von den Aasfressern abgenagt wird. Also von anderen Tieren eben. Kreis des Lebens, Nahrungskette und so weiter. Solches Zeug werd ich auch in den Bericht schreiben müssen, den ich dem Richter nach Ende der Sozialstunden

*schicken soll. Jedenfalls hat Max die Knochen herumge-
schoben und damit verschiedene Formen gebildet. Ich hab ihm
lange dabei zugeschaut. Keine Ahnung, was genau sein Plan
war, aber bei dem Anblick ist mir kotzübel geworden. Ich hab
nichts zu ihm gesagt. Irgendwann hat er die Knochen dann
einfach zwischen die Bäume geschmissen und ist zum Haupt-
gebäude zurückgegangen. Ist das nicht abgefahren? Ich hab
darüber nachgedacht, es jemandem zu erzählen, aber was
hätte ich denn sagen sollen? Max hat alte Knochen im Wald
gefunden und damit rumgespielt? Na und? Ist ja nicht so, als
ob er dieses Tier umgebracht hätte. Und behalten hat er die
Knochen ja auch nicht. Außerdem ist er ein Junge und die
spinnen doch eh alle. Wenn dieser eine Typ an meiner Schule
die Barbiepuppen seiner kleinen Schwester klauen, untenrum
ankokeln und dann damit angeben kann, ohne dass es
jemanden juckt, warum sollte es dann jemanden interessieren,
dass Max ein paar Tierknochen angefasst hat? Aber auf jeden
Fall war das Ganze total unheimlich.*

Inzwischen starrten Shannon, Christian und Noah Lisette
gebannt an. Noah sagte: »Kein Wunder, dass sie so von diesem
Fall besessen war. Sie *kannte* diesen Typen!«

Josie sagte: »Also richtig kannte sie ihn eigentlich nicht. Er
war einfach ein seltsamer Junge, den sie mal getroffen hat, als
sie vierzehn war. Aber ich denke, dass sie im Laufe ihrer
Recherchen immer stärker den Verdacht bekommen hat, dass
dieser unheimliche Typ, mit dem sie als Teenager im Naturschutzgebiet gearbeitet hat, der Knochenkünstler sein könnte.«

Noah sagte: »Sie hat ihn bestimmt erkannt, als er vor der
Miethütte auf sie zugefahren ist. Spätestens, als sie seine Narbe
gesehen hat.«

»Mein Gott«, sagte Christian.

Shannon legte eine Hand auf seinen Arm. »Komm, wir
müssen rausfinden, wo dieses Naturschutzgebiet ist. Lass uns

weitersuchen. Lisette, du kannst inzwischen gerne weiter vorlesen.«

Lisette nickte und blätterte einige Seiten vor, bevor sie wieder ansetzte.

Liebe Vanessa,

jetzt hab ich dir schon ein paar Tage nicht mehr geschrieben, weil hier die Hölle los war. Meine Zeit im Naturschutzgebiet ist jetzt endlich vorbei. Eigentlich fand ich es ja schade, dass ich gehen muss, aber dann ist letzte Woche was passiert, was mir mega Angst eingejagt hat. Ich hab menschliche Knochen gefunden! Also eine Leiche! Total komisch war das und gar nicht so, wie ich es erwartet hätte. Hat nicht mal komisch gerochen oder so. Wahrscheinlich, weil der Typ schon so lange tot war. Sie haben mir später erzählt, dass es ein Jäger war, der letztes Jahr als vermisst gemeldet wurde. Er war wohl schon älter, es war alles ziemlich traurig. Jedenfalls war ich grade auf den Wanderwegen unterwegs, um sie freizuräumen, aber eigentlich war ich auf der Suche nach Max. Ich konnte einfach nicht aufhören, an ihn und an das mit den Knochen zu denken. Ich hab mich gefragt, ob er so oft da draußen unterwegs ist, um nach Knochen zu suchen. Und ich glaub, so war es auch, weil als ich ihn gefunden hab, stand er gerade über der Leiche dieses Jägers – mit dem Schädel in der Hand! Absolut unglaublich, da fasst der einfach den Schädel von einem toten Menschen an!!!! Eklig ist gar kein Ausdruck dafür. Er hat mich gesehen und ich muss wohl total schockiert geguckt haben, weil er hat mir erklärt, dass er spazieren war und die Knochen gerade erst gefunden hat. Ich hab sie mir genauer angeguckt und es sah aus wie jemand, der sich auf die Seite gelegt und eingerollt hat, als wäre er eingeschlafen oder so. Die Polizei hat inzwischen gesagt, dass an dem Tod »nichts Verdächtiges« war. Er hat sich wohl verirrt und ist erfroren.

Jedenfalls hab ich Max gefragt, warum zur Hölle er einen Schädel von einem Menschen anfasst?!?! Er hat mich angeguckt und irgendwas gesagt von wegen: »Hast du dir denn noch nie gewünscht, einen Menschen ohne Haut sehen zu können?« Da hat sich echt alles bei mir aufgestellt. Ich hab ihm gesagt, dass ich die Leiterin des Naturschutzgebiets holen werde, damit sie die Polizei ruft. Als ich dann mit ihr und den Polizisten zurückgekommen bin, war Max verschwunden. Danach hab ich ihn nie wieder gesehen. Nachdem das war, haben Mom und Dad mir nicht erlaubt, dorthin zurückzugehen, aber sie haben mich ein paar Fernseh-Interviews darüber geben lassen, wie es war, die Leiche zu finden.

»Da, das ist es«, sagte Shannon. »Das Quail-Ridge-Naturschutzgebiet. Sieht aus, als wäre es immer noch in Betrieb. Bisschen mehr als eine Stunde Fahrt von hier aus.«

Noah zog sein Handy wieder hervor und warf Josie einen Blick zu. »Ich rufe Mettner an. Lass uns losfahren.«

VIERUNDFÜNFZIG

Inzwischen leitete Cheyenne Thomas das Quail-Ridge-Naturschutzgebiet. Josie schätzte sie auf Mitte zwanzig. Sie war erst seit zwei Jahren im Amt und konnte ihnen nichts über Trinity oder Max oder den toten Jäger sagen, der vor fast zwanzig Jahren hier gefunden worden war. Allerdings war sie äußerst hilfsbereit und ermöglichte Josies Team sowie einigen FBI-Agenten auch ohne entsprechenden Beschluss eine Durchsuchung des Naturschutzgebiets und machte sich selbst sofort daran, ihre Personalunterlagen durchzusehen. Leider gingen die Unterlagen nicht besonders weit zurück. Außerdem gab es keine alteingesessenen Angestellten mehr aus der Zeit, als Trinity und Max hier gewesen waren.

Mettner fuhr ihr Team in einem Polizei-SUV zurück, Drake und einige seiner Agenten folgten ihnen. Josie saß auf dem Beifahrersitz, eingehüllt in eine Wolke aus Erschöpfung und verwirrten Gedanken. »Schulalter«, sagte sie. »Er war sechzehn. Er muss auf eine der umliegenden Highschools gegangen sein. Wir sollten alle untersuchen, die bis zu einer Stunde Autofahrt vom Naturschutzgebiet entfernt sind.«

Vom Rücksitz erklang Gretchens Stimme: »Darum kann ich mich kümmern.«

Noah sagte: »Wie viele Männer mit Namen Max gibt es überhaupt in unserem Bundesstaat? Wir wissen ja nun, wie alt er ist, auf diese Weise können wir also auch nach ihm suchen.«

Mettner sagte: »Sobald wir wieder in Denton sind, soll jemand anfangen, alle Hochschulen im Umkreis von ein bis zwei Stunden vom Naturschutzgebiet zu kontaktieren und schauen, ob wir einen Ornithologie- oder Biologie-Dozenten finden können mit einem Sohn namens Max.«

Josie lehnte sich in ihrem Sitz zurück und schloss die Augen. Sie waren inzwischen so nah dran. Noah, Gretchen und Mettner diskutierten weiter. Gretchen rief Drake auf dem Handy an und stellte ihn auf Lautsprecher, damit sie ihre nächsten Schritte mit ihm koordinieren konnten. Sobald sie wieder in Denton waren, würden sie sofort loslegen können. Während das Auto die Straße entlangschoss, konnte Josie ihre Erschöpfung einfach nicht mehr im Zaum halten. Sie dämmerte weg und sandte mit ihrem letzten wachen Gedanken eine Botschaft an Trinity: *Wir sind so nah dran. Halt bitte noch ein bisschen länger aus.*

Als sie wieder aufwachte, war es dunkel draußen. An der Uhr am Armaturenbrett konnte sie ablesen, dass es neunzehn Uhr dreißig war. Sie standen vor ihrem Haus. Noah hatte sie sanft an der Schulter gepackt und wachgeschüttelt und sie sah sich mit verschwommenem Blick um. »Nein«, sagte sie. »Hier nicht. Ich will mit euch zum Polizeirevier fahren. Ich muss euch doch helfen.«

Hinter ihrem Rücken konnte sie Gretchens Stimme hören: »Boss, du musst jetzt schlafen. Du hast eine Gehirnerschütterung und massiven Schlafmangel.«

»Und wann hast du zuletzt was gegessen?«, fragte Noah spitz.

Mettner fügte hinzu: »Von uns geht keiner nach Hause,

okay, Boss? Wir arbeiten weiter, bis wir Trinity gefunden haben. Aber du musst dich hinlegen. Wenn du wieder fit bist, kannst du einen von uns ablösen. Wir bleiben alle am Ball, versprochen.«

Josie ließ ihren Blick über die Gesichter ihres Teams schweifen, eines nach dem anderen. Als Tränen anfingen, über ihre Wangen zu kullern, wurde ihr klar, dass sie wohl wirklich ein neues Level an Müdigkeit erreicht hatte. Sie konnte sich nicht erinnern, vorher schon jemals vor ihrem Team geweint zu haben. »Danke«, sagte sie und ließ sich von Noah nach Hause führen.

Sie schlief zwölf Stunden am Stück durch und wachte panikerfüllt auf. Sie hatte eigentlich nur vorgehabt, zwei oder drei Stunden zu schlafen, maximal. Ein Blick auf ihr Handy verriet ihr, dass niemand aus dem Team versucht hatte, sie anzurufen. Unten wanderte ihre Familie ziellos umher und vertrieb sich die Zeit damit, mit Trout zu spielen und zu kuscheln. Keiner von ihnen hatte etwas Neues von Noah oder sonst jemandem gehört. Nur fünfzehn Minuten später war Josie schon soweit und ließ sich von Christian zum Polizeirevier fahren. Oben im Großraumbüro fand sie Mettner auf seinem Schreibtisch zusammengesackt. Ein bisschen Sabber tropfte aus seinem Mundwinkel auf einen Stapel Papiere, die aussahen wie Hintergrundüberprüfungsberichte verschiedener Personen. Ihm gegenüber auf Gretchens Schreibtisch stapelten sich High-school-Jahresberichte so hoch, dass Gretchen dahinter kaum zu sehen war, wie sie Seite um Seite davon langsam umblätterte. Noah konnte man in sein Telefon reden hören. »Er wäre um die Jahrtausendwende an ihrer Fakultät angestellt gewesen, vielleicht auch schon früher? Sein Fachgebiet könnte Ornithologie gewesen sein, oder auch Zoologie oder Biologie. Vielleicht mit einer Spezialisierung auf Raubvögel?«

Gretchen schenkte Josie ein Lächeln. »Schön, dich zu sehen. Ich wünschte nur, wir hätten bessere Neuigkeiten.«

Josie sackte das Herz in die Hose. »Nichts gefunden? Gar nichts?«

Gretchen klappte den Jahresbericht in ihrer Hand zu. »Tut mir leid, Boss. Er ist in keinem dieser Jahresberichte aufgeführt. Kann sein, dass er zu Hause unterrichtet worden ist, gerade mit dieser Narbe. Vielleicht wollten seine Eltern ihn nicht den anderen Kindern aussetzen, oder vielleicht wurde er so gemobbt, dass er die Schule verlassen musste.«

Josie seufzte und ließ sich in ihren Stuhl fallen. Noah beendete sein Telefonat. »Bei den Hochschulen hatten wir auch kein Glück.«

»Wie kann das überhaupt möglich sein? Es muss im Umkreis von einer Stunde um das Naturschutzgebiet herum doch mindestens fünfzig Hochschulen geben!«

»Aber nur eine Handvoll davon geben Kurse im Bereich Ornithologie oder Zoologie«, sagte Noah. »Drake hat seine Leute zusammengetrommelt und ist mit ihnen dorthin gefahren, aber sie haben nichts herausbekommen. Danach haben wir die restlichen Hochschulen auf der Liste abgearbeitet, die Kurse in Biologie geben. Das FBI hat die eine Hälfte übernommen und wir die andere. Aber wir haben niemanden gefunden, auf den unsere Beschreibung zutrifft.«

»Weil sie noch zu vage ist«, sagte Josie. »Unsere Beschreibung ist viel zu vage. Ein Dozent, vielleicht im Bereich Ornithologie oder vielleicht Zoologie oder doch Biologie, angestellt irgendwann in den späten Neunzigern oder nach der Jahrtausendwende, mit einem Sohn im Teenageralter namens Max, der eine Narbe hat? Hochschulen bewahren solche Details über das Privatleben ihrer Angestellten doch nicht auf.«

Gretchen sagte: »Wir haben jetzt einen Namen. Wir suchen einen fünfunddreißigjährigen Weißen namens Max mit einer roten Narbe mitten im Gesicht. Damit sollten wir dich wieder vor die Kamera stellen.«

»Nein«, sagte Josie. »Dann verschwindet er nur wieder. Ich will, dass er weiß, wie nah wir an ihm dran sind, aber er soll nicht wissen, dass wir feststecken. Wenn ich jetzt wieder vor die Kamera gehe und sage, wir wissen, dass er Max heißt, aber sonst nichts, dann weiß er, dass er das Spiel gewinnt. Im Moment ist es immer noch mein Zug und ich bin noch nicht bereit, meine Karten aufzudecken. Wir brauchen mehr.«

Noah sah zu Mettner hinüber. Ein Speichelfaden aus seinem Mundwinkel senkte sich gerade auf das Dokument unter seinem Kopf. »Mett!«, rief Noah.

Mettners Kopf schoss in die Höhe und er verteilte dabei Papiere auf allen umliegenden Schreibtischen. »Bin wach«, sagte er.

Sie gaben ihm einen Moment, um sich zu sammeln, dann fragte Noah: »Wie steht es mit der Suche nach Vornamen?«

Mettner wühlte in seinem Papierstapel herum. »Es gibt hier einige Männer mit Namen Maxwell, Maximus, Maximilian. Viele davon passen auch vom Alter her. Ich habe mir ihre Führerscheine angeschaut, aber keiner von ihnen hat eine Narbe mitten im Gesicht.«

Josie schüttelte den Kopf. Wie konnte es nur möglich sein, dass sie so eine riesige Spur gefunden hatten, aber noch kein Stück weitergekommen waren? »Und von der Pressekonferenz, haben wir da irgendwelche Anrufe bekommen?«, fragte sie. »Hat sich jemand gemeldet wegen der Narbe? Die ist doch eigentlich recht einzigartig.«

»Tut mir leid, Boss«, sagte Mettner. »Daraus hat sich nichts ergeben. Drakes Team ist ein paar Hinweisen nachgegangen, aber die waren alle nutzlos.«

»Irgendwas muss uns entgangen sein. Vielleicht ist sein zweiter Vorname Max oder er heißt mit Nachnamen Maxwell. Scheiße noch mal. Wir sind ihm doch zum Greifen nah. Was ist mit dem Pick-up? Haben wir schon geschaut, ob irgendwelche weißen Chevy Pick-ups auf jemanden namens Max registriert sind?«

Gretchen sagte: »Da werde ich mich dahinter klemmen.«

Josie streckte ihre Hand zu Mettner aus. »Zeig mir mal deine Notizen. Ich will das alles noch mal durchgehen.«

Noah erhob sich. »Ich gehe Drake suchen und gucke, ob wir die Lehrkräfte erneut überprüfen können, die wir schon gefunden haben. Vielleicht sollten wir auch unser Suchgebiet erweitern.«

»Ja, bitte«, sagte Josie. »Er ist irgendwo dort draußen. Er ist kein Gespenst, er ist echt und wir müssen ihn finden, bevor er meine Schwester umbringt – wenn er das nicht schon längst getan hat.«

FÜNFUNDFÜNFZIG

Alex und Zandra waren die einzigen Trauergäste bei Hannas Beerdigung. Trotz ihrer sagenhaften Künstlerkarriere, die nach Francis' Unfall sogar noch Fahrt aufnahm, war sie im Tod allein. Sie trugen sie an einem Dienstag zu Grabe, im Regen und auf einem Friedhof, den sie sich selbst ausgesucht hatte. Sie hatte mehr als genug Zeit gehabt, zu überlegen, wo ihre letzte Ruhestätte sein sollte. Sie hatte auch genug Zeit gehabt, den beiden zu sagen, wie sie ihr Leben innerhalb der vertrauten Grenzen des alten Hauses weiterleben konnten, genau so, wie sie es seit dem Unfall getan hatten. Sie kannten ja nicht viel anderes. Nur Alex hatte bisher die Außenwelt erkundet. Zandra hatte das Familiengrundstück erst ein paar Mal verlassen. Früher hatte sie darauf bestanden, hinausgehen zu wollen, aber als Hanna ihr schließlich die Welt dort draußen gezeigt hatte, wollte sie damit nichts mehr zu tun haben. Alex dagegen war fasziniert davon. Dort draußen gab es neue Abenteuer; Abenteuer, die er ganz für sich, ohne Francis' Missbilligung, erleben konnte. Die Menschen erinnerten ihn stark an die Raubvögel, die Francis so liebte. Nicht alle. Aber viele.

Jetzt, wo Hanna nicht mehr hier war, erwachten seine

bösen Gedanken wie Tiere aus dem Winterschlaf. Nun musste er nicht mehr auf Zandra aufpassen und darauf achten, was sie tat. Zum ersten Mal in seinem Leben fühlte er sich frei und ihm wurde klar, wie sehr sie ihn eingeschränkt hatte. Er war seine ganze Kindheit über ihr Gefangener gewesen. Sein ganzes Leben hatte sich nur darum gedreht, auf sie zu achten und ihre gewaltsamen Neigungen im Zaum zu halten, damit sie ihrer Mutter nicht wehtun oder sie gar umbringen konnte. Ihretwegen hatte er leiden müssen. Ihretwegen war er in die Kälte verbannt worden. Vielleicht spürte sie diese brodelnde Wut in ihm, denn nach Hannas Tod verkroch Zandra sich die meiste Zeit in ihrem Versteck.

Allerdings kam sie zu ihm nach draußen, um seine erste Kunstinstallation zu sehen, welche er in einer abgelegenen Ecke des großen Grundstücks vorbereitet hatte, das sie von Hanna geerbt hatten. Zwischen einer Ansammlung von Bäumen waren dort die Mauerreste eines alten Gebäudes zu sehen. Er hatte es in monatelanger Arbeit wieder aufgebaut, Stück für Stück, bis er darin geschützt genug war, um sich seiner eigentlichen Arbeit zu widmen. Er hatte nicht einmal erkannt, dass Zandra sich seines Projektes bewusst war, bis sie eines Tages ohne Vorwarnung dort auftauchte.

»Es ist fast fertig«, sagte er und verteilte mit einer Hand noch mehr Farbe auf dem Boden.

Sie ließ ihren Blick über seine Installation schweifen und nahm jedes Detail in sich auf. »Das ist absolut widerlich«, sagte sie.

Er hielt inne. »Nein, ist es nicht. Das hier ist Kunst. Unsere Mutter hat uns eine leere Leinwand geschenkt.«

»Du hältst dich wohl für eine Art Künstler? So wie sie es war?«

Er sagte nichts und fuhr mit seiner Malerei fort.

»Du weißt doch, dass das hier keine Kunst ist, oder? Niemand wird das für Kunst halten. Ich bin mir ziemlich sicher, dass sie dich für sowas ins Gefängnis schicken würden. Wie dumm bist du eigentlich?«

»Du musst doch gar nicht mehr hier sein«, murmelte er.

»Was zur Hölle soll das denn bitte heißen?«

»Du könntest jetzt gehen.«

»Kann ich eben nicht«, sagte sie. »Du brauchst mich. Du hast mich schon immer gebraucht.«

Er lachte. »Du bist so egoistisch.«

»Du verfluchter Bastard«, fauchte sie. »Ist das wirklich, was du denkst? Du glaubst echt, ich bin die Egoistische von uns beiden?«

Er gab ihr keine Antwort und verrieb die Farbe nur immer energischer. Er legte sein ganzes Gewicht dahinter und arbeitete, bis die Anstrengung ihn keuchen ließ. Als er endlich zufrieden war, ging er in die Hocke und wischte sich mit dem Arm den Schweiß von der Stirn. Zandra war immer noch da.

»Eines Tages werde ich dich umbringen«, warnte er sie.

Sie sagte: »Ich weiß.«

SECHSUNDFÜNFZIG

Die Suche nach Max nahm eine ganze Woche in Anspruch. Sowohl die Dentoner Polizei als auch das FBI-Team arbeiteten rund um die Uhr daran, ihn zu finden. Stunde um Stunde saßen sie alle vor ihren Computern, blätterten Dokumentenstapel durch, fuhren von einem Haus und Grundstück zum anderen und befragten alle möglichen Leute. Als Josie nun an ihrem Schreibtisch saß und zum hundertsten Mal die Führerscheine aller männlichen Einwohner Pennsylvanias zwischen fünfunddreißig und vierzig durchging, die ein Max irgendwo im Namen hatten, konnte sie die zahllosen Fragen in ihrem Kopf und die zunehmende Verzweiflung nicht mehr abschütteln, die an ihr nagten. Trinity trieb immer weiter davon und der gesamte Fall lief Gefahr, ihnen wie Staub durch die Finger zu rieseln. Langsam fragte sie sich, ob sie den Verstand verloren hatte. Oder vielleicht hatten sie das mit dem Tagebuch völlig falsch verstanden. Vielleicht hatte Trinity sich getäuscht.

Aber die Narbe! sagte sie sich zum zigsten Mal.

Und das führte sie auch gleich zu ihrer nächsten Frage: Wie konnte dieser Kerl anscheinend völlig unbemerkt im Staat herumfahren, wenn er so eine Narbe mitten im Gesicht hatte?

Wie war das möglich, obwohl Trinitys Entführung durch den Knochenkünstler immer noch jeden Tag die Hauptsensation in den Medien war? Sie dachte an das, was Bobbi Ingram gesagt hatte, dass er seine Narbe mit Make-up verdecken könnte. Als er Josie mit seinem Wagen von der Straße gedrängt hatte, hatte sie einen schnellen Blick auf sein Gesicht werfen können. Nur eine Sekunde lang, vielleicht zwei, aber sie hatte die Narbe gesehen. Und Bobbi hatte recht, Make-up würde helfen. Vielleicht würde das die Narbe nicht vollkommen unsichtbar machen, aber sie wäre mit Sicherheit weniger auffällig. Es wäre ihm bestimmt ein Leichtes, sich in seinem Auto zu verstecken und jedes Mal, wenn er es verließ, ein bisschen Foundation aufzulegen.

Aber wo zur Hölle war er?

»Quinn!« Drake kam mit Schwung ins Zimmer gestürmt und wedelte ein Stück Papier in der Luft herum. Er blickte sich um. »Wo sind denn alle?«

»Gretchen und Noah sind zu Hause, um sich ein bisschen auszuruhen. Mettner ist unten im Pausenraum. Wieso? Was haben Sie da?«

Er lächelte. In den zwei kurzen Wochen, die sie ihn nun kannte, hatte sie noch nie ein echtes Lächeln in seinem Gesicht gesehen. Bis jetzt. Ihr Herzschlag beschleunigte sich. Sie sagte: »Wagen Sie es nicht, mich so anzulächeln, wenn Sie nicht eine richtige Spur haben. Eine echte, gute, nützliche Spur. Bitte.«

Er legte das Papier auf ihren Schreibtisch und tippte mit dem Zeigefinger darauf. »Erinnern Sie sich, dass die Spurensicherung den Schlamm untersuchen wollte, den sie in der Wohnwagensiedlung gefunden haben? Von der Reifenspur des Mörders?«

Josie lehnte sich nach vorne und überflog das Dokument. Es handelte sich um einen Laborbericht der Erdprobe, die Jenny Chan eingesammelt hatte. Obwohl das Dentoner Team die Probe entnommen hatte, war sie für die Analyse ins FBI-Labor geschickt worden. Die DNA-Tests für die Kämme und die Rippe, die sie vor dem Wohnwagen der Familie Price gefunden hatten, würden noch Wochen dauern, wahrscheinlich sogar Monate, aber Josie wusste, dass Erdproben oft schon innerhalb einer Woche analysiert werden konnten. Sie fuhr mit dem Finger die lange Liste der Testergebnisse hinunter, bis sie den Grund für Drakes Lächeln entdeckte.

»Eastonit«, sagte sie.

»Ein Mineral«, sagte Drake. Josie blickte zu ihm hinüber und bemerkte, dass er vor Aufregung leicht auf und ab wippte.

»Ich weiß«, sagte sie. »Kommt weltweit nur an zwei Stellen vor – in einem kleinen Ort in Norwegen und in Easton, Pennsylvania.«

Er hörte auf zu wippen und starrte sie an, das Gesicht von Enttäuschung gezeichnet. »Woher zur Hölle wissen Sie das?«

Josie lächelte. »Noahs Schwester leitet mehrere Steinbrüche in Pennsylvania. Da bekommt man so manches mit. Aber ist ja auch egal, woher ich das weiß; das Entscheidende ist, wir haben ein Suchgebiet! Ich trommle sofort den Rest des Teams zusammen.«

Vier Stunden später saßen sie alle im Besprechungszimmer, jeder mit einem aufgeklappten Laptop vor sich. In der Mitte des Tisches lag eine Pizzaschachtel mit einer halben Pizza. Leere Kaffeebecher und Coladosen standen auf dem Tisch verstreut. Die manische Energie, mit der sie angefangen hatten, war inzwischen nur noch ferne Erinnerung. Keiner sprach, nur hin und wieder war ein Grunzen oder ein tiefes Seufzen zu hören. Grelle Kopfschmerzen breiteten sich hinter Josies Augen aus, als sie die Grundbucheinträge in und um Easton, Pennsylvania, musterte, welche sie bestimmt schon ein halbes Dutzend Mal gelesen hatte. Sie rieb sich die Augen und streckte die Arme über ihren Kopf. »Ich kann nichts finden«, sagte sie.

»Ich auch nicht«, grummelte Gretchen.

Drake sagte: »Es gibt Männer mit Namen Max in Easton und Grundstücksbesitzer mit Max im Vor- oder Nachnamen, aber keiner davon passt vom Alter her oder von den Führerscheinbildern.«

»So schwer kann das doch nicht sein«, sagte Noah.

»Wir müssen was übersehen haben«, stimmte Mettner zu. »Sogar bei den Hochschulen bin ich wieder nicht weitergekommen. Es gibt zwei davon in Easton, Lafayette und Aubertine, und keine der beiden Biologie-Fakultäten erinnert sich, in den späten Neunzigern oder um die Jahrtausendwende einen Angestellten gehabt zu haben mit einem vernarbten Sohn namens Max. Nicht mal einen Angestellten mit einem besonderen Interesse an Raubvögeln.«

Noah sagte: »Vielleicht müssen wir aufhören, nach einem Max zu suchen, und uns stattdessen tatsächliche Grundstücke ansehen. Welche, die viel Fläche bieten, wo eine Gruppe von zwanzig oder dreißig Rabengeiern nicht groß auffallen würde.«

»Vielleicht ein Grundstück in Nähe von Bahngleisen«, sagte Gretchen. »Hat schon jemand die Satellitenbilder durchgesehen? Vielleicht können wir darauf ein großes Grundstück mit einem oder mehreren Frachtcontainern finden.«

»Das hab ich schon gemacht«, sagte Mettner. »Dabei ist mir nichts ins Auge gestochen, aber es könnte ja sein, dass der Frachtcontainer von Bäumen verdeckt wird oder dass die Satellitenbilder zu neu sind. Bobbi Ingram wurde schließlich vor sechs Jahren in so einem Container gefangen gehalten.«

»Trotzdem hat Noah einen guten Punkt angesprochen«, sagte Josie. »Wir konzentrieren uns zu sehr auf den Namen. Wir konzentrieren uns zu sehr darauf, all die Puzzleteilchen zusammensetzen zu wollen. Vielleicht reicht ja schon eines davon, um uns auf die richtige Fährte zu führen.«

Drake schnaubte. »Und welches soll das sein?«

Josie schloss das Fenster mit den Grundbucheinträgen und

öffnete ihren Internetbrowser, um Googles Satellitenbilder für die Gegend um Easton herum aufzurufen. »Das weiß ich nicht«, sagte sie. »Aber es wird uns ins Auge springen, wenn wir es gefunden haben. Lasst uns weitersuchen.«

Noah fragte: »Hast du da die Satellitenbilder?«

Sie nickte. Er rollte mit seinem Stuhl um Mettner herum und gesellte sich zu ihr. Zusammen musterten sie die Luftbilder, vergrößerten und verkleinerten das Bild und gingen ein Gebiet nach dem anderen durch. Josies Blick wurde immer wieder von einem bestimmten Bereich angezogen, wo auf einer kleinen, fast kreisförmigen Lichtung im Wald große Objekte standen, die aussahen wie Felsbrocken. Sie zoomte weiter heran. Schwer zu sagen, wie groß das Gebiet war, das sie bedeckten, aber sie standen so nah beieinander, dass Pflanzen dort keine Chance hatten.

»Was ist das?«, fragte Noah.

»Felsbrocken«, sagte Josie. Sie verkleinerte das Bild erneut und bemerkte, dass mehrere Morgen Land um die Felsbrocken herum grün waren. Es gab dort viele Bäume und auch einen Abschnitt, der aussah wie ein Bauernhof oder das Grundstück eines großen Anwesens. Sie deutete darauf. »Was ist das dort?«

»Lass mich nachsehen.« Er scrollte und klickte mit der Maus herum und deutete dann auf eine große Ansammlung von Gebäuden. »Also das dort ist eine Hochschule, das Aubertine College. Vielleicht gehört das Gebiet zum Hochschulgelände.«

Josie blickte wieder auf die Karte. »Aber dort ist doch nichts außer Wald.«

Noah rutschte zurück, damit Mettner auch einen Blick auf den Bildschirm werfen konnte. Sie deutete auf das fragliche Gebiet. Mettner sagte: »Könnte eine Baumschule oder ein Arboretum sein. Gretchen, guck doch mal, ob das Aubertine College ein Arboretum hat.«

»Wird gemacht«, sagte Gretchen und tippte auf ihrem

Laptop herum. Kurz darauf sagte sie: »Ja. Das Agnes-Hill-Arboretum. Es gehört einer privaten Stiftung, die im neunzehnten Jahrhundert von einer früheren Studentin gegründet wurde, inzwischen aber von der Hochschule geleitet wird. Das Arboretum umfasst über zweiundzwanzig Hektar und beherbergt viele einheimische Raubvogelarten, welche die Studenten und Studentinnen mit Hauptfach Biologie oder Zoologie zu Forschungszwecken beobachten können.«

Josie zoomte heraus und starrte nun wieder die Felsen an. Noah fragte: »Was hast du denn?«

»Gib mir kurz einen Moment zum Nachdenken«, erwiderte sie. Diese Felsen. Was war an diesen Felsen so wichtig?

Drake und Gretchen standen auf und gesellten sich zu ihnen, um ebenfalls auf den Bildschirm zu sehen. Drake sagte: »Dort gibt es aber keine Bahnlinien und Bobbi Ingram hat Ihnen ...«

Und da machte es Klick. Josie sprang aus ihrem Stuhl hoch und stieß Drake und Gretchen damit beinahe gegen die Wand. »Das ist es!«, rief sie. »Dort ist er!«

Alle starrten sie an. »Boss«, sagte Mettner.

Josie sagte: »Die Geräusche, die Bobbi Ingram gehört hat, haben nichts mit Bahnlinien zu tun – sie hat klingende Felsen gehört.«

»Die klingenden Felsen sind doch in Bucks County, im State Park. Dort ist das eine riesige Touristenattraktion«, wandte Gretchen ein.

Drake fragte: »Was sind denn bitte klingende Felsen?«

»Lithophone, Klangsteine«, erklärte Josie. »Bei Anschlag oder Reibung werden sie in Schwingung versetzt und klingen wie Glocken. In Bucks County haben sie massenweise davon. Man nimmt einfach einen Hammer, klettert zwischen die Felsen, klopft dagegen und macht damit Musik. Klingt wie ein Glockenspiel. Oder wie das Geräusch von Hämmern auf

Metall, wie bei Bahngleisen. Solche Felsen gibt es auch in Großbritannien und Australien.«

»Aber sind die in Bucks County nicht auch die einzigen klingenden Felsen in Pennsylvania?«, fragte Mettner.

»Nein«, sagte Josie. »Sind sie nicht. Es gibt noch mehrere kleinere Ansammlungen und einige davon finden sich auf Privatgrundstücken. Das hier sind klingende Felsen und das war es, was Bobbi während ihrer Gefangenschaft gehört hat.«

»Ich sehe aber keine Frachtcontainer auf diesem Grundstück«, merkte Drake an, während er nach der Maus griff und das Bild vergrößerte.

»Wie Mettner vorhin gesagt hat, könnte ein Container ja von Bäumen verdeckt sein oder inzwischen nicht mehr dort stehen«, sagte Josie. »Denkt das mal weiter. In ihrem Tagebuch hat Trinity geschrieben, dass Max' Vater für eine Hochschule gearbeitet hat. Von ›Wissenschaftler‹ war keine Rede, nur davon, dass er dort gearbeitet hat. Vielleicht war er ein Verwalter oder ein Tierpfleger. Das würde doch Sinn ergeben, dann wäre er mit den Raubvögeln vertraut. Vielleicht hatte er ja auch ein Interesse an Ornithologie. Und vielleicht hat Max seinen Job übernommen oder arbeitet jetzt mit ihm gemeinsam dort.«

Gretchen sagte: »Und der Grund, warum wir den Wagen nicht finden können, ist, dass er eben nicht auf Max registriert ist, sondern auf die Hochschule oder die Stiftung.«

Noah hatte sich wieder an seinen Laptop gesetzt und klickte darauf herum. »Außerdem haben sie dort eine Auffangstation für Tiere und einen angestellten Tierarzt.«

»Heißt, dort gibt es Medizinbedarf und einen OP-Raum«, sagte Gretchen.

Mettner verzog das Gesicht. »Auf zweiundzwanzig Hektar Fläche findet er bestimmt einen Ort, wo er seine Opfer für die Rabengeier auslegen kann, ohne dass es jemand bemerkt.«

Josie nickte. »Im Norden grenzt das Hochschulgebiet an

weite unbebaute Landstriche an. Sieht nicht aus, als ob da irgendwas wäre, und wohnen wird dort auch niemand. Das hier könnte ein Zufluss zum Lehigh River sein und das dort ein Wasserfall.«

Noah sagte: »Ein Verwalter bekommt in der Regel auf dem Verwaltungsgelände Quartier.«

Gretchen fügte hinzu: »Und die Wohnräume gehören offiziell aber trotzdem der Hochschule oder der Stiftung, weswegen es uns nichts bringen wird, die Grundbücher nach jemandem namens Max zu durchsuchen.«

Josie sagte: »Lasst uns mal ein paar Leute anrufen und die Details herausfinden, um unsere Vermutung zu bestätigen.«

Drakes Blick kreuzte ihren. »Und dann holen wir Trinity nach Hause.«

SIEBENUNDFÜNFZIG

Die Luft im Gebäude schien plötzlich vor Anspannung zu knistern. Alle waren total aufgekratzt. Eine Stunde später hatten sie alle nötigen Informationen aufgetrieben. Chief Chitwood stand in der Mitte des Großraumbüros und gemeinsam berichteten sie, was sie herausgefunden hatten. Mettner machte den Anfang: »Von 1980 bis 1996 wurde das Arboretum von einem Mann namens Francis Thornberg verwaltet. Er lebte gemeinsam mit einer Frau namens Hanna Cahill im Verwaltungsgebäude.«

»Cahill«, sagte Chitwood. »Der Name kommt mir bekannt vor.«

»Das war Nicci Webbs Mädchenname«, erläuterte Josie.

»Der Knochenkünstler *kannte* Nicci Webb?«, fragte Chitwood ungläubig.

Gretchen sagte: »1975 brachte Hanna Cahill in Philadelphia eine Tochter namens Nicolette Cahill zur Welt. Auf der Geburtsurkunde wird kein Vater genannt.«

Noah ergänzte: »Und 1985 hat sie einen Sohn geboren, Alexander Thornberg. Er trägt zwar Francis Thornbergs Nachnamen, dieser ist aber nicht auf der Geburtsurkunde aufgeführt.«

Mettner fügte hinzu: »In den Neunzigerjahren war Hanna eine ziemlich berühmte und erfolgreiche Künstlerin. Aus irgendeinem Grund ist sie danach aber in Vergessenheit geraten.«

»Waren die beiden nicht verheiratet?«, fragte Chitwood.

»Nein«, sagte Gretchen. »Wir konnten keine Unterlagen finden, die auf eine Heirat hinweisen würden.«

»Hatten sie noch weitere Kinder?«

»Darauf weist nichts hin. Allerdings haben wir herausgefunden, dass Hanna einer ihrer letzten Kunstaustellungen eine Widmung verpasst hat«, Mettner blickte auf seine Notizen, *»Für Alex und Zandra, in Liebe.«*

»Wer ist Zandra?«, fragte Chitwood.

»Das wissen wir nicht«, antwortete Mettner.

Josie sagte: »Wir haben überlegt, ob das ein Spitzname für Alexandra sein könnte.«

»Also vielleicht Alexander und Alexandra, die grusligen Zwillinge?«, überlegte Drake. »Allerdings gibt es keinen Hinweis darauf, dass Hanna Cahill Zwillinge geboren hat. Es gibt keine Alexandra Thornberg oder Alexandra Cahill. Nur Nicolette und Alexander.«

Josie sagte: »Ich habe Monica Webb zu Niccis Kindheit befragt. Sie hat Monica erzählt, dass ihre Mutter gestorben ist, als sie fünfzehn war, und dass sie dann ihr Zuhause verlassen hat. Das muss also 1990 gewesen sein.«

»Aber Hanna Cahill ist erst 2005 gestorben«, merkte Mettner an.

»Heißt also, Nicci hat ihrer Tochter nicht die Wahrheit gesagt, warum sie ausgerissen ist«, sagte Noah. »Zumindest vermuten wir das.«

Chitwood fragte: »Welchen Grund hätte Nicci Webb

gehabt, ihre Tochter anzulügen? Warum hätte sie ihrer Tochter nicht von Alexander erzählen sollen? Er ist schließlich Monica Webbs Onkel.«

Josie sagte: »Wir können das natürlich nicht mit Sicherheit feststellen, aber ich würde vermuten, dass in der Familie irgendwas richtig schieflief, wahrscheinlich Missbrauch irgendeiner Art. Schließlich ist Nicci ausgerissen und ihr kleiner Bruder Alex wurde zum Serienmörder.«

Gretchen sagte: »Nachdem Nicci verschwunden war, wurde Alex anscheinend zu Hause unterrichtet und irgendwann in den späten Neunzigern hat sich die ganze Familie dann komplett aus dem öffentlichen Leben zurückgezogen.«

»Lebt der Vater noch?«, fragte Chitwood.

»Das wissen wir nicht«, erwiderte Josie. »Es gibt keine Sterbeurkunde und die Hochschule bezahlt ihn immer noch. Als Alex achtzehn wurde, wurde er offiziell von der Stiftung angestellt. Er wird auch als Verwalter aufgeführt.«

Chitwood strich sich die Wolke an Haaren zurecht, die über seinem Kopf schwebte. »Was noch?«

Drake sagte: »Mein Team wird den Einsatz leiten. Das Suchgebiet ist ziemlich groß, das Arboretum allein erstreckt sich über zweiundzwanzig Hektar. Es gibt dort fünf Gebäude.«

»Und«, fügte Josie hinzu, »im Norden grenzt an das Arboretum ein großes Stück Land, das Hanna Cahill 2001 gekauft hat. Über vierzig Hektar. Laut unseren Aufzeichnungen gibt es dort keine Gebäude, aber es ist ein riesiges Gebiet.«

Chitwood schüttelte den Kopf. »Ihr wollt mir also sagen, dass dieser Typ sich seit über zwanzig Jahren auf einem vierzig Hektar großen Spielplatz austoben konnte?«

»Na ja, als Hanna das Land gekauft hat, war er sechzehn«, sagte Drake. »Aber ja, nach dem Tod seiner Mutter ging es auf ihn über. Nicci Webb hätte auch Erbanspruch darauf gehabt, teilweise zumindest, aber da sie ja nicht mehr im Bild war, war das gar kein Thema. Die Besitzurkunde wurde sowieso nie offiziell überschrieben. Die Grundsteuer wurde immer pünktlich gezahlt und deswegen hat es niemanden interessiert, auf wessen Namen das Land eingetragen war. Oh, und noch was – drei Jahre nach Bobbi Ingrams Freilassung wurde ein Frachtcontainer von dem Grundstück entfernt.«

»Jetzt gibt es keinen Frachtcontainer mehr?«

»Nein«, erwiderte Drake. »Heißt also, er wird Trinity in seinem Privathaus gefangen halten.«

»Okay. Und haben wir für diesen Alexander Thornberg einen Führerschein?«, fragte Chitwood.

Noah zog ein Blatt Papier von seinem Schreibtisch und hielt es Chitwood hin. Bei dem Anblick lief es Josie immer noch kalt den Rücken hinunter. Da war er, der Mann, den sie neben dem Pick-up gesehen hatte, der Mann, der kurz darauf versucht hatte, sie zu entführen. Auf dem Führerscheinbild war seine Narbe kaum sichtbar. Er hatte wohl Make-up aufgetragen, bevor er das Foto hatte machen lassen. Trotzdem konnte sie die Umrisse der Narbe vage erkennen.

Chitwood musterte das Bild. »Ist er vorbestraft?«

Josie antwortete: »Nein, als Erwachsener zumindest nicht. Kann sein, dass er nach dem Jugendstrafrecht vorbestraft ist, aber entweder haben wir darauf keinen Zugriff oder die Eintragungen wurden inzwischen getilgt.«

»Okay«, sagte Chitwood. »Wir wissen also, dass dieser Typ dort ist und Trinity wahrscheinlich im Verwaltungsgebäude gefangen hält. Was die anderen Bewohner des Hauses angeht, so sind Nicolette Webb und die Mutter bereits verstorben, aber wir wissen nichts Genaueres über den Vater, heißt also, er könnte noch dort leben.«

»Genau«, sagte Drake.

Chitwood sagte: »Ein großes Gebiet, dass ihr da absuchen müsst. Viele Orte, an denen der Kerl sich verstecken könnte, wenn ihr ihn nicht erwischt. Hat Ihr Team schon einen Plan dafür ausgearbeitet, wie wir diese ganze Sache zu Ende bringen können?«

Drake sagte: »Daran arbeiten wir gerade.«

ACHTUNDFÜNFZIG

Die Reporterin war eine faszinierende Kreatur. Noch nie hatte Alex im echten Leben jemanden gesehen, der so schön war wie sie. Gleichzeitig war sie auch vollkommen unerträglich, mit ihren unablässigen Forderungen und dem ununterbrochenen Geplapper. Er hatte noch nie jemanden gekannt, der so viel redete wie sie. Eine ganze Weile lang wünschte er sich, er hätte den Frachtcontainer doch behalten. Dann müsste er jetzt nicht ihr Gejammer mit anhören, wie sehr sie nach Hause gehen wollte und all ihr Gerede über ihre Schwester, die Polizistin. Er hatte ihre Zwillingsschwester im Fernsehen gesehen, doch davon wusste Trinity nichts. Er hatte all die kleinen Puzzleteilchen entdeckt, die sie für ihn ausgelegt hatte, all die Details des Bildes, das sie nur für ihn gemalt hatte. Tief in sich hatte er ein Kribbeln gespürt, das er schon seit Langem vergessen geglaubt hatte. Er hätte sie mitnehmen sollen, als er die Gelegenheit gehabt hatte. Er war zu vorsichtig gewesen.

Im oberen Badezimmer konnte er jemanden gegen die Heizrohre pochen hören. Schon wieder Trinity. Alex schlurfte nach oben und lauschte an der Tür. Als sie sich gegen die Tür warf, spürte er den Aufprall. »Ich weiß, dass du dort draußen bist!«, schrie sie.

»Wie viele Seiten hast du heute geschafft?«, fragte er.

»Ich hab kein ... Band mehr oder Tinte oder was auch immer man hier braucht. Bitte, ich brauche einen Laptop. Das mit der Schreibmaschine funktioniert einfach nicht.«

»Du hältst mich wohl für dumm«, erwiderte er. »Ich weiß doch, dass du es mit einem Laptop irgendwie schaffen würdest, auf das Internet zuzugreifen.«

»Nein, versprochen«, rief sie. »Das würde ich nicht tun.«

Ihre Schwester würde ihn nicht anlügen. Sie würde ihn nicht für dumm verkaufen. Sie wusste, wie klug er war. Sie war wahrscheinlich die einzige Person, die je das Ausmaß seiner Intelligenz erfasst hatte. Seit seiner letzten Botschaft hatte sie keinen weiteren Zug unternommen. Langsam machte er sich Sorgen, dass sie mehr herausgefunden hatte, als sie ihn hatte wissen lassen. Natürlich hatte sie das. Sie ließ sich von ihm nicht in die Karten blicken. Mit ihr würde er kein leichtes Spiel haben. Er konnte sich nicht helfen, er musste sie einfach gernhaben.

»Ich besorge dir neues Farbband«, versicherte er Trinity.

»Ich brauche kein Farbband. Ich brauche einen *Laptop*.«

»Nein«, sagte er. »Ich besorge dir neues Farbband, aber du musst es zu Ende bringen.«

»Das kann ich nicht, ohne mit Zandra geredet zu haben. Ich brauche ihre Seite der Geschichte.«

Er seufzte. »Du kannst nicht mit ihr reden. Ich hab's dir doch erklärt, sie ist schon vor langer Zeit verschwunden.«

Stille. Er erwartete weitere Fragen, weitere Forderungen, noch mehr Gejammer, aber nichts.

Alex sagte: »Ich gehe jetzt neues Farbband besorgen, damit du schnell weitermachen kannst. Wir haben nicht mehr viel Zeit.«

Jetzt erklang ihre Stimme wieder, etwas schriller als zuvor. »Nicht mehr viel Zeit? Was soll das heißen? Was wird dann passieren? Was hast du mit mir vor?«

»Die Raubvögel ziehen ihre Kreise«, sagte er. »Ich muss bereit für sie sein.«

NEUNUNDFÜNFZIG

Gefühlt vergingen endlose Tage, bis sie schließlich die Außenbezirke von Easton erreichten, aber in Wahrheit waren es nur ein paar Stunden. Josie, Noah, Gretchen und Mettner hatten zwar die komplette Schutzausrüstung angelegt, mussten die Durchsuchung des Verwaltungsgebäudes im hinteren Teil des Arboretums allerdings aussitzen. Sie warteten vor der Grenze, die das FBI in Nähe der Hochschule gezogen hatte. Drake hatte beschlossen, kurz vor Morgengrauen zuzugreifen, wenn der Rest der Belegschaft und die Studenten, die sich sonst in dem Arboretum herumtrieben, noch nicht da waren. Außerdem konnten sie sich so in der Dunkelheit an das Gebäude heranpirschen und mit dem ersten Tageslicht die Suche beginnen. So sehr das Warten sie auch verrückt machte, wusste Josie doch, dass sie keine andere Wahl hatte. Sie stand mit ihrem Team vor dem Wagen und lauschte über den Polizeifunk, während das FBI die Durchsuchung durchführte.

Als sie die Worte »Verdächtiger festgenommen« hörte, wurde ihr ganz weich in den Knien. Angespannt wartete sie darauf, irgendwas über Trinity zu hören, aber es kam nichts. Stattdessen berichteten die Agenten von einem »unbekannten alten Mann in einem der oberen Schlafzimmer. Er scheint körperlich beeinträchtigt zu sein und benötigt medizinische Unterstützung.« Über den Funk hörte sie ein schreckliches Geräusch, wie das Schreien eines Hasen in einer Falle. »Aaahhmaaxx!«

Sie blickte um sich und sah Noah, Gretchen und Mettner ebenfalls zusammenzucken. »Was um Himmels willen ist das denn?«, fragte Noah.

Wieder hörten sie das Geräusch über Funk, diesmal etwas abgehackt. »Mmmaaxx.«

Max.

Einer der Krankenwagen, der auf dem nächsten Parkplatz der Hochschule auf Abruf bereitgestanden hatte, schoss an ihnen vorbei und die schmale Straße durch das Arboretum hinunter. Dann kam Entwarnung von mehreren FBI-Agenten. Nichts weiter gefunden.

»Nein!«, rief Josie.

»Boss«, sagte Gretchen und streckte die Hand nach ihr aus, aber sie schlug sie weg und marschierte Richtung Verwaltungsgebäude. Sie hatten die Karte des Gebiets vor dieser Aktion so ausführlich studiert, dass Josie genau wusste, wo sie hinmusste. Und selbst wenn nicht, hätte sie nur den FBI-Fahrzeugen folgen müssen. Bis sie den hinteren Teil des Gebiets erreicht hatte, hatte sich bereits ein dünner Schweißfilm über ihren ganzen Körper gelegt. Dort stand ein beeindruckendes, altmodisches Gebäude mit einem Säuleneingang, überschattet von einer Ansammlung hoher Bäume.

Daneben stand der Pick-up, halb von einer blauen Plane bedeckt. Wenige Meter vor der Haustür war der Krankenwagen stehengeblieben. Sie kämpfte sich durch die Masse an schwer bewaffneten FBI-Agenten und sah, wie die Sanitäter eine Bahre aus dem Haus trugen. Darauf lag ein verschrumpelter alter Mann, kaum noch als Mensch erkennbar. Er trug ein T-Shirt und eine Windel für Erwachsene. Seine Arme und

Beine waren verkrümmt und anscheinend permanent in Richtung seines Körpers gebeugt. Seine Augen standen weit hervor und die Haut seines Gesichts spannte über den Knochen. Sie konnte kaum fassen, dass das ein lebender Mensch sein sollte.

»Francis Thornberg«, sagte sie, als Drake ihr im Türrahmen begegnete.

»Das vermuten wir zumindest.«

»Wo ist meine Schwester?«

Drakes professionelle Maske rutschte ihm kurz vom Gesicht und darunter erkannte Josie eine ganze Reihe an Emotionen: Wut, Frust, Panik, Verzweiflung.

»Drake«, sagte sie leise. »Bitte sagen Sie's mir einfach.«

Tu es schnell, dachte sie. *Wir sind zu spät.*

Er blickte hinter sich in die große Eingangshalle hinein. »Sie ist nicht hier.«

Josie blickte um sich. »Vielleicht nicht im Haus, aber sie muss hier sein. Wir müssen einfach weitersuchen.«

»Ich habe schon Suchtrupps ausgeschickt, die durchkämmen den Rest des Arboretums und die vierhunderttausend Quadratmeter Grund auf Hanna Cahills Namen.«

Josie stemmte eine Hand in die Hüfte. »Wo ist er?«

»Detective Quinn ...«

»Wo ist er?«, wiederholte sie die Frage, nun als Schrei.

Er trat beiseite und sie drängte sich an ihm vorbei ins Haus. »Wir haben ihm bereits seine Rechte vorgelesen«, rief Drake ihr hinterher.

Drakes Team hatte ihn in der Küche festgenommen. Der Raum sah aus, als sei er seit den Achtzigern nicht mehr renoviert worden. Die Wände waren mit dunklem Holz getäfelt und die Küchenschränke waren im selben Stil gehalten. Die Kunstfliesen am Boden waren abgenutzt und hatten zahllose Macken. Alex Thornberg saß auf einem Stuhl, die Hände in Handschellen vor dem Körper. Er saß nach vorne gelehnt, die Ellbogen auf die Knie gestützt, das Kinn auf die Fäuste gelegt.

Als Josie das Zimmer betrat, setzte er sich auf. Ihr war, als könne sie den Ansatz eines Lächelns in seinem Gesicht erkennen. Es kostete sie all ihre Kraft, ihre Faust von seinem Mund fernzuhalten.

Drei FBI-Agenten standen um ihn herum, aber als sie Josies Gesichtsausdruck sahen, traten sie ein paar Schritte zurück und machten ihr Platz. Sie zog einen der anderen Stühle heran und stellte ihn so nah vor seinen, dass sie sich gerade noch setzen konnte. Überraschung zeichnete sein Gesicht, als sie ihre Knie zwischen seine drängte und sich nach vorn lehnte, bis ihr Gesicht nur wenige Zentimeter von seinem entfernt war. Ihm blieb nichts anderes übrig, als sich weiter nach hinten zu lehnen, die gefesselten Hände abwehrend zwischen ihren Gesichtern.

Josie drückte seine Hände sanft wieder nach unten auf seinen Schoß. »Ihr Vater nennt Sie Max«, sagte sie. »Weil er Alex nicht richtig aussprechen kann, nicht wahr?«

Verwirrt legte er die Stirn in Falten. »Ja«, murmelte er.

»Sie haben die Knochen Ihrer Schwester hinter Trinitys Hütte ausgelegt.«

»Nein, ich ... ich habe ein Kunstwerk hinter Trinitys Hütte ausgelegt. Sie sollten ja wissen, dass ich dafür verantwortlich war.«

»Dieses ›Kunstwerk‹ hinter der Hütte bestand aus den Knochen Ihrer Schwester.«

»Das ist ganz unmöglich.«

Josie starrte ihn an. Was erhoffte er sich davon, zu leugnen, dass Nicci seine Schwester war? Das hier ergab keinen Sinn. Sie versuchte es noch einmal und sprach dabei langsam und überdeutlich. »Nicolette Webb war Ihre biologische Halbschwester.«

Sein Kopf zuckte fast unmerklich zurück. Er blinzelte. Dann lehnte er sich zu ihr und sagte in beinahe kindlichem Tonfall: »Diesen Namen sagen wir nicht. Absolut gar nicht.«

»Wie wäre es dann mit einem anderen Namen? Zandra? Dürfen wir diesen Namen sagen? Wo ist Zandra, Alex? Ist sie hier?«

Sein Kinn senkte sich zur Brust. »Sie ist schon vor langer Zeit verschwunden. Ich hab sie dazu gezwungen. Sie hat schlimme Sachen gemacht. Viel schlimmere als ich.«

Hinter ihm war Drake im Türrahmen aufgetaucht. Josie blickte zu ihm hoch und er zuckte kopfschüttelnd mit den Schultern. Sein Team hatte den Rest des Hauses durchsucht. Hier war sonst niemand mehr.

Josie sah wieder zu Alex. »Hat Zandra Trinity?«

Er antwortete nicht. Josie gab sich große Mühe, einen möglichst neutralen Gesichtsausdruck zu bewahren, obwohl sein Verhalten sie verwirrte. »Alex«, sagte sie mit lauter, strenger Stimme.

Er blickte auf, gerade rechtzeitig, dass Josie eine winzige Änderung in seinen dunklen Augen wahrnehmen konnte. Fast unmerklich und doch war sie sicher, dort etwas gesehen zu haben. Wo eben noch kindliches Schmollen sein Gesicht gezeichnet hatte, sah sie nun wieder die scharfe Intelligenz von vorhin. Sie fragte: »Hat Zandra Trinity?«

Er seufzte. »Ich hab's Ihnen doch gesagt, Zandra ist verschwunden. Sie hat mit dem Ganzen hier nichts zu tun.«

»Dann sagen Sie mir, wo Trinity ist.«

»Glauben Sie wirklich, dass ich Ihnen das einfach so sagen würde?«

»Einfach so? Unser Spiel ist vorbei und ich habe gewonnen. Sie können mir sagen, wo sie ist, dann stelle ich sicher, dass das Gerichtsverfahren möglichst reibungslos verläuft – vielleicht kann ich ein gutes Wort für Sie einlegen, um die Todesstrafe abzuwenden. Oder Sie sagen mir nichts und verrotten in der Hölle. Denn ob ich nun weiß, wo sie ist, oder nicht, ändert nichts daran, dass ich frei bin und Sie im Gefängnis sterben werden. Und ich werde jeden einzelnen Tag meines restlichen

Lebens alles dafür geben, dass Leute wie Sie niemandem mehr das antun können, was Sie meiner Schwester angetan haben. Ich werde Zandra finden und feststellen, wie viel sie über Ihre Verbrechen wusste, und wenn nötig, werde ich sie ebenfalls ins Gefängnis schicken. Also, welche Option möchten Sie wählen, *Max?*«

»Unser Spiel ist noch nicht vorbei, Detective Quinn.«

Josie tippte mit dem Fingernagel auf eine der Handschellen in seinem Schoß. »Dem würde ich aber widersprechen, Alex.«

Er lächelte. »Nein, es ist noch nicht vorbei. Aber Sie sind dran.«

SECHZIG

»Detective Quinn«, rief Drake. »Kommen Sie nach oben!«

Es kostete Josie einige Anstrengung, nicht sofort aus ihrem Stuhl hochzuspringen und ins Treppenhaus zu rennen. Stattdessen schob sie ihren Stuhl langsam zurück, stellte ihn wieder an den Küchentisch und ging dann gemächlich und mit hoch erhobenem Kopf aus der Küche. Sie zwang sich dazu, mit gemessenem Schritt die Treppe hochzugehen, damit Thornberg ihre Schuhe nicht aufgeregt poltern hörte. Drake stand vor dem Badezimmer. »Hier hat er Trinity gefangen gehalten.«

Josie blickte an ihm vorbei in das Zimmer und sah eine große Badewanne mit Klauenfüßen und einer Decke darin. Auf dem Boden lag ein Paar Stöckelschuhe von Louis Vuitton. Auf dem Waschbecken stand eine alte Schreibmaschine, daneben ein Stapel Papier. Josie zog Handschuhe über und trat ins Bad, um die Papiere durchsehen zu können. »Das hier ist seine Lebensgeschichte«, sagte sie. »Er hat sie dazu gezwungen, seine Geschichte aufzuschreiben.«

Drake rieb sich mit der Hand übers Gesicht. »Sie könnte noch am Leben sein.«

»Aber wo ist sie?«

»Wir holen die Hunde«, sagte er. »Falls sie noch hier ist, werden wir sie finden. Außerdem setze ich meine Leute darauf an, den Hintergrund von jedem dieser Freaks zu durchforsten – Hanna Cahill, Francis Thornberg und Alex –, um nach dieser Zandra zu suchen. Sie könnte eine Komplizin sein, wer weiß. Vielleicht hat sie Trinity in ihrer Gewalt. Wir können diesem Psychopathen kein Wort glauben.«

»Zandra könnte genauso gut ein weiteres seiner Opfer sein«, sagte Josie. »Sie werden sowohl das Arboretum als auch das Grundstück der Cahills nach den Überresten der anderen Opfer durchsuchen müssen.«

———

Sie brachten Alex Thornberg nach Denton und steckten ihn in eine der selten verwendeten Arrestzellen im Keller des Polizeireviers. In der Regel fanden sich dort nur streitlustige Studenten und Betrunkene, die ihren Rausch ausschlafen mussten. Dort würden sie Alex nicht mehr als einen oder zwei Tage behalten können. Sobald seine Anklage stand, würden sie ihn an die zentrale Bearbeitungsstelle des Landkreises übergeben müssen, welche etwa sechzig Kilometer entfernt lag. Dort waren die Sicherheitsvorkehrungen viel rigoroser, mit Überwachungspersonal rund um die Uhr und Gefangenentransporten vom und zum Gerichtssaal. Dort würde er zur Anklage vernommen werden und auf seine Gerichtsverhandlung warten.

Nachdem Drake eine Einheit darauf angesetzt hatte, die mysteriöse Zandra ausfindig zu machen, schlossen Josie, Noah, Gretchen und Mettner sich den restlichen FBI-Agenten, der Staatspolizei und den Polizeibeamten aus Easton an, um das Arboretum und das angrenzende Grundstück bis aufs Letzte zu durchkämmen. Josies Team teilte sich dafür in Zweiergruppen auf. Josie und Noah übernahmen die ersten sechs Stunden, während Mettner und Gretchen im Auto etwas Schlaf nachholten, dann tauschten sie. Noah schlief ein, kaum dass sein Kopf den zurückgelegten Beifahrersitz berührt hatte. Josie dagegen verzichtete auf eine Schlafpause, trotz ihrer knochentiefen Erschöpfung und der unablässig pochenden Kopfschmerzen. Stattdessen studierte sie die vielen Seiten der Lebensgeschichte, die Trinity während ihrer Gefangenschaft getippt hatte. Die Handlung war chaotisch durcheinandergewürfelt, Rechtschreibfehler tummelten sich auf den Seiten und manchmal ergab das Geschriebene überhaupt keinen Sinn. Anscheinend hatte Trinity mitgeschrieben, während Alex erzählt hatte, und sie hatte sich beeilen müssen, um alles festzuhalten. Alex bezog sich mehrmals auf Zandra, ging aber nicht näher darauf ein, wer sie nun eigentlich war. Die ersten paar Mal, als Alex ihren Namen genannt hatte, hatte Trinity in Klammern dazu geschrieben: *Seine Schwester???* Nicolette wurde kein einziges Mal erwähnt.

Dennoch konnte Josie aus Trinitys versuchter Biografie des Knochenkünstlers einiges herauslesen. Demnach war Hanna das liebevollere, verlässlichere Elternteil dieser Einsiedlerfamilie gewesen, was allerdings nicht viel zu bedeuten hatte. Schließlich hatte sie Francis keinerlei Einhalt geboten und unter anderem zugelassen, dass er Alex schon als Kind in den Schuppen verbannt und jahrelang dort hatte schlafen lassen. Nach Alex' Angaben war Francis ein gefühlskalter, gemeiner, manipulativer Mann. Es war unklar, ob die Brandverletzung die einzige ernsthafte körperliche Misshandlung gewesen war — falls nicht, so hatte Alex es Trinity gegenüber zumindest nicht erwähnt. Was er aber betont hatte, war, dass Zandra Hanna häufig verletzte und dass dies in der Familie zu heftigen Auseinandersetzungen führte. Allerdings schienen Zandras Angriffe nach Francis' »Unfall« aufzuhören. Danach fiel Zandras Name nicht mehr allzu häufig und doch schien Alex sie für all sein Leid verantwortlich zu machen.

Wer war diese Frau nur, fragte Josie sich. Hatte er sie umgebracht?

Zeit für ausführlichere Überlegungen blieb ihr nicht, da Mettner und Gretchen in der Zwischenzeit ihre Schicht beendet hatten und sie und Noah nun wieder an der Reihe waren, die Suchtrupps zu unterstützen. Sie verbrachten weitere sechs Stunden damit, mit Dutzenden anderer Leute die beiden Grundstücke zu durchforsten.

Aber kein Zeichen von Trinity.

Genauso wenig wie von den anderen Opfern. Tatsächlich fanden sie nicht einmal Anzeichen darauf, dass hier irgendwelche menschlichen Überreste zu finden waren.

Sogar die treue Hundestaffel ließ sie diesmal im Stich. Die Rettungsspürhunde folgten Trinitys Spur bis zu dem Pick-up. Die Leichenspürhunde schlugen zwar schwach Alarm, als sie Hanna Cahills Grundstück hinter dem Arboretum erreichten und ließen sich dort zu Boden fallen, wo sie die Witterung von menschlichen Überresten aufgespürt hatten, aber selbst nachdem die Ermittler mehrere Stellen aufgegraben hatten, konnten sie keine Knochen finden.

»Das muss nicht heißen, dass hier nicht irgendwann mal was war«, erklärte eine der Hundeführerinnen. »Falls eine Leiche an einem dieser Orte verwest ist, an denen die Hunde anschlagen, sind dort wahrscheinlich Zellgewebe und Körperflüssigkeiten in die Erde gesickert. Wir können wohl davon ausgehen, dass hier irgendwann Leichen lagen, die dann bewegt wurden.«

Josie schleppte sich gerade zurück zum Verwaltungsgebäude, als Drake ihr einen weiteren Schlag in die Magengegend verpasste. »Es gibt niemanden namens Zandra. Mein Team konnte keinerlei Beweise dafür finden, dass es sie jemals gegeben hat. Sie haben die Hochschulbelegschaft der letzten dreißig Jahre befragt. Mehrere Angestellte konnten sich an Francis und Hanna erinnern. Sie wussten von ihrem Sohn, aber das war es auch schon. Zwei Leute konnten sich sogar noch an Nicolette erinnern, sie haben bestätigt, dass sie eines Tages von zu Hause weggelaufen ist und nie mehr zurückkam. Die einzige Möglichkeit, die mir noch einfällt, ist, dass Hanna Zandra zu Hause auf die Welt gebracht hat. Das wäre die einzige Erklärung dafür, warum wir keinerlei Unterlagen über sie finden können.«

Josie wischte sich den Schweiß vom Gesicht. Sie musste dringend mal wieder duschen. Das restliche Team übrigens auch. »Kann sein«, räumte sie ein. »Aber wenn das der Fall ist, dann haben wir keinerlei Möglichkeit, festzustellen, ob sie noch lebt oder tot ist. So oder so, hier ist sie nicht. Hier ist niemand. Keine Leichen, keine Trinity. Drake, er hat sie irgendwo hingebracht. Ihm war klar, dass wir nur die Hundestaffel herbringen müssten, um sie sofort zu finden.«

»Okay. Gehen wir mal davon aus, dass er herausgefunden hat, dass wir ihm auf den Fersen waren. Oder vielleicht wollte er einfach Vorsichtsmaßnahmen ergreifen, falls wir plötzlich vor der Tür stehen, und dazu gehörte, dass er Trinity wegbringen musste«, sagte Drake.

»Er hat sie woanders hingebracht, ist aber selber hiergeblieben, obwohl er vermutet hat, dass wir ihn holen kommen«, fügte Josie hinzu.

»Wieso?«

»Weil wir immer noch sein Spiel spielen«, sagte Josie. »Und weil ich wieder dran bin.«

»Aber wieso?«, wiederholte Drake. »Wieso sollte er das Spiel weiterführen wollen, wenn wir ihn gefasst haben? Jetzt hat er doch nichts mehr davon. Außer ... außer sie ist bereits tot. Dann bringt es ihm Genugtuung, zu wissen, dass Sie sein kryptisches, krankes Spiel entschlüsseln müssen, nur um am Ende vernichtend geschlagen zu werden. Oder es bringt ihm Genugtuung zu wissen, dass diese Zandra uns für immer durch die Lappen geht, weil sie offiziell nicht existiert.«

Josie schüttelte den Kopf. »Nein, Zandra ist nicht Teil seines Spiels.«

»Wieso sind Sie sich da so sicher?«

»Die Art, wie er über sie redet ...«

Drake schüttelte den Kopf. »Sie können diesem Kerl kein Wort glauben. Das wissen Sie doch selbst, Quinn.«

»Ich meine damit nicht mein persönliches Gespräch mit ihm, sondern die Art, wie er mit Trinity über sie geredet hat, als sie seine Lebensgeschichte niedergeschrieben hat. Zandra war nicht nett zu ihm. Sie hat nicht an ihn geglaubt. Sie war ihm nichts als ein Dorn im Auge. Ich weiß nicht, was aus ihr geworden ist, aber sie war nie Teil dieses Spiels. Ich muss immer noch meine Schwester finden. Wir müssen uns darauf konzentrieren.«

Drake warf frustriert die Hände in die Höhe. »Verdammt noch mal, was denken Sie denn, was ich seit achtundvierzig Stunden tue, Quinn? Denken Sie, ich stapfe einfach aus Jux und Tollerei durch Tausende Quadratmeter Vogelscheiße und Schlamm, um nach Knochen zu suchen? Denken Sie, ich seh das hier als einen gottverdammten Urlaub auf dem Land?«

»Beruhigen Sie sich doch«, versuchte Josie ihn zu beschwichtigen.

Aber die Maske der beruflichen Neutralität bröckelte unaufhaltsam. Drake wirbelte herum und kickte mit voller Wucht gegen die Haustür, wieder und wieder, bis das Holz zersplitterte.

»Drake«, sagte Josie.

»Ich beruhige mich, wenn wir sie gefunden haben!«, schrie er. Nun trommelte er mit den Fäusten auf die Tür ein, grunzend und erstaunlich schnell. Schweiß floss ihm in Bächen übers Gesicht, die Sehnen in seinem Nacken waren zum Zerreißen gespannt. Seine Knöchel begannen zu bluten und kurz darauf war die Haustür mit Blutflecken besprenkelt.

»Drake!«, schrie Josie. Sie griff nach seinem Arm, musste

aber zurückspringen, damit sein Ellbogen sie nicht im Gesicht erwischte. In seiner Raserei kam sie nicht gegen ihn an. Er war einfach zu groß, zu stark.

Sie sah sich um, auf der Suche nach einem anderen FBI-Agenten oder sonst irgendwelchen Kollegen, konnte aber niemanden entdecken. Sie überlegte, ob sie jemanden aus ihrem Team anrufen könnte, aber sie würden mindestens zehn Minuten brauchen, um das Haus zu erreichen, und inzwischen waren es keine Blutsprenkel mehr auf der Tür, sondern Streifen. Drake war dabei, sich ernsthaft zu verletzen.

Also sprang sie ihm auf den Rücken.

Er wirbelte herum, drehte sich nach links und nach rechts, aber Josie klammerte sich an ihn und schlang einen Arm in einem leichten Würgegriff um seinen Hals, während sie ihm ins Ohr rief: »Verdammt noch mal, Agent Nally, reißen Sie sich zusammen!«

Sie konnte seinen Körper unter sich beben spüren, aber immerhin hatte er seinen Kampf mit der Tür aufgegeben. Er stolperte die Stufen hinunter und kam auf dem Rasen vor dem Haus zum Stehen. Als er endlich stillhielt, ließ Josie sich ins Gras sinken. Mit seinen zerfetzten Händen rieb er sich über die Kehle.

»Tut mir leid«, sagte Josie. »Das mit dem Würgegriff. Aber Sie ... Sie waren völlig außer sich. Drake, Sie können nicht ...«

Er hielt seinen Blick starr auf den Rasen gerichtet, konnte ihr nicht in die Augen sehen, aber er unterbrach sie. »Ich weiß«, sagte er. »Es tut mir leid. Ich ... ich hab einfach die Kontrolle verloren.« Er musterte seine Hände. Ein großer Holzsplitter zierte den mittleren Knöchel seiner linken Hand. Er schüttelte seinen Kopf. »Quinn ... ich glaube, ich liebe sie. Ich bin in sie verliebt.«

Josies Emotionen drohten hochzukochen, aber sie zwang sich, jegliche Gefühlsregung sofort im Keim zu ersticken. Konzentration. Sie musste konzentriert bleiben. »Das müssen

Sie gedanklich in eine Schublade stecken, Agent Nally. Rein in die Schublade, zuschließen, Schlüssel wegstecken. Und zwar sofort.«

Endlich stellte er sich ihrem Blick. »Ist es das, was Sie machen? So schaffen Sie das hier?«

»Das muss ich.«

»Bisher habe ich das auch so gemacht«, sagte er. »War nie ein Problem.« Er hielt seine blutenden Hände in die Höhe. »Bis jetzt zumindest. Es tut mir leid.«

»Das muss es nicht«, sagte Josie.

Drake lachte auf. »Es geht hier um Ihre Schwester! Wie kann es denn sein, dass Sie das besser wegstecken als ich?«

Josie stemmte eine Hand in ihre Hüfte. »Ich muss das schon tun, seit ich ein Kind bin«, gab sie zu. »Gedanken gliedern, unterteilen, wegschieben. Immer nur auf eine Sache konzentrieren. Heute hilft mir das beruflich, früher war es eine Überlebensstrategie.«

»Und Sie mussten wirklich viel überleben«, ergänzte Drake. »Trinity hat mir manches erzählt.«

»Sie hat Ihnen von meiner Kindheit erzählt? Oh, warten Sie nur, bis wir sie finden, das wird sie bereuen. Wenn wir sie finden, dann erwürg ... oh, mein Gott.«

Die Erkenntnis traf sie wie ein Blitzschlag. Jedes Härchen ihres Körpers stellte sich auf. Kurz verengte sich ihr Blickfeld und erst nach ein paar Sekunden nahm sie ihre Umgebung wieder wahr. Drake sagte: »Hey, ist alles in Ordnung?«

»Ich weiß, wie wir Zandra finden können«, sagte sie.

EINUNDSECHZIG

Acht Stunden später stand Drake mit Josie und ihrem Team in dem kleinen Zimmer neben dem Verhörraum, in dem Mettner und Gretchen erst vor zwei Wochen Jaime Pestrak befragt hatten. Nun saß Alex Thornberg dort am selben Tisch und wartete in aller Seelenruhe auf seine vom Gericht bestellte Anwältin.

Drake sagte: »Quinn, wenn Sie das durchziehen, treten Sie den kompletten Fall in die Tonne.«

Noah hob eine Augenbraue. »Meinen Sie nicht, dass Sie etwas übertreiben?«

Drake deutete auf den Bildschirm mit der Videoaufzeichnung aus dem Verhörraum. »Wenn Sie das tun, geben Sie diesem Typen eine kugelsichere Verteidigung, die nicht nur die Todesstrafe, sondern sogar eine Gefängnisstrafe abwenden könnte. Im besten Fall zieht das jahrelange Rechtsstreitigkeiten nach sich, weil die Anwaltschaft entscheiden wird, dass er nicht zurechnungsfähig ist und nicht vor Gericht treten kann.«

Gretchen sagte: »Dafür gibt es doch Gutachter und Sachverständige, genau für solche Fälle. Die Staatsanwaltschaft wird einen Psychologie-Experten heranziehen, um den Fall auszubauen. Nach all dem, was dieser Kerl getan hat, all dem, was er bereits gestanden hat, wird er auf keinen Fall einfach freikommen.«

Mettner fügte hinzu: »Und wenn Josie richtig liegt, wird das früher oder später sowieso ans Licht kommen. Wenn ich ein Strafverteidiger wäre und auch nur den Hauch einer Ahnung hätte, dass der Kerl ein so tiefgreifendes psychisches Problem hat, dann würde ich das bis ins Letzte ausnutzen. Wenn die Verteidigung das nicht herausfindet und es während des Gerichtsverfahrens herauskommt, riskieren wir einen Fehlprozess.«

Josie funkelte Drake an. »Und damit liegen sie alle völlig richtig. Ich gefährde den Fall nicht. Ich versuche nur, meine Schwester zu finden, solange noch irgendeine Chance besteht, dass sie am Leben ist. Seine Anwältin bleibt im Zimmer. Alles ganz offen und legal.«

Ein Klopfen an der Tür kündigte Chief Chitwood an. Er steckte den Kopf ins Zimmer und sagte: »So, Kinder, Thornbergs Anwältin ist hier. Schaltet die Überwachungskamera aus und verlasst das Zimmer, während sie sich beraten.«

Sie schalteten die Kamera aus und marschierten aus dem Zimmer, als Alex' Pflichtverteidigerin den Verhörraum betrat. Sie warteten angespannt und schweigend im Großraumbüro, bis sie endlich kam, um mit ihnen zu sprechen. »Mein Klient hat sich bereit erklärt, mit Detective Quinn zu sprechen«, sagte sie. »Aber nur mit Detective Quinn.«

»Vielen Dank«, sagte Josie und folgte ihr hinunter in den Verhörraum.

Sie wartete einige Momente lang, bis sie sicher sein konnte, dass ihr Team im Nebenzimmer angekommen war und ihr das rote Licht unter der Kamera signalisierte, dass die Befragung aufgezeichnet wurde. Für die Aufzeichnung nannte sie Uhrzeit und Datum sowie die Namen aller Anwesenden, bevor sie sich Alex zuwandte.

»Ich muss mit Zandra sprechen.«

Seine Anwältin zog eine Augenbraue hoch. »Wie bitte? Wer ist Zandra?«

»Alex weiß, wer das ist, nicht wahr, Alex?«

Er starrte sie nur an.

Seine Anwältin fragte: »Alex? Ist das etwas, was wir privat besprechen sollten?«

Er ignorierte sie und starrte nur weiter zu Josie. »Ich hab ihr gesagt, dass sie nicht zurückkommen soll. Sie macht mir nichts als Schwierigkeiten.«

»Ich glaube nicht, dass das stimmt«, sagte Josie.

Er lehnte sich nach vorn, die Augen weit aufgerissen. »Doch, es stimmt. Sie war diejenige, die unserer Mutter wehgetan hat.«

»Weil sie wütend auf Ihre Mutter war, Alex. Ihre Mutter hat zugelassen, dass Francis Ihnen wehgetan hat. Zandra wusste, dass niemand, nicht Sie, nicht Ihre Mutter und auch nicht sie selbst sich an Francis rächen konnte, also hat sie ihre Wut an Ihrer Mutter ausgelassen.«

»Nein, ich ... das ist nicht ... sie hat Mutter wehgetan, aber Vater, er hat nicht ... er hat nie ...«

»Er hat Ihnen wehgetan, Alex. Das muss Ihnen doch bewusst sein. Was dachten Sie denn, wo Zandra herkam? Sie ist aufgetaucht, nachdem Nicolette verschwunden ist, nicht wahr? Nicolette war größer als Sie, älter als Sie. Sie hat versucht, Sie vor Francis zu beschützen, aber sie hatte nie eine Chance, nicht wahr?«

Er kniff die Augen zusammen.

Josie fuhr fort: »Nicolette konnte nicht ertragen, was in Ihrem Zuhause vor sich ging. Sie war ja selbst noch ein Kind. Sie hatte niemanden hinter sich. Ihre eigene Mutter hat es nicht geschafft, Sie vor Francis zu beschützen. Sie konnte sich an niemanden wenden und hatte keine Möglichkeit, Sie zu beschützen. Also ist sie weggelaufen. Eines Tages war sie noch da und am nächsten war sie weg und Sie waren allein mit dem Monster. Sie waren wehrlos, hilflos, schutzlos und ...«

Alex' Blick schweifte ab Richtung Tisch und ein Beben lief über sein Gesicht. Die Muskeln an seiner Stirn lockerten sich und seine Unterlippe trat schmollend hervor. Josie lehnte ihren Kopf nach vorn, damit sie ihm in die Augen sehen konnte, in denen Tränen glänzten. »Den Namen sollen wir überhaupt gar nicht mehr sagen«, sagte er in demselben kindlichen Tonfall, den er auch während ihres ersten Gesprächs im Verwaltungsgebäude verwendet hatte.

»Alex«, blaffte Josie ihn an.

Die Anwältin zuckte zusammen. »Detective Quinn.«

Er sah wieder zu ihr hoch, das Gesicht aufmerksam, ein selbstbewusstes Funkeln in den Augen. »Das hier ist nicht Teil unseres Spiels«, sagte er.

»Zandra ist nicht Teil des Spiels?«, fragte Josie. »Das scheint mir nicht fair, schließlich spielt sie schon die ganze Zeit mit.«

Die Anwältin sagte: »Vielleicht sollten wir hier aufhören. Ich fürchte, ich verstehe überhaupt nicht, was hier vor sich geht. Alex ...«

»Klappe halten«, sagte er zu ihr. An Josie gewandt sagte er: »Sie haben keine Ahnung, wovon Sie reden.«

»Ach, wirklich? Wer hat Nicci umgebracht, Alex? Waren Sie das?«

»Natürlich nicht.«

»Und wer hat Codie Lash umgebracht und ihren Mann?«

»Das war ich nicht«, sagte er. »Das war ein Fehler.«

»Ihr Fehler oder Zandras?«, fragte Josie.

Ein dumpfes Knurren füllte seine Kehle. »Dieses verdammte Miststück. Mein ganzes Leben hab ich damit verbracht, sie im Zaum zu halten. Sie macht alles kaputt.«

»Nein«, sagte Josie. Sie dachte an das Gespräch zwischen Alex und den Lashes zurück. Noch bevor Mr Lash ihn angegriffen hatte, hatte Codie ihn schon beschimpft. Sie hatte ihn bedrängt. Immer weiter und weiter, bis es ihm zu viel wurde.

»Doch!«, widersprach Alex.

»Nein, das stimmt nicht«, argumentierte Josie. »Es war schon immer ihre Aufgabe, Sie zu beschützen, weil Sie ein Psychopath sind.«

»Das reicht jetzt, Detective Quinn«, schnaubte die Anwältin.

Alex schlug die Hände über die Ohren. »Klappe halten, hab ich gesagt«, brüllte er.

Josie stach mit dem Finger in seine Richtung, genau, wie Codie Lash es getan hatte, und sagte: »Es stimmt doch. Sie sind ein gemeingefährlicher Psychopath und ein Lügner. Alle wussten das, nicht wahr? Ihre Mutter wusste es, Francis wusste es. Deswegen durften Sie auch nicht in die Schule, weil Sie psychisch ...«

Die Anwältin stand auf. »Also wirklich, Detective Quinn. Jetzt gehen Sie zu weit. Diese Befragung ist hiermit zu Ende. Ihr Verhalten ist absolut unangemessen. Ich bin nicht hierhergekommen, damit Sie meinen Klienten beleidigen und ihm Schimpfnamen an den Kopf werfen.«

Alex sprang über den Tisch hinweg und schlang seine Hände um Josies Kehle. Die Anwältin schrie auf. Josie fiel nach hinten, als Alex mit seinem ganzen Gewicht auf ihr landete. Sie machte sich den Schwung seines Angriffs zu Nutzen und rollte ihn auf den Rücken, sodass sie sich auf ihn setzen konnte. Sein Griff um ihre Kehle lockerte sich und sie schlug seine Hände nach unten, drehte ihn blitzschnell auf den Bauch und drückte seine Hände in seinen Rücken, wodurch sie ihn mit den Handschellen an ihrem Gürtel außer Gefecht setzen konnte. Ihr Atem ging schwer, aber mit Erleichterung stellte sie fest, dass ihr Team ihre Anweisungen eingehalten hatte und nicht sofort zu Hilfe gerannt gekommen war.

»Wir stehen jetzt auf«, wies sie ihn an.

Alex' Anwältin half Josie dabei, ihn vom Boden hochzuhieven und in den nächsten Stuhl zu setzen. Er schlug seinen Kopf zur Seite, als versuche er, langes Haar nach hinten zu werfen. Seine Augen verengten sich und er funkelte Josie böse an. Als er anfing zu sprechen, klang seine Stimme plötzlich anders, gereizt und erstaunlich hoch. »Er kann sich doch an nichts davon erinnern, du blöde Kuh.«

Josies Herz setzte kurz aus. Sie versuchte, das Zittern in ihrer Stimme zu unterdrücken, als sie fragte: »Zandra?«

Alex verdrehte die Augen. »Wer denn sonst? Du wolltest doch mit mir sprechen, oder nicht?«

Josie sah zu Alex' Anwältin, die keinen Widerspruch einlegte. Sie gab Josie mit einem Nicken zu verstehen, dass sie fortfahren sollte. Das war genau das, was Drake solche Sorgen bereitet hatte. Ein Angeklagter mit dissoziativer Identitätsstörung brachte eine kugelsichere Verteidigung mit.

An Zandra gewandt fragte Josie: »Sie waren diejenige, die das tatsächliche Morden übernommen hat, nicht wahr?«

»Natürlich. Denkst du echt, Alex, das süße kleine Baby, hätte sich die Hände schmutzig machen können? Der *sensible Künstler* Alex?«

»Er musste doch wissen, dass Sie das waren«, sagte Josie.

Erneutes Augenrollen. »Der weiß nur, was er wissen will. Er hört, was er hören will. Er hört mir zu, wenn ihm gerade danach ist. Ist mir egal, was er über mich erzählt und wie sehr er mich hasst, er weiß trotzdem, dass ich mich um ihn gekümmert hab. Er weiß, dass ich die schlimmen Zeiten übernommen habe und die Dinge, die er nicht ertragen konnte. Ja, natürlich, ich war diejenige, die jedes einzelne Mal mit Francis in dieses abgesperrte Schlafzimmer ging. Ich hab das getan, damit unser kleines Baby Alex es nicht tun musste. Ich hab die Leute umgebracht, die er entführt hat, die Leute, deren Knochen er für seine Kunstwerke gebraucht hat, für seine Spiele. Er hat so oft versucht, mich wegzuschicken. Seit Jahren will er mich einfach nur noch umbringen, wusstest du das?«

Josie sagte: »Ja, das wusste ich tatsächlich. Können Sie sich denken, wieso?«

»Er hält dich für superschlau, aber mir scheinst du ziemlich dumm«, sagte Zandra. »Hast du denn nicht gehört, was ich gerade gesagt hab? Ich nehme die schlechten Sachen auf mich, damit er sie nicht tun muss. Wenn er mich umbringt, sterben all diese Erinnerungen mit mir.«

»Aber warum sind Sie dann noch hier?«, fragte Josie.

»Weil ich nicht so bin wie Nicolette, die verdammte Hure. Ich werde ihn nie allein lassen. Egal, wie schlimm es wird. Egal, was passiert. Ich werde ihn nie im Stich lassen. Ich bin seine Schwester, seine echte Schwester. Ich bin die, die für ihn da war.«

»Sie sind sein Spiegelbild«, sagte Josie. »Alex war nicht derjenige, der die Opfer ausgesucht hat. Das waren Sie.«

»Na, herzlichen Glückwunsch für diese brillante Erkenntnis«, sagte Zandra. »Ich such sie aus, er geht sie holen. Ich bring sie um, er benutzt sie für seine Kunstwerke.«

»Jedes Mal haben Sie zwei Menschen gewählt, die auf eine Weise das Spiegelbild des anderen waren«, fuhr Josie fort. »Deswegen sind die Namen so ähnlich. Terri und Terry, Kenneth und Kendra, Tony und Toni. Männlich und weiblich.«

»So gefällt es ihm«, erklärte Zandra. »Niemand ist ganz allein, nicht mal im Tod. So mag er es am liebsten. Ich sag doch, er ist ein Baby. Er will nicht, dass irgendwer so allein ist, wie er es war, als die beschissene Nicolette ihn verlassen hat. Wie gesagt, ich bin eine bessere Schwester, als sie es jemals war.«

»Aber warum legt er dann immer nur eines der beiden Opfer aus?«, fragte Josie.

Zandra schüttelte ihren Kopf. »Du bist echt nicht besonders

helle, oder? Weil er doch weiß, dass ich ein Geheimnis bleiben muss.«

Josie dachte an die Widmung, die Hanna einer ihrer Ausstellungen gegeben hatte: *Für Alex und Zandra, in Liebe.* »Aber ihre Mutter wusste, dass es Sie gibt.«

»Was denkst du denn, warum sie uns sonst dazu gezwungen hätte, in diesem grässlichen Haus zu bleiben? Sie konnte uns doch nicht in die Welt raus lassen. Sobald sie ihr kleines Baby in die Schule geschickt hätte, hätte ich ihn irgendwo hingebracht, wo er in Sicherheit gewesen wäre, ich hätte den Lehrern gesagt, was Francis mit ihm gemacht hat. Dann hätten sie uns da rausgeholt und Francis ins Gefängnis geschickt. Das konnte natürlich keiner von den beiden zulassen.«

»Wussten beide, dass Alex verschiedene Identitäten hatte?«, fragte Josie.

Sie hatte während ihrer Recherche vor dieser Befragung viel Material zur dissoziativen Identitätsstörung durchgelesen. Sie wusste, dass die Störung in der Psychologie umstritten war und dass viele Experten die Existenz der Störung sogar kategorisch ablehnten. Diejenigen allerdings, die sich intensiv mit der Erforschung des Phänomens beschäftigten, konnten einige Überschneidungspunkte feststellen, die fast immer zutrafen: In der Regel war die Störung das Ergebnis extrem traumatischer Erfahrungen, meist in früher Kindheit. Die Persönlichkeit betroffener Menschen spaltete sich in verschiedene Identitäten auf, also in fundamental unterschiedliche Persönlichkeiten oder Personen innerhalb desselben Menschen. Manche dieser Persönlichkeiten, wie Zandra, spalteten sich allein zu dem Zweck ab, den Großteil des Traumas auf sich zu nehmen. Es schien keine Grenzen dafür zu geben, wie viele verschiedene Identitäten ein Mensch mit DIS entwickeln konnte. Allerdings waren sich die meisten Experten einig, dass es immer eine Hauptidentität gab, also eine Persönlichkeit, die sich häufiger zeigte als andere und die enormen Einfluss auf das Handeln der Person hatte. Manche der Betroffenen hatten Identitäten, die miteinander kommunizieren konnten, andere litten während der Zeiten, in denen eine andere Identität die Kontrolle übernahm, unter Amnesie. Bei Alex schien es mal so und mal so zu sein. Er war sich der Existenz Zandras mehr als bewusst und aus den Erzählungen, die Trinity niedergeschrieben hatte, wurde klar, dass er häufig mit ihr sprach, allerdings konnte er sich nicht an alles erinnern, was passierte, wenn Zandra komplett das Steuer übernahm.

Zandra sagte: »Das wussten beide, ja. Zumindest wussten sie von mir. Es gibt da noch ein paar andere, die sie nie kennengelernt haben. Wir hatten nicht viele Freunde.«

»Warum haben Sie Nicci umgebracht?«, fragte Josie.

»Weil er die Fernsehmoderatorin entführt hat«, erwiderte Zandra. »Er war nicht an ihren Knochen interessiert, er wollte, dass sie seine Geschichte erzählt. Als ob das groß jemanden interessieren würde. Er denkt echt, er wäre der schlauste Mensch aller Zeiten, und das mit seiner Kunst, mein Gott, er ist ja noch schlimmer als unsere Mutter. Die hielt ihr Gekleckse auch für das absolut geilste Zeug. Egal. Jedenfalls wollte er die Journalistin haben, damit sie seine Lebensgeschichte erzählt, aber wie hätte seine Geschichte je vollendet sein können, wenn diese beschissene Frau immer noch da draußen war und sich angemaßt hat, ein scheißnormales Leben zu führen? Das ging nicht. Ich musste ihm beweisen, dass ich für seine Geschichte schon immer wichtiger war als sie. Jetzt ist sie tot und ich bin noch hier. Genau, wie ich es ihm immer wieder gesagt habe.«

»Was ist mit der Journalistin passiert?«, fragte Josie. Ihr war, als würde sie von oben auf das Gespräch herabgucken, während sie auf die Antwort wartete.

Zandra lächelte. »Ha, du denkst, ich sag dir das, einfach so? Ich bin doch nicht er, du dumme Kuh! Da musst du schon ihn fragen, was er mit ihr gemacht hat.«

»Das habe ich bereits«, sagte Josie. »Er wollte es mir nicht sagen.«

»Und du denkst, ich will, oder wie?« Zandra schüttelte den Kopf. »Ne, so läuft das hier nicht. Du musst sein Spiel mit ihm spielen.«

ZWEIUNDSECHZIG

Josie fühlte sich so ausgelaugt, als hätte sie einen Marathon hinter sich. Als sie sich wieder alle versammelten, ließ sie sich an ihren Schreibtisch sinken, während ihr Team und Drake sie einfach nur anstarrten.

»Mir ist kotzübel«, meinte Drake. »Ihnen ist klar, dass seine Anwältin jetzt gerade Freudensaltos macht. Für die war das wie ein Sechser im Lotto und uns hat es keinen Schritt weitergebracht.«

Noah sagte: »Hey, das reicht jetzt. Wir sollten uns einfach weiter auf Trinity konzentrieren, okay? Dass diese ... Zandra oder wer auch immer das gerade war uns nicht sagen konnte, wo sie ist, war Pech, klar. Aber wir müssen einfach nach anderen Möglichkeiten suchen.«

Mettner fragte: »War das überhaupt echt? Vielleicht hat er uns nur was vorgespielt.«

»Nein, das war echt«, sagte Josie.

»Du hast recht, Boss«, stimmte Gretchen zu. »In Philadelphia hatte ich öfters mal mit Verbrechern mit DIS zu tun. Die Störung ist äußerst real. Sehr komplex, verdammt kompliziert. Aber das ist jetzt nicht mehr unser Problem, das müssen die

Anwälte vor dem Gerichtsverfahren klären. Uns geht es jetzt nur noch um eine Person: Alex Thornberg. Er ist der Knochenkünstler und wir müssen herausfinden, wie er tickt.«

»Das hier ist sein Spiel«, sagte Josie zustimmend. »Genau wie Zandra es gesagt hat.«

»Okay«, sagte Noah und begann, im Büro auf und ab zu tigern. »Und was ist sein Ziel? Bei jedem Spiel gibt es einen Gewinner und einen Verlierer. Er will gewinnen. Was bedeutet Gewinnen in diesem Fall?«

»Aufmerksamkeit?«, schlug Mettner vor. »Er wollte schon immer, dass die Presse über ihn berichtet, damit alle wissen, wie schlau er ist – aber jetzt, wo er gefasst wurde, wird er sowieso in aller Munde sein.«

»Es geht ihm nicht nur darum, dass die Leute wissen, wie schlau er ist«, sagte Josie. »Er versucht, etwas zu beweisen.«

»Wem will er denn etwas beweisen?«, schnaubte Drake.

Josie wippte in ihrem Stuhl vor und zurück. »Der einzigen Person, die er am Leben gelassen hat.«

»Seinem Vater?«

»Genau. Haben Sie gelesen, was Trinity aufgeschrieben hat?«

Drake verzog sein Gesicht. »Natürlich habe ich das.«

»Er hielt Alex für dumm. Alex wollte Künstler werden, genau wie Hanna, aber Francis hat das gnadenlos unterdrückt.«

»Na und? Was hat das mit Trinity zu tun?«, fragte Mettner.

»Sie ist seine Geschichtsschreiberin«, sagte Gretchen. »Das hat Zandra gerade bestätigt. Seine Biografin. Schon bevor er sie entführt hat, wusste sie alles, was sie nur über seinen Fall wissen konnte.«

Josie fügte hinzu: »Darunter auch, dass es für jedes öffentlich ausgelegte Opfer ein Opfer gab, das wir nie gefunden haben. Von dem wir nicht einmal wussten. Diese Opfer müssen wir immer noch finden. Er hat ihre Knochen verwendet, ganz bestimmt. Das muss er getan haben, weil sie auf keinem der

Grundstücke zu finden waren. Wo auch immer er Trinity hingebracht hat, dort finden wir auch sein letztes Kunstwerk.«

Drake zog eine Augenbraue hoch. »Kunstwerk?«

»Ja, Kunstwerk«, sagte Josie. »Nicht vergessen, er hält sich selbst für einen Künstler. Irgendwo in unserem Bundesstaat hat er sein letztes Kunstwerk ausgelegt. Wenn wir das finden, finden wir auch Trinity.«

»Hören Sie doch zu, was Sie da gerade sagen! Wo zur Hölle soll dieser Typ denn bitte ein verdammtes Kunstwerk bestehend aus Knochen und einer berühmten Journalistin ausgelegt haben, ohne dass die ganze scheiß Welt deswegen durchdreht?«

Josie ließ ihren Blick über die Gesichter der anderen schweifen und ging in Gedanken alle Informationen durch, die sie hatte. Immer wieder rückte die Beziehung zwischen Alex und Francis dabei in den Vordergrund. Sie drehte ihren Stuhl, bis sie Chief Chitwoods Büro im Blick hatte. Seine Tür stand offen, er war unterwegs zu einem Treffen mit der Staatsanwaltschaft. Josie stand auf und ging in sein Büro, um dort aus dem Fenster zu sehen. Hinter sich hörte sie die Schritte der anderen, die ihr gefolgt waren, und Gretchens Stimme: »Boss?«

Josie ließ ihren Blick zur anderen Straßenseite hinüber schweifen, wo Bäume den Gehsteig säumten. Dann wanderten ihre Augen nach oben, in den blauen Himmel hinein, wo ein großer Vogel seine Kreise zog. Ein Falke, vielleicht auch ein Fischadler, sie konnte es nicht mit Bestimmtheit sagen. Jedenfalls kein Aasfresser.

»Raubvögel«, platzte es aus ihr heraus.

»Wie bitte?«, fragte Noah.

Sie drehte sich um und sah in die Gesichter der anderen, die sich im Türrahmen drängten. »Raubvögel töten ihre Beute selbst. Sie schnappen sich andere Lebewesen, reißen sie aus ihrem Zuhause heraus. Und sie bauen ihre Nester in der Regel in großer Höhe, nicht wahr?«

Drake schüttelte den Kopf. »Haben Sie nicht mehr alle

Tassen im Schrank? So fängt das an, wenn jemand einen Nervenzusammenbruch hat, oder?«

»Ich meine es ernst«, sagte Josie. »Viele Raubvögel nisten in Baumwipfeln, auf Hausdächern oder auf Telefonmasten, nicht wahr?«

»Woher zum Teufel soll ich das denn wissen?«, blaffte Drake.

»Francis hat Raubvögel über alles geliebt«, sagte Josie. »In Trinitys Aufzeichnungen wurde das erwähnt. Außerdem hat Trinity in ihrem Tagebuch geschrieben, dass sie mit Alex – beziehungsweise mit Max – über Raubvögel gesprochen hat und dass ihm das Thema unangenehm war. Sein Vater hatte ihm einiges über sie beigebracht, aber er mochte sie selbst nicht. Was er allerdings mag, sind Aasfresser, vor allem Geier.«

»Mag er sie oder mag er einfach die Tatsache, dass sie ihm dabei helfen, die Leichen zu zersetzen?«, fragte Noah.

»Eigentlich egal«, erwiderte Josie. »Sein ganzes Leben drehte sich für Alex nur darum, Francis zu zeigen, dass er schlau ist, dass er etwas wert ist, dass er künstlerisch genauso begabt ist wie seine Mutter.«

»Na, ich würde sagen, Francis ist sich durchaus bewusst, dass Alex am Ende gewonnen hat«, merkte Mettner an.

»Klar«, sagte Josie. »Aber das ist nicht zu wörtlich zu nehmen. Es geht im Moment um Alex' Lebenswerk als Künstler. Um die Symbolik. Sein letztes, größtes Kunstwerk würde er an einem Ort auslegen, den Francis, symbolisch gesehen, bemerken würde. Francis ist ein Raubvogel.«

»Und Alex ist ein Aasfresser«, sagte Gretchen.

»Raubvögel haben unglaublich scharfe Augen«, sagte Drake seufzend. Er ging zum Fenster hinüber und blickte in den Himmel, bemerkte den Raubvogel, den Josie eben entdeckt hatte, welcher sich nun von aufsteigender Warmluft nach oben treiben ließ. »Sie verbringen wohl insgesamt mehr Zeit hoch oben in der Luft, als es ein Aasfresser tun würde, meinen Sie nicht auch? Wo die Aasfresser doch meistens am Boden sitzen, um sich satt zu fressen, sobald sie etwas gefunden haben?«

Josie sagte: »Ganz genau. Drake, sie ist irgendwo auf einem Dach. Trinity ist auf einem Dach. Oder in einem hohen Gebäude, einem Glockenturm vielleicht? Irgendwo hoch oben.«

»Aber wo genau?«

»Wir müssen das Muster verstehen«, sagte Josie. »Die gespiegelten Opfer. In diesem Fall hätte ich Trinitys Spiegelbild sein sollen.«

»Die gespiegelten Opfer waren immer ein Mann und eine Frau«, rief Mettner ihnen ins Gedächtnis. »Mit denselben Namen: Anthony und Antonia, Kenneth und Kendra, Terrence und Teresa, Robert und Roberta.«

»Genau wie er und seine Schwester – beziehungsweise seine andere Identität«, fügte Noah hinzu. »Alexander und Alexandra.«

»Für ihn war Zandra als Schwester so viel greifbarer, als seine tatsächliche Schwester es je gewesen war«, sagte Josie. »Also, ja, so wie er und seine Schwester. Ich wäre als zweites Opfer in Frage gekommen, weil ich Trinitys Schwester bin. Und er legt das öffentliche Opfer immer dort aus, wo er das geheime Opfer entführt hat.«

Drake sagte: »Aber er hat Sie nicht entführt.«

»Nein, aber er hat es versucht. In der Nähe von Callowhill, wo Trinity aufgewachsen ist.«

»Okay, und ... jetzt denkst du, sie liegt auf dem Dach des Hauses deiner Eltern oder irgendwo dort?«, fragte Mettner.

»Nein«, sagte Josie. Sie dachte an Callowhill und daran, dass sie schon etwa eine Stunde unterwegs gewesen war, als er sie von der Straße gedrängt hatte. »Im Naturschutzgebiet.«

DREIUNDSECHZIG

Nach nicht einmal ganz einer Stunde kamen sie mit ihrer Karawane an Polizeiautos im Naturschutzgebiet an. Es war bereits später Nachmittag, aber noch hatten sie genügend Tageslicht. Cheyenne Thomas und einige ihrer Angestellten kamen in heller Panik aus dem Gebäude gerannt. Als Josie ihr erklärte, was los war, sagte sie: »Es tut mir leid, aber hier ist uns nichts Ungewöhnliches aufgefallen. Wie Sie sehen können, haben wir hier nur ein paar kleine Gebäude und keines davon ist besonders hoch. Wir können Ihnen ein paar Leitern geben, wenn Sie hochklettern und nachschauen möchten.«

Josie ließ ihren Blick über das Gelände schweifen. Enttäuschung legte sich schwer um ihr Herz. Noah trat neben sie. »Vielleicht ist sie nicht hier.«

»Doch«, sagte Josie. »Hier sind wir richtig, ich bin mir ganz sicher.«

Mettner kam herübergelaufen. »Ich ruf die zuständige Hundestaffeleinheit an und schau, ob ich davon jemanden herbringen kann. Wir haben immer noch Sachen aus ihrem Koffer hier, damit die Hunde ihre Fährte aufnehmen können.«

»Danke, Mett«, sagte Josie. An Cheyenne gewandt fragte

sie: »Haben Sie irgendwelche alten Karten der Umgebung? Hier im Naturschutzgebiet wurde mal die Leiche eines vermissten Jägers gefunden, im Jahr 2000. Wissen Sie, ob er hier irgendwo einen Hochstand hatte?«

»Wie bitte, was?«

»Eine kleine Plattform oder eine Art Sitz in einem Baum, von wo aus er das Wild beobachten und schießen konnte«, erläuterte Josie.

»Ach so, das weiß ich nicht. Aber das letzte Mal, als wir uns für staatliche Subventionen beworben haben, mussten wir unser Gelände vermessen lassen. Vielleicht können Sie auf diesen Karten irgendwas finden.«

Nach einer halben Stunde hatten sie gefunden, wonach sie suchten. Auf den Karten vom letzten Jahr hatte der Gutachter am südlichsten Punkt des Naturschutzgebiets einen »Baumsitz unbekannten Ursprungs« vermerkt. Aus seinen Notizen ging hervor, dass unklar war, ob dieser Baumsitz tatsächlich noch Teil des Naturschutzgebietes war oder schon zum angrenzenden Privatgrundstück gehörte.

Josie war das völlig egal.

Sie verbrachten weitere dreißig Minuten damit, den Hochstand zu finden. Schließlich entdeckten sie einen Baum, an den jemand so etwas wie eine kleine Holzkabine genagelt hatte. Hölzerne Klettergriffe führten bis zu der Falltür am Boden des Hochstands. Bevor irgendwer sie davon abhalten konnte, hatte Josie schon angefangen, hinaufzuklettern.

»Josie«, rief Noah. »Warte doch, bis wir dich abgesichert haben.«

Da hatte sie schon den halben Weg hinter sich. Sie hielt inne und schaute nach unten. Aus dieser Höhe würde ein Sturz sie nicht umbringen, wahrscheinlich nicht einmal Knochen brechen. Aber bis sie den Hochstand erreicht hatte, wäre ein Sturz garantiert tödlich. »Zu spät«, rief sie zurück. Ohne einen weiteren Blick nach unten hastete sie zur Falltür hinauf und schob sie nach oben. Dann blickte sie um sich und fand sich mitten im letzten Werk des Knochenkünstlers wieder. Als ihr Gehirn versuchte, den Anblick zu verarbeiten, fiel sie fast von den Stufen. Der gesamte Innenraum des Hochstands war mit psychedelischen Wirbeln bemalt, in knalligen Pink- und Rottönen. Hunderte Knochen waren an Boden und Wänden befestigt und dort, auf der rechten Seite, sah sie eine Art Kokon aus Netzen, festgebunden an einem Pfosten, den Alex offensichtlich selbst angebracht hatte – und darin Trinity, ihr Körper schlaff zu Boden hängend, der Kopf auf die Brust gesenkt. Ihr schwarzes Haar verdeckte ihr Gesicht. An der Decke hatte Alex Haken angebracht und mehrere Angelschnüre hindurchgefädelt, deren Enden um Trinitys Handgelenke gebunden waren, sodass ihre Arme seitlich abstanden. An der Wand hinter ihr klebten tausende Federn verschiedenster Arten.

Ihre Flügel, weit ausgebreitet.

Tränen rannen über Josies Gesicht, als sie in den kleinen Hochstand hineinkletterte, vorsichtig darauf bedacht, die Knochen unter ihren Füßen nicht zu berühren. Sie hörte Geräusche von unten, ein Poltern am Baum. Sie sah zu Boden und erblickte Drake, auf halbem Weg nach oben.

»Noch nicht«, sagte sie.

»Lebt sie?«, schrie er.

»Bitte«, murmelte Josie.

Sie ging zu Trinity hinüber, voll Angst, die Hand nach ihr auszustrecken und eiskalte, totenstille Haut zu berühren. »Trin«, sagte sie mit einem unkontrollierten Krächzen in der Stimme.

Kein Mucks.

Sie streckte eine zitternde Hand aus und schob eine schwarze Haarsträhne aus Trinitys Gesicht, um sie ihr hinters Ohr zu stecken. Sie berührte Trinitys Wange, entsetzt von der Kälte ihrer Haut. Dann zuckte Trinitys Körper so heftig, dass ihr Kopf nach hinten geworfen wurde, und sie gab einen lauten

Schrei von sich. Der Schock warf Josie nach hinten, sie landete auf dem Rücken und verteilte Knochen in alle Richtungen. Der Boden unter ihr knackte und sackte weg. Plötzlich im freien Fall schoss ihre Hand nach vorne, auf der Suche nach irgendetwas, was ihr Halt geben könnte. Ein scharfes Stück Holz zerfetzte ihr die Handfläche, aber sie klammerte sich mit ganzer Kraft daran fest.

»Josie?«, brüllte Trinity.

Josie sah nach oben, zu dem verrotteten Stück Holz zu Trinitys Füßen, das nachgegeben hatte. Trinity hatte sich auf einer Seite von der Angelschnur losgerissen, nun warf sie ihren anderen Arm wieder und wieder nach vorn, um die Schnur auch dort zu zerreißen. Endlich gab die Schnur nach, aber ihr Unterkörper war immer noch so eng mit Netzen umwickelt, dass sie sich keinen Zentimeter bewegen konnte. Josie hörte Schreie unter sich und Drakes Rufe aus der Nähe. Ihre Beine baumelten ohne Halt und sie drehte ihren Kopf nach hinten, musste aber erkennen, dass Drake noch zu weit unten war, um ihr zu helfen.

Trinity sagte: »Kannst du hochklettern? Nimm meine Hand.«

Josie packte Trinitys Füße und krallte sich daran fest, bis sie ihren Oberkörper weit genug in den Hochstand hineingehievt hatte, dass sie ihre Arme um Trinitys Unterschenkel und den dahinter befestigten Pfosten schlingen konnte. Sie kroch noch ein bisschen weiter nach vorne, bis Trinity ihre Hände unter Josies Achseln schieben und sie zu einer seltsam verrenkten Umarmung nach oben ziehen konnte. Aus dem Stimmengewirr der anderen konnte Josie Noahs Stimme heraushören, welcher sie anwies, noch kurz durchzuhalten. Sie schloss die Augen und ließ für ein paar kurze, kostbare Sekunden die Anspannung aus ihrem Oberkörper weichen, lehnte sich mit ihrem ganzen Gewicht an ihre Schwester. Dann richtete sie sich wieder auf, bis sie sich in die Augen sehen konnten.

»Halt dich an mir fest«, sagte Trinity.

Sie schlangen die Arme fest umeinander. Trinitys Wange an Josies war eiskalt. Sie konnte das Beben von Trinitys Schluchzen im eigenen Körper fühlen und bald weinten beide hemmungslos an der Schulter der anderen.

Irgendwo unter ihnen schrie Drake: »Quinn! Halten Sie einfach still. Der Hochstand ist völlig instabil. Nicht bewegen! Wir holen Leitern. Bald sind wir da.«

Josie flüsterte in Trinitys Ohr: »Unser letztes Gespräch tut mir so leid, so hätten wir nie auseinandergehen sollen.«

»Mir tut's auch leid«, sagte Trinity.

»Ich weiß jetzt, was das Schlimmste ist, was dir je passiert ist – dass ich dir damals weggenommen wurde.«

Trinity drückte sie fest an sich. »Ja«, hauchte sie.

»Und ich weiß, was das Beste ist, was dir je passiert ist – dass wir einander damals wieder gefunden haben.«

Trinity lachte. »Falsch«, sagte sie.

Josie hörte das Scheppern einer Aluminiumleiter am Baum und spürte sie unter ihren Füßen vibrieren.

Trinity sagte: »Das Beste, was mir je passiert ist, ist, dass du mich vor einem Serienmörder gerettet hast.«

VIERUNDSECHZIG
EINE WOCHE SPÄTER

Trout jagte in Josies und Noahs Garten einem Tennisball hinterher. Sobald er ihn erwischt hatte, schlängelte er sich durch die Masse an Personen auf der Terrasse, bis er Patrick erreicht hatte. Er ließ den Ball in Patricks Schoß fallen, welcher ihn lachend wieder in die Luft warf. Nachdem Trout auch diese Jagd erfolgreich beendet hatte, wählte er Josie, die in einem Klappstuhl an einem der Spieltische saß, die Noah im Garten aufgestellt hatte. Trout legte ihr den Ball vor die Füße und stupste mit seinem Kopf an eine ihrer Hände. Josie belohnte ihn mit einem Kraulen am Ohr. Trinity, die ihr gegenüber saß, zog eine Augenbraue hoch. »Ich glaube, Trout mag mich nicht. Nicht ein einziges Mal hat er mir diesen Ball gebracht.«

Josie lachte. »Keine Sorge, er ist äußerst bestechlich. Gib ihm einfach ein Stück von deinem Burger und schon wirst du ihn nicht mehr los.«

Mit ihrer Gabel schnitt Trinity ein kleines Stück Burger ab, welches sie unter den Tisch hielt. Trout raste hinüber und schluckte es hinunter, ohne sich groß mit Kauen aufzuhalten.

Trinity musste lachen und musterte ihn. »Wow, du hattest recht. Jetzt schaut er mich an, als ob er mir gleich einen Antrag machen würde.«

»Wusst ich's doch«, sagte Josie.

Schweigend saßen sie beieinander und betrachteten ihre Familie und all die Freunde und Kollegen, die gemeinsam Trinitys wohlbehaltene Rückkehr feierten. Mit dem Wetter hatten sie Glück gehabt, es war angenehm warm. Noah stand am Grill und versorgte alle mit Essen, während Gretchen und Mettner auf Kosten des jeweils anderen Witze rissen. Sogar Bob Chitwood war gekommen und in ein Gespräch mit Lisette verwickelt. In einer anderen Ecke hatte Drake Shannons und Christians Aufmerksamkeit auf sich gezogen.

Trinity sagte: »Schön ist das hier.«

»Ja«, stimmte Josie zu. »Wirklich schön.«

»Vergib mir, dass ich es damit wahrscheinlich verderbe, aber ich muss es einfach wissen – haben die DNA-Tests der Kämme irgendetwas ergeben?«

Josie nickte. »Ja, beide Kämme waren aus Knochen seiner unbekannten Opfer gefertigt. Die restlichen Knochen aller Opfer konnten wir in dem Hochstand finden, in dem er dich festgebunden hatte.«

Trinity schlang ihre Arme um ihren Körper. »Gab es noch weitere Opfer, von denen wir nicht wussten?«

»Nein. Das Arboretum und das Grundstück, das Hanna Cahill Alex hinterlassen hat, wurden bis aufs Letzte durchsucht. Wir sind uns ziemlich sicher, dass es keine anderen Opfer gab. Wir konnten alle Überreste zuordnen und die Identität aller gespiegelten Opfer bestätigen. Bald werden ihre Überreste freigegeben und ihren Familien zugeschickt.«

»Das ist gut«, flüsterte Trinity. »Gut, dass die Familien damit dann endlich Gewissheit kriegen können, das wird ihnen bestimmt zumindest ein kleines bisschen helfen.«

»Wusstest du schon von den gespiegelten Opfern, als er dich entführt hat?«, fragte Josie.

»Ja, das hatte ich da schon herausgefunden. Ich hatte handgeschriebene Notizen zu all den Opfern, die waren in meinen Kisten. Ich hatte so gehofft, dass er sie zurücklässt, damit du dieser Spur zu ihm folgen kannst, aber er hat alles mitgenommen, all meine Notizen, all mein Material.«

»Wann wusstest du, dass der Knochenkünstler dieser Junge war, den du damals mit vierzehn im Naturschutzgebiet kennengelernt hast?«

»Mit Sicherheit wusste ich das erst, als er zur Hütte gefahren kam und ausgestiegen ist. Sobald ich sein Gesicht – seine Narbe – gesehen habe, wusste ich sofort, das ist Max.«

»Aber den Verdacht hattest du schon länger«, sagte Josie. »War das der Grund, warum du so besessen von diesem Fall warst?«

Trinity wandte sich kurz ab und ließ ihren Blick über Drakes Gesicht schweifen, einen Ausdruck bitterer Reue um den Mund. »Das war reiner Zufall. Ich habe mich live mit einem Korrespondenten über den Knochenkünstlerfall gestritten. Er meinte, der Mörder wäre tot und hätte deshalb seine Mordserie unterbrochen. Dem habe ich nicht zugestimmt. Später habe ich mich dann mit Drake zum Abendessen getroffen und mich bei ihm darüber ausgelassen und da hat er dann erwähnt, dass das sein Fall war. Es war nicht schwer, ihn zum Reden zu bringen. Bald hatte ich ihn sogar so weit, dass er mir Fotos von den Tatorten gezeigt hat, Fotos, die die Öffentlichkeit nicht zu Gesicht bekommen hatte.«

»Und diese Knochenarrangements haben dich an Max erinnert?«, fragte Josie.

Trinity wandte sich ihr wieder zu. »So einfach war es nicht, nein. Ich hatte keine plötzliche Eingebung, keinen Gedankenblitz. Da war einfach etwas an diesen Knochen, an der Art, wie sie arrangiert waren, was mir richtig unter die Haut gegangen ist. Mir war so, als gäbe es da irgendetwas, was ich übersehe, etwas Wichtiges. Etwas, woran ich mich erinnern sollte. Ich hatte keine Ahnung, was genau das sein sollte und warum der Fall eines Serienmörders das in mir auslösen sollte, von dem ich doch fast nichts wusste.«

»Und deshalb hast du angefangen, Drakes Akten zu durchsuchen.«

Trinity runzelte die Stirn. »Ich weiß, dass ich das nicht hätte tun sollen. Das war von Grund auf falsch, nicht zuletzt deswegen, weil wir in einer Beziehung waren und ich sein Vertrauen missbraucht habe.« Wieder landete ihr schwermütiger Blick auf Drake, welcher das wohl spürte, denn er sah auf und schenkte ihr ein breites Grinsen.

»Ich glaube, er hat dir verziehen«, sagte Josie.

Trinity seufzte. »Dann ist er zu gut für mich.«

Josie streckte ihre Hand aus und berührte ihre Schwester sanft am Arm, welche sich erneut ihr zuwandte. »Oder vielleicht ist er genau richtig für dich. Was ist passiert, nachdem du die Akten an dich gebracht hast?«

»Ich bin der Spur gefolgt. Das Verlangen nach Symmetrie, die Symbole für männlich und weiblich, die Verbindung zu Codie Lash, der Hinweis mit Bobbi/Robert Ingram, daraus folgend dann die gespiegelten Morde. Als ich den Bericht über die Geierspuren gelesen habe, hat es dann einfach Klick gemacht. An dem Tag, als ich Max mit den Knochen im Wald erwischt habe – er hat versucht, sie auf verschiedene Weise zu arrangieren. Ich habe damals gesehen, wie er Symbole aus ihnen geformt hat. Da wurde mir klar, dass er der Knochenkünstler sein könnte. Einerseits schien mir das zwar ziemlich weit hergeholt, aber andererseits wusste ich, dass es die Story meines Lebens sein könnte, wenn ich damit richtig lag.«

»Also hast du versucht, Kontakt zu ihm aufzunehmen,

indem du Codies Kamm getragen hast? Woher wusstest du denn, dass er zuschauen würde?«

»Wusste ich gar nicht, ich habe es einfach auf den Versuch ankommen lassen. Und ich dachte, es wäre vergebliche Liebesmüh gewesen. Ich habe den Kamm während des Berichts über die vermissten Mädchen getragen und danach ist eine ganze Woche vergangen, ohne dass etwas passiert ist.«

»Deswegen hast du Patrick gesagt, dass aus der großen Story nichts geworden ist.«

»Genau«, bestätigte Trinity. »Aber dann kam der Kamm hier bei euch an. Ich wusste, dass ich gehen musste. Ich konnte dich und Noah nicht in Gefahr bringen. Deswegen bin ich weg und habe mir diese Hütte gemietet.«

»Du hättest es uns erzählen können«, sagte Josie. »Wir hätten dir geholfen.«

»Indem du mir den Fall abgenommen hättest. Du hättest niemals zugelassen, dass ich noch mal Kontakt zu ihm aufnehme.«

»Indem ich dich beschützt hätte, Trinity. Du musst nicht immer dein Leben aufs Spiel setzen, um an eine große Story ranzukommen.« Bevor Trinity zu ihrem Protest ansetzen konnte, fuhr Josie fort: »Der Kamm kam also hier an. Du bist weggegangen und hast dir eine Hütte gemietet. Dort bist du eine Woche lang geblieben und hast dann beschlossen, nach New York zurückzufahren. Wieso?«

»Ich dachte, er hätte Schwierigkeiten, mich dort oben zu finden. Mein Gedanke war, dass es ihm in New York leichter fallen würde, mich zu finden. Aber als ich gerade los wollte, kam er die Straße hochgefahren. Ich saß schon im Auto, war komplett aufbruchsbereit, und dann war er auf einmal da. Sobald er aus dem Wagen gestiegen ist, wusste ich, dass ich mit meiner Vermutung recht gehabt hatte.«

»Hat er dich bedroht?«

»Nein«, sagte Trinity. »Er hat gesagt, dass er mich seine Geschichte aufschreiben lassen wollte.«

»Hat er dich nicht unter Drogen gesetzt?«, fragte Josie.

Sie schüttelte den Kopf. »Nur ein einziges Mal ... Ich wusste ja, dass er immer ein zweites Opfer entführt hatte, und während unserer ›Sitzungen‹ hat er mir Fragen zu dir gestellt. Ich hatte den Verdacht, dass er dich entführen würde. Da habe ich versucht, ihm zu entkommen ...«

»Wie das?«

»Ich habe mich krank gestellt. Habe ihm gesagt, dass ich Hilfe brauche. Er hat mir gesagt, dass es auf dem Grundstück eine kleine Tierarztpraxis gibt, mit Medikamenten. Er wollte mich dort hinbringen. Ich musste einfach nur raus aus dem Haus. Ich habe so getan, als wäre ich extrem geschwächt, habe mich beim Gehen an ihn gelehnt. Und sobald wir draußen waren, bin ich losgerannt. Schnurstracks auf den Pick-up zu. Aber er hat mich eingeholt. Er muss wohl geahnt haben, dass ich ihm etwas vorgespielt habe, denn er hatte eine Spritze in seiner Tasche. Die hat er mir ins Bein gerammt und dann wurde mir richtig schwindlig. Ich bin einfach umgekippt. Da lag ich dann also, neben dem Wagen – noch nicht einmal auf der verdammten Fahrerseite – und er ist vor mir auf und ab getigert, hat gesagt, dass ich unbedingt seine Lebensgeschichte aufschreiben muss, dass ich nicht wegrennen soll, weil er mir doch gar nicht wehgetan hat. Mir war klar, dass ich gleich ohnmächtig werden würde, und als ich hochsah, konnte ich erkennen, dass jemand in den Dreck auf der Tür *Wasch mich!* geschrieben hatte. Da kam mir die Idee, meine eigene Botschaft dort hinzukritzeln.«

»Aber du konntest keine normalen Wörter schreiben«, sagte Josie. »Das hätte er sofort bemerkt.«

»Ja«, sagte Trinity. »Also habe ich Kurzschrift verwendet. Die Nachricht mit dem Tagebuch hatte ich dir ja vorher schon hinterlassen, weil ich dachte, du könntest ihn finden, wenn du seinen Namen und sein Alter wüsstest. Aber ich wusste nicht, ob du mein Tagebuch finden würdest. Ich war schon kaum noch bei Bewusstsein, also habe ich einfach den Namen der Videokassette auf die Tür geschmiert. Meine Hoffnung war, dass du es sehen würdest, wenn er tatsächlich versuchen würde, dich zu entführen. Ob du das wirklich sehen würdest, stand allerdings in den Sternen, genau wie die Frage, ob du es überhaupt schaffen würdest, ihm in dem Fall zu entkommen. Es tut mir so leid, Josie.«

Josie lächelte ihr zu. »Das war richtig clever. Gut gemacht.«

»Quatsch, ich war so dumm«, hielt Trinity dagegen. »Ich habe so viele idiotische, leichtsinnige Entscheidungen getroffen. Du sollst wissen, wie unendlich leid mir das tut. Alles. Ich hätte das niemals auf eigene Faust versuchen sollen. Ich hätte um Hilfe bitten müssen. Ich ...«

»Hör auf«, sagte Josie. »Es gibt nichts, wofür du dich entschuldigen musst.«

Trinitys Augenbrauen schossen in die Höhe. »Ach, wirklich? Was ich getan habe, war komplett wahnsinnig und gefährlich und unverantwortlich und ...«

Josie griff über den Tisch hinweg nach Trinitys Händen und brachte sie damit zum Schweigen. »Ich werde dir immer helfen, verstanden?«

Trinitys Augen füllten sich mit Tränen. In der vergangenen Woche hatten sie beide viel geweint. »Josie«, flüsterte sie.

»Egal, in welchen Abgrund du dich hineinmanövrierst, ich werde dir überall hin folgen, verstanden?«

Trinitys Zähne bearbeiteten ihre Unterlippe. Sie nickte.

»Es gibt da noch was, was ich dir sagen muss. Ich habe dein Tagebuch gelesen.«

»Das weiß ich doch«, sagte Trinity. »Solltest du ja auch. Ist völlig in Ordnung.«

Josie lächelte. »Klar, aber es gibt da trotzdem etwas, das du wissen musst. Kannst du dich an diesen Streit erinnern, wegen dem du Ärger bekommen hast? Weswegen du die Sozialstunden ableisten musstest?«

»Ah, ja, während des Schulausflugs? Ich weiß schon, wie verrückt das klang, dass ich dachte, ich wäre dir begegnet. Du musst einfach verstehen, wie durcheinander ich damals war. Meine Nana war gerade erst gestorben und in der Schule haben sie mich bis aufs Blut gemobbt. Da habe ich einfach etwas gebraucht, an dem ich mich festhalten konnte. Der Gedanke an dich ... dieses Mädchen war einfach ...«

»Dieses Mädchen *war* ich«, sagte Josie.

Trinity wurde kreidebleich. »Wie ... wie bitte?«

»Das war ich. Ich habe Beverly von dir runtergezogen und Melanie meinen Ellbogen ins Gesicht geschlagen.«

»Aber ... wie?«

»An dem Tag waren ganz viele Schulklassen da, weißt du noch? Ich war mit meiner neunten Klasse da, aus der Denton East High School. Beverly war in meiner Klasse und eine schreckliche Zicke. Glaub mir, das war weder das erste noch das letzte Mal, das wir beide uns in die Haare gekriegt haben. Da kann dir Lisette ein Lied von singen. Gott sei Dank ist Beverly vor dem letzten Schuljahr dann umgezogen. Und guck mal ...«

Josie stand auf und zog ein langes Stück Stoff aus ihrer Jackentasche. Sie legte den blaugrünen Schal auf den Tisch zwischen ihnen beiden.

»Oh, mein Gott, Josie.« Andächtig berührte Trinity den Schal.

Josie sagte: »Den hat Lisette mir geschenkt, kurz nachdem sie das Sorgerecht für mich bekommen hat. Ich habe ihn damals ständig getragen, ob er nun zu meinem Outfit gepasst hat oder nicht. In der zehnten Klasse habe ich dann mal mein Essen darauf verkleckert und beschlossen, ihn lieber wegzupacken, bevor ich ihn noch kaputt mache.«

Trinity sah zu ihr auf. »Josie, das ist ja ... ich kann es gar nicht fassen ... das heißt ja, dass ...«

Josie lächelte. »Dass du mich an diesem Tag tatsächlich getroffen hast.«

Trinity wischte sich immer neue Tränen aus dem Gesicht. »Du warst da. Du warst da, als ich dich gebraucht habe.«

»Ich war da.«

MEHR VON BOOKOUTURE DEUTSCHLAND

Für mehr Infos rund um Bookouture Deutschland und unsere Bücher melde dich für unseren Newsletter an:

www.bookouture.com/bookouture-deutschland-sign-up

Oder folge uns auf Social Media:

 facebook.com/bookouturedeutschland

 twitter.com/bookouturede

 instagram.com/bookouturedeutschland

EIN BRIEF VON LISA

Vielen herzlichen Dank, dass ihr *Du musst sie finden* gelesen habt. Es hat mir solche Freude bereitet, euch durch dieses Abenteuer mit Josie zu führen. Vor allem der Blick in Trinitys Vergangenheit und die Beziehung der beiden Schwestern war für mich von großem Interesse. Wenn euch das Buch gefallen hat und ihr über meine neuesten Veröffentlichungen informiert werden möchtet, meldet euch einfach unter nachstehendem Link an. Eure E-Mail-Adresse wird nicht weitergegeben und ihr könnt euch jederzeit wieder abmelden.

www.bookouture.com/bookouture-deutschland-sign-up

Um eine mitreißende, rasante Handlung entwickeln zu können, habe ich mir einige künstlerische Freiheiten genommen. Aubertine College und das zugehörige Arboretum sind komplett fiktiv, ebenso wie die Orte Denton und Keller Hollow. Allerdings könnte euch interessieren, dass auf einer Body Farm in Texas tatsächlich eine Studie durchgeführt wurde, die nachwies, dass Rabengeier eine Leiche innerhalb weniger Stunden skelettieren können. Den entsprechenden Studienbericht von M. Katherine Spradley, Michelle D. Hamilton und Alberto Giordano findet ihr unter dem Titel *Spatial Patterning of vulture scavenged human remains*. Er wurde 2012 von der Zeitschrift *Forensic Science International* herausgegeben. Klingende Felsen (Lithophone) und Eastonit gibt es tatsächlich.

Ich höre gern von meinen Leser:innen. Ihr könnt mich über

die unten genannten Social-Media-Profile, meine Webseite und Goodreads kontaktieren. Und wenn ihr einen Moment Zeit habt, würde ich mich freuen, wenn ihr eine Rezension für *Du musst sie finden* schreiben könntet – oder das Buch sogar an andere weiterempfehlt. Rezensionen und Weiterempfehlungen machen immer mehr Leser:innen auf meine Bücher aufmerksam. Wie immer möchte ich euch für eure Unterstützung danken, die mir unglaublich viel bedeutet. Ich kann es kaum erwarten, von euch zu hören, und hoffe, dass ihr mich bald wieder beim nächsten Abenteuer begleitet!

Herzlichen Dank,

Eure Lisa Regan

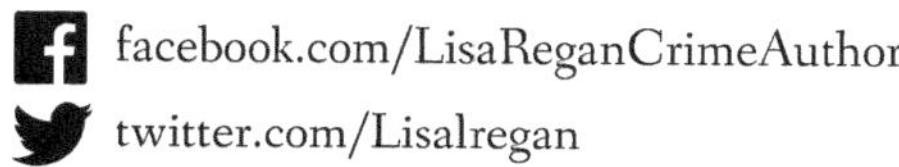

DANKSAGUNG

Euch, meinen wunderbaren Leser:innen, meinen treuen Fans, kann ich gar nicht genug danken! Eure ausdauernde Begeisterung und die Tatsache, dass ihr immer noch solches Interesse an dieser Reihe zeigt, ist das schönste Geschenk, das ihr mir machen könnt. Was für eine fantastische Erfahrung das hier bereits war und wie dankbar ich bin, dass ich sie mit euch allen teilen konnte. Ihr seid die besten Leser:innen der Welt! Meinem Mann, Fred, gebührt wie immer tiefste Dankbarkeit. Danke für deine Hilfe, für deine Geduld und dafür, dass du mich mit Essen und Koffein versorgt und auch sonst alles getan hast, um mich beim Schreiben dieses Buches zu unterstützen. Danke an meine Tochter, Morgan, für deine unermüdliche Geduld und für all die Stunden, die du dir meine Aufmerksamkeit mit Josie teilen musstest. Danke an meine Erstleser:innen Dana Mason, Katie Mettner, Nancy S. Thompson, Maureen Downey und Torese Hummel und danke an meine Entrada-Leser:innen. Danke an Matty Dalrymple und Jane Kelly, die die Handlung endlos mit mir durchgekaut und kein einziges Mal mit der Wimper gezuckt haben, wenn wir beim Brunch über die Gewohnheiten des Knochenkünstlers diskutierten! Danke an meine Großmütter Helen Conlen und Marilyn House; an meine Eltern: William Regan, Donna House, Joyce Regan, Rusty House und Julie House; an meine Brüder und meine Schwägerinnen: Sean und Cassie House, Kevin und Christine Brock und Andy Brock; ebenso danke ich meinen wunderbaren Schwestern, Ava McKittrick und Melissia

McKittrick. Danke an all die üblichen Verdächtigen für eure unschätzbar wertvolle Unterstützung, für eure Liebe und dafür, dass ihr meine Werke überall anpreist. Ja, euch meine ich, fühlt euch ruhig angesprochen! Außerdem bin ich all den talentierten Blogger:innen sowie Rezensent:innen dankbar, die die ersten sieben Josie Quinn-Romane gelesen haben oder zwischendrin in die Reihe eingestiegen sind. Eure unablässige Begeisterung und euer anhaltendes Interesse an dieser Reihe bedeuten mir so viel!

Ein spezielles Dankeschön an Sgt. Jason Jay, der mir zu jeder Tages- und Nachtzeit für Fragen über Polizeiarbeit zur Verfügung stand und dabei nie die Geduld verloren hat. Für deine Unterstützung und deine Hilfsbereitschaft bin ich dir unendlich dankbar!

Danke an Oliver Rhodes, Noelle Holten, Kim Nash und das ganze Bookouture-Team, die mir diese unbeschreibliche Erfahrung ermöglicht und damit die größte Freude meines Lebens bereitet haben. Nicht zuletzt ein großes Dankeschön an Jessie Botterill. Du bist unglaublich und hast dieses Buch gerettet. Mit deiner Hilfe konnte ich es in etwas verwandeln, worauf ich stolz sein kann. Ich glaube, außer dir wäre niemand dazu in der Lage, dieselbe Leistung aus mir herauszulocken, wie du es irgendwie immer wieder schaffst. Dein Scharfsinn beeindruckt mich tief. Deine Unterstützung und deine Vorstellungskraft waren mir ein Fels in der Brandung und ich bin dir so dankbar dafür, wie du es immer wieder schaffst, mich zu beruhigen, ganz gleich, wie nervös ich mich fühle. Danke, Danke, Danke!